Collection dirigée par Glenn Tavennec

L'AUTEUR

Carina Rozenfeld est née en 1972 à Paris. Après des études de géographie et d'urbanisme, elle s'est tournée vers l'édition, avant de devenir journaliste pour Cyberpress Publishing et Panini dans des magazines jeunesse. Depuis trois ans, elle se consacre exclusivement à l'écriture de ses romans et aux rencontres organisées pour les jeunes lecteurs dans toute la France.

Auteur jeunesse reconnu et prescrit, Carina a déjà publié plus d'une dizaine de romans récompensés par de nombreux prix, dont le prestigieux prix des Incorruptibles pour *La Quête des Livres-Monde* en 2010 et *Les Clefs de Babel* en 2011.

Elle a par ailleurs appris la musique durant onze ans à l'École nationale de musique de Saint-Germain-en-Laye, ce qui lui a permis de créer avec délices l'univers musical dont le diptyque *Phœnix*, publié dans la collection R, est imprégné.

Présente sur les réseaux sociaux avec un blog très visité, une page Facebook et un compte Twitter, Carina se rend à tout moment accessible à ses lecteurs.

Elle vit actuellement à Paris avec Léo, son fils, et Cannelle et Chouquette, ses chats.

CARINA ROZENFELD

LA SYMPHONIE DES ABYSSES

LIVRE I

roman

R

En couverture © Alejandro Colucci
Agent littéraire : Constance Joly-Girard

ISBN 978-2-221-14038-3
ISSN 2258-2932

À ceux qui ont tracé le chemin pour moi,
mes grands-parents et mes parents.
À mon frère et sa famille et à mon fils, Léo.
Vous êtes les notes de ma symphonie.

LA PARTITION D'ABRIELLE

Le vent cascade le long du Mur, presque en silence. Une brise caresse la surface de l'eau, la plissant à peine. Le cri des mouettes, tournant là-haut, se mêle aux rires des enfants. Ce sont les seules musiques autorisées. Les seules notes qui résonnent dans le village.

Le reste n'est que réminiscences…

1.

Les rayons dorés du soleil inondant la place du village, devant l'immeuble gris aux angles rongés par le vent et le sel… Des femmes occupées à leurs tâches quotidiennes, des familles déjeunant à l'ombre des calebassiers, une journée tranquille, identique à toutes celles qui se sont déjà déroulées, et qui ressemblera à toutes les suivantes…

L'eau glacée faisait trembler ses mains. La vieille timbale en aluminium cabossée tinta contre le seau métallique et quelques gouttes froides jaillirent pour s'écraser sur l'herbe.

— Fais attention, Aby. Tu sais bien que…

— … que l'eau est précieuse. Je sais, oui. Je ne suis plus un bébé.

La femme la plus âgée soupira et haussa les épaules avant de se consacrer à sa propre tâche.

Ce n'était pas la peine de discuter. Ces derniers temps, surtout depuis la mort de Paol, la communication avec sa fille était devenue difficile. Elle aurait pu lui demander pourquoi, proposer d'écouter, chercher à comprendre afin d'aider son unique enfant, mais elle s'en gardait bien. Elle avait trop peur de la réponse.

Abrielle serra les lèvres et ignora le regard un peu trop pesant de sa mère. D'un geste rapide, elle repêcha le gobelet tombé dans le seau. Il fallait faire vite. D'autres familles attendaient de pouvoir utiliser la vaisselle pour déjeuner à leur tour. Les assiettes et les fourchettes déjà lavées séchaient, posées au soleil, sur la pelouse épaisse. La lumière se reflétait vaguement sur leur surface dépolie, usée par les années. Sa corvée achevée, Aby rassembla prestement les couverts dans le creux de son tablier qu'elle tenait relevé d'une main et, en se hâtant, alla les transmettre à ceux qui patientaient, pendant que leur repas mijotait sur les tables à feu de la cuisine extérieure, exhalant des parfums familiers. Puis elle retourna près de sa mère.

— C'est bon. Baako a tout récupéré. Je peux y aller, maintenant ?

Du bout de ses doigts fébriles à la peau fripée par la longue immersion dans l'eau, elle chassa une mèche de cheveux bruns qui chatouillait son front.

— Aller où ?

— Je ne sais pas, n'importe où. C'est une façon de parler. Une façon de te demander si tu as encore besoin de moi.

— Alors pourquoi tu ne me demandes pas tout simplement : « Est-ce que tu as encore besoin de moi » ?

Abrielle haussa les épaules.

— Je peux y aller ?

— Oui. On a terminé nos tâches pour la journée. Tu vas à la plage ?

— Peut-être. Il fait chaud.

Abela se redressa en lissant de la paume sa longue jupe grise, puis elle dénoua les cordons qui retenaient son tablier blanc autour de sa taille. Avec précision, elle le plia et le glissa dans la large poche ouverte sur le devant de sa robe. Elle tendit la main pour récupérer celui qu'Abrielle ôtait à son tour.

— Merci, maman, dit la jeune fille, alors qu'Abela fourrait la blouse de sa fille avec la sienne.

— Pas de quoi. Ne traîne pas. Le soleil…

Elle leva les yeux pour évaluer la course de l'astre dans le ciel limpide de cette journée caniculaire.

— … passera derrière le Mur dans une heure et demie, environ.

— Ça me laisse le temps de profiter de la mer.

— Vas-y. Tu me raconteras, ça fait longtemps que je ne suis pas allée au Cercle. Il doit être très bleu aujourd'hui.

— Je te dirai ! cria Abrielle qui s'éloignait déjà du village au petit trot.

Abela sourit en observant sa fille se diriger vers le bord de mer. Oui, cela faisait longtemps qu'elle n'avait pas profité de l'eau magnifique du vaste lagon circulaire Elle devrait peut-être y aller aussi. Elle avait terminé tôt, aujourd'hui. Pour une fois. Mais une immense lassitude s'abattit sur ses épaules. Finalement, elle n'avait pas le courage d'aller jusque là-bas, d'emprunter le Pont dans le Vent. Mieux valait pour elle qu'elle rentre dans sa cellule et qu'elle profite de son temps libre, trop rare, pour faire la sieste.

D'un pas pesant, repensant avec envie à la course légère de sa fille qui avait disparu derrière des buissons touffus, elle remonta le chemin qui menait à l'immeuble – le seul bâtiment du village – dans lequel elle vivait avec Abrielle, et avec tout le reste de leur petite communauté, en emportant le seau plein d'une eau limpide et fraîche.

La longue barre s'éleva bientôt, triste et grise, le béton corrodé par les siècles, émoussé par l'usure qui dentelait son sommet et les cadres des fenêtres. Le bâtiment était très laid, mais il constituait leur seul abri. À une courte distance derrière, le Mur se dressait, haut d'une bonne trentaine de mètres. Implacable, infranchissable. Au cours des décennies, une végétation luxuriante avait poussé dans ses creux et ses rainures en une confusion de formes et de coloris, masquant sa teinte terne qui barrait l'horizon et coupait le monde en deux : ce qu'il y avait de l'autre côté – l'inconnu, le mystère – et ce qu'il y avait à l'intérieur – l'atoll appelé l'Anneau en raison de sa forme, le Cercle, ce rond d'eau de mer occupant son milieu, et les quelques hommes, femmes et enfants qui vivaient là.

En grimaçant, Abela grimpa les deux étages d'un escalier qui la conduisit dans un interminable couloir bordé de chaque côté par des appartements abritant les familles de leur communauté. Elle composa le code qui verrouillait l'entrée de leur petit logis et, se contentant de poser le seau devant la porte de la minuscule cuisine, elle s'enferma dans sa cellule en soupirant de soulagement. Oui, une sieste – une pause indispensable qu'elle s'accordait bien trop rarement –, ce serait parfait pour cet après-midi.

♪

Braden accomplissait sa ronde quotidienne, surveillant cette petite communauté de son œil acéré de gardien en chef. Les bras croisés dans le dos, sa chemise beige – couleur de sa fonction – gonflée par la brise, il observait. Pas un détail ne lui échappait. Pas un rire d'enfant, pas une parole de femme, pas un mot d'homme. D'un pas régulier, il passait à l'ombre du long bâtiment de deux étages pour contourner un taillis exubérant autour duquel quelques gamins s'amusaient à se poursuivre. Les tables à feu dégageaient une intense chaleur alors que les repas cuisaient.

Rien à signaler, rien de contraire au règlement intérieur. Il récita mentalement les phrases qu'il connaissait par cœur depuis son enfance.

Article 1 : Tout geste de violence envers un membre de la communauté sera sévèrement puni.

Article 2 : Tout acte d'agression envers une femme sera passible de la peine maximale.

Rien de tout cela ne se déroulait à l'instant présent. Les hommes revenaient des champs pour partager le repas avec leur famille à l'ombre du Mur, cette haute palissade crépitante d'électricité. Pas à cette heure-ci, mais la nuit, quand tout le monde dormait, le Mur bourdonnait doucement – *article 3 : Chaque individu doit être enfermé dans sa cellule avant la tombée de la nuit* – et lui l'entendait, alors qu'il effectuait ses rondes nocturnes afin de vérifier que, même en ces heures sombres et solitaires, le règlement était appliqué à la lettre.

On était au moment du déjeuner et tout était calme, rien ne nécessitait une intervention du gardien en chef.

Comme toujours, comme chaque jour. Parfois, il se demandait ce qu'il se passerait s'il venait à manquer sa promenade d'inspection. Est-ce que la vie du village se déroulerait comme d'habitude ? Ou alors est-ce que tout s'écroulerait ? Était-il celui qui donnait un sens, une cohérence à cette routine, en la contemplant ? Braden se plaisait à penser que oui. Au moins, sa présence prenait une signification : celle de créer la réalité. Ainsi, il devenait une sorte d'être surpuissant qui insufflait la vie, la concrétisait. Et s'il venait à disparaître, tout s'effacerait également, comme si le monde sortait directement de son imagination.

Il eut un sourire en coin. Oui, sans lui, rien ne pouvait être. Il devait s'en convaincre pour accepter cette existence. Sans cela, il risquait de se dissoudre dans les eaux bleues de l'immense lagon où il aimait se baigner, ou alors de se volatiliser aux yeux des autres.

Il était le gardien en chef. Il représentait le fondement du village, de ses habitants. C'est pourquoi, chaque jour, il marchait dans ses propres pas, surveillant tout ce beau monde, et récitait les articles du règlement intérieur dans sa tête en une boucle interminable. Sans savoir pourquoi, il était soulagé que rien d'extraordinaire n'advienne. La routine, malgré sa langueur, était rassurante. Mais, de manière diffuse, il regrettait aussi que rien d'extraordinaire ne bouleverse ses habitudes. L'ennui menaçait de le dévorer.

Il allait devenir fou.

Malgré lui son regard effleura la silhouette drapée de gris qui s'éloignait de la pompe à eau. Son bonnet sagement posé sur ses lourds cheveux bruns, son corps mince caché par les plis d'une longue robe terne, elle tourna brièvement ses yeux d'un noir d'encre sur sa mère encore affairée avant de continuer son chemin. Abrielle se dirigeait vers les champs, certainement pour se rendre à la plage qui se trouvait de l'autre côté de la falaise.

Braden soupira et se demanda s'il n'allait pas la suivre, puisque l'on n'avait pas besoin de lui ici. Elle seule pouvait le tirer de l'ennui. Elle seule donnait un sens différent au monde. Avant. Avant le drame. Mais pas seulement. Derrière cette silhouette qui s'amenuisait dans la distance se cachait un secret. Un secret interdit, et pourtant Braden savait une chose : Abrielle avait le pouvoir de réordonner l'agencement de l'univers. C'était pour cela qu'il l'aimait. C'était surtout pour cela qu'il la détestait.

Il détourna le regard.

Reprit finalement sa tournée.

Les cris des enfants l'agaçaient.

Ceux des mouettes aussi.

Il se sentait inutile.

Il était inutile.

Abrielle, le visage levé vers le ciel, s'éloignait de la place du village le plus rapidement possible. Elle suivit le chemin qui coupait en deux l'ample étendue des champs de canne à sucre, de blé et de coton. Les hommes travaillaient là, courbés sous le soleil impitoyable. Bientôt, il passerait derrière le Mur qui leur offrirait ombre et fraîcheur. Le Pont dans le Vent se trouvait face à elle, reliant deux pans de falaise, mais avant de l'atteindre elle bifurqua sur la gauche. En contrebas, au pied de l'escarpement qui descendait à pic, le vaste lagon bordé de sable blanc scintillait sous la lumière vive. Plus loin, des palmiers s'inclinaient délicatement vers la mer, comme si leurs grandes feuilles d'un vert éclatant voulaient s'abreuver à cette source turquoise. C'était une vue magnifique. Même si elle la connaissait depuis toujours, la jeune femme ne se lassait pas de l'admirer, quand elle avait la chance et le temps de venir à la plage. Malheureusement, ces occasions se faisaient plus rares depuis qu'elle était majeure et devait aider sa mère aux tâches communes. Mais avant d'hériter de ces responsabilités, elle s'y rendait tous les jours de beau temps pour s'amuser avec ses camarades. Ils nageaient dans les eaux transparentes, couleur de jade, plongeaient depuis le bord des rochers bruns, tentaient d'attraper les minuscules poissons brillants qui filaient à toute allure entre leurs pieds.

Toutefois aujourd'hui elle n'irait pas se baigner, ni même goûter à la température des vagues douces. Un peu plus loin, la forêt l'attendait. Dense, plantée d'arbres millénaires aux branches entremêlées parcourues de lianes, comme s'ils désiraient composer une structure unique. Un peu plus loin, les troncs s'enfonçaient dans une terre si humide qu'ils allaient s'enraciner au plus profond des marécages. Elle n'allait jamais dans la mangrove. Des gens étaient morts, là-bas. Non, elle se contenterait de s'engager un tout petit peu dans l'entrelacs bruissant et odorant. Avant de s'engouffrer dans le labyrinthe végétal, elle se retourna afin de vérifier que personne ne la voyait. Parfait. Les hommes avaient quitté les champs pour le déjeuner. Et puis, de toute façon, il n'était pas interdit de se promener ici.

Sauf pour Abrielle.

Elle fut happée par l'épaisseur végétale, et aussitôt la musique de la forêt l'enveloppa. Soupirant d'aise, elle s'assit sur un tronc renversé et ferma les yeux pour mieux écouter, retenant de toutes ses forces les mélodies qu'elle voulait laisser s'envoler hors d'elle…

Quand Abela se réveilla, le soleil était déjà passé derrière le Mur et la journée, pourtant jeune encore, se trouvait déjà noyée dans l'ombre. Abrielle devait être de retour. Elle l'entendait s'affairer dans leur minuscule salle commune, qui se trouvait entre leurs deux cellules.

— Aby ?

— Je suis là, maman.

— Tu as passé un bon moment ?

— Excellent.

Abela se leva péniblement et retrouva la jeune fille en train de confectionner des bougies.

— On n'en avait presque plus, se justifia-t-elle sans se retourner.

— Je te remercie. Cela m'évitera de le faire demain.

— Tu as déjà assez de travail comme ça, maman. J'ai croisé Baako. Elle aussi avait l'air épuisée. Vous en faites trop, toutes les deux. Je suis bien contente que tu aies pu t'accorder un peu de repos. Tu devrais le faire plus souvent.

— Nous sommes les Guides de l'immeuble. Nous n'avons pas le choix. Personne ne fera le travail à notre place si nous ne prenons pas les choses en main.

Abrielle se contenta de hausser les épaules en prenant bien soin de ne laisser échapper aucune goutte de cire hors du moule qu'elle remplissait consciencieusement. Elle pensait que sa mère pourrait se remarier, et ainsi avoir quelqu'un sur qui se reposer, mais elles avaient déjà eu cette conversation des dizaines de fois et Abela refusait cette option.

« J'aimais ton père plus que tout et je le trahirais si j'allais avec un autre homme.

— Mais, maman, papa est mort, il s'en fiche bien que tu sois avec quelqu'un d'autre ou non ! Et il s'en fichait bien de savoir ce que tu allais devenir quand il est parti plonger au Cercle, cette nuit-là...

— Ne parle pas ainsi de ton père. Il a fait ce qui lui semblait juste. Et il l'a payé de sa vie. Je ne me remarierai pas, Aby. Fin de la discussion. »

Elles vivaient seules depuis plus d'un an, à présent. Abrielle était devenue majeure, la cérémonie s'était déroulée sans son père. Elle avait refusé qu'un autre homme de l'immeuble l'accompagne. La vie au village était rude, surtout pour une Guide, et Aby aurait été soulagée qu'un nouvel époux puisse soutenir sa mère dans ce quotidien pénible. Laliss, leur voisine de cellule, s'était bien remariée au bout de six mois, elle ! Alors pourquoi pas Abela ? Mais cette dernière ne voulait pas en entendre parler et supportait le poids du quotidien seule.

— Tu ne t'es pas baignée, finalement ? demanda sa mère, l'interrompant dans le fil de ses pensées.

— Non.

— Je le vois bien, tu portes la même jupe que ce matin et elle est sèche.

— Je n'aime pas me baigner avec mes vêtements. Le tissu de mes jupons s'entortille autour de mes jambes, je ne peux pas nager. Le sel colle à ma peau sous ma tunique. Je préférais avant.

— Avant, tu étais encore une enfant, ma chérie. Quand on devient une femme, que l'on atteint la majorité, on ne se baigne plus sans ses vêtements.

— C'est ridicule. Je le faisais encore la veille de la cérémonie. Je n'ai pas changé tant que cela depuis. J'étais déjà formée.

— Tu étais mineure, et tu étais considérée comme une enfant. Maintenant, tu as seize ans, tu es une femme et ce serait inconvenant. Tu peux en penser ce que tu veux, mais nous devons tous nous conformer aux lois du village, toi comme les autres. Tu sais très bien que certains t'ont déjà à l'œil, inutile de te faire remarquer.

— Je sais, maman, pas la peine de me rappeler qui je suis…

Sous le coup de la contrariété, Abrielle fit un geste un peu trop brusque et de la cire brûlante et parfumée coula sur la table.

— Et mince ! Voilà !

— Ce n'est rien, à peine quelques gouttes.

La jeune fille serra les lèvres et continua sa tâche sans croiser le regard de sa mère. Sinon, elle se serait mise à crier.

Depuis quelque temps, elle se sentait oppressée en permanence. La routine assommante, les corvées épuisantes, rassembler la nourriture, la partager, moudre la farine, baratter le beurre, s'occuper des animaux à la ferme, laver le linge, préparer les repas… tout ce qui lui paraissait normal à une époque était devenu insupportable. C'était arrivé comme ça, presque d'un coup, sans qu'elle sache pourquoi. Non, elle se mentait à elle-même. Elle savait précisément depuis quand elle se réveillait chaque matin avec l'envie de hurler et de se rendormir pour toujours : depuis la disparition de son père, une nuit. Après la peine et le manque étaient venues les questions et les réponses. Aby savait pourquoi Paol était parti. Il le lui avait fait comprendre, au travers d'allusions, de bribes de conversations. Parce qu'il étouffait, parce qu'il devait trouver un moyen d'élargir l'horizon de son existence. Et à présent c'était son tour à elle de ressentir les mêmes frustrations, les mêmes envies de briser les murs. Oui, elle détestait la vie dans l'immeuble. Toutes ces règles strictes qui l'asphyxiaient, la forçaient à se changer en un personnage qui ne lui correspondait pas.

Elle voulait retrouver le plaisir de se baigner en maillot de bain, de sentir l'eau chaude du lagon glisser sur ses bras nus, sur ses épaules libres, sur ses jambes délivrées du poids des jupons.

Elle voulait retrouver le contact du soleil sur sa peau, la voir brunir à nouveau. Mais depuis qu'elle était majeure, elle se devait de porter le carcan de la longue robe grise, qui descendait jusqu'à la pointe de ses chaussures, aux manches longues, au col haut. Toutes les femmes étaient habillées à l'identique au village. Un bonnet de coton de la même couleur ainsi qu'un tablier d'un blanc immaculé complétaient leur tenue. C'était morne, à l'image de cette barre de béton qui leur servait d'habitation. Triste, terne, et déprimant. L'unique petite fenêtre, équipée de barreaux, donnait sur le Mur et jamais un seul rayon de soleil ne pénétrait leur minuscule logement.

Mais Abrielle savait qu'il ne servait à rien de protester. Ces règles, ces lois étaient les mêmes depuis des siècles, immuables, écrites noir sur blanc dans l'énorme livre, le règlement intérieur qui se trouvait dans l'oratoire, au rez-de-chaussée. Si elle ne parvenait pas à s'y conformer, il ne lui resterait qu'une solution : imiter son père, mais elle s'en sentait incapable. Elle ignorait tout de ce qui se trouvait au-delà des limites du village, et quant à en partir… L'Anneau était considérable par sa taille et sa surface… Non, elle n'y arriverait jamais.

Aussi Abrielle se contenta-t-elle de remplir les moules des bougies, puis d'y tremper les mèches avec précaution, en retenant les mots et toutes les émotions qu'elle ne pouvait pas laisser jaillir hors d'elle.

2.

— Je suis inquiète pour Aby, murmura Abela en jetant un coup d'œil à la ronde.

Ses paroles s'adressaient à Baako et uniquement à elle, personne d'autre ne devait entendre ce qu'elle avait à dire. Quand Abela avait besoin de se confier, elle se tournait vers son amie de toujours, la seule à partager ses secrets. Les deux femmes étaient les Guides du village, et leurs responsabilités étaient écrasantes. Il fallait veiller à la bonne répartition des vivres et des biens nécessaires au quotidien : vaisselle, vêtements, eau potable, médicaments... Tout était rationné, compté, sans cesse réparé, ravaudé, recyclé afin de préserver leurs ressources. Par exemple, les assiettes en aluminium étaient les mêmes depuis le début de l'existence du village. On n'en fabriquait pas de nouvelles car les matériaux de base pour cela n'existaient pas sur l'Anneau. C'est pourquoi elles étaient ternies par les années, gondolées, abîmées, mais tant qu'elles restaient utilisables, on s'en servait, ensuite on les remplaçait par des plats en bois ou façonnés dans des coques de calebassier. Même chose pour les ampoules. L'électricité fonctionnait encore et permettait de chauffer l'eau des douches, même si celles-ci étaient strictement minutées, mais tous les filaments avaient grillé et on n'en trouvait plus nulle part, c'est pourquoi il fallait fabriquer quantité de bougies pour s'éclairer.

On racontait qu'autrefois les différents quartiers de l'atoll étaient régulièrement approvisionnés en biens de toutes sortes, en nourriture aussi, mais c'était il y a bien longtemps et personne ne venait plus de l'extérieur, de l'autre côté du Mur, depuis des centaines d'années. Toutefois, on gardait le souvenir de fruits savoureux conservés dans des boîtes métalliques, de viandes variées, de sucre blanc. Ces mets étaient désormais des légendes. Alors les habitants de l'Anneau se débrouillaient comme ils le pouvaient. Ils avaient développé certaines compétences, apprenant à ne compter que sur ce que leur environnement leur offrait. Des champs de coton, de blé, de canne à sucre, un potager, des fruits, et du poisson, de la cire d'abeille. Un peu de manioc et des patates douces. Parfois on sacrifiait un mouton, mais la plupart du temps c'était réservé aux grandes occasions : un mariage, ou une naissance.

— Inquiète pour elle ? Pourtant, je la trouve très calme, fit remarquer Baako en jetant un regard vers Abrielle qui triait les fruits, un peu plus loin, afin de les distribuer équitablement à chaque famille de leur communauté.

— Justement. Elle est trop calme, elle garde tout en elle. Et tu sais bien que…

— Chut. Je sais, ce n'est pas la peine d'aborder ce sujet. On pourrait nous entendre. Pour l'instant, ça ne se voit pas…

— Parce que tu ne vis pas avec elle au quotidien, Baa. Je sens que ça couve en elle. Elle se retient, elle pince les lèvres. Mais je crains qu'un jour…

— Tu crois qu'elle pourrait ? Vraiment ?

Abela ferma les yeux, un air de profonde tristesse imprimé sur ses traits tannés par le soleil.

— J'en ai peur. Chaque matin, je prie pour que cela n'arrive pas, et chaque soir, je remercie le ciel que cela ne soit pas arrivé.

— Si elle parvient à se contenir, ça lui passera. Il faut lui occuper l'esprit, lui faire oublier ce… cette tare.

Abela eut un rire amer et s'essuya les mains sur son tablier blanc. L'eau qui sortait de la pompe était glaciale, et chaque fois qu'elle faisait la lessive elle finissait avec les doigts gercés et crevassés, alors que la température de l'air était douce.

Les robes grises roulées en boule dans le lavoir de bois laissaient échapper des bulles de savon irisées.

Près d'elles, d'autres femmes battaient énergiquement leur linge, noyant les voix des deux amies, qui se permettaient ainsi quelques confidences. Abela continua à dérouler le fil de ses pensées.

— Ça lui est un peu passé, à la mort de Paol. Je crois que l'envie n'était plus là, mais elle revient. Le deuil est terminé, le plus gros de la peine, du manque est derrière elle. Et, ajouta-t-elle dans un souffle en s'assurant que personne ne pouvait l'entendre, les réminiscences reviennent, je le sais, je le sens.

Baako secoua la tête de désappointement. Abela avait déjà assez à penser sans que sa fille fasse des siennes. Abrielle était autrefois charmante, une enfant joyeuse, rieuse, toujours volontaire, à l'image de sa mère. Mais à présent, depuis la mort de son père, elle devenait chaque jour un peu plus aigrie. Comme si une frustration insupportable la rongeait. Or, au village, on ne pouvait pas se permettre d'être frustré. Il fallait avancer, continuer, se battre, endosser ses responsabilités pour le bien de tous, afin que les traditions perdurent, que le règlement soit appliqué et que le fil des jours continue à se dérouler comme toujours depuis des siècles. Les coutumes, les habitudes constituaient le socle de leur petite société et rien ne devait les en détourner, surtout pas une jeune fille au comportement inadéquat.

Baako frissonna à l'idée de ce que le moindre bouleversement pourrait détruire dans leur fragile équilibre.

— On doit la marier, finit-elle par déclarer.

— Pardon ? s'écria Abela.

— On doit la marier, cela la détournera de ses mauvais travers. Elle devra s'occuper de son mari, de ses enfants, elle oubliera les… enfin, tu vois.

— Tu es folle ! Elle n'a pas encore dix-sept ans, elle vient de passer sa cérémonie de majorité ! Elle est bien trop jeune. C'est la règle : les femmes ne se marient pas avant vingt ans. Si on change une règle pour en contourner une autre, cela ne sert à rien.

Baako soupira, repoussa la lourde boule de linge gorgée d'eau et croisa les bras contre sa poitrine généreuse. C'était une femme massive, grande, large, à la voix qui portait loin. Ses cheveux commençaient à grisonner sous son bonnet, mais ses yeux noirs, vifs, conservaient l'éclat de la jeunesse que son visage n'affichait plus.

— Écoute, ce n'est pas écrit dans le règlement intérieur, ça. C'est juste nous qui l'avons décidé entre nous, pour éviter toute dérive de la part des hommes. Mais si marier Abrielle peut l'empêcher de céder à la tentation, alors nous devons le faire. Sinon, nous la perdrons, tu le sais autant que moi. Et tu te retrouveras seule, Abela. Réfléchis bien…

Pour toute réponse, Abela abattit avec rage son battoir sur le linge qu'elle lavait. Elle ne voulait pas perdre sa fille, mais elle ne voulait pas non plus la marier trop tôt. Elle la connaissait comme la paume de sa propre main. À trop chercher à bien faire, on pouvait parvenir au résultat contraire. Abrielle n'était pas prête à se marier, pas si jeune. Et Abela ne l'aurait pas été non plus à son âge

Pourquoi fallait-il que sa fille ait été touchée par cette différence ? C'était son père. Ce fou. Ce fou qu'elle avait aimé de toute son âme… Paol et ses rêves plus grands que le monde. Il en avait perdu la vie. Pendant longtemps, elle l'avait détesté pour cela. En les quittant sans un mot, sans une explication, en pleine nuit, il les avait abandonnées, elle à sa solitude, leur fille à son destin difficile. Non, Abrielle ne finirait pas comme son père. Abela ne laisserait pas cela advenir.

Sans dire un mot de plus, regrettant déjà de s'être confiée à son amie, elle acheva sa lessive, alla l'étendre sur la longue corde tendue entre deux arbres et prit la direction du lagon. Elle ne s'y était pas rendue depuis longtemps, mais aujourd'hui elle avait besoin de s'y reposer pour réfléchir, et pour comprendre…

Baako observa un moment son amie s'éloigner vers la mer, silhouette rapetissant sur le chemin à travers champs. Elle avait de la peine pour elle. Abela avait déjà eu à vivre plusieurs drames dans sa vie : l'attitude déviante d'Abrielle il y avait quelques années de cela, la disparition de son époux, Paol, parti une nuit sans explication... Et voilà qu'à nouveau sa fille faisait des siennes.

Abela était droite, parfaite dans son rôle de Guide, suivant à la lettre les articles du règlement intérieur. Elle ne méritait pas toutes ces épreuves, mais Baako connaissait l'origine du mal : Paol. Et lui-même était le fils d'un malade qui s'était tué il y avait des années de cela, pendant les journées embrasées par une folie qui avait touché presque tout le village. Pas étonnant...

Baako ne gardait qu'un vague souvenir de cette période de démence, qui s'était déroulée quand elle n'était encore qu'une jeune enfant. Mais elle savait qu'à présent, des décennies plus tard, alors qu'elle était devenue une personnalité importante, une Guide, une référence, il était de son devoir d'éviter que cette vague de délire ne se reproduise. Elle couvait, pourtant. Baako le voyait dans les yeux des femmes épuisées, des hommes harassés. Elle l'entendait dans les soupirs poussés par chacun, même si les plaintes demeuraient informulées. Elle le devinait dans certains gestes d'agacement, dans des regards noirs jetés au Mur, comme si cette paroi infranchissable était la cause de tous les maux. Et peut-être que, d'une certaine façon, il l'était. Mais on ne pouvait ni le contourner, ni le détruire, ni passer de l'autre côté. Alors il fallait continuer et faire en sorte que la vie au village ne se brise pas sur les récifs de la folie, celle qui naissait du besoin des hommes de franchir les limites. Leur vie, c'était le village ; leur horizon, ses frontières : le Mur au nord, le Cercle au sud, la plage coupée par la falaise à l'ouest et la ferme, cernée d'une forêt sauvage et dangereuse, à l'est. Ces quelques kilomètres carrés étaient à eux. Déjà mieux que rien. Il fallait s'en contenter et remercier la vie de ce qu'elle avait à leur offrir, sans céder au découragement et aux appels malsains des abysses, des réminiscences ou de la colère. Non, Baako ne le permettrait pas.

Pleine de ces réflexions et inquiétudes, elle alla trouver Braden.

Ce dernier faisait sa ronde de l'après-midi, le visage fermé, les mains derrière le dos, ses yeux gris perçants surveillant les moindres faits et gestes de la communauté présente sur la place.

— Je dois te parler, ainsi qu'à Wilrick, lui lança-t-elle sans préambule.

— Il se passe quelque chose ?

Le cœur de Braden avait accéléré le temps de quelques battements. Était-ce de peur ou d'espoir ?

Il ne parvenait pas à le définir clairement, mais la réponse de Baako balaya la question :

— Pas encore, mais il se pourrait que ça change.

— Vraiment ?

— Abela s'est confiée. Les réminiscences semblent toujours présentes.

Abrielle. Ses bonheurs, ses malheurs, tout venait d'elle. Tout.

— Très bien, allons trouver Wilrick, lâcha-t-il d'un ton sec.

Avant de suivre la femme à l'intérieur du bâtiment, il se retourna vers Abrielle qui aidait une fillette à éplucher un fruit en souriant. Il savait pertinemment qu'elle pouvait tout changer, bouleverser sa vie, celle des autres, et il ne fallait pas. C'était interdit ! Il la détestait tellement. Non, il l'aimait. Encore ? Non ! C'était terminé. Depuis la mort de son père, c'était terminé et il fallait que tout s'achève enfin. Était-ce l'occasion qu'il attendait depuis si longtemps ? Il allait peut-être pouvoir l'effacer. Lui seul donnait du sens au monde, n'est-ce pas ? Lui seul avait le pouvoir de faire vivre Abrielle.

Ou de la faire mourir.

Il sourit.

Il allait peut-être se sentir utile, finalement.

3.

Abrielle courait, ses lourdes jupes remontées jusqu'aux genoux. L'interminable chemin de poussière était sec. Il n'avait pas plu depuis longtemps. Ces derniers mois avaient été chauds et arides. Enfin, elle dépassa les champs démesurés au milieu desquels les hommes, terrassés par l'ardeur du soleil, paraissaient minuscules et peinaient en arrosant les hautes pousses de canne à sucre. Ils ne parlaient pas, faisaient leur travail dans la plus grande concentration, leurs chemises blanches brillant dans l'intensité de la lumière, les manches retroussées jusqu'aux coudes. Leurs barbes perlaient de sueur, ainsi que leurs fronts brunis. Abrielle n'aimait pas sa condition de femme, au village, mais en passant près d'eux elle se dit que, finalement, celle des hommes n'était pas plus enviable.

Il n'y avait pas d'agriculteur dans sa propre famille, aussi n'avait-elle qu'une vision lointaine de ces contraintes. Son père était pêcheur. Il partait tous les jours dans le Cercle pour attraper les poissons qui vivaient entre les récifs. Elle se souvenait avec précision de ces heures magiques où elle l'avait accompagné.

Sa barque se balançant sur les flots paisibles, le ciel immense, illimité, passant loin derrière le Mur, les oiseaux qui planaient au-dessus de sa tête. L'eau renvoyait des éclats vifs, clapotait autour de l'embarcation. Ils étaient seuls au monde là-bas. L'atoll était gigantesque. Quand Abrielle se tenait sur la plage la plus proche du village, elle ne pouvait pas voir les côtes situées à l'opposé de ce rond quasi parfait. Seule la courbure du littoral immédiat était visible : des falaises, des plages, des forêts qu'elle connaissait de vue, mais qu'elle n'avait jamais visitées…

Parfois, tandis qu'ils dérivaient au large, toute vision de la terre ferme disparaissait, il n'y avait plus que le bleu de l'eau, l'or du soleil, le blanc de la voile triangulaire du petit bateau, et Abrielle se sentait presque libre, en s'imaginant qu'elle pourrait partir vivre dans une autre partie du monde. Loin des conventions, des obligations, du règlement intérieur. Loin des ragots, des interdictions.

Elle se tournait alors vers la rive opposée à celle où se trouvait son village et écarquillait les yeux vers l'horizon où le ciel et la mer se confondaient. On racontait que d'autres peuples vivaient là-bas, mais certaines personnes raillaient ces légendes en rappelant qu'on n'avait jamais rencontré aucun étranger, ni qui que ce soit de différent. Pourtant, Abrielle voulait y croire, même si elle avait du mal à imaginer des individus autres que ceux qu'elle connaissait depuis toujours. Secrètement, elle espérait en croiser un jour, mais l'atoll avait été divisé en secteurs dont les limites invisibles étaient rarement franchies.

Après un long moment de silence, pendant lequel ils se laissaient bercer par les flots, son père remontait dans ses filets des poissons scintillants au soleil, et les déversait, encore frétillants, dans le fond du bateau. De sa voix basse, calme, il lui racontait que pour arriver dans le Cercle, ces poissons avaient trouvé des fissures dans le Mur, sous l'eau, et que c'est comme ça qu'ils parvenaient dans le lagon rond. Une fois là, ils y restaient, se multipliaient et permettaient au village de se nourrir.

— Je suis certain qu'avec l'équipement adéquat, on pourrait plonger dans les profondeurs du Cercle, passer sous la bande de terre de l'Anneau et trouver nous aussi des galeries dans le Mur qui s'enfonce dans la mer autant qu'il monte dans le ciel, chuchotait-il en triant les espèces pêchées, rejetant à l'eau celles qui ne l'intéressaient pas.

Abrielle fronçait les sourcils en observant la haute muraille, pâle et vibrante dans la brume de chaleur montant des forêts humides et denses.

— Pourquoi voudrais-tu trouver des passages ? L'Anneau est déjà tellement vaste et on ne le visite jamais… Qu'y a-t-il de si passionnant de l'autre côté ? Maman répète qu'il n'y a rien. Quel est l'intérêt de plonger vers le rien ?

Petite, Aby posait toujours beaucoup de questions. Cela agaçait Abela qui disait que l'on ne devait pas s'interroger. Juste accepter la vie telle qu'elle était, la traverser le plus dignement possible jusqu'au dernier souffle.

Son père, au contraire, aimait lui répondre, mais seulement quand ils se retrouvaient tous les deux, pour ne pas froisser sa femme.

— Bien sûr qu'il y a des choses de l'autre côté. On raconte qu'autrefois le village était souvent réapprovisionné par des hommes qui débarquaient de l'extérieur. Ils nous ont fourni les objets en métal, ont construit les bâtiments. À l'époque, ils réparaient ce qui était abîmé. Ce sont eux aussi qui ont amené les animaux présents à la ferme. Il n'existait pas de vaches ou de moutons sauvages sur l'atoll. Tout ça, ce sont les peuples d'avant qui nous en ont fait cadeau. Mais voilà bien longtemps que plus personne n'est venu. On raconte que c'est à cause de la Pluie de la Lune. Peut-être que tout le monde est mort ailleurs… Mais ici, on a oublié comment passer de l'autre côté du Mur. On a oublié que le monde est plus vaste que l'Anneau.

En grandissant, elle avait fini par accepter cette légende comme une réalité possible. Son père y croyait tellement, il désirait tellement s'échapper au-delà des barrières de l'atoll qu'elle avait fini par penser comme lui et espérer pouvoir partir un jour, l'accompagner dans sa quête d'ailleurs.

Oh, comme elle souhaitait que son père trouve le passage, qu'il les emmène avec lui, elle et sa mère, pour commencer une nouvelle vie dans un endroit merveilleux où ils seraient heureux pour toujours !

Mais il était parti une nuit. Seul. Définitivement… Or, de cela, elle ne voulait pas se souvenir.

Elle s'engagea sur le Pont dans le Vent, une simple construction de bois et de corde surplombant un gouffre au fond duquel la mer s'avançait comme un bras aux reflets turquoise, jusqu'au Mur. De l'autre côté du ravin se trouvait le chemin serpentant en pente douce vers le lagon.

On l'appelait le Pont dans le Vent parce que les jours de tempête il tanguait dangereusement, se soulevait, prêt à éjecter l'inconscient qui aurait eu la folie de s'y aventurer. Abrielle adorait l'emprunter. Arrivée en son milieu, elle avait l'impression de voler, de flotter entre deux mondes. D'un seul coup, il n'y avait plus de limites, plus de barrières, plus de Mur. Juste la roche, la mer, le ciel et le vent…

La fine structure oscillait à chacun de ses pas, et elle appréciait cette sensation d'être perchée sur une balançoire géante.

Puis elle descendit la sente qui plongeait dans le fouillis de palmiers et d'arbres reliés entre eux par des lianes. Sous les larges feuilles rendues translucides par la lumière du soleil, les dattes seraient bientôt mûres. Alors, on verrait les hommes juchés sur d'immenses échelles les faire tomber par grappes entières. Les enfants se précipiteraient pour tenter d'en chiper quelques-unes. Aby s'amusait ainsi, plus jeune. Avec Braden, son meilleur ami, c'était à celui qui en attraperait le plus. Puis, les poches pleines de leur butin, ils allaient se cacher entre deux rochers, au bord de la mer, et les dégustaient en riant.

Les choses avaient bien changé, depuis.

Les parfums de la végétation remontaient en lourdes écharpes autour d'elle, étourdissantes. La poussière soulevée par ses pas rapides lui asséchait la gorge.

Mais bientôt le lagon vint envahir son champ de vision. Comme à chaque fois, l'image de ce cercle presque parfait d'eau turquoise, cobalt, scintillant de petits éclats dorés sur la cime des vagues, était saisissante. Le sable blanc reflétait la lumière presque violemment, et les cocotiers inclinés au-dessus de l'eau ajoutaient des touches émeraude au tableau. Une bande de jeunes s'éclaboussait un peu plus bas en criant.

Abrielle s'assit sur un gros rocher poli par des années de ressac et trempa la pointe de ses pieds nus dans les vaguelettes fraîches. Depuis qu'elle était majeure, elle ne se baignait presque plus. La contrainte de conserver sa robe même dans la mer la détournait de son plaisir d'antan.

Mais aujourd'hui, elle ne venait pas pour profiter du lagon. Aujourd'hui, elle venait pour écouter. Elle avait acquis cette capacité à se concentrer sur la mélodie presque imperceptible de la vie depuis qu'on lui avait interdit de chanter avec elle. C'était son secret, un secret auquel elle pouvait s'adonner sans qu'on lui reproche quoi que ce soit. S'il était totalement interdit de chanter, le règlement intérieur ne défendait pas d'écouter. Alors elle ferma les yeux, oublia le bouillonnement furieux qui s'agitait en elle habituellement et se laissa porter par les sons environnants.

Le rire des enfants comme un chapelet emporté par le vent, le cri des mouettes étonnamment rauque, le clapotis des vagues, constant, régulier, la brise dans les arbres, douce comme une caresse. Il y avait également le roulement des galets qui frottaient les uns contre les autres, émettant un bruit grave, tels des milliers de claquements résonnant entre deux rouleaux, le crissement du sable soyeux, le doux murmure des palmes, le tintement des petites cascades qui jaillissaient de la falaise. À toutes ces sonorités venaient s'ajouter les roucoulements des frégates à gorge rouge, les jacassements des perroquets aux plumes multicolores, les pépiements des oisillons ébouriffés, les hululements des hérons aux longues pattes délicates, le refrain perpétuel des cigales.

Tous ces bruits, proches ou lointains, se mélangeaient, fusionnaient de façon subtile, afin de créer une musique imperceptible, à laquelle personne ne prêtait attention sauf elle. Un tempo secret, régulier, palpitant autour d'elle comme un cœur géant, constitué des milliers d'éléments répartis dans la nature. Les paupières closes, Abrielle se laissait bercer par la mélodie légère. Le soleil caressait ses joues, son front. Un sourire se dessina – le premier depuis très longtemps – et détendit son visage, lui donnant un éclat particulier, une douceur qu'elle dissimulait, de peur de paraître trop vulnérable. Oui, c'était bon d'être ici, à l'écoute de l'hymne glorieux de la nature. Et personne ne pouvait l'en empêcher. Personne. Pas même sa mère. Ni Braden ni Wilrick. Personne.

Elle resta là jusqu'à ce que l'ombre du Mur s'étende sur l'eau du lagon, lui faisant perdre ses transparences magiques. Alors, le cœur léger, un nouvel espoir gonflant son âme, elle se leva, renoua ses longs cheveux bruns en un chignon serré et coiffa son bonnet rêche.

Ce soir-là, en rentrant à travers champs, elle repensait aux sonorités qui l'avaient envahie. Trop occupée pour prendre le temps d'en profiter tous les jours, elle appréciait d'autant plus les rares moments où elle en avait l'occasion. En son for intérieur un refrain se dessinait, un rythme la hantait… Mais elle les gardait pour elle, bien retenus derrière ses lèvres serrées, dans son esprit verrouillé. Il ne lui était plus jamais arrivé de se laisser aller, oh non. Elle savait comment cacher son jeu. Si quelqu'un découvrait qu'elle laissait les réminiscences, ces mélodies interdites, monter en elle… Non, inutile d'y penser. C'était son secret, un secret bien protégé.

Quand il se dressa devant elle, silhouette large et massive, elle sursauta.

— Aby, tu devrais te hâter de rentrer, ça va être l'heure du sermon. Tu ne voudrais pas être en retard au sermon, n'est-ce pas ?

Le visage d'Abrielle se referma aussitôt. La quiétude qui s'y affichait s'était évaporée. Aussitôt, elle retrouva son air distant, celui qu'elle arborait en permanence, ce détachement qui lui permettait de masquer ses émotions, cette vague de lassitude qui menaçait d'exposer tout ce qui tournoyait en elle.

D'une voix qu'elle espérait ferme, elle répliqua :

— Je te remercie, Braden, mais je n'ai pas oublié. Tu vois, je suis en chemin. Toi-même, tu n'es pas exactement au village, là.

— Ne fais pas la maligne avec moi. Je sais ce que tu faisais. Je sais ce que tu as dans la tête.

— Ah bon ? Alors vas-y, explique-moi.

— Tu écoutes les réminiscences. Elles sont en toi, et tu les nourris, tu leur permets de prendre de la place, alors que tu devrais les chasser, avoir honte d'elles !

La justesse de ces paroles, quand la jeune fille se pensait indéchiffrable, la percuta de plein fouet. Abrielle sentit le sang quitter son visage, son cou, ses épaules. Heureusement qu'elle avait pris un peu de soleil, sa pâleur serait moins visible.

— Tu racontes n'importe quoi, Braden. Je suis juste allée me reposer à la plage. Et il n'y a pas de loi contre ça !

Le jeune homme, qui avait à peu près deux ans de plus qu'Aby, ricana avec méchanceté. Il se redressa, comme s'il avait besoin de prouver qu'il était plus fort qu'elle. Pourtant, Abrielle le savait bien. Braden avait été son meilleur ami, pendant des années, puis son premier amour… Un doux géant qui la protégeait, passait ses journées à ses côtés. Leur complicité était unique, autrefois. Puis, la même nuit que Paol, Bloren, son père, qui était gardien en chef à l'époque, avait disparu. Braden lui avait succédé dans son rôle de garant de la bonne conduite au village et tout avait basculé. Il était devenu l'ennemi, le traqueur, le mauvais, accusant Aby et sa mère d'être les responsables de son malheur.

Il rit un peu plus fort.

— Cela peut être modifié. Après tout, je suis celui qui fait la loi, n'est-ce pas ? Et je peux faire passer ce que je veux, surtout si c'est pour interdire le développement des réminiscents. D'*une* réminiscente, plus précisément.

— Arrête avec cette histoire ! Cela fait longtemps que c'est terminé, tu le sais bien. Tu n'as aucune preuve, aucune raison d'être continuellement sur mon dos.

— Je crois au contraire que j'ai toutes les raisons de l'être. *Réminiscente !*

Abrielle fit un pas de côté afin de contourner son ancien camarade, mais ce dernier imita son mouvement pour lui bloquer le passage. Alors elle recommença sa manœuvre de l'autre côté. Il fit de même.

— Braden, laisse-moi passer. C'est toi qui vas me mettre en retard pour le sermon. Et tu ne voudrais pas que je sois en retard, n'est-ce pas ?

Sans la quitter des yeux, le même rictus déformant toujours son visage, il s'écarta lentement, comme à contrecœur, et libéra le chemin. Toutefois, il prit bien garde de la suivre de près, comme s'il voulait vérifier qu'elle n'allait pas filer à son insu.

— Quand je pense qu'avant je te faisais confiance. Et je faisais aussi confiance à Paol. C'est lui qui a tué mon père !

Abrielle ne prit même pas la peine de lui jeter un regard. Elle avait entendu ce discours des dizaines de fois.

— Tu n'en sais rien, Braden. Peut-être que c'est le tien qui a tué le mien. Ils ont disparu la même nuit, personne ne sait ce qu'il s'est réellement passé…

Braden attrapa le bras d'Abrielle, la forçant à s'arrêter, et la retourna vers lui brutalement.

— Mon père était gardien en chef. Gardien en chef, tu entends ? Il avait des responsabilités, il était le garant du règlement intérieur. Jamais il n'aurait suivi ton père dans une folie pareille, jamais ! La fascination des abysses est une abomination. Vous êtes tous cinglés dans ta famille. Jamais je n'aurais dû t'approcher. Tu m'avais fait perdre la tête avec un de tes sortilèges maléfiques, mais c'est fini, je connais tes petites manœuvres, je sais de quoi tu es capable. Maintenant que je suis le représentant de la sécurité du village, je ne permettrai pas qu'une telle horreur se reproduise. Je t'ai à l'œil, la réminiscente. Je t'ai à l'œil et je ne te laisserai pas contaminer les autres. Même si ça fait longtemps, tu n'es pas différente de ce jour où tu as chanté, et si je t'y reprends, tu finiras comme ton père, Abrielle. Comme Paol, tu disparaîtras un jour, une nuit, et personne ne saura ce qu'il t'est arrivé. Ce jour-là, on sera enfin débarrassés de ta présence impure.

Les ongles de Braden s'enfonçaient dans la chair de son bras, l'ombre du Mur continuait de s'épaissir autour d'eux et un vent plus frais s'était mis à souffler, pliant les hautes pousses de canne à sucre, soulevant un tourbillon de poussière sur le chemin.

Abrielle planta ses prunelles noires dans le regard fou de son ancien ami et s'emporta.

— Lâche-moi, tu entends ? Lâche-moi ! Tu es peut-être le gardien en chef, mais tu es soumis aux mêmes règles que les autres, Braden, il est interdit de faire du mal à une femme. Et je pense que les bleus que tes doigts vont laisser sur ma peau seront une preuve suffisante de ton agression.

Aussitôt, Braden desserra son étreinte et cracha par terre, manquant de peu les chaussures de la jeune fille.

— Tu es un serpent, une monstruosité, siffla-t-il. Un jour, je nettoierai l'île de ta présence.

Abrielle lui tourna le dos et, en marchant le plus vite possible, se dirigea à nouveau vers le village. Elle ne voulait pas courir, lui montrer qu'elle avait peur. Pourtant, son cœur battait à tout rompre contre ses côtes, une nausée violente lui tordait l'estomac.

Enfin, elle atteignit la place devant l'immeuble de béton, synonyme de refuge. Tout le monde s'affairait, se préparait pour le sermon hebdomadaire qui se tenait chaque mardi soir. Sans se retourner, sans vérifier si Braden la suivait, elle s'élança dans les escaliers et se dépêcha de s'enfermer dans sa cellule, le temps de reprendre ses esprits et d'enfiler une robe et un tablier propres, avant de rejoindre sa mère qui l'attendait.

4.

Wilrick observa la foule des villageois s'asseoir sur les bancs en bois de l'oratoire. Devant lui, un lourd pupitre supportait un livre ouvert, à la couverture de cuir épais. Du bout de son index droit, il caressait sans y penser le papier devenu pelucheux, usé par le temps, les caractères d'imprimerie recouverts d'une écriture manuelle quand les lettres menaçaient de s'effacer.

Les murmures des fidèles s'éteignirent à mesure que chacun prenait place : les familles aux premiers rangs, les gardiens aux derniers, à l'exception de Braden, le gardien en chef, qui s'assit à la droite de Wilrick.

Le prêcheur n'avait pas besoin de demander le silence. Lorsqu'il faisait défiler les pages du règlement intérieur sous ses yeux, comme s'il cherchait la bonne, celle sur laquelle il trouverait le point essentiel qui lui servirait de support pour prononcer son sermon, c'était le signal.

Mais ce soir-là, il s'arrêta au tout début de l'ouvrage et la foule frémit car chacun savait ce que contenaient les premiers feuillets imprimés il y avait si longtemps que personne ne savait exactement de quand datait le texte. Oui, ce soir, il allait rappeler à tous les principaux articles, les commandements les plus importants. Pourquoi ? Cela signifiait-il que quelqu'un avait enfreint une loi ? Des regards furtifs se croisèrent dans la petite pièce.

Wilrick se redressa, bomba le torse, inspira longuement, puis se mit à lire, d'une voix de stentor.

— *Article 3 : Chaque individu doit être enfermé dans sa cellule avant la tombée de la nuit.*

Tout le monde acquiesça sans prononcer un mot. L'article 3 était respecté à la lettre, mais ce n'était pas le plus terrible de tous. Wilrick commençait gentiment.

Dans la salle aux murs de béton, aux fenêtres condamnées par des barreaux, le silence était presque palpable. La nuit tombait. Le soir du sermon était le seul de la semaine où les habitants du village échappaient au couvre-feu. Des dizaines de bougies posées sur l'estrade, au sol même, ou enchâssées dans quelques bougeoirs longeant les murs à intervalles réguliers, éclairaient les lieux. Au rythme des flammes vacillantes, les ombres des villageois dansaient sur les murs.

— *Article 5 : Les gardiens sont les seuls maîtres dans l'immeuble. En cas de problème, de catastrophe, de rébellion, ils ont le pouvoir de prendre toute mesure afin de faire revenir le calme dans les locaux. Le gardien en chef a la possibilité de modifier, temporairement, le règlement intérieur afin de circonscrire tout danger ou difficulté.*

À ces paroles, tous les yeux se braquèrent sur Braden, assis sur son petit banc, le dos droit, les mains sagement posées sur ses genoux. Il tentait de garder un visage impassible, mais un léger sourire hautain se devinait sur ses lèvres charnues.

Wilrick ne releva pas le bruissement qui lui parvint du public au moment où les regards se tournèrent vers le gardien en chef. Il continua sa litanie d'articles du règlement intérieur. Articles que chacun connaissait par cœur, que les enfants apprenaient à l'école. Toutefois, il ne serait venu à l'esprit de personne de l'interrompre, ni même de bâiller en signe d'ennui.

Tout le monde écoutait avec recueillement, voire avec crainte, les paroles de l'homme dont le doigt suivait les lignes sacrées.

— *Article 10 : Tous les individus, à l'exception du gardien en chef, doivent boire le cordial du sommeil chaque soir, afin d'assurer à tous un repos paisible.*

Abrielle soupira discrètement. Elle détestait la lecture des articles du règlement intérieur. Et elle détestait davantage encore le cordial du sommeil.

Avaler cette mixture infâme faisait partie de ses gestes quotidiens depuis toujours. Abela s'y appliquait et, pour vérifier que sa fille en faisait autant, elle l'obligeait à dire : « C'est bon » une fois la potion bue, lui ôtant toute possibilité de garder le sirop dans sa bouche pour le recracher plus tard. Quelques minutes après son absorption, elle se sentait légère, sa tête tournait un peu et c'est en titubant qu'elle allait s'écrouler sur son matelas, pour ne se réveiller qu'au matin, avec les premières lueurs de l'aube. Elle avait essayé plusieurs fois d'y échapper, mais sa mère veillait et ses tentatives avaient toutes échoué.

— *Article 12 : La musique est totalement prohibée. Ni radio, ni instruments, ni chants ne peuvent être tolérés. Cette forme de distraction et d'expression est bannie.*

Aussitôt, Abrielle sentit, avant de le voir, le regard pesant de Braden se poser sur elle. Était-ce lui qui avait demandé à Wilrick de rappeler les articles principaux, les fondements de leur société, en rapport avec elle ?

Wilrick ne lut pas les articles suivants. D'un geste brusque, il referma l'énorme livre qui émit un son sec, faisant se redresser les quelques villageois qui s'étaient avachis. Il contourna le pupitre et, les mains derrière le dos, il commença à arpenter la largeur de la pièce en un mouvement presque hypnotique.

— Pourquoi cet article ? Le douzième ? Pourquoi avoir besoin de préciser que la musique est interdite au village ? Sur toute la surface de l'Anneau, même. La musique… Personne parmi nous ne sait plus ce que c'est. Nous l'avons effacée. Bannie depuis des temps immémoriaux de notre monde, nous en avons oublié le sens même. Et c'est très bien ainsi car la musique est perversion !

Il avait presque hurlé ces derniers mots, faisant sursauter l'assemblée qui buvait ses paroles.

Abrielle ferma les yeux quelques instants. Oui, c'était d'elle qu'il s'agissait ici. Pourquoi maintenant ? Pourquoi ce soir ? Cela faisait des années qu'elle s'était imposé une discipline parfaite. Jamais plus elle n'avait fait d'erreur. Qu'est-ce qui réveillait, soudainement, ces regards en coin, ces menaces, cette relecture du règlement intérieur ? Elle ne comprenait pas…

Wilrick reprit son discours d'un ton monocorde.

— Il y a longtemps, des siècles de cela, nos ancêtres ont commis une erreur, des erreurs, pour lesquelles nous payons encore. Quel crime capital ont-ils perpétré ? De cela nous n'avons plus la mémoire, mais leur mépris des valeurs fondamentales a entraîné une série de règles strictes, qui ont façonné notre monde, l'ont rendu meilleur. Depuis combien de temps n'a-t-on pas connu de meurtres, de violences contre les femmes ? Notre petite société vit en paix, une paix organisée, préservée grâce au règlement intérieur et grâce aux efforts de chacun ici. Abela et Baako, nos Guides, gèrent les affaires quotidiennes d'une main de maître. Braden se fait un devoir de faire respecter chaque article de loi, sans faillir. Les hommes s'appliquent à leurs tâches sans relâche. Et cela est devenu possible grâce à la maîtrise de nos instincts les plus primaires. Ces instincts contre lesquels nous luttons peuvent devenir nos pires ennemis et risquent d'être encouragés par des pratiques venues d'un autre âge. La musique en fait partie. Elle est décrite comme le Mal, dans les pages d'histoire du règlement intérieur. Sa pratique et son écoute peuvent conduire à des comportements erratiques, à des excès en tout genre. Elle puise dans nos peurs primales, elle suscite des désirs défendus, elle exprime des sentiments interdits. C'est pourquoi nous l'avons oubliée. N'en sommes-nous pas plus heureux aujourd'hui ?

— Si ! répondit l'assemblée d'une seule voix convaincue.

— Avons-nous besoin de réveiller ces pulsions négatives ?

— Non ! cria le chœur du public en écho.

— Laissons-la dans le cachot de notre mémoire. Ne la réveillons pas.

— Ne la réveillons pas ! scanda la foule.

Abrielle ne répondait pas avec les autres. Elle se contentait de bouger les lèvres pour faire croire qu'elle suivait le mouvement général, mais aucun son n'en sortait. Son cœur tambourinait contre ses côtes, son sang palpitait dans son cou. Elle avait trop chaud, se sentait étouffer dans la petite pièce aux murs nus, et cette clameur lui semblait être dirigée précisément contre elle.

Ses oreilles bourdonnaient encore alors que Wilrick reprenait sa harangue.

— Les réminiscences de la musique ne sont pas les bienvenues dans notre village. Elles représentent une régression vers un monde qui n'est plus le nôtre. Un monde de violence, un monde où la nature profondément mauvaise des hommes et des femmes l'avait élevée à un mode de communication, certains la considérant même comme un art. Une perversion, oui !

— Une perversion ! reprirent les villageois.

Abela savait que ce discours s'adressait à sa fille. Tout le monde le savait. En cet instant, elle détesta Baako, à qui elle s'était confiée quelques jours plus tôt au sujet d'Abrielle et des réminiscences qui l'habitaient. Sans aucun doute, c'était elle qui, s'inquiétant de ce qu'Abela avait révélé, avait soufflé le thème du sermon à Wilrick. Son fils. Abela jeta un regard en biais à Abrielle, la découvrant pâle à côté d'elle.

C'est à ce moment précis qu'elle parut s'éveiller. Depuis combien de temps ce voile opaque occultait sa vue, déformait les sentiments qu'elle éprouvait pour sa fille, altérait sa perception ? Depuis la mort de Paol, c'était certain. Depuis plus longtemps, même. Ce soir, les paroles agressives de Wilrick se transformaient en coups de poignard, déchirant enfin ce voile, après toutes ces années. Abrielle était la chair de sa chair. Quels que soient ses défauts, ses problèmes, elle se devait d'être de son côté, de la soutenir. Aby était seule face au village depuis des années. Braden avait écarté les menaces et les mauvaises langues grâce à son amitié, sa protection affectueuse. Mais depuis la mort de Paol et de Bloren, et l'héritage de ses nouvelles fonctions, même lui était passé de l'autre côté. Cette nuit-là, Abrielle avait perdu ses deux alliés. Ce soir, dans le bourdonnement des voix enfiévrées, elle décida qu'elle soutiendrait sa fille. La seule personne qui lui restait dans ce monde. Peu importait ce que les autres pensaient, Abela avait choisi son camp.

Abrielle n'avait pas décidé d'être une réminiscente. Quand elle était petite, elle ne savait pas ce que c'était exactement. Les sermons du mardi soir étaient encore incompréhensibles pour elle, une litanie de mots qui se suivaient sans signification. Et, quand elle s'était mise à fredonner une mélodie qui tournait dans sa tête, elle n'avait aucune idée de ce qu'elle faisait.

Le souvenir des gardiens se précipitant sur elle, la bâillonnant, la jetant dans le cachot suintant d'humidité et plongé dans le noir, alors qu'elle n'avait que quatre ans, la hantait encore, après toutes ces années.

Elle n'entendit pas un mot de la fin du sermon. Tout tournait autour d'elle, tout était brouillé par un grésillement la séparant du monde extérieur. La mélodie qui lui avait valu d'être enfermée un mois entier, il y avait des années de cela, tourbillonnait de plus belle dans son esprit. Un air étrange, pénétrant, parfois lent, parfois rapide, ample, majestueux. Si elle n'avait pas risqué la mort, elle se serait levée et l'aurait chanté là, au beau milieu de l'oratoire, elle l'aurait offert à tout le village, aux enfants qui ne comprenaient pas plus qu'elle à quatre ans ce que les paroles de Wilrick signifiaient.

Mais elle ne bougea pas. Elle parvint même à garder une respiration égale. Braden continuait à l'observer. Espérait-il qu'elle allait craquer, s'exposer ? Il pouvait espérer autant qu'il le voudrait, Abrielle demeurerait impassible, extérieurement du moins.

Finalement, tout le monde s'agita autour d'elle. Le sermon devait être terminé. Elle suivit le mouvement et se retrouva dehors, sous le ciel parsemé de petits points blancs. Les deux demi-lunes étaient levées. Les débris entre chacune des moitiés de l'astre qui, des siècles auparavant, avait représenté un disque unique flottaient, donnant l'impression qu'une myriade d'étoiles restait prisonnière des deux croissants luisants. Comme Abrielle.

Prisonnière des règles, prisonnière de son village, prisonnière du Mur. Son père avait eu raison. Il était parti pour ne plus revenir. Peut-être n'était-il pas mort. Peut-être avait-il vraiment trouvé un passage et rejoint l'autre côté.

Abrielle se retrouva dans la pièce commune de leur appartement sans trop savoir comment. Elle avait dû suivre Abela par habitude. Sa mère ouvrait déjà le flacon de cordial du sommeil. Quand elle se retourna, Aby la trouva vieillie. De fines rides dessinaient une carte complexe sur sa peau autrefois parfaitement lisse. L'éclat de ses yeux avait disparu depuis longtemps. Depuis que Paol les avait quittées. Ses épaules légèrement voûtées, sa poitrine creusée…

Elle fut prise de remords. Sa mère était écrasée par une charge énorme, celle de faire vivre du mieux possible une communauté entière, et Abrielle ne se préoccupait que d'elle-même. De son envie de se baigner sans sa robe, de son besoin de chanter, de ses rêves d'évasion. En son for intérieur, elle se promit d'être moins égoïste, de mieux aider sa mère, d'arrêter de l'inquiéter, de ne plus lui répondre d'un ton agressif. Avec sérieux, elle avala sa cuillerée de sirop et souhaita bonne nuit à Abela.

Déjà vacillante, elle s'enferma dans sa cellule. Le regard qu'elle jeta par la petite fenêtre aux barreaux rouillés embrassa le Mur qui s'élevait juste derrière l'immeuble. La lumière des demi-lunes se reflétait sur les larges feuilles brillantes de la végétation qui le recouvrait presque entièrement. En souriant, elle écouta les grillons chanter. Quelle chance ils avaient d'être libres d'exprimer leurs émotions, d'envoûter l'air doux de la soirée ! Le cordial était destiné à assommer massivement les hommes, de sorte que cet enchantement leur soit impossible. Mais les soirs de sermon, on se couchait plus tard, et la musique de la nuit se révélait alors…

Avant de sombrer dans le sommeil, Abrielle se fit la réflexion que la mélodie des oiseaux nocturnes, du crissement des insectes, des battements d'ailes des chauves-souris, du glissement du vent contre le Mur ressemblait à celle qui tournait dans sa tête. Et cela la rendit un tout petit peu heureuse.

5.

La pluie était venue, et la fraîcheur avec elle. Ceux qui s'usaient aux champs pouvaient souffler un peu : la nature se chargerait de faire leur travail d'irrigation pendant ces quelques heures d'averse.

En conséquence, la salle commune de l'immeuble semblait surchargée. Les femmes distrayaient les enfants après leurs heures d'école, les hommes jouaient aux cartes ou aux fléchettes.

Les appartements de l'immeuble étaient tous très petits. Une météo clémente permettait aux villageois de vivre à l'extérieur la majeure partie de la journée. Mais, dès que le temps tournait à l'orage, tout le monde se retrouvait dans l'immense réfectoire. On prenait alors les repas en commun, chacun s'occupait comme il le pouvait. Cela virait rapidement à la cacophonie, entre les pleurs des petits, les cris des plus grands, les conversations des femmes, les rires des hommes. Le niveau sonore devenait vite insupportable, tous ces bruits se répercutant sur les murs de béton de la salle.

Heureusement, Abrielle aidait sa mère dans la cuisine qui n'était utilisée que pendant ces jours de mauvais temps. D'habitude, on préparait les repas sur des tables à feu – des structures de bois et de briques enrobées de terre dans lesquelles on attisait les foyers, surmontées de grilles où reposaient les marmites – construites devant l'immeuble. Les familles mangeaient à tour de rôle à l'ombre des calebassiers chargés de gros fruits verts qu'on utilisait pour fabriquer des saladiers, des bougeoirs et des pots en tout genre. Libres sous le soleil, les enfants avaient le loisir de courir autant qu'ils le voulaient sur les tapis d'herbe, ou entre les arbres. Mais aujourd'hui, des trombes d'eau cascadaient sur les vitres, brouillant un paysage gris et désolé.

Abela faisait griller des galettes de céréales, pendant qu'Aby coupait des fruits destinés à une salade. La porte étant fermée, les bruits de la foule, dans la pièce d'à côté, leur parvenaient atténués.

— Je suis désolée, lâcha soudainement Abela d'une voix douce, à peine audible.

— Pourquoi ? répondit sa fille sur le même ton.

— Pour tout. Pour avoir douté de toi, pour t'avoir laissée seule face à tous. Et puis aussi pour le sermon de l'autre soir. Je ne pensais pas… J'ai eu peur que tu flanches, que ça t'échappe, et j'en ai parlé à Baako.

— Oh, maman… Ne t'en fais pas, ce n'est pas de ta faute. Braden était au courant. Je pensais que c'était lui qui était à l'origine de tout ça. Il m'a attrapée sur le chemin dans les champs, juste avant le sermon, et m'a mise en garde. Encore des menaces… Ça faisait longtemps que ça n'était pas arrivé. Mais tu as raison, c'est certainement Baako qui en a parlé à Wilrick.

Abela soupira longuement et ferma les yeux quelques instants. La pluie s'intensifia brusquement, et son fracas vint se mêler aux rires et aux cris des villageois. Abrielle avait l'impression d'être dans une bulle hostile, enfermée ici avec ceux qui la détestaient, guettant le moindre faux pas de sa part. Pourtant, ça ne lui était plus arrivé, plus depuis ses quatre ans. Mais depuis ce jour, il semblait qu'elle n'eût aucun droit à l'oubli.

— Fais attention à toi, ma chérie. Braden peut être mauvais. Depuis qu'il est devenu gardien en chef, il se croit au-dessus de tous.

— De fait, il est au-dessus de tout le monde, maman. Il a le pouvoir. Et il en usera sans hésiter…

— C'est bien cela qui m'inquiète, souffla Abela.

— Maman, je sais ce que tu crois, mais je n'ai plus quatre ans. Je suis capable de faire attention.

La femme retira prestement une série de galettes dorées du feu et les empila dans un plat en porcelaine ébréché, dont le motif bleu s'était estompé.

— C'est ce que j'aurais dû comprendre. Je dois te faire confiance. À toi, et à personne d'autre. Je le sais maintenant. J'espère juste qu'il n'est pas trop tard.

Elle saisit le saladier d'une main et, de l'autre, au moment où elle croisa sa fille, elle passa ses doigts sur sa joue.

— Je ne te laisserai pas seule. Quoi qu'il arrive.

Abrielle sourit à sa mère. D'un seul coup, elle avait l'impression de la retrouver. Celle qui la serrait dans ses bras, qui éloignait ses cauchemars, qui avait séché ses larmes après la mort de son père. Il avait peut-être été nécessaire d'en passer par là pour qu'elles puissent se rapprocher.

Abela ouvrit la porte de la cuisine. Les bruits leur sautèrent au visage. Et dehors, l'orage, énorme, grondait.

Dans l'entrebâillement, Abrielle sentit tout de suite les yeux de Braden sur elle. Faisant mine de l'ignorer, elle s'acharna sur les fruits qu'elle coupait en cubes, en tranches. Malgré sa tâche, la fixité hostile de ce regard chauffait sa nuque, comme si les prunelles du gardien en chef avaient été des tisons brûlants enfoncés dans sa peau.

Elle reporta ses pensées sur ce qu'elle était en train de faire, et écouta la pluie qui tombait. Le rythme de ses coups sur la vitre. *Ticatac. Ticatac. Tac, tac.* Le tintement des gouttes rebondissant sur le cadre de la fenêtre. *Tsing. Tsing.* Elle se surprit à sourire. Wilrick pouvait prêcher tant qu'il le voulait, la musique était là, partout, si on voulait l'entendre. Et cela, même Braden et son titre tout-puissant ne pourraient le lui enlever.

♪

Allongée sur le sable, Abrielle admirait la lune. Deux quartiers opalescents dessinaient leurs silhouettes pâles dans un ciel très bleu. Les pluies n'avaient pas duré plus de trois jours et c'était mieux ainsi. Elle ne supportait plus la promiscuité imposée par le mauvais temps. Pour tout dire, elle ne supportait plus les gens. Braden l'épiait. Wilrick se pavanait, fier de l'effet produit par son sermon. Même si un autre mardi soir avait chassé le précédent, même si un nouveau sermon avait fleuri sur ses lèvres, l'homélie sur l'article 12 résonnait encore dans les esprits de chacun. Abrielle avait l'horrible impression que c'était comme si les habitants de l'immeuble avaient été tirés d'un long sommeil. Des années durant, ils avaient oublié les risques de cette « abomination ». Ils avaient oublié le concept même des réminiscences. Et Wilrick l'avait rappelé à tous. Désormais, les esprits se tournaient vers la dernière – la seule – qui avait osé chantonner, une douzaine d'années plus tôt, c'est-à-dire elle, Abrielle.

Aby aussi se souvenait de ce jour. Il faisait beau. Comme aujourd'hui. Elle jouait sagement près de sa mère, qui ravaudait les filets de pêche de Paol. Ce dernier n'était pas parti en bateau ce jour-là, et il en profitait pour aiguiser son harpon, les couteaux avec lesquels il évidait les poissons dont il rejetait les viscères à la mer.

Abela discutait avec Baako. Les deux amies de toujours, depuis leur enfance. Elles avaient le même âge, étaient allées à l'école ensemble, avaient passé leur cérémonie de majorité en même temps, s'étaient mariées à quelques jours d'intervalle. Les deux femmes menaient des vies presque semblables qui les rapprochaient.

Aby s'amusait avec les figurines que son père lui avait sculptées dans un morceau de bois flotté. Elles étaient douces entre ses petits doigts, et elle adorait la princesse à la longue chevelure que sa mère avait créée à l'aide de fibres de noix de coco.

D'un seul coup, du haut de ses quatre ans, elle s'était mise à chanter. Personne ne l'avait jamais fait devant elle… Aby ne savait même pas ce qu'étaient une mélodie, une comptine ou une berceuse. Tous ces mots, ces concepts n'existaient pas pour elle, et pourtant elle avait chanté. Un air léger qui avait jailli naturellement dans son esprit, le même que celui que la nature lui soufflait depuis toujours : le sifflement des oiseaux, le souffle du vent, le rythme des vagues... Alors elle avait répété tout cela, sa petite voix s'élevant claire et pure, tandis que sa princesse tourbillonnait au son de cette musique entraînante.

Elle n'avait pas remarqué tout de suite le silence qui s'était abattu autour d'elle. Toutes les conversations s'étaient interrompues en même temps, tous les regards tournés vers elle. Abrielle continuait à faire danser sa poupée au soleil. Elle trouvait que ce qui sortait de ses lèvres était joli, que ça allait bien avec les beaux cheveux longs qui virevoltaient autour de la silhouette de bois.

Soudain, des bras forts l'avaient attrapée, une main large s'était plaquée contre sa bouche, interrompant la belle mélodie qui rebondissait sur les éclats de soleil. Elle avait entendu les cris de sa mère et reconnu, effrayée, le visage de Bloren, le gardien en chef, tout près du sien. Pourquoi lui faisait-il mal comme cela ? Il était le père de Braden, son ami. Quelques instants plus tard, on la jetait dans un lieu sombre, humide, sans fenêtre, sur le sol de terre froide, moisie. Elle avait crié, pleuré, appelé ses parents, en tapant contre la porte, longtemps, longtemps, mais personne n'était venu la chercher, ni la consoler. Puis elle s'était recroquevillée dans un coin, une joue contre le sol répugnant, ses cheveux collés par les larmes. Dans le noir, le temps s'était étiré, dilaté pour durer une éternité. Aby avait quatre ans, elle était terrorisée, affamée, assoiffée et terriblement seule.

Abrielle gardait, de ce mois entier où elle était restée confinée, de ces longues heures effrayantes et solitaires, un souvenir précis et douloureux. Elle se rappelait les voix derrière la porte. Et se souvenait des pleurs aussi, les siens, ceux de sa mère.

Elle se remémora les séances d'interrogatoire. On lui demandait où elle avait entendu cet air, si c'étaient Abela et Paol qui le lui avaient appris. On lui faisait mal, pour la forcer à parler. Mais elle était toute petite, et elle ne savait rien, elle ne comprenait rien. Elle trouvait juste que ça faisait beau avec les cheveux de sa princesse. Personne ne lui avait jamais rien chanté, personne, elle ne savait pas ce que c'était. Qu'avait-elle fait de si mauvais, pour mériter un tel châtiment ? Quand on avait eu la conviction qu'elle disait la vérité, on l'avait relâchée, mais elle avait hérité d'un nouveau surnom, la réminiscente, et écopé en prime de regards en biais et de chuchotements sur son passage. Elle était prévenue : son jeune âge lui avait valu la clémence des autorités du village – Bloren, le gardien en chef, et les Guides de l'époque, deux femmes décédées depuis. Mais si on la surprenait à recommencer, si une seule note s'échappait à nouveau d'entre ses lèvres, alors elle serait punie comme il se devait. Et la sentence pouvait être la mort.

Après cet épisode douloureux, Abrielle n'avait plus jamais chanté, plus joué avec sa poupée. Chaque instant de ce mois de cauchemar était resté gravé en elle au fer rouge.

La méfiance à son égard avait duré un an ou deux, puis on avait oublié, juste assez pour qu'elle puisse reprendre une vie normale. Peu à peu, les enfants de son âge s'étaient remis à jouer avec elle. On avait progressivement cessé de la dévisager lorsqu'elle passait. Et un jour, Braden était devenu son amoureux, son promis, sans que cela fasse jaser.

Désormais, elle se contentait d'écouter.

Il y avait d'abord le chant de la nature. Les accords majeurs du vent dans les arbres, les carillons des oiseaux, la voix des vagues, celle des animaux nocturnes, et puis, presque inaudible, la musique des abysses. C'est son père qui lui avait fait découvrir l'existence de ce souffle.

Un jour de pêche, très tôt le matin. Les demi-lunes allaient disparaître derrière le Mur, alors que le ciel était rose, transparent.

Abrielle parlait, de tout et de rien, comme toujours. Subitement, Paol lui avait intimé le silence.

— Chuuut, Aby, écoute !

Elle s'était interrompue et avait tendu l'oreille.

— Je n'entends rien, à part la mer.

— Écoute mieux. Un son, très doux. Un appel qui vient des profondeurs.

Abrielle s'était concentrée. Elle avait fermé les yeux et tendu son visage au-dessus des vagues. Et elle l'avait entendue. Une voix, rejointe par une autre. Un dialogue sous-marin. Qui remontait à la surface déformé, assourdi. Un chant, une invitation.

— Ce sont les abysses. L'eau nous raconte une histoire, Aby.

La fillette avait hoché la tête.

— Elle nous demande de venir.

— C'est ce que je pense aussi. Un jour, j'irai voir pourquoi elle chante.

— C'est interdit de chanter.

Un frisson l'avait saisie. Oh, elle avait bien retenu la leçon.

— On ne peut pas empêcher l'océan de chanter, ma chérie. On pourra nous bâillonner tant qu'on voudra, les abysses continueront à fredonner, leur symphonie retentira toujours pour ceux qui veulent l'entendre…

La mélodie était alors devenue plus grave, plus triste. Un regret, une nostalgie qui avait pris Aby aux tripes. Quelque chose vivait là-dessous, quelque chose qui avait le droit de chanter, de faire de la musique, sans frontière, sans limite. Quelque chose qui l'attendait, elle, Abrielle.

Cette sensation d'espoir et de tristesse mêlés qui s'était alors emparée d'elle étouffait encore Abrielle aujourd'hui, des années plus tard. Pour chasser les crises d'angoisse qui menaçaient de la paralyser, elle se rendait à la plage. Quand le calme tombait sur le lagon, quand les enfants cessaient de crier, elle se concentrait, cherchait à retrouver la vibration intime qui s'élevait des profondeurs. Ici, la voix de l'océan était moins claire, troublée par celle de la terre qui l'accompagnait. Pourtant, il lui semblait parfois, très brièvement, la saisir à nouveau, cette espèce de voix inhumaine mais si belle, puis, presque aussitôt, tout se taisait. Alors Aby se concentrait plus fort et la voix résonnait à nouveau. Lente, majestueuse, insistante. « J'arrive, pensait-elle. Un jour, je serai là, et je vous répondrai, mais pas encore, pas encore. Je ne peux pas… Mais un jour… » Sa promesse silencieuse l'apaisait quelques instants, puis le chant des abysses disparaissait, et la solitude s'enroulait autour d'elle, se resserrant, comme un serpent. Une larme coulait sur sa joue. Son père lui manquait. Son enfance lui manquait. Chanter lui manquait.

Elle se faisait violence, jour après jour, pour ne laisser jaillir aucune note, pour cacher ses réminiscences. Mais sa mère le savait, Braden le savait et Wilrick l'avait rappelé à tous : elle était condamnée au silence. Pour le restant de ses jours.

6.

Chacun vaquait à ses occupations. Les enfants étaient en classe dans une salle à l'arrière de l'immeuble, où l'on avait réuni des tables et des chaises ; ils s'y retrouvaient, tous niveaux confondus, quelques heures par semaine pour apprendre l'alphabet, le calcul et les articles du règlement intérieur.

Baako, quant à elle, préparait de la confiture de mangues dans une énorme marmite en cuivre, posée sur une table à feu. Elle remuait la mixture parfumée, avant de reculer pour échapper aux vapeurs brûlantes qui s'en exhalaient. À l'aide d'une petite branche de palmier, elle s'éventait le visage, rouge et dégoulinant de sueur.

Elle était seule, et c'est ce qui décida Abela à aller la voir, un air de détermination figeant ses traits. Depuis quelques jours, elle cherchait comment entamer cette discussion qu'elle avait imaginée et tournée cent fois dans sa tête. Mais quand elle fut devant son amie de toujours, ses belles phrases fondirent comme le sucre dans la confiture. Elle l'aborda sans délicatesse, trop pressée.

— Baako, je pensais pouvoir te faire confiance à propos d'Abrielle.

— Je ne vois pas ce que tu veux dire. Tu m'as confié tes soucis, tu avais besoin d'alléger ton cœur, tu m'as demandé de l'aide et je t'en ai apporté.

— En soufflant ce sermon à Wilrick ? En rappelant au village entier qu'Aby avait chantonné quand elle n'était âgée que de quatre ans ?

— Non, en rappelant à ta fille qu'il y a un règlement et que quelles que soient ses frustrations, elle doit le respecter. En l'obligeant à reprendre sa place au sein de notre communauté.

À ces mots, Abela se sentit blêmir et accusa le coup.

— Mais Aby n'a jamais quitté cette place, que je sache. Toi-même tu l'as admis, en me faisant remarquer combien elle était calme.

— Oui, mais souviens-toi : tu as souligné qu'elle était sur le point de craquer, tu as douté de sa capacité à se contenir plus longtemps. Il fallait prendre les devants, afin que cela ne se produise pas.

Abela sentait ses arguments s'effilocher. Baako retourna tranquillement remuer sa marmelade, puis revint s'éventer à l'ombre.

— Le sermon aurait peut-être été suffisant, continua Abela. Pourtant, Braden l'a menacée, et tu sais qu'il ne lui faut pas grand-chose pour attiser la haine qu'il entretient envers notre famille, depuis la disparition de son père. Il est beaucoup plus fort qu'Aby et il peut devenir dangereux.

Baako haussa les épaules, comme si elle avait du mal à y croire.

— Je ne suis pas responsable de Braden. Il est le gardien en chef, il est au-dessus de moi, et de toi également.

De façon soudaine, elle attrapa le poignet d'Abela et le serra violemment, intimant le silence et l'immobilité à son amie. Baako était beaucoup plus massive qu'elle. Mais jamais, aussi loin que remontait sa mémoire, jamais elle n'avait eu à l'affronter physiquement.

— Tu te souviens comme moi de Merak, Abela, reprit-elle. Tu étais là quand tout est arrivé, quand le village est devenu fou. On ne peut pas laisser ces événements recommencer, on ne peut pas autoriser le chaos à prendre le dessus. Il suffit d'une étincelle pour allumer le feu de la démence. Tu le sais aussi bien que moi.

— Et tu crois qu'Abrielle pourrait être cette étincelle ? hoqueta Abela sous le coup de la stupeur et de la douleur que lui infligeait celle qu'elle considérait comme une sœur, quelques minutes plus tôt encore.

— Je ne le crois pas, j'en suis sûre. Je reconnais les symptômes. Les gens sont malheureux, fatigués, las de leur condition qui ne change pas et qui ne changera jamais. Il ne leur en faudrait pas beaucoup pour exploser. Et je ne le permettrai pas. Il n'y aura pas d'autres Merak, pas tant que je serai en vie.

Abela parvint finalement à dégager son poignet d'un geste sec. Remettant son bonnet en place, elle ficha son regard dans celui de Baako.

— Je ne te laisserai pas toucher à un cheveu de ma fille, tu entends ? Le village peut prendre feu, ses habitants s'entretuer, Abrielle est ma chair et mon sang.

Et, sur ces mots rageurs, elle fit volte-face et se dirigea vers l'entrée de l'immeuble. Derrière elle, une menace flotta dans la voix de Baako, la faisant frissonner malgré la chaleur.

— Tu le regretteras, Abela…

Un peu plus loin, Braden suivit la femme des yeux alors qu'elle s'engouffrait dans le bâtiment, le visage fermé. Allait-elle poser des problèmes elle aussi ? Devrait-il la faire disparaître ? Il sourit à cette pensée. Oui, il le pourrait. Il pouvait faire disparaître n'importe qui, tout le monde. C'était son pouvoir. Le village n'existait que par sa volonté, n'est-ce pas ?

Il croisa le regard de Baako, brouillé par les vapeurs de la confiture en ébullition. Discrètement, elle fit non de la tête. Avait-elle deviné ses pensées ? Lui demandait-elle d'épargner Abela ?

Possible. Elles étaient amies depuis toujours. Alors il la maintiendrait en vie. Pour le moment, en tout cas.

Le gardien en chef observa la place du village où une foule animée s'agitait. Où était Abrielle ? Il ne la voyait nulle part. Il faudrait qu'il soit plus attentif, la prochaine fois. À partir de maintenant, il devait la suivre partout. Il finirait par la surprendre en train de chanter, il aurait alors toutes les raisons de la faire disparaître.

Oui, la prochaine fois…

Baako soupira et retourna à ses confitures. Elle détestait les conflits, surtout quand ils l'impliquaient, elle. Régler les problèmes des autres était toujours plus aisé que de s'occuper de ses propres affaires. Mais elle savait que ce qu'elle faisait était juste, et même si la situation la peinait, elle se devait d'affronter Abela pour le bien de tous. Non, ses sentiments ne devaient pas entrer en ligne de compte. Comme elle l'avait rappelé, elle ne laisserait pas survenir une autre vague de folie. Elle ne laisserait pas éclater un autre épisode Merak. Il avait été l'étincelle qui avait allumé l'incendie de démence, un incendie ravageur qui avait coûté la vie à de nombreux villageois et menacé pour toujours la stabilité de leur communauté.

Les mots d'Abela au sujet de sa fille avaient instillé en elle une peur froide, envahissante. Il ne fallait pas que leur vie change, que tous les efforts prodigués pendant des années pour conserver l'équilibre soient anéantis par une brebis galeuse. Or Baako recevait les confidences de nombreuses femmes et ne pouvait ignorer que l'insatisfaction régnait. La lassitude était ressentie par la majorité des habitants. Il ne se passait jamais rien, chaque jour ressemblait au précédent, et avaler le cordial était chaque soir un soulagement pour tous : il leur permettait d'oublier cette morne vie de labeur, l'ennui profond dans lequel les plongeaient leurs corvées quotidiennes qu'aucune distraction ne venait jamais éclairer.

Si Abrielle craquait, faisait un pas de travers, alors ce serait la première étape de l'effondrement de leur petite société. Le chaos finirait par advenir. Elle le savait, pour l'avoir déjà vécu.

Baako avait moins d'une dizaine d'années à l'époque, elle avait tout vu, mais n'avait pas compris, à travers les événements dont elle avait été témoin, ce qui avait mis le feu aux poudres. Les villageois avaient brusquement rejeté leurs vies, anesthésiées par une tranquillité factice. Vivre ici, c'était comme être en prison : on traversait les journées sous une apparence de fausse liberté.

Baako se souvenait des paroles de sa mère, en même temps que des images, floues et déformées par le temps, que sa mémoire avait conservées. Le jour où tout avait basculé.

« Les tâches étaient devenues trop lourdes, trop répétitives. Les femmes se mettaient à sangloter sans raison, les hommes allaient voler des bouteilles d'alcool réservées aux cérémonies et se saoulaient. Il faisait très chaud, les enfants pleurnichaient toute la journée, les mouches, agaçantes, voletaient en amas compacts. D'un seul coup, ce fut comme si un signal avait résonné entre eux, un signal silencieux. Les hommes revenaient des champs, après une journée pire que les autres, au cours de laquelle ils avaient constaté que, malgré leurs efforts, tout le travail accompli, leur récolte était en train de mourir sur pied, grillée par la sécheresse. Menés par Merak, le plus exalté de tous, ils se sont saisis de tout ce qu'ils pouvaient : faux, massues, marteaux, couteaux, puis ils se sont précipités vers le Mur en hurlant, comme possédés. Les yeux fous, ils grognaient et poussaient des cris d'animaux... Ils ont tenté d'abattre le Mur. Ils voulaient sortir de là, creuser un passage vers un monde qui, à défaut d'être meilleur ou facile, serait différent. Pendant des heures, en se relayant, ils se sont acharnés et ont frappé le Mur, encore et encore, sans relâche, espérant au moins le fissurer. Mais nous savons tous que le Mur est incassable. Il a été conçu ainsi et, malgré les siècles et la Pluie de la Lune, sa solidité ne s'effrite pas... Je me souviens encore de Merak. Je crois qu'il était ami avec mon père. Son fils dernier-né était mort quelques jours plus tôt. La chaleur, un aliment avarié… Le petit avait été pris de maux de ventre, et en quelques heures c'était fini. Merak, donc, était le plus désespéré de tous. Il répétait comme un dément le nom de son enfant, il voulait provoquer le ciel qui le lui avait retiré… Il a décidé d'escalader le Mur. Il s'est aidé de la végétation pour se hisser. Je garde encore le souvenir de tous les habitants, le visage levé vers Merak qui montait, montait. Tous hurlaient pour l'encourager. S'il parvenait au sommet, il pourrait alors enfin nous dévoiler ce qu'il y avait de l'autre côté, il trouverait un moyen pour nous faire passer, et ainsi libérer le village de cette vie absurde.

» Finalement, il est parvenu à l'endroit où plus rien ne pousse, où la surface grise se dresse pour de nombreux mètres encore jusqu'au sommet. Tout le monde l'acclamait, c'était merveilleux, il allait y arriver. Mais un éclair a jailli du Mur. Merak s'est figé, a hurlé, puis il est tombé comme une pierre. Il s'est écrasé à nos pieds, mort, carbonisé. Ses chairs fumaient encore. Le Mur, dont la partie supérieure est électrisée, avait tué Merak.

» Quand nous avons compris que jamais nous ne pourrions quitter le carcan de nos existences, certains sont devenus fous. D'autres ont imité Merak et ont terminé comme lui, volontairement. Quelques-uns sont partis pour ne plus jamais revenir, d'autres se sont noyés dans le Cercle. Plusieurs ont imaginé des appareils pour respirer sous l'eau, afin de chercher un passage dans la mer, sous l'atoll. Deux seulement sont revenus, pour nous raconter que le Mur descendait dans les abysses aussi loin qu'il montait vers le ciel. Des femmes se sont laissées mourir… Si tu savais : tant d'enfants se sont retrouvés orphelins !

» Puis, par lassitude, le temps de pleurer les morts, le chaos a cessé, tout est redevenu comme avant. La vie a repris son cours, lent, monotone, mais c'était la vie, la seule qui nous soit permise. On a instauré la cérémonie de majorité pour donner l'occasion de faire quelques fêtes, afin d'apporter un peu de joie dans le quotidien, mais je pense que le problème n'a jamais été réellement réglé. Personne n'a plus parlé de ces événements, mais leur souvenir plane encore dans nos esprits et nous rappelle que nous ne pouvons échapper à notre destin. Aussi insatisfaisant soit-il, c'est le nôtre. Nous devons l'accepter, et tout faire pour que le vent de folie qui a failli décimer le village ne ressurgisse jamais. »

Oui, Baako le savait. Comme le lui avait dit sa mère, rien n'avait été réellement réglé, mais c'est parce qu'on ne savait pas quoi faire pour que cela change. On ne pouvait pas passer de l'autre côté du Mur. On aurait pu quitter le village, mais pour aller où ? Qu'y avait-il au-delà de ses frontières ?

Nul ne le savait. Des légendes circulaient, mais rien de concret. Pouvait-on mettre en danger les trois cents personnes vivant ici juste parce que le besoin de changement se faisait sentir ? Et puis, l'Anneau étant par définition circulaire, même s'il était vaste, on finissait toujours par revenir à son point de départ. Essayer d'en sortir était inutile et imprudent, surtout pour les plus jeunes. Enfin, tous ceux qui avaient quitté le village n'étaient jamais revenus. Les derniers en date, Paol et Bloren, étaient la preuve de plus du danger que représentait le reste de l'atoll. Le seul endroit où vivre en sécurité était ici où on avait un toit, une ferme, des champs, un potager – de quoi s'abriter et subvenir à ses besoins.

Il était de la responsabilité de Baako que tout continue ainsi. Que cette communauté, petite certes, mais vivante et organisée, survive. Et pour cela, il fallait être intransigeant. Quelles qu'en soient les conséquences.

Baako soupira. Elle n'aimait pas ce qui se préparait, mais elle irait au bout. Abrielle ne serait pas le nouveau Merak.

Là-dessus, elle goûta au bout de sa cuillère en bois la confiture qu'elle faisait mijoter et la trouva délicieuse…

La saison avançait. Aux journées lentes succédaient d'autres journées lentes. Pourtant, chaque minute était rentabilisée, chaque instant destiné à faire fonctionner le village, à assurer à ses habitants de quoi se nourrir. De quoi continuer coûte que coûte, afin de faire perdurer des décennies de journées lentes.

Ce matin, Abrielle était de service à la ferme. Quelques vaches, moutons et poulets s'abritaient dans les ruines de l'autre immeuble, qui avait été, des siècles plus tôt, le jumeau de celui qu'occupaient les villageois. Il n'en subsistait que des débris couverts de mousses, devenus le refuge des insectes, des lézards, des caméléons et autres petits animaux.

Sur son fronton partiellement écroulé, on pouvait encore lire : « …son des hom…s ». Le bâtiment resté debout était quant à lui la « …son des …em…es ». On avait remis les lettres manquantes pour compléter l'inscription effacée et lui redonner son sens : « Maison des femmes ». Wilrick avait expliqué, au cours de l'un de ses sermons, qu'à une époque les hommes et les femmes vivaient dans deux endroits distincts, afin d'éviter les tentations. Mais depuis la Pluie de la Lune, tout le monde s'était regroupé en un lieu unique. On avait durci l'application du règlement intérieur pour que les dérives autrefois évitées par la séparation ne se produisent pas.

Aujourd'hui, la ruine servait de ferme. On avait ajouté, sur les quelques murs encore debout, des planches de bois en guise de toit, reconstruit des portes, monté des enclos, et recyclé les vestiges au service des bêtes.

Abrielle cheminait donc, accompagnée de Marysse, un peu plus âgée qu'elle. Toutes deux avaient été voisines sur les bancs de l'école et camarades, autant qu'on pouvait l'être d'une fille qui n'aimait parler que d'elle-même. Mais la discrétion habituelle d'Abrielle arrangeait Marysse à merveille, et elle appréciait de pouvoir lui raconter tout ce qui lui passait par la tête en étant sûre de n'être pas interrompue.

La matinée était encore jeune, mais il faisait déjà chaud, aucune brise ne venait rafraîchir l'atmosphère. Les arbres, parfaitement immobiles, semblaient guetter le passage des deux filles, qui portaient contre leurs hanches des paniers tressés.

Marysse ne cessait de bavarder. Dans quelques mois, elle allait se marier avec Gykkes, qu'Abrielle connaissait aussi depuis toujours, et le sujet la passionnait. Elle était intarissable.

— La cellule de Mamie Dinha, qui est vide depuis sa mort, va nous servir de logement. Gykkes y passe une ou deux heures tous les jours, après son travail aux champs, pour la repeindre, y apporter une touche de neuf. Elle était inhabitée depuis longtemps, et ça se voyait.

— Je suis contente pour vous, murmura Abrielle qui n'écoutait que d'une oreille.

La mention de Mamie Dinha lui fit un pincement au cœur. Chacun avait aimé la vieille femme qui s'occupait des enfants du village comme s'ils étaient les siens. Sa mort avait bouleversé tout le monde et la cérémonie d'adieux, le jour de son enterrement, avait été l'une des plus belles, mais également l'une des plus tristes. Abrielle était comme tous les autres petits : elle adorait se blottir contre la large poitrine de la femme, l'écouter raconter les histoires du village, son passé, ses légendes. Même si Mamie Dinha ne chantait pas, le rythme qu'elle imprimait à ses mots quand elle contait une fable donnait l'impression qu'une mélodie bondissait contre les murs de sa cellule, là où tous les gamins se rassemblaient les jours de pluie, et ouvraient grand leurs yeux émerveillés et leurs oreilles curieuses.

Mamie Dinha était morte plus d'un an auparavant et elle manquait encore cruellement à Abrielle.

En plus de la mélancolie liée à ces souvenirs, elle se sentait déjà oppressée par l'air lourd et figé, tandis qu'elles avançaient sur le petit chemin qui conduisait à la ferme.

Là-bas, d'autres hommes et femmes s'occupaient déjà des bêtes, trayaient les vaches, nettoyaient les litières de paille.

Marysse et Abrielle devaient ramasser les œufs. On laissait les poules libres et elles pondaient où bon leur semblait, il fallait donc explorer les environs, les fourrés, les buissons, les creux pour trouver les nids.

La future mariée continuait à disserter sur Gykkes, ses qualités, sa position dans la communauté… Elle était visiblement amoureuse et se plaisait à en faire profiter quiconque lui servait de public.

Aby faisait mine de s'intéresser à ses paroles en écartant les branches, ou les hautes herbes, mais en réalité elle pensait à Braden. Elle aussi avait été amoureuse, à une époque. C'était d'ailleurs le seul homme pour lequel elle avait ressenti ces émotions. Leur amitié naïve et enfantine avait évolué en un sentiment plus fort, plus profond, à l'adolescence. Elle se souvenait de leur premier baiser, volé derrière un rocher, près de la plage. Ils venaient de se baigner et les lèvres de Braden portaient encore le goût du sel et du soleil. Ses mains lui avaient paru extrêmement douces quand il les avait posées sur ses joues.

Chaque détail était encore présent en elle, comme si la scène avait eu lieu hier : son cœur qui battait la chamade dans sa poitrine, son ventre noué par le désir, la chaleur de Braden qui s'échappait de son corps et la frappait de plein fouet, alors que le souvenir de la mer enveloppait sa peau d'un voile de fraîcheur.

Il lui avait murmuré des mots d'amour, des mots secrets, des mots magnifiques. Il lui avait promis de l'épouser un jour… Oui, elle aussi aurait dû être en train de construire un avenir, avec Braden, parler de sa fête de mariage, de leurs futurs enfants, des cellules qu'ils occuperaient ensemble.

Malgré elle, elle laissa échapper un rire amer, en posant délicatement une demi-douzaine d'œufs dans son panier. D'un coup d'œil, elle s'assura que Marysse n'avait pas relevé son éclat d'humeur ; heureusement, il n'en était rien. La jeune femme continuait à disserter sur son existence enchantée et son futur parfait.

Que la vie pouvait être simple, pour les autres ! Ils suivaient une route toute tracée, guidés par les articles du règlement intérieur, soutenus par les paroles et l'écoute de Wilrick, qui menait la petite communauté comme un berger attentif et compréhensif.

Pas pour elle. Abrielle, la réminiscente. Abrielle qui avait chanté, un jour. Abrielle dont le père avait disparu une nuit, avec celui de Braden. Abrielle qui, depuis lors, vivait sous le regard haineux de celui qui l'avait tant aimée. Parfois elle se demandait si le destin ne se faisait pas un malin plaisir de l'accabler. Elle cumulait les tares et les malheurs. Les hommes qu'elle avait chéris avaient disparu, chacun à sa manière, de sa vie, l'abandonnant à ses questions, à ses doutes et aux mélodies qui tournaient dans sa tête. Des mélodies qu'elle retenait de toutes ses forces à l'intérieur de son âme.

Un peu plus tard, elle rejoignit les villageois occupés à cueillir les dattes, arrivées à maturité. Énormes, collées en grappes serrées qui pendaient sous les palmes des arbres, elles avaient bruni rapidement ces derniers jours. Perchés sur de hautes échelles souples, les hommes étaient montés là-haut et, encordés aux troncs, ils prenaient appui sur les restes jaunis des palmes mortes jaillissant à intervalles réguliers.

Là, ils taillaient des dizaines de dattes d'un coup et les faisaient descendre jusqu'à terre au bout d'une corde. Les fruits gorgés de soleil étaient récupérés par les femmes qui les disposaient dans des hottes. Les enfants couraient tout autour, chipant tout ce qu'ils pouvaient, se gavant de leur butin. Abela, d'une voix gentiment réprobatrice, leur rappelait d'ouvrir les dattes avant de les avaler.

— Il peut y avoir des parasites autour du noyau, les enfants. Vous ne voulez pas avaler des petites bêtes, quand même !

Les plus prudents finissaient par l'écouter, les autres l'ignoraient en faisant des grimaces.

L'ambiance, légère, résonnait de rires et de cris contre le ciel très bleu ; le lagon, en contrebas, ondoyait de ses teintes profondes et envoûtantes. Il faisait toujours très lourd, mais on oubliait, le temps de cette joyeuse cueillette, les nappes de chaleur qui remontaient de la terre, les nuages de moustiques qui bourdonnaient autour des têtes, la sueur qui dégoulinait sur les corps.

Abrielle revenait vers l'immeuble, sa hotte pleine de fruits. Elle sentait le chemisier de sa robe coller contre son torse, sa poitrine, son ventre. Ses lourds jupons retenaient la moiteur autour de ses jambes. Des mèches de cheveux, échappées de son chignon, se plaquaient sur son front, ses joues. Elle rêvait d'une douche. Heureusement, ce soir, c'était le tour de son étage d'utiliser la salle de bains commune. Elle n'aurait pas à se contenter d'une toilette de chat au gant et à l'eau froide de la pompe.

Elle ne le vit pas venir, concentrée sur ses pieds, pour éviter de trébucher avec la charge qu'elle portait sur le dos. Et pourtant, il fut devant elle, tellement plus grand. Tellement menaçant.

— Tu as besoin d'aide, Aby ? demanda Braden sans sympathie dans la voix.

— Non merci, je me débrouille très bien toute seule, répondit-elle tout aussi froidement.

Il haussa les épaules. Lui aussi avait chaud. Il avait remonté ses manches sur ses bras noueux.

— C'est ce que tu aimes, rester toute seule, de toute façon, afin de pouvoir t'adonner à tes petits vices retors.

Un courant glacé coula subitement le long de la colonne vertébrale d'Abrielle. Malgré la chaleur, elle frissonna. Elle aurait voulu baisser les yeux, mais elle se força à soutenir son regard.

— Je ne m'adonne à aucun vice, Braden. Je suis comme tout le monde ici, je travaille, je prends ma part de responsabilités pour le bien du village. Tes insinuations ne te mèneront nulle part.

Il ricana et se pencha vers elle. Aussitôt, elle reconnut son parfum, mélange de peau chauffée, de transpiration, de sable brûlant. Malgré elle, elle inspira. Fut une époque où ces effluves signifiaient le réconfort, le refuge, l'amour. Aujourd'hui, ils étaient synonymes de danger.

— Je t'ai à l'œil, Aby. Tu ne m'échapperas pas.

— Tu devrais cesser de perdre ton temps avec moi, Braden. Je ne fais que transporter des dattes. Il se passe peut-être des choses plus graves ailleurs.

Toujours penché sur elle, il murmura à son oreille :

— Je n'ai jamais trouvé que tu étais une perte de temps. Jamais.

Et, sans un mot de plus, il se redressa et la contourna pour remonter le chemin qu'elle était en train de descendre. Abrielle resta immobile un long moment, pétrifiée par les dernières paroles du gardien en chef.

Qu'avait-il voulu dire ? Puis elle se secoua. Il n'y avait rien à comprendre. Il lui avait tout expliqué :

il ne la lâcherait pas. Jusqu'au bout, il la traquerait, jusqu'à la surprendre dans un moment de faiblesse, un moment où ses lèvres ne parviendraient plus à barrer le chemin des notes qui chantaient en elle. Alors il prendrait sa revanche : il vengerait son père en devenant responsable de sa mort à elle.

Abrielle inspira l'air brûlant et reprit la route vers l'immeuble. La poussière soulevée par ses chaussures irritait sa gorge, s'agglomérait sur sa peau pour former une pellicule grise. Même son tablier habituellement immaculé se ternissait. La lune brisée en deux, pâle, montait derrière le Mur. Abrielle leva les yeux sur son sommet. Pour la première fois depuis les conversations qu'elle avait eues avec son père sur son bateau de pêche, elle ressentit le besoin urgent de passer de l'autre côté, comme si une sonnette d'alarme avait résonné dans sa tête. C'était le seul moyen d'échapper à son sort. Expirant la goulée qu'elle retenait prisonnière dans ses poumons, elle baissa la tête et ferma les yeux. Personne ne pouvait passer de l'autre côté. Le Mur avait été conçu en ce sens. Elle était condamnée à rester prisonnière de sa propre vie.

7.

La touffeur devenait insupportable. L'air avait cessé de circuler depuis ce qui semblait une éternité. Même les enfants avaient perdu leur énergie. Les hommes revenaient des champs exténués, les femmes ne valaient guère mieux. Même si les températures demeuraient élevées au fil des mois, sans jamais vraiment varier, il était rare que la brise meure complètement. Un vent léger soufflait toujours pour atténuer la morsure du soleil, pour agiter les branches des arbres, pour rider la surface du Cercle.

Ce soir, on avait laissé ouvertes les portes de l'oratoire dans l'espoir de capter le moindre courant d'air, mais c'était sans succès. Les femmes s'éventaient énergiquement le visage avec ce qu'elles pouvaient, les enfants assis mollement près de leurs mères fixaient Wilrick comme si c'était la première fois qu'ils le voyaient.

Le berger des villageois, leur guide spirituel, était debout derrière l'énorme pupitre qui portait le livre du règlement intérieur. Il en tournait les pages comme s'il partait à sa découverte. Abrielle se tenait assise droite, près d'Abela, retenant un sourire. Sa mère lui avait glissé à l'oreille, au moment de se laisser tomber sur le banc en bois usé par les siècles : « J'espère qu'il ne va pas nous refaire le sermon de l'article 12, sinon je lui balance quelque chose, n'importe quoi, à la figure. » C'était tellement inhabituel de l'entendre dire une chose pareille…

Tout le monde attendait. Même la soirée, dehors, paraissait suspendue. Puis Wilrick inspira enfin, donnant le signal du début de son sermon.

À la surprise générale, il referma l'ouvrage et passa sur le devant de l'estrade. Le parquet sous ses pieds craqua légèrement. Un oiseau nocturne lança un long cri, non loin de là, ajoutant une note dramatique à la scène.

— La lune a explosé, commença alors le pasteur d'une voix vibrante, grave. La lune a explosé. Elle s'est brisée en deux. Cela s'est passé il y a des siècles. Pourtant, l'événement a été suffisamment impressionnant, traumatisant, pour que nos ancêtres gardent la trace de ce drame dans le règlement intérieur lui-même. Ils ont utilisé les pages blanches qui restaient à la fin des textes officiels pour coucher le récit de ces heures sombres.

» Ils ont raconté comment, percutée par un astéroïde géant, elle avait explosé sous l'impact. D'une certaine manière, elle a protégé notre monde, devenant un bouclier absorbant la plus grosse partie du choc. Mais elle l'a également blessé. Ses débris, par milliers, sont tombés sur l'Anneau, ont plongé dans les eaux du Cercle, les faisant bouillonner pendant des jours. Un nuage de poussière a remplacé le bleu de l'horizon.

» Ces roches venues de l'espace, connues sous le nom de Pluie de la Lune, ont pulvérisé l'autre immeuble du village. De nombreuses vies ont disparu, emportées par cette apocalypse. Des vies que nous n'oublierons jamais. Leurs noms sont gravés sur les pierres du cimetière. Le Mur lui-même a été ébranlé, mais il a tenu bon, nous séparant, comme toujours, des vicissitudes de l'extérieur. Car, comme vous le savez, s'il a été conçu de manière à résister à toutes les catastrophes pour nous empêcher de le franchir, il est également une protection contre tous les dangers qui existent de l'autre côté et nous menacent. Les hommes qui l'ont bâti il y a de cela des siècles méritent notre gratitude : le Mur a tenu sa promesse et il continue de le faire chaque jour.

» Bien à l'abri de son ombre, notre univers a retrouvé son équilibre après de nombreuses décennies. Nous vivons à présent en harmonie avec notre environnement, et nos règles, simples mais justes, ont permis de ne jamais dévier du chemin que le règlement intérieur nous a imposé.

» Pourquoi, me direz-vous, vous ai-je parlé de la lune, ce soir, pourquoi ai-je fait mention de cette sœur protectrice qui veille sur notre monde, malgré la cicatrice qui nous rappellera toujours ce qu'elle a enduré pour nous sauver ?

» Parce que sa rupture, le choc qui l'a écartelée, qui lui a fait perdre son unicité, une part de son identité, peut nous donner une leçon précieuse. Quoi que l'on vive, quelles que soient les épreuves que nous traversons, il existera toujours une place pour chacun d'entre nous. L'astre de la nuit a été ébranlé, mais il nous éclaire même dans les heures les plus sombres. Notre monde a été secoué, balafré, mais il est toujours là, solide, rassurant. Il en va de même pour chacun d'entre nous. On peut avoir été écartelé, brisé, la force de se redresser subsiste, car nous sommes un groupe, une famille et que nous nous devons d'offrir une place épanouissante, utile et généreuse à tous les membres de notre communauté. Ce soir, en sortant de l'oratoire pour monter chez vous, je ne vous demanderai qu'une chose : levez les yeux et adressez une pensée à notre lune, qui malgré sa blessure éternelle continue à nous prodiguer de la lumière…

» Je vous remercie.

La foule fut longue à réagir, à se lever pour quitter la petite salle qui se trouvait au rez-de-chaussée de l'immeuble, voisine du réfectoire. On racontait qu'avant, elle servait de remise pour stocker les caisses rapportées de l'extérieur, de l'autre côté du Mur, mais c'était il y a si longtemps que cette explication s'était muée en légende. Il n'y avait rien ni personne en dehors de l'Anneau, sauf les dangers évoqués par Wilrick. Abrielle savait que c'était ce que tout le monde croyait ici. Les quelques centaines de villageois voulaient le croire. Comme il n'était pas possible de passer de l'autre côté du Mur, il valait mieux étouffer la moindre parcelle de curiosité, et c'était le cas depuis si longtemps que plus personne ne tentait de savoir… Sauf Paol.

Paol avait posé des questions, cherché des passages sous l'Anneau pour atteindre l'autre côté. Tout le monde l'avait regardé bizarrement, et puis finalement il avait disparu, ne faisant que confirmer ce que leur guide spirituel leur répétait quasiment à chaque sermon, il n'y avait rien de l'autre côté, et le village était le seul lieu où ses habitants étaient en sécurité. Mais Abrielle avait imaginé une autre théorie qu'elle préférait à l'idée de sa mort. Et s'il avait réussi ? Et s'il était parti ailleurs ? S'il avait trouvé un autre monde ? Bien sûr, elle ne partageait ses interrogations avec personne. C'eût été beaucoup trop dangereux. Toutefois, dans sa tête, elle cultivait les arguments capables de contrer les sermons de Wilrick, et se sentait à chaque fois un peu plus étouffer face à ces prétendues vérités qui ne reposaient sur rien de concret.

Comme Wilrick l'avait demandé, et malgré les températures encore élevées à cette heure, tous s'attardèrent afin d'admirer l'astre rompu. Il était difficile d'imaginer qu'autrefois la lune avait été pleine et entière. Et il était encore plus difficile d'imaginer ce qu'avait dû être la période de la Pluie de la Lune, ces chutes constantes de débris venus de l'espace, des roches grises, arides, de toutes tailles. On en trouvait encore un peu partout aux alentours du village. Personne n'y touchait.

Abrielle en avait ramassé un petit bout, un jour, et l'avait rapporté dans sa cellule, mais elle n'en avait parlé à personne, bien entendu. Elle aimait la toucher, la tourner dans ses mains et se représenter le voyage incroyable que ce simple caillou avait effectué. Elle avait alors pensé que jamais elle n'irait aussi loin que lui, se contentant d'arpenter le territoire du village, de la ferme à l'est jusqu'à la plage à l'ouest.

Une fois dans leur appartement, Abela sortit du placard le cordial du sommeil.

— Le sermon de Wilrick tranchait avec le ton vindicatif qu'il avait employé ces dernières semaines. Je ne sais pas ce qu'il s'est passé. Je me demande si Baako est derrière cet apaisement.

Elle repensa à l'échange dur, éprouvant, qu'elles avaient eu quelques jours plus tôt. Abela n'en avait parlé à personne, encore sous le choc de la menace de son amie, mais ce soir, l'espoir que ses paroles avaient été entendues la rassurait un peu. Certainement que Baako avait fini par prendre conscience de la spirale folle et inutile dans laquelle elle s'était embarquée.

Aby dénoua le tablier blanc qui ceignait ses hanches et le plia soigneusement avant de le poser sur la table.

— Peut-être. Il voulait encore une fois montrer que nous avons un rôle à jouer pour maintenir l'équilibre, comme s'il avait peur que tout s'écroule un jour.

Abela eut un sursaut. Baako avait parlé de Merak, de la folie qui avait autrefois saisi leur communauté. Abrielle continua, ne lui laissant pas le loisir de réfléchir plus longtemps :

— En tout cas, je ne sais pas si ça doit me rassurer ou non. Je suis peut-être paranoïaque, mais j'ai toujours l'impression que d'une certaine manière ses paroles me visent.

Abela s'assit sur une des deux chaises de la petite pièce et posa le flacon devant elle.

— Je ne pense pas que tu sois paranoïaque, ma chérie. Au village, tout le monde suit le règlement à la lettre, tous suivent les préceptes avec une application presque dérangeante, parfois. Tu es la seule à être sortie de ce schéma.

Abrielle prit place en face de sa mère et laissa tomber sa tête entre ses bras repliés.

— C'est bien ma chance, gémit-elle.

— On ne choisit pas d'être différent. Regarde, moi, je ne l'ai jamais été. Paol, au contraire, faisait partie de ces personnes qui voient « derrière le Mur », comme on dit ici de façon pas toujours flatteuse.

Sans relever la tête, Abrielle renchérit :

— Oui, ça veut dire qu'il était cinglé.

— Ton père n'était pas cinglé. Je ne l'ai jamais pensé. Pas un instant. Il aimait l'espace, la distance, le bruit du monde, la solitude du Cercle. C'était sa façon de s'échapper du village sans qu'on le regarde de travers. C'est ce qui m'avait séduite chez lui. Il t'a transmis cet amour pour tout ce qui n'est pas « nous ». L'immeuble, les commérages, le règlement intérieur, la vie monotone.

— Maman !

Abela souleva un sourcil, étonnée du cri de sa fille.

— Quoi ?

— C'est la première fois que je t'entends parler ainsi du quotidien.

— Évidemment ! Tu crois que je suis assez folle pour le crier sur les toits ? Mais penses-tu vraiment que j'aime me lever le matin pour ne rien faire d'autre qu'organiser la petite existence des autres ? Pour répartir les corvées, écouter les jérémiades de chacun ? Les histoires de ton père me manquent. Quand tu étais couchée, il me racontait le bruit des vagues, le goût du sel dans le vent, les couleurs des écailles des poissons. Cela me changeait de mes journées interminables sur la terre ferme. Il avait également une façon si distanciée de voir ce qui se passait au village qu'il arrivait à me faire mourir de rire. Il disait qu'il aimait mon rire… Au moins, avec lui, je ne m'ennuyais jamais… Ce n'est plus le cas aujourd'hui…

Abela repensa aux paroles de Baako : « Les gens sont malheureux, fatigués, las de leur condition qui ne change pas et qui ne changera jamais. » Et si elle avait raison, si, encore à l'état d'embryon, la folie couvait, la révolte telle qu'elle avait éclaté des années plus tôt ? Alors le sermon de Wilrick, cherchant à rassurer et à valoriser les gens, allait dans ce sens. Apaiser les cœurs, satisfaire les ego, faire peur également, en rappelant les dangers tapis en dehors du village…

Abrielle se redressa et contempla longuement sa mère. D'un seul coup, elle paraissait plus jeune, ses yeux noirs brillaient d'un éclat qu'elle ne leur avait plus vu depuis bien longtemps. C'était comme si elle s'était réveillée, comme si, pour la première fois depuis longtemps, elle s'autorisait à vivre, à penser, à se remémorer Paol. Aby crut entrapercevoir la jeune fille dont Paol était tombé amoureux, la jeune fille aux longues tresses brunes et aux yeux sombres de biche. Sa mère avait été si belle, autrefois…

— Il me manque aussi, finit-elle par souffler en saisissant la main d'Abela pour la serrer entre ses doigts.

— Je sais. Vous aviez une relation unique, tous les deux. Il n'a jamais emmené que toi sur son bateau, tu sais ?

La jeune fille sourit et tourna la tête vers la fenêtre comme si, au-delà des barreaux, de l'obscurité de la nuit, du Mur qui se dressait là, quelque part dans le noir, elle pouvait retrouver les images de ses échappées dans l'immense cercle d'océan.

— Je pensais qu'il partirait avec moi, et même avec nous ! Que nous trouverions ensemble le passage vers l'autre côté. Nous en avions parlé si souvent… Et puis il l'a fait tout seul, en pleine nuit…

— Il n'était pas seul, il était avec Bloren.

— Qu'en sais-tu ? Braden prétend que son père a surpris le mien quittant l'immeuble en pleine nuit et qu'il l'a suivi pour l'arrêter. On ne les a jamais revus ni l'un ni l'autre.

— Braden n'en sait rien du tout, répliqua Abela d'un ton sec. Il était comme tous les enfants, cette nuit-là : assommé par le cordial du sommeil. C'est ce qu'il veut se faire croire, parce qu'il n'arrive pas à accepter que son père, gardien en chef, ait pu avoir les mêmes rêves qu'un simple pêcheur, et qu'il ait pu l'abandonner. Mais, tu le sais aussi bien que moi, Paol et Bloren étaient très proches. Ils s'isolaient souvent pour comploter. Je les ai surpris plus d'une fois. Ils parlaient des abysses, de passages sous la mer… Bloren ne prenait aucun plaisir à être gardien en chef, contrairement à son fils qui en tire une satisfaction malsaine.

Le silence retomba dans la pièce étroite et spartiate. Dans les appartements voisins, on n'entendait plus un bruit. Tout le monde devait avoir avalé le sirop et dormait à poings fermés. Abela souffla sur la bougie qui les éclairait, mais ne bougea pas.

— Tu crois qu'ils ont réussi ? chuchota Aby dans les ténèbres.

Sa mère inspira bruyamment, avant de répondre dans un murmure :

— Je crois que nous ne le saurons jamais. Allez, il est temps d'aller se coucher.

Les bruits du bouchon crissant sur le goulot indiquèrent à Aby qu'Abela allait une fois de plus ingurgiter cette mixture infâme. Et en donner à sa fille. Ce goût douceâtre la dégoûtait à l'avance.

— Pourquoi fais-tu cela ? demanda Abrielle.

— Quoi donc ?

— Suivre le règlement à la lettre. Pourquoi prends-tu le cordial ? Pourquoi m'en donnes-tu ?

Cette fois, Abela soupira et sa réponse ne fut pas celle qu'attendait sa fille :

— Pour ne pas rêver de ton père. Quant à toi, c'est pour être sûre de te retrouver ici au matin.

Sans protester, Abrielle avala la gorgée écœurante que sa mère, malgré l'obscurité, avait réussi à verser dans une cuillère avec une dextérité liée à l'habitude.

— Bonne nuit, maman. Ne t'inquiète pas, je serai là, demain.

— Je sais… Bonne nuit, ma chérie.

Elle se leva et se dirigea vers sa cellule.

— Pour le moment…, ajouta-t-elle d'une voix inaudible.

8.

Le soleil n'était pas encore passé derrière le Mur et la lumière frappait durement la surface de la mer, lui donnant l'air d'un miroir argenté. Un peu plus loin, les cris des enfants qui jouaient dans l'eau s'atténuaient à mesure qu'Abrielle s'éloignait. Elle se dirigeait vers une plage plus petite, plus discrète, serrée entre les rochers et la falaise qui tombait à pic dans le Cercle. Le ressac déposait ici de nombreux cailloux et coquillages, et c'est penchée vers eux qu'Aby progressait, les pieds nus, ses chaussures nouées par les lacets passées en travers de son épaule.

Au large, on voyait les petits bateaux de pêche aux voiles blanches triangulaires tanguer doucement au rythme des vagues ; les mouettes volaient en cercles au-dessus des esquifs, attirées par les poissons. C'était une journée paisible. Abrielle disposait de quelques heures de repos qu'elle avait décidé d'utiliser, une fois n'était pas coutume, à son seul bénéfice… Pour s'éclaircir les idées, pour échapper aux conversations des villageois, de Marysse, qui n'en finissait pas avec ses espoirs lumineux, pour se retrouver un peu elle-même, elle était venue se réfugier dans cette petite crique. On y trouvait rarement du monde, en raison de la mauvaise qualité du sable, jonché de fragments de galets coupants, au contraire de l'autre, blanche et immaculée, douce sous les pieds.

Aby cherchait des coquillages bien précis : ceux qui possédaient un petit trou creusé en leur pointe. Ainsi, elle pourrait les distribuer aux fillettes qui en feraient des colliers. Cette activité, à mille lieues de celles qui l'occupaient habituellement, l'apaisait. Elle oubliait, le temps de cette chasse au trésor, ses tâches abrutissantes, sa solitude, les sermons qui la visaient, le sommeil sans rêves, son passé qui pesait comme une chape de plomb.

Ici, elle redevenait l'enfant qui aimait déjà ramasser les cailloux les plus jolis, aux formes étranges, pour les offrir à sa mère. Abela les conservait dans une carafe transparente et ébréchée. Ils y étaient toujours, formant un ensemble chamarré, une des rares décorations de leur appartement minimaliste.

Abrielle se demandait si sa vie ressemblerait toujours à cet enchaînement de journées toutes identiques. Si les regards de certains villageois qui l'évitaient seraient toujours aussi fuyants. Quel était le sens de tout cela ? Juste survivre ? Se lever tous les matins pour attendre que la nuit tombe ? Comment sa mère faisait-elle pour supporter, depuis tant d'années, cette immuabilité des heures semblables les unes aux autres ?

Aby avait beau flâner sur cette plage, qui se trouvait à l'extrémité ouest du territoire du village, tout la liait à cette existence sans saveur. Il n'y avait aucun moyen de s'en échapper, aucun moyen de changer le cours des événements, nulle part où aller. Son monde était minuscule, restreint et étouffant. Même si elle lui en voulait encore de l'avoir laissée derrière, elle trouvait que Paol avait eu raison de tout quitter cette nuit-là. Peut-être avait-il réussi à repousser les limites de son univers et viendrait-il la chercher un jour, pour lui faire découvrir ce nouveau monde. Peut-être était-il mort, mais même dans ce cas, son horizon devait être plus vaste que celui de l'Anneau limité par le Mur, que le Cercle, clos, sans issue.

Dans cette petite anse discrète, les sons parvenaient atténués, lointains. La réalité s'éloignait un peu et le poids qui pesait sur sa poitrine s'atténua. Elle découvrit un magnifique galet rouge vif qui irait bien avec le reste de sa collection. Prestement, elle l'ajouta à ses trouvailles, dans la poche de son tablier. Elle était tellement concentrée sur ses recherches qu'elle ne l'entendit arriver qu'au dernier moment, ses lourdes semelles écrasant le sable. Ce pas, elle l'aurait reconnu entre mille. Il avait accompagné le sien si souvent...

Son cœur se mit à battre à toute allure, et sa gorge s'assécha instantanément. Aussitôt, elle regretta de se trouver ici, seule, loin de tous. Personne ne l'entendrait crier, et Braden pourrait la faire disparaître sans témoin.

Lentement, elle se retourna vers la haute silhouette. Ses cheveux châtains se soulevaient dans la brise. Ses yeux gris comme la mer un jour de mauvais temps la fixaient avec intensité. Elle se demanda si, en courant, elle pourrait lui échapper, mais la réponse était claire. La petite crique était quasiment bouchée par les rochers, elle serait vite rattrapée.

Rassemblant son courage, elle grimaça un sourire et dit, d'une voix aussi aimable que possible :

— Bonjour, Braden, tu viens ramasser quelques coquillages, toi aussi ?

Un éclair de surprise passa dans ses pupilles et il fit non de la tête.

— Je suis venu te parler.

Aby remarqua alors que son ancien ami était dépouillé de son air autoritaire et agressif, aujourd'hui. Il ressemblait à celui d'avant. Celui qu'elle avait tant aimé.

— Tu es venu m'espionner ? Tu vas me faire un sermon ?

Elle avait du mal, quant à elle, à ne pas prendre un ton acerbe.

Braden haussa les épaules.

— Non, pas cette fois, Aby. Et puis je ne suis pas idiot, je te suis depuis un moment et j'ai bien vu que tu n'étais pas venue ici pour… pour… t'adonner à ton petit défaut.

— Ah tiens ? Mon « vice retors » s'est transformé en « petit défaut » ?

— Aby… Écoute-moi… Je sais que j'ai eu tort de te traiter comme je l'ai fait. Je… j'étais en colère, et frustré de ne pas avoir pu empêcher mon père de disparaître.

Abrielle eut l'impression que son sang s'écoulait de son corps par ses pieds, et que si elle baissait les yeux, elle le verrait teinter le sable de rouge. Que lui arrivait-il ? Braden lui tendait-il un nouveau piège ?

— Qu'est-ce qui t'a fait en prendre conscience ?

Elle entendit, comme venant de loin, que son timbre était trop haut perché, coincé dans sa gorge.

— Wilrick. J'ai longuement parlé avec lui, après son sermon sur la lune. Il m'a fait réfléchir… Tu sais… Wilrick m'a dit que je ne pouvais pas continuer à t'accuser de quelque chose que tu n'as pas fait. La nuit où mon père… et le tien… ont disparu, tu dormais. Tu n'y es pour rien.

— Et il t'a fallu tout ce temps et Wilrick pour le comprendre ? murmura Abrielle.

Est-ce que les sentiments que Braden lui vouait à l'époque n'auraient pas dû suffire à lui faire admettre l'évidence ?

Soudainement tout lui parut extrêmement lointain : la mer, le ciel, le Mur… Le silence régnait dans la petite anse, à l'exception du ressac, léger, un simple frisson. Elle eut l'impression de se désincarner, de flotter juste à côté d'elle-même. Elle aurait préféré ne pas être troublée par la présence de Braden, par son regard gris, par sa voix basse. Elle pensait que ça lui était passé… Finalement, il restait quand même quelque chose en elle qui la reliait à ce garçon. Quelque chose de tordu et d'irrémédiablement abîmé, mais une parcelle d'affection et de désir vacillait encore en elle, à son grand désarroi.

Inconscient de la bataille qui déchirait intérieurement Abrielle, Braden continua doucement :

— Je sais… J'aurais dû t'écouter. Mais tout n'est pas trop tard. Nous nous aimions tellement, je devais t'épouser, rappelle-toi… Nous pourrions reprendre là où tout s'est brisé. Tu sais très bien qu'à part moi, aucun garçon ne voudra de toi, au village. Tu vas finir seule, desséchée, ton ventre vide d'enfants toute ta vie. Je suis ta dernière chance.

Abrielle réintégra son corps aussitôt, et le choc la fit vaciller. C'était donc ce qu'il ressentait pour elle ? De la pitié ? Non, c'était pire que cela… Elle eut envie de rire. Qu'est-ce que croyait Braden ?

Qu'elle avait oublié qui il était, qu'il ne savait pas mentir ?

Avec une acuité terrible, elle devina l'enchaînement des événements. Elle pouvait presque entendre la conversation entre les deux hommes, Wilrick et le gardien en chef ; il fallait surveiller la réminiscente, l'avoir à l'œil, lui éviter de récidiver.

Il fallait également l'occuper, combler les vides de sa vie avant qu'elle ne le fasse elle-même d'une façon scandaleuse. Alors pourquoi ne pas l'épouser comme il était prévu avant la disparition de Bloren, pourquoi ne pas en profiter pour remplir son quotidien d'une famille, la contrôler à chaque instant ? Qui de plus efficace, à cette tâche, que le gardien en chef lui-même ? Noyée dans ses nouvelles obligations de femme mariée, elle savait bien qu'elle achèverait de se diluer, il ne resterait d'elle rien d'autre qu'une enveloppe extérieure. Dedans, elle serait déjà morte.

Lentement, elle s'assit sur le rocher le plus proche et entreprit de remettre ses chaussures. Elle serra les lacets au maximum, fit les nœuds avec application. Son sang pulsait trop fort dans ses doigts, les engourdissait. Un léger voile noir s'était déposé sur le paysage alentour. Discrètement, elle secoua la tête pour chasser sa panique.

À sa plus grande surprise, Braden s'accroupit devant elle et attrapa sa main, juste avant qu'elle ne la porte à sa tempe pour cacher une mèche de cheveux rebelle sous son bonnet.

— Aby… Dis quelque chose…

Abrielle aspira une goulée d'air presque brutalement. Elle lui brûla la trachée, les poumons, tout comme les paroles de Braden carbonisaient son âme.

— Je ne sais pas quoi dire. Vraiment. Il y a quelques jours, tu menaçais de me faire disparaître, tu m'insultais comme si j'étais la lie de notre communauté. Et aujourd'hui, tu me parles de mariage. Avoue qu'il y a de quoi être légèrement déstabilisée.

Il eut un petit rire. Depuis combien de temps ne l'avait-elle pas vu être aussi lui-même ? Une partie d'elle avait envie de le croire, de se laisser aller à la chaleur de sa paume contre sa peau, à l'éclat de ses yeux. Mais l'autre, celle qui s'était endurcie au fil des années, celle qui avait vu la haine dans le regard de son ancien ami, la poussait à se relever, à prendre de la distance, à revenir vers le village, et c'est cette voix qu'elle écouta.

D'un bond, elle se mit debout, libérant sa main de l'emprise de Braden, et avec hâte emprunta le petit chemin de sable qui reliait la crique à la grande plage. Cette dernière était déserte. Le soleil allait passer de l'autre côté du Mur et les jeunes étaient rentrés chez eux pour retrouver leurs parents et aider aux petites corvées qu'on leur attribuait à mesure qu'ils grandissaient.

Le sable était mou sous ses semelles, rendant sa progression plus lente qu'elle ne l'aurait souhaité. Elle finit par trébucher, et c'est la poigne solide de Braden, qui la suivait de près, qui l'empêcha de tomber à terre.

— Abrielle, arrête, ne fuis pas.

D'un geste sûr, il la fit pivoter de manière qu'elle se retrouve face à lui. Toute proche. Malgré elle, elle plongea son regard dans le sien. Son parfum familier l'enveloppa dans la chaleur de cette fin de journée. La poitrine du jeune homme se soulevait rapidement, comme s'il était en proie à une émotion violente.

— Braden, souffla-t-elle. Que veux-tu que je fasse ? Tu espères vraiment que je vais te croire ?

Il s'approcha encore. Son torse la frôlait. Il était si grand, la dominant de toute sa hauteur. Elle devait lever la tête pour le regarder.

— Tu ne me crois pas ? Tu préfères ta petite solitude minable, les notes impures qui tournent dans ta tête, à ma présence, à ma proposition ?

Aby ne répondit rien, car il n'y avait rien à répondre. Elle n'avait pas de préférence. Aucune solution, aucun avenir possible ne lui convenait. Mais cela, Braden ne le comprendrait jamais. Il était trop investi de son rôle de gardien en chef, trop formaté par la vie quotidienne du village pour imaginer que cette dernière puisse être un cauchemar.

Sans prévenir, il l'attira à lui et écrasa sa bouche contre ses lèvres. Surprise par son geste, Abrielle se laissa faire, autorisant sa langue à rencontrer la sienne. Aussitôt, une myriade de souvenirs l'assaillit. Ces milliers de baisers échangés, ses mains sur ses hanches, ou dans ses cheveux, leurs souffles mêlés…

Oui, pendant un temps, la vie avait été douce. Les après-midi à la plage, les caresses de Braden, leurs promesses mutuelles. Où était passée l'Abrielle heureuse et souriante de l'époque ? Où étaient passées la simplicité et l'évidence ?

Ils avaient disparu. Une nuit. Avec Paol.

Son existence avait alors basculé pour toujours. Sans les sorties en mer, son monde s'était réduit. En l'absence de son père et de Braden, son cœur s'était desséché. Privée de chant, sa gorge s'était contractée.

L'ancienne Abrielle était morte.

D'un geste brusque, elle s'arracha à l'étreinte du jeune homme et recula de quelques pas.

— Que fais-tu ? Tu es fou ?

— Tu ne disais pas cela à une époque, répondit-il, la voix pleine de sarcasme.

Prestement, il la rattrapa et la plaqua à nouveau contre lui.

— Tu joues les effarouchées maintenant ? Je t'ai connue plus facile que ça…

Il ricana. Dans son regard, la dureté de l'acier était réapparue.

— Lâche-moi ! Tu n'as pas le droit de me faire du mal !

— Et toi, tu n'as pas le droit de chanter, et pourtant tu l'as fait !

La sidération coupa le souffle de la jeune fille.

— Mais j'avais quatre ans, Braden, quatre ans !

— Cela n'excuse rien, réminiscente. Tu refuses la main que je te tends, alors qu'il n'y en aura aucune autre ? Tu refuses ma proposition ? Tant pis pour toi, c'était ta dernière chance. J'ai pensé que tu me remercierais, que tu serais reconnaissante de ce que j'avais à t'offrir. Je me suis trompé, tu n'es qu'une cinglée, bonne à être enfermée. Et encore, il faudrait te nourrir, et tu ne vaux même pas les repas que tu nous coûterais. Je l'ai dit, réminiscente, il me sera facile de te faire disparaître comme nos pères ont disparu. La nuit, tout le monde dort, le cordial du sommeil empêchera quiconque d'entendre tes cris.

Encore une fois, Aby eut l'impression qu'un vertige allait lui faire perdre le peu de contenance qu'elle parvenait à conserver. Elle tanguait, sa tête bourdonnait, son sang palpitait dans son cou. Les changements d'humeur de Braden étaient trop rapides pour qu'elle les suive. Comment pouvait-il lui parler de mariage et lui rappeler l'amour qu'ils avaient partagé pour ensuite la menacer de mort ? Tout le monde était fou. Peut-être avait-elle chanté, dans son inconscience de petite fille, mais au moins elle respectait chaque habitant du village et elle n'avait jamais eu l'idée de faire du mal à quiconque. Dire qu'elle avait failli épouser Braden. Failli croire à ses promesses et ses mots doux.

Elle fit demi-tour et s'enfuit en courant. Derrière elle, le rire de Braden résonna longtemps, ricochant sur la surface de l'eau. Dans les arbres, les perroquets se mirent à hurler comme des déments.

9.

Ce n'est qu'une fois enfermée dans sa cellule, roulée en boule sur sa couchette étroite, qu'Abrielle s'autorisa à pleurer. Des larmes amères, brûlantes, douloureuses coulèrent longtemps sur ses joues, sur son oreiller à la taie grise et rêche.

Et c'est beaucoup plus tard qu'Abela la retrouva ainsi, prostrée, les yeux fixes, grand ouverts sur le plafond, comme s'ils étaient les témoins d'une scène terrible. En étranglant un cri, elle se précipita vers sa fille.

— Aby ? Aby ? Que se passe-t-il ? Ma chérie, tu m'entends ?

Avec une lenteur torturante, la jeune fille tourna son regard vers sa mère, sans ciller. Elle parut se réveiller d'un profond sommeil, empli de cauchemars.

— Maman, murmura-t-elle d'une voix rauque. Je suis tellement fatiguée…

— Que s'est-il passé ? Ce matin, tu allais très bien !

Abrielle se redressa sur les coudes. Ses longs cheveux bruns, qu'elle avait libérés de leur bonnet, dégringolèrent en une nappe soyeuse dans son dos.

— C'est Braden. Il va me tuer. Il me l'a dit…

Sous le choc de la révélation, Abela tomba à genoux au chevet de sa fille.

— Quoi ?

Cherchant ses mots, les yeux toujours écarquillés, Aby raconta son histoire. Le harcèlement dont elle était victime de la part du gardien en chef depuis la disparition de leurs pères respectifs, qui redoublait d'intensité depuis quelques semaines. Les insultes qu'il lui crachait à la figure, les menaces, et enfin la scène de cet après-midi, cette étrange demande en mariage.

— Je ne comprends rien, maman, après toute la haine qu'il a déversée, aujourd'hui il est venu me voir, presque normal, pour me proposer de l'épouser, argumentant que ce serait ma seule chance.

— Qu'as-tu dit ?

Abela avait l'impression, aux paroles de sa fille, que tout son être s'était contracté, rétréci. Elle aurait tant voulu, à cet instant, revenir quelques semaines en arrière, quand elle s'était confiée à Baako. La réponse de cette dernière, sans appel,

« Il faut la marier », résonnait douloureusement dans son esprit. Elle aurait dû se taire, garder pour elle ses pensées et ses doutes. C'est elle qui avait tout déclenché !

— J'ai refusé ! Braden ne perd aucune occasion de m'humilier. Alors si je me liais à lui, qui sait ce qu'il adviendrait de moi ? Dans le secret de notre cellule, je n'ose pas imaginer ce qu'il pourrait me faire subir…

Enfin, Abrielle cligna des yeux, frissonna et se laissa retomber sur son lit.

— Tu crois que j'ai eu tort ? chuchota-t-elle comme une petite fille effrayée.

Avec une infinie douceur, Abela caressa le front glacé d'Aby, repoussa une mèche pour la passer derrière son oreille. Elle avait oublié ces gestes pleins de tendresse, avec le temps, le travail trop prenant, le deuil, la peur qu'Abrielle ne replonge, qu'elle ne soit attirée par les mélodies interdites qui couraient dans la nature. Elle s'était trop éloignée d'elle.

— Non, ma belle, tu as eu raison. Je suis persuadée que Braden ne t'a pas fait cette proposition par bonté. Ni par amour.

Cette dernière phrase acheva de briser le cœur déjà ébréché d'Abrielle. Elle avait beau le savoir, la confirmation était douloureuse.

— Pourquoi, alors ? Je ne comprends pas ce qui lui a pris d'un seul coup.

Abela inspira longuement, tristement.

— C'est de ma faute. Entièrement de ma faute, et je te prie de pardonner mon manque de foi en toi et de soutien. Je te sentais sur le point de craquer, il y a quelques semaines. Tu étais à vif, malheureuse. Quelle idiote j'ai été de m'en ouvrir à Baako !

— Tu n'as pas à t'excuser d'avoir eu besoin de partager ces choses avec ta meilleure amie, maman. Si papa était encore là, ce serait plus simple, mais depuis que tu es seule, tu dois pouvoir te reposer sur quelqu'un. Et c'est vrai qu'à un moment, je ne pouvais pas être cette personne.

— Certes, mais malgré tout, je regrette cette conversation. Et juste après... Wilrick a fait son sermon sur l'article 12.

— Ils pensaient peut-être bien faire, tous les deux. C'était une façon de me rappeler à l'ordre sans me désigner spécifiquement.

— Non, je pense que j'ai réveillé sa peur. Sais-tu ce qu'elle m'a répondu ? Qu'on devrait te marier, pour t'occuper l'esprit. Et voilà que Braden vient te faire cette proposition. Ils sont fous ! Pourquoi Braden ? Ils savent bien que votre histoire est entachée de menaces et de ressentiment...

— Je crois que Braden est au contraire le mieux placé pour me surveiller. Un pas de travers de ma part et je suis immédiatement repérée par le gardien en chef.

Elles se turent toutes les deux pendant un moment, réfléchissant chacune aux implications de ce qui s'était tramé derrière leur dos ces derniers temps. Le complot ourdi par Baako avec son fils Wilrick, ainsi que Braden. Leur volonté de faire d'Abrielle leur marionnette, histoire de la faire taire, aussi sûrement que si elle était morte.

Puis Abela sembla se réveiller d'un coup et se remit debout.

— Non, ma chérie, tu as eu raison de refuser. Tu n'es pas leur jouet, tu n'as pas chanté depuis plus de douze années, tu as su retenir ta peine et ta fureur face aux événements. De nous deux, c'est moi qui suis la plus faible. J'ai craqué, alors que j'aurais dû te faire confiance, et je t'ai mise dans cette situation. Je vais aller parler à Baako.

— Surtout pas ! s'écria sa fille en se redressant. Hors de question, maman. Tu sais très bien qu'elle est persuadée d'être dans le vrai, et elle arrivera à faire passer le message à travers un nouveau sermon de son servile de fils. Non, maman. Je vais me débrouiller, ne t'inquiète pas. Je suis majeure, n'est-ce pas ? Je suis une grande fille et les hommes du village n'ont pas le droit de faire du mal aux femmes. Ça aussi c'est écrit dans le règlement intérieur.

Le visage d'Abela se figea et elle secoua la tête doucement.

— Il y a intérêt. Vraiment. Parce que je ne laisserai personne te toucher. Personne, ni celle qui était ma meilleure amie, ni le pasteur, ni le gardien en chef. Ils peuvent se gargariser de leurs titres, ils m'importent peu. Tu es ce que j'ai de plus important au monde. Je ferai ce qu'il faudra pour te protéger.

Abrielle se leva de sa couche. Elle était aussi grande que sa mère, possédait les mêmes yeux sombres qu'elle. En fait, elle lui ressemblait énormément. Comme une petite fille, elle se jeta contre la poitrine familière qui l'avait bercée durant tant d'années.

♪

La saison des ouragans débutait et le vent se déchaînait. Les arbres de la forêt qui encadraient la place du village se penchaient presque jusqu'à toucher le sol, entremêlant leurs branches avec violence. La surface du Cercle se ridait de bourrelets blancs sous le ciel gris. Il était rare que la tempête gronde ainsi, mais quand cela se produisait, la priorité était de protéger les animaux de la ferme. S'il devait leur arriver quelque chose, ils ne pourraient être remplacés. On barricadait les étables, on rassemblait les poules et les animaux dans ce qu'il restait de l'étage de l'ancien bâtiment en ruine, puis on s'occupait des villageois. Tout le monde se réfugiait dans les cellules, on rabattait exceptionnellement les volets de bois sur les fenêtres. Abrielle avait été désignée pour participer à la préparation du repas, qui serait servi directement dans les appartements. Quand le cyclone menaçait, on n'utilisait pas les salles communes. Des années auparavant, la porte du rez-de-chaussée avait été arrachée, et tout l'étage inondé. Un enfant avait péri noyé, emporté par un courant d'une puissance incroyable. Depuis, tout le monde se calfeutrait dans les étages à la moindre alerte.

Abela s'occupait de distribuer des rations d'eau et de biscuits dans les cellules.

Baako se trouvait dans la cuisine avec Abrielle qui s'employait à faire revenir des champignons dans l'immense poêle posée sur la cuisinière. Le feu allumé sous les plaques lui chauffait les jambes à travers l'épais tissu de sa jupe. Baako cassait les œufs dans un grand saladier pour battre l'omelette qui irait rejoindre la préparation d'Abrielle.

Les deux femmes ne parlaient pas. Aby n'osait pas prononcer un mot. Après les révélations que lui avait faites sa mère, elle avait du mal à s'ouvrir à celle qui avait toujours été comme une tante pour elle. Et si ce qu'elle disait était mal interprété ? Est-ce qu'elle serait encore la cible d'un nouveau sermon, de nouvelles menaces de la part de Braden ?

Elle avait réussi à y échapper ces derniers jours, car Abela ne l'avait pas autorisée à s'éloigner d'elle, mais elle avait senti, même de loin, le regard du gardien en chef, sa haine se déverser sur sa peau comme un acide, prête à la dissoudre.

Alors elle se taisait et s'appliquait à remuer les champignons mélangés aux herbes parfumées, humant la bonne odeur qui s'en échappait. La porte de la cuisine tremblait sous la violence du vent. Derrière la fenêtre, le paysage habituellement idyllique s'était transformé en une esquisse noyée sous la pluie diluvienne.

Enfin, Baako acheva de battre les œufs et les versa sur le mélange qui grillait dans la poêle.

— Ça sent bon, dit-elle à voix basse.

Abrielle se sentit soulagée qu'une conversation s'engage, et sur un sujet aussi banal. Elle s'empressa de répondre :

— Oui, du coup j'ai l'estomac qui gargouille.

La femme eut un petit sourire.

— Pour tout t'avouer, moi aussi. Je pense que nous devrions également préparer une petite salade de cresson. Il a bien poussé cette année et on en a beaucoup. Il ne faut pas attendre qu'il se gâte.

— Tu as raison. Je vais aller le chercher à la remise.

Abrielle quitta la cuisine et, en courant presque, se rendit dans la réserve qui constituait le garde-manger. Cette pièce en sous-sol conservait une température relativement basse toute l'année. C'est pourquoi on entreposait ici tous les produits frais, mais il fallait les consommer en quelques jours, si on ne voulait pas devoir les jeter ou les donner aux bêtes.

En effet, elle repéra un grand panier posé sur une étagère, débordant de bottes de cresson soigneusement taillées. Aby le saisit et retourna dans la cuisine.

Elle se figea instantanément au seuil de la pièce. Baako n'était plus seule. Braden s'y trouvait également, faisant mine de surveiller la cuisson de l'omelette.

Aussitôt, la jeune fille fut tentée de lâcher le panier et de courir se réfugier auprès de sa mère, mais cela aurait été puéril et, surtout, le signe flagrant de sa faiblesse, de sa peur. Elle entra donc, le plus naturellement possible, et posa les salades sur la large table de bois polie par l'usure, rayée par les coups de couteau des innombrables préparatifs de repas, tachée par les sauces et les jus qui avaient coulé sur sa surface. Sans jeter un regard au jeune homme, elle se mit à trancher les fils qui retenaient entre elles les pousses vertes et humides.

Quand elle sentit la présence du gardien en chef juste derrière elle, sa main serra plus fort le manche du couteau entre ses doigts jusqu'à faire blanchir ses articulations. Mais elle continua à s'appliquer, comme si de rien n'était. Il s'approcha encore, suffisamment pour qu'elle sente son souffle lourd sur sa nuque.

Baako ne réagissait pas, elle continuait à remuer les œufs pour qu'ils ne collent pas à la poêle, alors qu'elle savait très bien que Braden était là, qu'il s'approchait un peu trop près d'une jeune fille. Le bras d'Abrielle se mit à trembler. La Guide du village aurait dû dire quelque chose, rappeler le gardien en chef à l'ordre. Cela faisait partie de ses attributions, de surveiller le comportement des hommes envers les femmes.

Mais le mot, la phrase qu'Aby attendait ne venait pas et elle sentait à présent un filet de sueur dégouliner le long de sa colonne vertébrale, sous le tissu de sa tunique. Est-ce qu'il allait la tuer là, maintenant, dans la cuisine, devant témoin ?

Il n'oserait pas, si ?

Des mains immenses, larges se posèrent sur ses épaules. Elle se tendit, presque douloureusement.

— Aby... Tu ne devrais pas te promener avec un couteau... Un accident est si vite arrivé.

La voix dans son oreille était trop douce, trop suave. Le chuchotement hérissa la peau de sa nuque.

Puis, lentement, elle sentit les paumes chaudes descendre le long de ses bras. Quant à elle, elle avait suspendu son mouvement, sans pouvoir contenir plus longtemps les tremblements qui l'agitaient.

Les doigts de Braden vinrent finalement effleurer la peau de ses poignets.

— Tu es si délicate, si fragile… Regarde-moi ces mains si fines. Laisse-moi t'aider…

D'un geste rapide, il saisit le couteau, enroula son autre bras autour de la taille d'Abrielle et la força à reculer pour la plaquer contre lui. Dès qu'elle fut maintenue en place, incapable de bouger d'un centimètre, la lame, froide, humide, entra en contact avec son cou, là où une veine palpitait beaucoup trop vite. Un frisson glacé la fit frémir et elle ferma les yeux.

C'était impossible. Cela ne pouvait pas arriver. Baako était là, dans la pièce, à moins de deux mètres de la scène. Elle allait intervenir, elle était une ancienne du village, la mère de Wilrick le pasteur, qui plus est. Pourtant, Aby l'entendit reposer la cuillère sur le côté de la cuisinière.

— L'omelette est prête ! annonça-t-elle d'une voix qui semblait venir de très loin, derrière le bourdonnement vibrant dans les oreilles d'Abrielle.

Des bruits de vaisselle, des pas qui s'éloignaient. La jeune femme comprit qu'elle était seule. Baako l'avait abandonnée, jetée en pâture à Braden. Ou alors c'était un coup monté. Se pouvait-il qu'ils se soient mis d'accord ?

Quelle importance, maintenant ? Abrielle ne pourrait pas s'en sortir, pas cette fois. La poigne de l'homme était solide, impitoyable. Le couteau aiguisé. Elle le sentait déjà fendre sa peau, un filet de sang brûlant coula dans le creux de sa gorge.

Non, non ! Elle n'allait pas mourir ici, maintenant, c'était impossible ! Il fallait qu'elle trouve un moyen, quelque chose...

Dans son dos, elle sentait le cœur de Braden tambouriner presque aussi rapidement que le sien. Peut-être que... Elle inspira et, très doucement, entreprit de pivoter, tant bien que mal, dans le cercle solide formé par l'avant-bras de l'homme. Il dut être surpris car il relâcha très légèrement son emprise. Suffisamment, en tout cas, pour qu'Abrielle achève son mouvement de rotation. Heureusement, elle était mince, il ne lui suffisait que de peu d'espace pour finir par se retrouver face à son ancien amant. Ce dernier tenait toujours le couteau, mais sa lame se retrouvait à présent posée sur le côté de la nuque d'Aby. Ce n'était pas moins dangereux, mais là, elle pouvait voir son meurtrier dans les yeux.

Elle plongea ses prunelles dans celles, grises et chargées de colère, de Braden. À les voir ainsi plaqués l'un contre l'autre, on les aurait pris pour deux amoureux se cachant dans la cuisine pour échanger une étreinte secrète. Ils restèrent silencieux un long moment, qui s'étira, dura une éternité. On n'entendait pas un bruit dans le bâtiment. Seule la tempête hurlait dehors, comme si elle tentait de prévenir le monde qu'un drame se jouait là, à l'insu de tous.

— Vas-y, tue-moi, murmura Abrielle sans détourner le regard. C'est ce dont tu rêves depuis longtemps, n'est-ce pas ? Mais je peux t'assurer une chose : une fois que tu tiendras mon corps froid entre tes mains, cela ne fera pas revenir ton père, ni le mien. Et tu auras perdu le seul but de ta vie.

Braden ne répondit pas. Immobile, il appuya l'acier glacial un peu plus profondément dans la chair de la jeune femme. Aby sentit un autre filet brûlant glisser dans son cou. Pourtant, elle ne frémit pas. La complicité de Baako, qu'elle avait longtemps considérée comme une parente, lui faisait plus mal que la coupure qui entamait sa peau. La Guide du village lui signifiait clairement qu'elle, Abrielle, n'avait plus sa place dans cette communauté. Que sa mort était désormais acceptable. Peu lui importait qu'elle fût l'amie d'Abela depuis toujours. Peu lui importait la peine qu'elle lui infligerait.

Sa fille était réminiscente, des mélodies couraient dans son âme, comme une empreinte laissée par une force qu'elle ne maîtrisait pas.

En sentant le sang couler, imprégner le col de sa robe et la mèche de cheveux échappée de son bonnet, Aby sourit. Braden, qui la fixait toujours, eut un petit mouvement de recul surpris, et desserra un peu son étreinte.

Abrielle se hissa sur la pointe des pieds, et approcha ses lèvres de son oreille. Il s'était figé, déconcerté par l'attitude de sa victime.

— Mais avant de me tuer, écoute…

Jamais elle ne s'était sentie aussi prisonnière : enfermée dans un bâtiment, isolée par le chaos des éléments déchaînés, immobilisée par la poigne de fer d'un garçon qu'elle avait autrefois aimé, cernée par l'opprobre injuste de sa communauté, trahie par les siens. Les parois de son monde minuscule se rapprochaient encore, pour l'étouffer. La mort la guettait, plus que jamais, tout près, prenant la forme d'une lame de couteau de cuisine dans la main de son ancien amant.

Il était temps de se libérer, de briser tous ces murs. Au moins, elle ne les emporterait pas dans l'au-delà. Elle laisserait ses contraintes ici, elle se dépouillerait de tout pour partir sereine. Oui, il était temps de laisser jaillir ce qu'elle était vraiment. Abrielle. La réminiscente.

Elle inspira longuement, emplit ses poumons d'air, peut-être pour la dernière fois, mais ce n'était pas grave. En souriant, elle se mit à chanter, sans quitter Braden du regard. Au contraire, elle le dardait de ses prunelles noires, plongeait au plus profond de son âme, vrillait un dernier souvenir indélébile en lui.

Enfin, la mélodie douce, lente, celle-là même qui semblait provenir des profondeurs du Cercle, celle qui était plus ancienne que le temps lui-même, qui soufflait entre les arbres, dans les champs de coton, entre les rochers, celle qui tombait de la lune à jamais meurtrie, cette mélodie enfermée dans sa poitrine depuis toujours s'échappa de sa gorge.

Sa voix était rauque d'avoir été retenue si longtemps. Son cœur se gonflait d'une joie qu'elle n'aurait pas crue possible au crépuscule de son existence.

Elle sentit Braden se tendre encore plus contre elle, devenir plus rigide qu'une pierre. Tous ses muscles s'étaient contractés, ceux de son bras autour de sa taille, ceux de sa main autour du manche du couteau. Puis, comme s'il se réveillait, il la lâcha brutalement et recula en trébuchant, les yeux écarquillés, une peur authentique figeant les traits de son visage en un masque de terreur. Le couteau fit un bruit aigu en tombant sur le sol.

— Blasphème, murmura-t-il, en se heurtant au placard qui se trouvait derrière lui. Tu ne peux pas... Arrête...

Mais Abrielle n'arrêtait pas. Enfin, elle n'avait plus peur. Qu'elle chante ou pas, elle allait mourir. Alors pourquoi se retenir plus longtemps ? Pourquoi endurer encore la peine qui l'accompagnait à chaque minute de sa vie ?

La musique enfla, envahit la cuisine, sans retenue. Dehors, tous les éléments se déchaînaient. Le vent sifflait, les arbres se tordaient douloureusement, les éclairs dans le ciel zébraient les nuages bas et sombres qui se déplaçaient à toute allure au-dessus de l'immeuble. Et la chanson s'insinuait dans cette cacophonie, telle une berceuse destinée à calmer les enfers, une caresse, un baume mystérieux. La pluie tapait si fort contre la vitre qu'elle occultait en partie la mélopée qui s'échappait des lèvres d'Abrielle dont les joues étaient roses, les yeux brillants. Jamais elle n'avait été aussi belle qu'en cet instant.

Pris d'une panique absolue, Braden quitta la cuisine sans se retourner, se rua dans l'escalier, laissant derrière lui la scène cauchemardesque.

Abrielle mit quelques secondes avant de se rendre compte qu'elle était seule, que Braden avait déserté la pièce. Le couteau, rougi par son sang, paraissait si inoffensif, abandonné sur le carrelage ébréché.

Pourtant Aby le ramassa, le cacha dans la poche de son tablier et, sans un regard en arrière sur les bottes de cresson, elle remonta vers son appartement. Les couloirs de l'immeuble étaient vides. Tout le monde se terrait chez soi, à l'abri de la tempête.

Une fois devant chez elle, elle s'aperçut qu'elle respirait vite, sa poitrine montant et descendant à un rythme effréné. Les doigts tremblants, elle composa le code. La porte coulissa et révéla une scène réconfortante, à mille lieues de ce qui venait de se dérouler un peu plus bas. Abela était assise devant la table, penchée vers la chaude lumière prodiguée par une bougie, elle raccommodait une de ses robes. Tout était en ordre, à sa place. Rassurant, tellement rassurant.

— Tu as déjà terminé le repas ? demanda sa mère sans se détourner de sa tâche minutieuse.

Mais Abrielle s'était laissée glisser contre le mur, incapable de répondre. Recroquevillée sur elle-même, elle sanglotait. Des deux profondes entailles de son cou s'échappait un sang rouge, épais, qui s'étalait sur son chemisier.

10.

Abela consola longuement sa fille contre son sein, comme quand elle était bébé. Son trésor, sa petite princesse. D'une main, elle ôta son bonnet, puis les épingles retenant l'épaisseur de ses longs cheveux qui dégringolèrent, masquant la traînée sanglante, symbole de la rupture qui s'était opérée dans leurs vies à toutes les deux. Elle les caressa, doucement, trouvant un réconfort particulier dans ce geste hypnotisant et familier.

Puis, finalement, Abrielle émergea de l'espèce de transe douloureuse dans laquelle elle était plongée et raconta en hoquetant la scène de cauchemar qu'elle venait de vivre. La tentative de meurtre de Braden, la complicité passive de Baako. Le chant qu'elle avait libéré, qu'elle avait utilisé comme une arme contre son agresseur. La seule assez puissante pour repousser l'homme le plus fort du village.

Abela ferma les yeux, laissa rouler des larmes silencieuses qui suivirent le tracé des sillons gravés sur sa peau usée. C'était encore pire que ce qu'elle avait supposé. La violence de Braden, elle aurait pu la prévoir. Mais la trahison de Baako, jamais. Elle se revit, le jour de la lessive, il y avait déjà plusieurs semaines de cela, quand elle avait confié ses craintes à son amie. Elle l'avait fait pour soulager son esprit et son cœur, pour trouver de l'aide et de la compréhension auprès de celle qui était comme sa sœur. Depuis la mort de Paol, Baako représentait son seul soutien, une oreille attentive, une amie précieuse.

Ce jour-là, jamais elle n'aurait pu imaginer combien elle se trompait. Toujours en tenant sa fille contre elle, toutes les deux effondrées sur le sol de béton froid, alors que le vent pleurait dehors, en chœur avec les deux femmes blessées et brisées, Abela désira plus que jamais retourner en arrière dans le temps, revivre cette journée ensoleillée, imprégnée du parfum de la lessive, des cris des enfants qui jouaient tout près. Si elle avait la possibilité de rejouer la scène, alors elle se tairait. Elle saurait qu'elle pouvait faire confiance à sa fille, bien plus solide que quiconque ici. Elle gardait tout en elle, mais ne trébuchait pas, dissimulant les tourments de son âme bien mieux que les autres. Oui, ce jour-là, Abela aurait dû se contenter de parler du temps, de la vache qui attendait un petit à la ferme, de la prochaine cérémonie de majorité qui allait avoir lieu. De tout mais pas d'Abrielle, de ses réminiscences, de ses peurs

Mais il était trop tard, bien trop tard, et le mal était fait. La pluie tapait fort contre les volets fermés. Abela se releva et, soutenant Aby, elle l'assit sur une chaise.

La jeune fille était blanche comme un linge. Ses lèvres s'étaient vidées de toute couleur. Ses yeux sombres ressortaient d'autant plus, lançant des éclairs de colère, de douleur, de tristesse.

Abela se dirigea vers le coffre de bois qui contenait leurs maigres affaires. Elle fouilla longuement, à la recherche d'une tenue pour Abrielle. D'abord, elle sortit les vieux vêtements de Paol, qu'elle avait conservés tout ce temps, peut-être par sentimentalisme. Enfin, elle dénicha une robe grise et empesée, semblable à toutes les autres.

Elle alla emplir une cuvette d'eau froide en la transvasant du seau qui leur servait de réserve pendant les heures qu'elles passaient chez elles et, délicatement, la main tremblante, elle nettoya les plaies. Elles n'étaient pas si profondes que cela, mais longues, et suffisamment proches de la jugulaire pour attester de l'intention de tuer.

Braden était-il devenu fou, pour aller jusque-là ? Il était le garant de la loi et la loi stipulait que l'on n'avait ni le droit de tuer ni celui de faire le moindre mal à une femme. Il violait deux des plus importantes règles du village. S'il se le permettait, alors qui pourrait garantir la sécurité de tous ?

En serrant les lèvres, elle garda ses pensées pour elle. Il n'était pas nécessaire d'alourdir davantage le fardeau d'Abrielle.

Voilà. Les coupures ne saignaient plus. Ce n'était pas très joli à voir, mais elles cicatriseraient. À cet âge, on se remettait vite.

Abela s'assit sur la seconde chaise lourdement. En dehors des cris de la tempête, le silence régnait. Après un long moment, Abrielle soupira.

— Je n'oserai plus jamais sortir de chez nous, murmura-t-elle. Braden trouvera un autre moment pour m'éliminer. Il m'empêchera de chanter, de le terroriser. Oh, maman, tu aurais dû voir sa tête, quand j'ai osé… Mais je ne suis pas de taille contre lui. J'ai eu de la chance, cette fois.

— Je sais, ma chérie, je sais. On va trouver une solution. Il ne t'arrivera rien, je te le jure. Je ne les laisserai pas te faire du mal.

Abrielle eut un sourire sans joie.

— Je suis tellement fatiguée…

Abela se leva et entrouvrit le volet.

— La nuit est en train de tomber, il est l'heure de se mettre au lit. Va te coucher, reprends courage, tu vas en avoir besoin.

Aby acquiesça et, en titubant, se rendit dans sa chambre…

♪

Elle se réveilla en sursaut, désorientée. Son cou lui faisait horriblement mal, sa bouche était pâteuse. Mais ce n'était pas ce qui l'avait sortie aussi brutalement d'un lourd sommeil. Non, c'était le silence absolu, inhabituel. La tempête était passée. Il ne pleuvait plus, le vent ne gémissait plus contre le Mur, dehors. Mais surtout, il faisait nuit noire. Jamais elle ne s'était réveillée dans les ténèbres. C'est à ce moment qu'Abrielle se souvint que sa mère ne lui avait pas fait boire le cordial du sommeil. Était-ce un oubli ? Non, quoi qu'il arrivât, les traditions demeuraient essentielles pour Abela.

« C'est pour être sûre de te retrouver ici au matin », avait-elle répondu quand sa fille lui avait demandé pourquoi elle lui administrait le somnifère tous les soirs. Cela signifiait-il… ?

Douloureusement, Abrielle alluma la bougie posée sur son chevet, se leva, et se rendit dans le séjour d'un pas incertain. Sur la table, les vêtements de Paol n'avaient pas bougé. À côté, un pain, des fruits et une des outres en peau que son père avait l'habitude d'emporter pendant ses matinées de pêche.

Aby avait bien compris. Cette fois, sa mère ne voulait pas la trouver au matin. C'était la solution qu'elle proposait à sa fille. La seule envisageable dans ce monde fermé : fuir.

Une terreur sans nom s'empara de la jeune fille. Partir. Quitter le village, quitter sa cellule rassurante, quitter sa mère, la seule personne au monde qu'il lui restait… Elle en avait souvent rêvé, mais c'était un fantasme, une échappatoire facile quand tout était trop lourd à supporter. Jamais elle n'avait vraiment imaginé de passer à l'acte, de laisser tout derrière elle.

Son monde n'était pas plus vaste que les limites du village : la ferme à l'est, la plage à l'ouest, le chemin qui reliait les deux, en passant par l'immeuble de béton, les champs ondulant dans la brise, le Pont dans le Vent, la forêt de palmiers, les rochers au bord de l'eau…

Qu'y avait-il au-delà ? Elle n'en avait aucune idée. Son père lui avait parlé d'autres villages, d'autres peuplades, mais où se trouvaient-ils ? Et si ces gens étaient pires que Baako et Braden ? Non, elle ne pouvait pas partir.

Et pourtant, la douleur dans son cou, la morsure des plaies encore à vif, lui rappelaient qu'elle n'avait plus sa place ici. Demain, la semaine prochaine ou dans un mois, Braden trouverait une nouvelle raison pour l'isoler, et cette fois il ne se laisserait pas surprendre. Elle disparaîtrait sans un bruit. Baako soufflerait à Wilrick un sermon sur la punition qui touche les blasphémateurs, la loi naturelle de la vie qui élimine ceux qui sont incompatibles avec les articles du règlement intérieur et l'on passerait à autre chose. Sauf Abela qui, elle, saurait.

Prise d'un sursaut, Aby se déshabilla, laissa choir sa robe fripée qu'elle avait gardée pour dormir, et enfila, en frissonnant, les vêtements de son père. La chemise était rugueuse, trop large, mais confortable. Elle retroussa le bas du pantalon, trop long, serra au maximum la ceinture de cuir solide, enfila une veste pour finir. Par réflexe, elle faillit poser un bonnet sur sa tête, mais se rappela qu'elle n'en aurait pas besoin. À toute allure, elle natta ses cheveux. Ses chaussures étaient robustes et feraient l'affaire. La besace de Paol complétait l'équipement. Elle lui servait tous les matins pour aller pêcher. Il en avait deux, par prudence. La nuit où il était parti, il en avait pris une, Abrielle emporterait l'autre.

Dedans, elle fourra tout ce que sa mère avait préparé pour elle. Cela ne lui permettrait pas de tenir longtemps, mais elle savait se débrouiller : cueillir des fruits, tuer de petits animaux, allumer un feu… Oui, elle survivrait.

Au seuil de la liberté, elle hésita. Devait-elle dire adieu à sa mère ? Elle décida que non. Elle devinait qu'Abela avait quant à elle avalé sa ration de cordial pour ne pas entendre ce qu'il lui restait de famille, de raison de vivre, quitter leur appartement. C'était certainement mieux ainsi. Pas de larmes supplémentaires, pas d'au revoir déchirant, pas de regret ou de changement d'avis à la dernière minute.

Pourtant, les yeux d'Abrielle la piquaient alors qu'elle se faufilait dans le couloir du deuxième étage. Il n'y avait personne, pas un bruit. C'était normal, tout le monde buvait la potion tous les soirs. Son cœur battait si fort qu'elle n'entendait même plus ses propres pas. Jamais elle ne s'était promenée la nuit. Tout lui paraissait différent et effrayant dans le noir.

Le corridor qui séparait les appartements semblait se rétrécir devant elle, alors que son extrémité, là où se trouvaient les escaliers, disparaissait complètement dans l'obscurité. Seules les lueurs incertaines de bougies qui devaient achever de se consumer dans les cellules, et qui passaient faiblement sous les portes, faisaient office d'éclairage.

Elle savait que Braden, en tant que gardien en chef, était le seul autorisé à ne pas prendre de somnifère en prévision de ses rondes, pour intervenir en cas d'urgence, un incendie, une catastrophe naturelle… C'est pourquoi, malgré le profond sommeil dans lequel étaient plongés tous les habitants du village, Abrielle ne faisait pas un bruit. Ses semelles glissaient sur le béton, sa silhouette, recouverte de la veste sombre de son père, se fondait dans les ombres comme le ferait celle d'un chat noir.

Finalement, elle parvint devant l'appartement de Braden.

Son cœur, qui s'était légèrement apaisé en constatant la tranquillité des lieux, repartit de plus belle. Son sang bourdonnait dans sa tête… Elle se recroquevilla, cessa de respirer, ralentit son allure.

Derrière la porte du gardien, des voix s'élevaient. Il ne dormait donc pas, et d'autres lui tenaient compagnie. Malgré elle, Abrielle s'arrêta et tendit l'oreille. Elle crut reconnaître Wilrick qui parlait sourdement. Ce n'était pas étonnant. Après ce qui s'était passé un peu plus tôt dans la cuisine, les deux hommes avaient des décisions à prendre.

Comme elle ne distinguait pas leurs paroles, elle se remit en mouvement, avançant millimètre après millimètre, pour enfin dépasser la cellule attribuée à Braden.

Ce qu'Abrielle ignorait, c'est que Baako était également présente, mais restait silencieuse. La tentative d'assassinat constituait un pacte secret qui liait les trois individus. Ensemble, ils avaient planifié la mort d'un des leurs. Qui plus est, la mort de quelqu'un qui leur était cher, ou plutôt leur avait été cher. Leurs sentiments à ce sujet étaient flous, voilés par une peur qu'ils avaient du mal à comprendre eux-mêmes.

Baako en voulait à Braden d'avoir échoué. Il avait déjà été assez difficile de prendre une décision pareille, de condamner à mort Abrielle, pour que l'idée de recommencer ne lui fût pas insupportable.

Elle avait espéré que tout serait fini aujourd'hui. Après avoir fait disparaître le corps de la jeune fille, ils auraient blâmé la tempête. L'affliction aurait régné quelques jours dans le village et puis, comme après chaque drame, chaque mort, chaque maladie, on aurait tourné la page.

Il allait falloir trouver une autre occasion pour se débarrasser de la petite, et l'esprit de Baako tournait à toute vitesse alors qu'elle observait ses complices chuchoter.

La foi exacerbée de Wilrick et l'ombre de démence qui occupait l'esprit de Braden depuis la disparition de son père servaient les desseins de la Guide. Mais elle n'aurait jamais pensé qu'Abrielle aurait la force de se défendre et de faire plier Braden.

Elle n'avait pas cédé à la peur. Elle avait affronté le gardien en chef et elle était toujours là, en vie. Baako ne savait pas exactement ce qui s'était déroulé après son départ de la cuisine, mais elle savait qu'Aby dormait, en ce moment même, sur sa couchette, vivante. Allait-elle les dénoncer ? Non, elle n'avait aucune preuve… Malgré tout, il valait mieux rester prudent et l'éliminer au plus vite pour éviter tout risque.

Le gardien en chef quant à lui, après son geste meurtrier, s'était caché de longues heures, enfermé dans sa cellule, sous le choc. Il avait blessé son amour ! En parler, le planifier, c'était une chose, mais passer à l'acte ? Il repensait au corps d'Abrielle contre le sien, souple, chaud, tout en courbes qu'il avait aimées, caressées. Son regard noir, sa voix rauque qui avait transpercé son âme quand elle lui avait enjoint de la tuer.

Au moment où son couteau s'était enfoncé dans sa chair, il avait eu mal, lui aussi, comme si la lame se frayait un passage jusqu'à son cœur, le meurtrissant tout autant. Alors qu'il cherchait à la tuer, il voulait l'embrasser, l'aimer, la posséder. Aby…

Puis elle avait chanté.

Et l'âme de Braden avait explosé en mille morceaux.

L'air, si doux en contraste avec le déchaînement des éléments dehors, était magnifique. Or jamais il n'aurait dû trouver la musique belle. C'était impossible, interdit ! Et pourtant… La mélodie, lente, profonde comme l'océan, était à présent tatouée dans son esprit, et il devait serrer les lèvres pour ne pas l'entonner lui-même. Pour ne pas l'oublier. Car s'il l'oubliait, il savait qu'il manquerait quelque chose d'essentiel à son existence. Aussi essentiel qu'Abrielle l'était.

Pourtant, il devait tuer Abrielle. Tuer le chant.

Aujourd'hui, alors qu'elle aurait dû disparaître, elle avait fait de lui un réminiscent.

En discutant à voix basse avec Wilrick, il espérait que cela ne se voyait pas dans son regard, que ses prunelles ne trahissaient rien, ni sa bouche crispée autour des mots qu'il prononçait.

Il ne pouvait pas le leur avouer, sinon il mourrait lui aussi. Comme il ne pouvait pas non plus leur avouer qu'il avait passé des heures à murmurer la mélodie dans sa cellule, contemplant sa main encore couverte du sang de son aimée, des larmes de détresse, de tristesse et de frustration inondant son visage.

Ici, au beau milieu de la nuit qui avait succédé à la tempête, alors que le silence complet plombait l'immeuble, le village, l'Anneau, il ressentait le besoin de se lever, de renverser la chaise, la table, de frapper Wilrick pour le faire taire, lui et ses sermons insupportables, de sortir, d'aller respirer la fraîcheur de la nuit, de courir jusqu'à la plage et de se laisser avaler par les eaux, pour ne plus distinguer les frontières trop étroites de sa vie.

Braden était en train de devenir fou. Mais ce n'était pas nouveau. Cela, il le savait déjà, depuis la mort de son père. Un serpent pernicieux s'était glissé dans sa poitrine ce jour-là, serrant son cœur, l'étouffant un peu plus chaque jour. Une colère montait en lui, qu'il ne comprenait pas. Il ne supportait plus le village, le Mur, son horizon limité. Il sut alors que, jusqu'à présent, il était parvenu à comprimer sa rage. Mais pour combien de temps encore ?

11.

Quand elle arriva devant l'escalier, Abrielle eut l'impression que le poids de la nuit s'allégeait sur ses épaules et elle descendit les marches à toute vitesse. Deux étages plus bas, elle était libre.

Le vent qui avait soufflé avec tant de violence avait chassé les nuages de la tempête et la nuit était parfaitement claire, constellée d'étoiles clignotantes et de débris de lune. Cette dernière, divisée à jamais, étalait sa blessure au monde qui ne la voyait pas, noyé dans le cordial du sommeil, les hommes ignorant la douleur de l'astre pour oublier la leur.

C'était étrangement effrayant et exaltant d'avancer sur ce chemin qu'Abrielle avait emprunté si souvent, mais jamais au milieu de la nuit. L'air, nettoyé par la pluie, n'avait pas la même saveur. Le parfum de la mer transporté jusqu'ici laissait un goût de sel sur le bout de la langue. Les bruits du monde étaient différents. À présent figés, après tant de tourments, les arbres regardaient la jeune fille progresser silencieusement. Des branches brisées et des feuilles jonchaient le sol. Demain, les villageois auraient du travail pour tout débarrasser et remettre en ordre la place et les environs. Le courant électrique qui parcourait le Mur pour le rendre complètement infranchissable bourdonnait légèrement dans tout ce silence, car même les grillons s'étaient tus.

Après quelques dizaines de mètres, Abrielle se retourna pour regarder une dernière fois le bâtiment où elle avait passé toute sa vie. Plongé dans l'obscurité, il se fondait dans l'ombre de la haute palissade qui se dressait juste derrière. Cette fade bâtisse rongée par les siècles n'avait jamais été belle et pourtant, juste à ce moment, elle représentait tout pour Abrielle : le foyer, la chaleur, la sécurité, Paol, Abela, ses bons moments dans les bras de Braden… Une douleur, un regret, un manque, déjà, lui serrèrent le cœur. Les reverrait-elle un jour ?

En aspirant goulûment l'air frais pour mieux ravaler ses sanglots, elle chuchota des mots qui se perdirent dans le vide, une prière, un souhait qui s'adressaient à sa mère.

Puis elle reprit sa route, sans plus se retourner cette fois, sinon elle savait qu'elle risquait de faire demi-tour, pour aller se blottir dans son lit malgré le danger, malgré la lame du couteau qui avait laissé une cicatrice sur sa peau.

Pour l'instant, ce qu'elle allait faire ne lui apparaissait pas clairement. L'urgence était de s'éloigner le plus possible de Braden et de ses pulsions, de Baako et de sa duplicité.

De part et d'autre du sentier, les champs étaient détrempés et gouttaient encore, émettant des petits sons cristallins. Aby sentait ses pieds s'enfoncer en chuintant dans la terre devenue boueuse et cela la contraria : est-ce que ses traces permettraient de la suivre, de la retrouver ? Comme si elle pouvait déjà sentir une présence dans son dos, elle accéléra le pas.

Enfin, après un moment qui lui parut très long, car elle n'était habituée ni à être enveloppée par des ténèbres aussi profondes ni à ce silence presque total, elle parvint devant le Pont dans le Vent. Perché au-dessus du vide qui ressemblait à un gouffre de ténèbres en cet instant, il paraissait encore plus fragile et incertain qu'en plein jour. Abrielle s'arrêta devant la première planche surplombant le vide. Puis elle leva la tête, regarda le ciel. L'aube n'allait pas tarder. Si elle franchissait le pont pour aller à la plage, elle serait vite bloquée par la falaise qui finissait par interrompre la côte et surplombait la mer, interdisant de continuer à pied vers l'ouest. À droite se trouvaient les champs qui s'étalaient jusqu'au Mur. Si elle prenait par là, elle serait bloquée par la palissade à un moment, ou par le gouffre. Et il n'existait qu'un seul moyen de le traverser, c'était la passerelle qui se balançait devant elle. En conséquence, il n'y avait qu'un seul moyen pour éviter d'être suivie. Alors, sans hésiter, elle recula, s'éloigna du vide et prit à gauche pour longer le bord de la falaise, entre de hautes herbes mouillées, avant de s'enfoncer dans la forêt.

Tout y était immobile, seul un concert de coassements de grenouilles et crapauds venait troubler le silence qui pesait sur l'Anneau. Pour y être venue régulièrement, Aby connaissait une partie de l'orée mais elle ne s'y était jamais aventurée très loin, se tenant toujours à une distance raisonnable de la lisière afin de ne pas se perdre. Cette nuit, pourtant, elle dépassa la limite du territoire qui lui était familier pour bifurquer sur la droite. Ici, le sol descendait en pente vers le Cercle, mais vers un lieu inconnu, puisqu'il était masqué par la sylve dense. Plus bas, la mangrove entrelaçait ses racines avec la mer et ses branches avec le ciel.

Elle ne s'y était jamais risquée, connaissant les dangers de ce lieu étrange. Mamie Dinha aimait raconter qu'il était hanté de brouillards, de lueurs fantomatiques, parsemé de pièges comme des sables mouvants, de labyrinthes dont on ne sortait jamais. Pourtant, c'est là qu'Abrielle se rendait. Dans l'entrelacs de ces arbres aux lianes épaisses, elle savait que personne ne la suivrait, qu'elle serait à l'abri des hommes. Et si c'était la nature qui devait l'engloutir à jamais, elle préférait cette fin à celle, humiliante et teintée de trahison, que lui proposait Braden.

Lentement, elle progressa dans la pente raide qui n'était qu'une extension dénivelée de la falaise qu'elle venait de longer. Les racines et la végétation, en creusant la roche, avaient patiné son relief, créant une sorte d'escalier naturel, glissant et instable.

Le ciel pâlissait lentement au-dessus de la canopée vaporeuse, lui apportant une lumière tout juste suffisante pour voir où elle posait les pieds. Ici, le terrain était encore sec, mais les effluves de plus en plus forts de la mangrove commençaient à lui parvenir : un mélange d'œufs pourris, émanation d'un gaz produit par les éléments en décomposition dans un environnement peu oxygéné, et de poisson pas frais. En grimaçant, Abrielle leva un bras devant son visage et protégea son nez avec sa manche. De sa main libre, elle se retenait aux troncs des arbres, s'accrochait aux lianes, afin d'éviter une chute.

Enfin, elle parvint à la limite du terrain dur et sec. Devant elle, une vaste étendue mi-solide, mi-liquide l'attendait. Des arbres, des palétuviers aux troncs fins, s'élevaient tout droit, formant un rideau qui cachait l'horizon. Leurs racines, étrangement dressées hors de la terre, plongeaient dans une boue pâteuse et grise telles de grandes serres aux innombrables griffes de bois tentant de s'accrocher au sol visqueux dans une pénombre inquiétante.

Abrielle s'arrêta au seuil d'un monde dont elle connaissait l'existence, mais dont elle ne s'était jamais approchée. Une sourde frayeur l'empêchait d'avancer. Pourtant, il le fallait. C'était la seule échappée possible. Là où il n'y avait ni falaise, ni Mur, ni présence humaine susceptible de lui barrer la route. Elle baissa les paupières et tenta de raffermir son âme. Les images de ce qui s'était passé dans la cuisine lui revinrent, plus épouvantables encore que la perspective de s'enfoncer dans une forêt inconnue. Alors elle rouvrit les yeux et fit quelques pas timides, avant de s'arrêter encore, le cœur battant la chamade, la respiration courte. Elle inspira lentement, longuement par la bouche, pour éviter d'avoir à respirer les effluves nauséabonds. Son sang battait dans ses veines, ses jambes avaient du mal à la porter. Mais il fallait qu'elle résiste, qu'elle soit forte ! Où trouver du courage, quand on avait tout perdu ? Où trouver la ressource de continuer, de fortifier sa volonté ?

Ici, seule au milieu de ce monde végétal étranger, elle se sentait plus isolée que jamais.

Avec le jour qui venait, des cris d'oiseaux s'élevèrent, comme pour lui souhaiter la bienvenue. Toujours immobile, Abrielle laissa un temps s'écouler, se remémorant des histoires racontées par les plus anciens du village. « De la mangrove, on ne revient jamais vivant, affirmait Mamie Dinha. Elle vous avale comme une bouche géante, vous digère comme un estomac et je n'ose imaginer comment elle vous élimine. Seul Piedro est revenu entier d'un séjour dans la forêt humide. Comment a-t-il réussi à ne pas être englouti ? Il prétend qu'il a fait une offrande aux esprits dormant dans les marécages, ceux que l'on voit briller la nuit venue comme des étoiles tombées à terre. Une fois apaisés par son cadeau, ils l'ont laissé passer, et la mangrove l'a autorisé à trouver la sortie de son labyrinthe… »

Une offrande, un cadeau. Était-ce vraiment la solution ? De toute façon, Abrielle n'en avait pas d'autre. Pas de carte, aucune expérience, aucun guide, aucun conseil. Juste ces mots de Mamie Dinha gravés dans son esprit. Une offrande. Aby n'avait rien à offrir, elle était partie si vite, couverte des derniers vêtements de son père, sa besace à peine lestée de quelques fruits… Devait-elle croire aux légendes ? Oui, elle le devait. Elles étaient le socle de la survie des habitants du village. Malgré les siècles, la Pluie de la Lune, les catastrophes, les tempêtes, ils avaient survécu grâce aux paroles des anciens, à l'expérience de ceux qui avaient bravé les dangers avant eux.

Qu'avait-elle donc à donner aux esprits de la forêt ? Elle ferma les yeux pour mieux réfléchir. Les échos de la vie enfouie sous ses pieds résonnèrent plus fort, des crissements, des grattements, les craquements des branches dans la brise, les cris des oiseaux, leurs roucoulements et caquètements, le clapotement de la mer, invisible derrière le manteau d'arbres serrés, le chœur des grenouilles qui s'appelaient de loin en loin, tous ces sons lui parvinrent, l'envahirent ; son cœur se mit au tempo de ce rythme particulier, sa respiration se ralentit. La musique de la mangrove lui parlait ! Oui, c'était cela, sa seule possession, son seul don. L'unique trésor qu'elle transportait avec elle : sa voix, les airs qui vivaient en elle depuis toujours, l'écho des abysses, du souffle de la vie sur l'Anneau. C'était la seule chose qu'elle pouvait offrir en retour : sa propre mélodie, celle qui l'habitait, la preuve de sa propre existence, la raison pour laquelle elle se tenait ici, au commencement d'un autre monde.

Ici, personne ne l'empêcherait de chanter, de s'exprimer. C'était un sentiment nouveau, une réalisation frappante. Certes, elle était perdue et seule, certes, elle avait peur, comme en témoignaient son cœur qui cognait toujours trop fort et le battement sourd de son sang contre ses tempes, mais elle était libre. Parfaitement affranchie des contraintes et des interdits du règlement intérieur. Qui allait l'en empêcher, l'arrêter, la jeter au cachot ? Personne. Personne n'était là pour l'entendre et personne ne s'aventurerait ici pour capter les échos de son chant. Plus personne n'avait de pouvoir sur elle.

Ce constat l'étourdit quelques instants. Un léger sourire, le premier depuis des heures, se dessina sur son visage. Oui, elle allait le faire, là, maintenant ! Se tenant toujours au tronc de l'arbre qui la soutenait, elle inspira longuement, gonflant ses poumons au maximum, puis, levant son visage vers le ciel, le feuillage dense, vers les oiseaux qui seraient son premier public, elle chanta.

Au début, le filet de notes qui sortit de sa gorge était encore ténu, timide, parce qu'elle avait été élevée dans la peur de se faire entendre, et qu'elle n'avait pas l'habitude d'extérioriser ses émotions, gardées enfouies en elle en permanence. Là-bas, elle n'était qu'une réminiscente, mais ici, elle était comme chaque créature : elle était vivante et faisait partie d'un tout, dans lequel elle se fondrait sans peur, après le don qu'elle ferait aux esprits. C'est pourquoi, au fur et à mesure, sa voix enfla, libérée de toute appréhension, de ses limites. Elle s'enroula autour des troncs, percuta la frondaison dense, vibra contre l'épaisseur de la forêt. Les oiseaux lui répondirent dans un fracas énorme, qui l'encouragea à chanter encore plus fort, toujours plus fort, dans un tourbillon de notes cathartiques, une libération de son âme entière. Jamais Abrielle ne s'était autorisée à s'exprimer si pleinement. Elle s'étonna de la puissance de sa propre voix, de la beauté du chant qui, habituellement, chuchotait en elle.

Ainsi transportée, elle se sentit entrer en résonance avec la mangrove. Oui, la forêt acceptait son don, engloutissait sa mélodie, s'en imprégnait, comme elle-même l'avait fait de toutes les sonorités de la vie autour d'elle pendant des années. L'échange était total, fusionnel. Abrielle était le bois des palétuviers, les feuilles au vert intense, les racines s'enfonçant dans l'eau salée. Elle était les insectes qui crissaient, elle était les oiseaux qui lui répondaient, elle était le soleil qui filtrait à travers la canopée, elle était tout cela, elle faisait partie du monde, bien plus qu'elle n'avait fait partie du village. C'était comme si elle appartenait à ce lieu. Comme si la forêt l'avait guettée toutes ces années et lui répondait en lui souhaitant la bienvenue, lui chuchotant : « Nous t'avons attendue, Abrielle, nous avons espéré ta mélodie, le refrain de ton âme. »

C'est à ce moment précis qu'Abrielle eut la conviction qu'elle s'en sortirait, que les esprits avaient accepté son cadeau. Ils la protégeraient, ne la laisseraient pas se faire engloutir par les sables mouvants, par les marécages, et par les profondeurs de la sylve. Parallèlement à cette conviction, la peur disparut. La jeune fille se dépouilla de ses craintes, de ses regrets. Alors, elle lâcha l'arbre auquel elle s'était accrochée comme au mât d'un bateau en pleine tempête et fit un pas, puis un autre et, sans se retourner, toujours en fredonnant, elle s'enfonça dans la mangrove.

Sa progression était lente, dans ce lieu baignant dans une pénombre troublée seulement par des rayons de lumière jaune qui descendaient comme des cordes immatérielles des interstices du feuillage. À chaque pas, elle devait regarder où elle posait les pieds, s'agrippant aux lianes et aux troncs, se servant des racines hautes comme de marches dessinant un chemin au-dessus du marais. Portée par le chant qui l'entourait et dont elle était l'une des voix, elle se laissa avaler par la forêt humide. Derrière elle, les feuilles et les tiges grises se refermèrent et elle disparut, ne laissant aucune trace de son passage…

♪

Quand Abela ouvrit les yeux, elle sut, avant même d'en avoir la confirmation, que sa fille n'était plus là. Le vide avait pris sa place, enflait dans le petit appartement, l'emplissait d'un silence effrayant. Elle ne reverrait jamais Abrielle, c'était une certitude. Non pas qu'elle n'eût pas confiance dans ses capacités de survie. Elle savait qu'Aby s'en sortirait, qu'elle survivrait. Non, elle doutait d'elle-même. Se relever après la disparition de Paol lui avait demandé une énergie phénoménale.

Mais il y avait Aby. Après cette nuit fatale où elle avait dû se réveiller pour constater que le lit près d'elle était vide, elle s'était reconstruite, du moins elle le croyait. Jour après jour, s'astreignant à accomplir plus de tâches que tous les autres, pour ne pas penser, pour combler le manque, la solitude, la peine, elle avait continué. Pour elle. Pour Abrielle. Sa fille était une raison suffisante pour tenir bon, pour se lever le matin, pour apprécier l'existence malgré tout. Elle avait représenté son moteur, sa vie entière, sa raison de continuer. Mais à présent ? Elle n'avait plus ni Paol ni Abrielle. Plus rien. Les murs de sa cellule parurent se rapprocher, l'air lui manqua soudainement.

D'un bond, elle se leva, se rua dans la petite pièce commune. Les affaires de Paol, qu'elle avait volontairement laissées sur la table, n'y étaient plus. Tout comme les quelques réserves qu'elle avait déposées là. Parce qu'un mince espoir l'habitait encore, elle alla vérifier la cellule d'Abrielle. Vide.

Alors, la véritable douleur lui arracha le cœur, et elle tomba sur le sol dur, pour pleurer, le visage enfoui dans les draps froids du lit d'Aby. Elle avait beau avoir la conviction que sa fille avait fait le bon choix, et s'éloignait de la menace, elle savait aussi que sa vie à elle s'arrêtait là, ce matin, aspirée par le vide et l'absence.

Elle se redressa et inspira. Abrielle était comme son père, faite pour l'aventure, pour repousser les limites, pour trouver des issues à l'enfermement. Et le village l'avait bannie pour cela. Ici, elle était condamnée à mort. Il fallait qu'Abela se répète cette certitude pour tenir debout et affronter la journée. Oui, Aby avait choisi de vivre. Comment ? Elle ne pouvait pas imaginer la vie en dehors du village, mais elle savait que sa fille s'en sortirait.

Quand elle rejoignit le reste du village un peu plus tard, droite, raide, le visage figé, afin de masquer toute émotion, tout lui paraissait étranger. Elle flottait dans une bulle ouatée, qui l'isolait du reste de la communauté. Elle qui avait tout fait pour s'intégrer au mieux, pour se fondre dans le modèle qu'on lui imposait, ne faisait plus partie de ce monde. Une étrangère, à la périphérie du quotidien. Pourtant, pour ce qu'elle en constatait, la matinée se déroulait comme chaque jour. Exactement identique aux précédentes. Exactement ? Non. Abrielle n'était pas là, à aider à la distribution du petit déjeuner. Baako s'en occupait silencieusement, secondée par Marysse.

Abela se tint un long moment immobile, au milieu de l'agitation de ce début de journée. Alors qu'elle avait toujours su quoi faire, à chaque instant de sa vie, aider aux repas, écouter les histoires de chacun, veiller au contenu des réserves, surveiller la cuisson du lait ou des galettes de céréales, là elle était perdue. Les bras ballants, elle se contentait d'observer les enfants qui couraient en riant, les femmes qui les rappelaient à l'ordre, les hommes dévorant leur repas pour prendre des forces avant leur journée aux champs. D'autres, plus jeunes, s'occupaient à nettoyer les reliefs de la tempête : ils empilaient les branches arrachées, réparaient une table à feu endommagée par la force du vent.

Soudain, Braden surgit devant Abela, immense, la ramenant violemment à la réalité. C'était lui le coupable, tout cela était de sa faute ! Si elle en avait eu la force, la Guide lui aurait hurlé dessus, le mettant face à sa peine, à la solitude qui serait à présent son destin, mais l'air hagard du gardien en chef l'en empêcha. Braden ne se ressemblait plus : les yeux rougis et fous, la chemise froissée, les cheveux hirsutes, il paraissait en proie à une grande douleur, comme si lui aussi souffrait de l'absence de celle qu'il avait voulu tuer.

Sans méchanceté, il attrapa le bras d'Abela et plongea son regard égaré dans le sien, éteint. Il se pencha vers elle et murmura à toute allure :

— Elle est partie, n'est-ce pas ? Elle est partie ?

Abela mit un moment à comprendre les mots qui sortaient de la bouche tordue du gardien en chef. Elle se rendit compte à quel point elle le haïssait et cette constatation la surprit : elle n'avait jamais détesté personne jusqu'à ce jour.

Alors, en détachant chaque mot, les rendant tranchants comme des poignards supposés le lacérer, comme il avait lacéré son cœur de mère, elle répondit :

— D'après toi, Braden ? Tu crois qu'Abrielle est du genre à attendre que tu tentes de la tuer encore une fois ? Oui, elle est partie. À cause de toi. Et j'espère sincèrement que tu en souffriras autant que moi.

N'écoutant pas la fin de la phrase, Braden lâcha la femme, fit quelques pas en arrière en titubant et poussa un hurlement qui se répercuta sur le mur de l'immeuble. Le silence tomba aussitôt sur la place du village. Tous les regards convergèrent vers lui, effrayés. Personne ne criait jamais ainsi, encore moins un gardien en chef. Un bébé pleura, affolé par ce gémissement qui avait percé l'air comme une lance.

Seule Baako ne s'était pas retournée. Comme un automate, elle continuait à servir les familles pétrifiées. Elle avait tout fait pour éviter la folie. Mais c'était trop tard, bien trop tard. La folie était là, au seuil de cette journée, et des suivantes.

12.

Rapidement, Braden saisit une sacoche de tissu élimée, les premiers vêtements qui lui tombaient sous la main, et une outre. Tout son corps tremblait. Son cœur allait exploser dans sa poitrine. Elle ne pouvait pas être partie, elle ne pouvait pas avoir quitté leur monde, c'était impossible ! Il dévala les escaliers, bousculant sans ménagement ceux qui se trouvaient sur son chemin, fit un détour par la cuisine pour bourrer son bagage de tout ce qui était à portée : du pain, du fromage, un peu de viande séchée, deux ou trois fruits. Puis, sans dire un mot, sans s'expliquer, il traversa la place du village. Les bruits du quotidien avaient repris leurs droits, conversations, cris d'enfants, adultes qui s'interpellaient, mais tout cela lui parvenait de très loin, comme si la réalité commençait déjà à s'estomper autour de lui. C'était normal, non ? Si c'était lui qui donnait un sens à la vie ici, alors, en la quittant, il lui ôtait sa raison d'être. C'est pourquoi il ne chercha pas à parler à qui que ce soit, à se justifier. Ce monde n'était plus le sien, la vérité était devant lui, sur le chemin coupant les champs, et plus loin, certainement. Elle était dans les traces d'Abrielle.

De là où elle se trouvait, à côté du grand calebassier, Baako vit bien Braden filer à toute allure, mais elle ne tenta ni de l'aborder ni de l'arrêter. Elle savait que tout le monde l'observait, que les questions, qui s'étaient élevées un peu plus tôt, après son hurlement démentiel, continueraient à être posées longtemps après son départ, mais elle savait également que c'était mieux ainsi. Si Abrielle avait représenté un risque pour l'équilibre du village, alors Braden en était un autre. Qu'il disparaisse également, qu'il laisse leur communauté continuer son existence. On désignerait un autre gardien en chef, la vie ici se poursuivrait comme il se devait. Son deuxième fils, Olrick, pourrait prendre son poste. Ainsi elle aurait ses deux enfants haut placés. En les guidant correctement, elle tiendrait les rênes, et pourrait mener son troupeau comme elle l'entendait. Déjà, elle avait oublié Abrielle et Braden, et, dans son esprit, prenait forme une nouvelle ambition.

Braden ne se retourna pas, ne chercha pas à englober, d'un dernier regard, le village qui l'avait vu grandir. Non, il ne voyait que le chemin tracé devant lui, un long chemin de terre et de poussière qui coupait en deux, comme une interminable balafre, les champs s'étendant de part et d'autre. Et, surtout, il gardait les yeux rivés sur les traces de pas imprimées dans le sol humide. Des chaussures de femme, des empreintes qui ne pouvaient avoir été laissées que pendant la nuit, puisque les hommes étaient encore en train de prendre leur petit déjeuner. Personne n'avait suivi cette route depuis la veille au soir. Personne, sauf Abrielle. Il la revit, mince, douce contre lui, puis étonnamment forte et solide, quand elle avait chanté dans la tempête. Sublime, et effrayante. Elle-même et une autre. Abrielle avait la capacité de changer l'agencement de l'univers, il l'avait toujours su Il accéléra le pas.

Le soleil tapait déjà fort, alors que la journée était à peine entamée, la poussière voletait en nappes étouffantes, les insectes formaient des nuages bourdonnants, et quand il arriva devant le Pont dans le Vent, Braden était couvert d'une sueur poisseuse qui collait ses vêtements à sa peau. Mais il n'avait qu'une conscience relative de tous ces détails. La seule chose qu'il voyait, c'étaient les traces d'Abrielle qui le guidaient vers une autre réalité.

Le village n'était plus en vue, derrière lui, et pour Braden il n'existait déjà plus, puisque Abrielle n'y était plus. C'est pourquoi il se ruait en avant, comme un fou, comme un drogué en manque. Dans sa tête, des images de la scène de la veille tournaient en une farandole trop rapide. Le chant d'Aby, les notes qui le hantaient depuis rebondissaient sur les cailloux sous ses pieds, sur les tiges de canne à sucre, sur les planches craquantes du pont suspendu.

Les marques qu'il suivait s'arrêtaient là. Était-ce parce qu'Abrielle avait traversé le pont ? Son instinct lui criait que non. Il la connaissait, bien mieux qu'il ne voulait se l'avouer. Combien de fois l'avait-il suivie ? Combien de temps l'avait-il observée de loin, espionnant tous ses gestes, ses moindres mouvements, ses escapades ? Qu'y avait-il devant, de l'autre côté de la passerelle ? La sente qui traversait la forêt de palmiers-dattiers, des bosquets d'arbres, la pente douce qui descendait jusqu'à la plage, le lagon. Quelques rochers, l'autre plage, celle où il l'avait surprise ramassant des coquillages, il y avait quelques jours de cela. Ou alors une éternité ?

Et derrière cette dernière crique, la falaise, haute, infranchissable, qui délimitait la frontière ouest du territoire du village. À moins de nager sur une longue distance, en rasant cette muraille rocheuse, il n'y avait aucun moyen d'aller plus loin. Il savait qu'Aby était une bonne nageuse, mais là-bas, le courant était fort, les vagues s'écrasaient contre des écueils coupants. Abrielle ne l'ignorait pas. Non, elle n'était pas allée dans cette direction, ou alors elle y serait déjà coincée.

Braden pivota sur la droite. Les champs s'évasaient depuis le bord du chemin jusqu'au Mur. Aucun intérêt, à moins de vouloir se perdre dans une marée de canne à sucre. Alors il se tourna vers la gauche. Une étendue herbeuse suivait le bord de la falaise et s'inclinait doucement vers la forêt dense, épaisse, bruissante. C'était là. Sans aucun doute. Abrielle était partie par là, il le savait. Il l'avait souvent surprise alors qu'elle pensait que personne ne pouvait la voir se rendre là-bas. Lui-même n'avait jamais visité cette partie de l'atoll. On racontait des choses, à propos de la mangrove, qui dissuadaient quiconque de s'y rendre. Mais Abrielle n'était pas n'importe qui.

Alors, sans réfléchir, sans se retourner une fois de plus, il prit la direction de la sylve mystérieuse. Il retrouverait Aby, même si cela devait lui prendre des jours, des semaines. Il la retrouverait et construirait une nouvelle réalité avec elle. Cette pensée le rassura et chassa toutes les inquiétudes qu'un être sain d'esprit aurait pu éprouver à propos des risques que représentait cette expédition. D'un pas sûr, régulier, le regard rivé sur les premiers arbres qui marquaient la frontière d'un monde inconnu, il avança ; bientôt les branches serrées, les feuilles larges et touffues le happèrent, et il disparut.

♪

Abrielle n'apercevait le ciel que de très loin, quand la canopée se clairsemait suffisamment pour laisser filtrer une parcelle de bleu. Autrement, il lui semblait avoir atterri dans un monde clos, un labyrinthe dans lequel elle avait l'impression de tourner depuis des heures, sans en trouver la sortie. Elle avait fini par ne respirer que par la bouche pour libérer ses mains mais, même ainsi, elle continuait à sentir l'affreuse odeur d'œufs pourris qui remontait de l'eau croupie dans laquelle plongeaient les racines de ces arbres étranges.

Les oiseaux, par milliers, emplissaient cette cathédrale végétale d'une cacophonie assourdissante, des nuées de moustiques se jetaient sur elle comme s'ils n'avaient pas eu de festin aussi appétissant depuis des années, ce qui était certainement le cas. Une sueur collante dégoulinait sur son visage, dans son dos, sur son ventre. Ce cauchemar prendrait-il fin à un moment ?

À l'aube, quand elle avait chanté, Abrielle avait cru qu'elle pourrait faire partie de cet environnement, s'y fondre, oublier ce que Mamie Dinha avait raconté à son sujet. Mais à présent, elle commençait à douter de la foi qui l'avait animée, qui finissait par ressembler, avec le recul, à une naïveté déroutante. Oui, la mangrove était un milieu hostile, dangereux, et elle s'étonnait d'être encore en vie, de ne pas avoir terminé dans le ventre des eaux bourbeuses et salées qui l'entouraient, digérée à tout jamais.

Elle aurait pu se féliciter de sa chance, se convaincre que puisqu'elle était arrivée jusque-là, cela prouvait que les esprits la protégeaient, mais elle n'en pouvait plus. Les muscles trop sollicités de ses jambes tremblaient tant, ainsi que ceux de ses bras, qu'elle avait enroulés autour d'un tronc rêche sur lequel, épuisée, elle avait posé la tête. L'écorce fine lui éraflait la joue, mais elle s'en apercevait à peine.

C'est maintenant que lui revenait, de plein fouet, tout ce qu'elle venait de vivre : les événements de la veille, bouleversants, sa nuit trop courte, les émotions extrêmes, trop nombreuses, qu'elle avait éprouvées en quelques heures. Et alors qu'elle s'accrochait à ce palétuvier, identique à des milliers d'autres palétuviers, comme une naufragée sur le point de se noyer, le découragement la saisit. Quelle direction prendre pour sortir de là ? Est-ce que seulement la mangrove s'arrêtait quelque part ? Et si oui, qu'y avait-il de l'autre côté de ce mur végétal qui ne laissait rien filtrer, pas même la lumière du jour ?

Alors qu'elle était immobile depuis trop longtemps, agrippée à ce mât, ses jambes se mirent à trémuler. Le mollet droit, pour commencer, suivi par le gauche peu après. Abrielle ferma les yeux. Elle devait bouger, sinon elle allait avoir des crampes et tomber. Inspirant profondément, toujours par la bouche, elle raffermit sa volonté. C'était elle qui avait décidé de se perdre dans la mangrove, personne ne l'y avait forcée. Elle aurait pu trouver un passage le long de la falaise, à l'ouest, ou alors découvrir ce qu'il y avait au-delà de la ferme, à l'est, mais ses pas l'avaient menée ici. Maintenant, elle devait continuer. Et rester en vie.

Son palétuvier était entouré par une multitude d'autres. Il lui suffisait de tendre un bras, une jambe et de prendre appui sur un autre support, une autre racine pour progresser de quelques centimètres. C'est ce qu'elle fit, lentement, mesurant chacun de ses gestes pour éviter la chute, puis elle recommença, encore et encore, se glissant à travers l'entrelacs de bois, passant d'un arbre à l'autre.

Elle continua ainsi, pendant un temps qu'elle n'était plus capable de mesurer. Un pied posé sur un bulbe gris, entouré d'une tourbe grise, à la surface de laquelle des bulles grises éclataient, et ainsi de suite…

La lumière avait baissé d'intensité, enveloppant les lieux d'ombres sales, seulement troublées par des vapeurs claires se faufilant entre les lianes et les feuilles, comme des fantômes observant la frêle silhouette accrochée à ses troncs. Abrielle rêvait d'un bout de terre ferme où souffler, délasser ses jambes tremblantes, mais il n'y avait rien, et maintenant que la nuit tombait, elle craignait de devoir rester perchée là. Elle ne tiendrait pas longtemps, elle le savait bien. Tous ses muscles tiraient, la faisaient souffrir, et elle finirait par lâcher.

Mais elle devait poursuivre, jusqu'à ce qu'elle ne distingue plus rien, jusqu'à ce qu'elle ne puisse plus avancer.

L'obscurité s'épaississait quand ce qu'elle craignait arriva. La pointe de son pied droit tâtonnait, pour trouver le meilleur appui possible sur la prochaine racine, quand il dérapa au moment où elle allait transférer son poids. Elle parvint désespérément à s'agripper à une liane de la main gauche, mais cette dernière céda et accéléra sa chute. Inutilement, Abrielle battit des bras, comme si ce mouvement pouvait la faire s'envoler, mais après un temps qui lui parut très long, en suspens comme elle l'était dans le vide, elle glissa pour de bon.

Son corps entra en contact avec une boue froide, visqueuse, qui sembla l'agripper comme si des milliers de mains s'accrochaient à ses vêtements, à ses cheveux, pour l'attirer vers le fond. Elle poussa un cri aigu qui transperça la voûte des feuilles, déchira le silence des lieux, après la disparition de la lumière. Un liquide puant et salé s'engouffra dans sa bouche, elle continua d'agiter les bras dans la tourbe, tentant de garder son visage hors de l'eau.

Elle allait mourir ici, noyée, happée par cette fange immonde, seule. Sa mère ne saurait jamais comment sa fille avait terminé son existence, elle la croirait peut-être en sécurité quelque part, de l'autre côté de l'Anneau... Mais la mangrove l'aurait avalée et absorbée comme dans les histoires de Mamie Dinha.

Oui, c'était la fin. Quelques grenouilles firent écho à son cri. Ce serait là son ode funèbre.

À sa plus grande surprise, ses pieds et ses fesses entrèrent alors en contact avec le fond du marais. Il était mou, sous ses talons, mais bel et bien là ! Quoi ? Cette eau ne faisait qu'une soixantaine de centimètres de profondeur ? Elle ferma les yeux, se laissa couler complètement pour prendre appui et se propulser vers le haut. Finalement, elle se retrouva debout, dégoulinante, empestant l'œuf pourri et le poisson avarié dans chaque fibre de ses vêtements, chaque parcelle de sa peau et de ses cheveux, mais elle était en vie. À cet endroit, le marécage lui arrivait un peu au-dessus des genoux ! Elle qui avait eu si peur de ses profondeurs, qui auraient pu l'aspirer pour toujours, elle se trouvait bien ridicule ! Maintenant, autant continuer à progresser ainsi.

En levant le visage vers la canopée qui commençait à se noyer dans les ténèbres, elle remercia les esprits de la forêt de l'avoir protégée, malgré le peu de foi en eux dont elle avait fait preuve ces dernières heures, et se remit en route. Les bras tendus devant elle, afin de se tenir aux racines aériennes des palétuviers, qui ressemblaient dans la pénombre à de longues pattes d'insectes arquées et délicates, elle avança. L'eau était épaisse, lourde autour d'elle, et chaque pas lui demandait un effort considérable, mais elle préférait cela à sa situation antérieure. Au moins, elle n'avait plus peur de glisser dans la boue !

Dans un coin de sa tête, elle restait consciente des risques qui la guettaient : elle pouvait tomber dans un trou, être engloutie par des sables mouvants, elle pouvait rester coincée dans la tourbe épaisse qu'elle sentait s'enfoncer sous ses semelles, mais elle préférait éviter d'y penser. Pour l'instant, elle était en vie.

À présent, un noir d'encre envahissait chaque recoin de la forêt, et éteignait chaque reflet sur la surface liquide. Les insectes bourdonnants de la journée avaient cédé la place à une autre catégorie de bestioles, tout aussi bruyantes, qui prenaient vie la nuit. Quelques oiseaux nocturnes, invisibles, lançaient des appels à travers l'enchevêtrement de lianes et de branches.

Soudain, elle aperçut une lueur et se figea. Quelqu'un se trouvait-il ici ? Au milieu des marécages en pleine nuit, comme elle ? C'était impossible !

Abrielle suspendit sa respiration. Elle n'avait jamais rencontré d'homme ou de femme ne faisant pas partie de son village. Était-ce le moment pour elle d'affronter l'inconnu ? L'étincelle se transforma en flamme de couleur étrangement bleutée. Elle fut suivie d'une autre, puis d'une autre, et bientôt une multitude de petits scintillements trouèrent la nuit. Après un temps qui lui parut infini, Abrielle put constater que ces flammèches ne bougeaient pas plus qu'elle. Elles se contentaient de briller, de diffuser une lueur pâle de loin en loin, comme des étoiles posées çà et là, sans ordre.

— Personne, il n'y a personne, ce sont les esprits dont parlait Mamie Dinha, ceux qui vivent dans la mangrove, qui se réveillent la nuit, chuchota-t-elle dans le noir.

Le son de sa propre voix lui fit peur : rauque, bas, comme le feulement d'une bête sauvage. Était-elle en train de se métamorphoser en quelque créature des marais ? Un monstre qui hanterait les lieux pour l'éternité ? Elle eut envie de rire d'elle-même, à cette pensée incongrue. Mais non, elle ne se transformait pas ! Il fallait qu'elle cesse de s'inventer des peurs. La réalité lui en offrait déjà son lot.

Se concentrant sur les petites lueurs tremblotantes, elle fouilla sa mémoire à la recherche de ce que Mamie Dinha disait à leur sujet : « Les esprits de la forêt sont petits, mais très puissants.

Ils ne se contentent pas de flotter à la surface des eaux sales, non, ils observent. À la nuit tombée, ils ouvrent leurs yeux, et c'est leur éclat que l'on voit briller. Les visiteurs sont rares dans ces lieux de mort, alors quand il en arrive un, ils le suivent du regard, observant ses moindres gestes. Menacerait-il l'équilibre de la nature qu'il se verrait éliminé par les feux follets. Mais s'il la respecte, alors il pourra passer, sous l'attention bienveillante de ces créatures invisibles… »

Respecter l'équilibre de la nature, qu'est-ce que cela signifiait ? se demandait Abrielle. Devait-elle faire quelque chose de spécial ? Chanter, encore ? Non, pas cette fois. Elle ne ressentait plus cette harmonie qui l'avait transportée un peu plus tôt. Les sonorités nocturnes oppressantes, les points bleus qui semblaient la fixer… Elle n'avait pas l'impression de troubler l'ordre de la forêt. À l'inverse, elle s'y était fondue avec une foi et un sentiment d'appartenance très forts. Et maintenant qu'elle sentait comme la mangrove, elle en faisait vraiment partie ! Non, elle n'était pas venue ici pour abîmer la nature, la piller ou en changer les règles. Cette certitude la rassura un tout petit peu.

Et puis, malgré son inquiétude, son intérêt pour ce phénomène était irrépressible : elle voulait savoir à quoi ressemblaient ces lueurs de près ! Alors, lentement, toujours en s'accrochant aux racines, elle avança vers la flammèche qui paraissait la plus proche d'elle. La boue dans laquelle elle progressait était moins épaisse, ou alors elle s'était habituée à cette texture... Quoi qu'il en soit, il ne lui fallut que quelques instants pour atteindre une des lucioles bleuâtres.

C'était bien une sorte de feu qui brûlait, une simple flamme transparente semblant sortir de la tourbe qui baignait les lieux. Comment du feu pouvait-il naître à la surface de l'eau ?

Abrielle passa un long moment à l'observer, fascinée par l'incandescence. Le petit bruit qu'elle émettait, une sorte de souffle discret, la chaleur légère qui s'en dégageait, tout était à la fois familier et pourtant impossible.

Finalement, elle se secoua et reprit sa progression, se laissant guider par une autre flammèche cobalt. Puis un autre, et encore un autre, tous identiques, tous brûlant de la même manière, régulière, calme, captivante.

Et plus Abrielle avançait, plus l'eau autour d'elle devenait claire, mais plongée dans l'obscurité, elle ne s'en rendait pas vraiment compte. À un moment, elle sentit que le sol présentait plus de résistance, que la terre sous ses pieds s'enfonçait moins sous son poids. Finalement, elle atteignit un arbre plus large que les autres, dont les racines, plus épaisses, offraient un appui relativement ferme. En s'agrippant à ces espèces de longs doigts crochus solidement ancrés dans les tréfonds du marais, elle parvint à grimper au sec et à se caler entre deux échasses de bois, presque confortablement.

Enfin assise, Abrielle sentit la fatigue s'abattre sur elle comme une lame de fond. Une lassitude immense la saisit. Elle avait faim, mais toutes ses réserves étaient gâtées par la fange dans laquelle elle avait chuté, il devait en être de même pour sa réserve d'eau, et sa gorge, encore irritée par le sel avalé malgré elle un peu plus tôt, la brûlait. Il deviendrait urgent, le jour revenu, de trouver une source pure et de quoi reprendre des forces.

En soupirant, elle laissa sa tête se poser contre le tronc rassurant derrière elle. Elle ne s'en rendit pas compte, mais les yeux des esprits la regardaient encore quand elle glissa dans un sommeil lourd…

13.

Les premières lueurs du jour, accompagnées du cri des oiseaux cachés dans la ramure, la réveillèrent en sursaut. Un bref instant, elle se demanda où elle était, paniquée par sa position assise et la dureté de son support, puis tout lui revint en tête. Sa fuite, la mangrove, sa chute dans les marais. Elle était toujours recroquevillée entre deux racines d'un palétuvier, engourdie, puante, couverte d'une boue verdâtre qui avait séché sur elle, les paupières collées par la matière visqueuse, ainsi que ses cheveux complètement emmêlés.

Sa bouche pâteuse, son estomac douloureusement vide la ramenèrent à la réalité bien plus vite que les considérations sur son aspect physique. Aussi, elle se redressa en grimaçant, et déplia doucement son corps courbaturé, pour faire le point.

Devant elle, la forêt étrange s'étendait comme un rideau de troncs gris, racines perchées au-dessus d'une eau sombre. Pas un souffle d'air ne passait entre les arbres, ne faisait vibrer les feuilles trop vertes dans tout ce gris. Seuls les insectes, rassemblant leurs chants en un crissement énorme, faisaient frissonner l'atmosphère lourde et oppressante.

Il lui fallait repartir, sortir d'ici, trouver de l'eau potable, sinon elle ne tiendrait pas très longtemps.

Alors, malgré sa fatigue qui semblait soudée à elle comme l'était la boue, elle replongea dans la tourbe. L'enchevêtrement des racines formait de gros amas qui trempaient à moitié dans l'eau sombre. C'est entre ces agglomérats qu'Abrielle avançait, en prenant soin de ne pas se prendre les pieds dans les branches cachées sous la surface. C'est pourquoi elle allait si lentement. Quand elle trébuchait, il y avait toujours un rameau auquel se raccrocher, mais cette progression lente et laborieuse l'épuisait encore plus qu'une course régulière sur un chemin de terre.

Elle ne se fiait qu'à son instinct pour choisir la direction dans laquelle avancer, quel arbre contourner, quelle racine suivre... Autour d'elle, l'eau montait. De mi-cuisse, elle était passée à sa taille, et atteignait maintenant sa poitrine. Il lui faudrait rapidement trouver une autre solution pour progresser, ou alors allait-elle finir engloutie, comme elle le craignait depuis le début ? Morte de faim et de soif, luttant contre le poids du liquide qui l'entourait, elle ralentissait l'allure, s'arrêtait plus souvent. Sa tête tournait, sa langue avait triplé de volume dans sa bouche. Finalement, elle avait montré trop d'assurance ; elle n'aurait même pas tenu quarante-huit heures…

Et soudain, alors que le découragement commençait à la submerger, un son étouffé lui parvint, entre les jacassements des oiseaux, les cris des singes, les crissements des insectes, les coassements des grenouilles. Oui, un son lancinant, régulier. Abrielle se figea pour mieux se concentrer. Elle connaissait ce bruit, il lui était familier, mais il fallait qu'elle le replace dans son contexte, loin de la mangrove… Le ressac ! C'était le mouvement des vagues ! Enfin, la sortie était juste là, quelque part derrière la paroi de lianes et de feuilles ! Le soulagement la saisit : elle se rapprochait de la mer, elle allait pouvoir sortir de ce labyrinthe luxuriant, aussi étouffant que dangereux.

Prise d'une bouffée d'espoir, elle accéléra le mouvement, chose rendue aisée par l'eau qui devenait moins boueuse, moins lourde à pousser à chaque pas, à la seule force de ses cuisses…

Enfin, comme si un être invisible avait écarté le fameux rideau végétal pour elle, un chenal s'ouvrit comme par miracle, les arbres se clairsemèrent : la mer était là, droit devant elle, magnifiquement bleue sous un ciel immense. Le Cercle, « son » Cercle ! C'était comme si Aby retrouvait un membre de sa famille qui lui avait manqué le temps de cette immersion dans un autre monde. Elle était passée de l'autre côté de la forêt. Cette sylve dense qui bordait son village, coupant l'accès à la mer, elle l'avait traversée et découvrait à présent un lieu inconnu. Elle se mit à courir autant que possible dans les vaguelettes. Ce clapotis rassurant, familier, ce parfum de large, de sel, qui remplaçait celui d'œufs pourris, le soleil qui frappait durement sa peau, mais tellement bienfaisant après cette pénombre !

Encore quelques mètres, et Abrielle laissa la mangrove derrière elle. Elle se retourna pour l'admirer depuis la mer, et fut saisie par cette luxuriance, le vert de ses feuilles, le grège des troncs élancés, perchés sur leurs échasses, ces racines qui les accrochaient aux fonds boueux en trempant dans l'eau salée. D'ici, elle ne pouvait pas distinguer la plage, trop éloignée à l'ouest, ni le Mur masqué par la végétation. En fait, tout le littoral, d'aussi loin qu'elle puisse le voir depuis sa position actuelle, était bordé par la forêt. Sur sa droite, un amas de bois flottant s'était aggloméré, enchevêtré pour former une sorte de petite île irrégulière et abritait une colonie d'oiseaux rouge vif, qu'elle n'avait encore jamais observés. Leurs longs becs recourbés plongeaient entre les branches.

Le cœur d'Abrielle battait à toute allure. Elle était sortie de la mangrove ! La forêt aux esprits mi-marins, mi-terriens ne l'avait pas entraînée dans un piège, elle ne s'était pas perdue, n'avait été ni avalée ni digérée ! Elle poussa un cri de joie vers le ciel, cri qui se perdit dans l'immensité du Cercle.

L'eau lui arrivait à présent au-dessus de la poitrine et, sans hésiter, elle se mit à nager vers le large, puis, une fois vraiment éloignée des marécages, elle s'immergea entièrement dans la mer. Sous sa surface, elle frotta ses cheveux, son visage, ses mains, ses vêtements avant de remonter. Cette toilette était plus que sommaire, mais l'avait débarrassée d'une partie de la boue et surtout de l'odeur atroce qui l'imprégnait depuis des heures. Malgré la faim et la soif, elle était à cet instant investie d'une force nouvelle et avait l'impression qu'elle pourrait tout réussir. Mais pour cela, il fallait qu'elle revienne sur la terre ferme, qu'elle trouve une source d'eau claire.

En nageant lentement, elle se rapprocha des oiseaux rouge vif. Ils relevèrent tous la tête en même temps, la fixant d'un œil rond. Toutefois, ils ne paraissaient pas effrayés, juste curieux et attentifs.

En battant des pieds pour se maintenir à niveau, et avec des gestes précautionneux, elle tira quelques branches qu'elle démêla de l'énorme masse rivée à la mangrove, et se constitua un radeau précaire. Il n'était pas question de monter dessus, il était trop fragile, mais de s'en servir comme flotteur, afin d'économiser ses forces.

Car elle sentait à nouveau les tremblements de fatigue la gagner. La joie d'être encore en vie les avait dissipés momentanément, mais ils ne l'avaient pas quittée. S'appuyant sur ce soutien de fortune, elle battit des jambes, longeant vers l'est, sans trop s'éloigner, la bordure de la mangrove qui paraissait s'étendre sur des kilomètres et des kilomètres. Le courant la poussait dans la bonne direction et, mètre après mètre, bercée par les vagues, couronnée d'un soleil de plomb, elle mettait davantage de distance entre elle et son village, sa vie, sa mère.

Pour l'instant, elle n'y pensait pas. Son objectif était de survivre une journée de plus, et pour cela elle devait trouver de quoi boire et se nourrir. Les oiseaux vermillon l'observaient se fondre dans l'éclat de la mer, mais Abrielle sentait un autre regard, plus aigu celui-là, s'attacher à sa nuque. Elle chassa cette impression, en secouant la tête. C'était impossible. Ce devait être encore un esprit de la mangrove, ou un singe, ou un perroquet. Personne ne vivait dans un lieu comme celui-là. Et personne ne pouvait l'avoir suivie jusqu'ici…

Personne.

Elle dériva ainsi une partie de la journée. Somnolant parfois, le visage entre ses bras accrochés aux branches du radeau. Quand elle voyait qu'elle s'éloignait du rivage encore occupé par la mangrove, elle se contraignait à s'en rapprocher, mais chaque battement de jambes lui coûtait un peu plus. Sa tête tournait, l'éclat du soleil brûlait ses pupilles et ses paupières, sa langue enflée occupait tout l'espace de sa bouche, et elle avait l'impression d'être au bord de l'étouffement.

Le soleil allait se coucher quand elle se rendit compte que la forêt se dispersait, que les arbres cédaient la place à des bancs de sable de plus en plus blancs, de plus en plus larges. De douces dunes dorées s'élevaient à leur suite, et masquaient le paysage. Abrielle fournit un ultime effort, les vagues la poussèrent jusqu'au rivage, comme une main bienfaisante, et elle s'échoua là, sur la plage.

Elle dut perdre connaissance un long moment, car c'est la fraîcheur de la nuit qui la réveilla. Dans ses vêtements trempés, elle grelottait à présent. Péniblement, elle se leva et examina ce qui l'entourait. Une dernière frange de lumière posée sur un coussin de nuit lui permit de distinguer la pente de la dune qu'elle escalada avec difficulté. Le sable profond roulait sous ses pieds, mais en s'accrochant aux hautes tiges coupantes qui poussaient là, elle parvint au sommet. À ses pieds, une immense prairie se courbait dans le vent. Sous la lueur déclinante, la surface ondulée comme une deuxième mer se parait de reflets gris argenté. Un parfum végétal, mêlé à celui de l'iode, imprégnait l'atmosphère. Et un peu plus loin elle distinguait parfaitement, chantant avec la brise… le murmure d'une source !

Sans réfléchir, appelée par ce son cristallin, elle s'élança, se laissa glisser de l'autre côté de la dune, atterrit la tête la première dans l'herbe. Elle se guida au clapotement, trébuchant sur des pierres, rencontrant parfois un rocher plus large, incongru au milieu de toute cette verdure, mais même dans le noir, Abrielle devinait qu'il s'agissait de pierres de lune.

Finalement, elle l'atteignit. Un petit ruisseau d'eau pure, transparente, fraîche. Elle s'allongea à plat ventre et plongea ses lèvres directement dans la source. Elle s'en abreuva jusqu'à ce que son ventre soit gonflé, sa gorge désaltérée.

Après ça, elle eut tout juste la force de trier le contenu de sa sacoche : les fruits étaient sales mais pas encore gâtés. Elle les rinça précautionneusement et s'en contenta pour le dîner. Puis, s'enveloppant dans la veste de son père, s'enroulant dans les hautes herbes, elle s'endormit, sous la voûte extraordinairement étoilée du ciel, bercée par les grillons et les hululements lointains des chouettes.

14.

Abrielle ouvrit les yeux avec les premiers rayons du soleil. Au-dessus d'elle, le ciel était immense, d'un bleu pâle pour l'instant, mais qui promettait de devenir intense au cours de la journée.

Encore une fois, cette sensation s'imposa à elle : quelqu'un l'observait. Elle se redressa, mais la hauteur des herbes qui l'entouraient l'empêchait de distinguer quoi que ce soit. S'il y avait vraiment quelqu'un ici, il devait être bien camouflé dans cette prairie gigantesque !

Les grondements de son estomac criant famine chassèrent l'impression fugace. Elle devait rêver, il n'y avait personne ici. Et cette solitude totale l'arrangeait bien pour le moment. Pas question de se retrouver confrontée à des étrangers alors qu'elle était encore secouée par les dernières heures.

En suivant le cours d'eau qui dessinait un petit filet argenté à travers la prairie, elle retrouva facilement une plage, voisine de celle où elle s'était échouée la veille, çà et là jonchée de rochers. Il ne lui fallut pas dix minutes pour ramasser quelques crabes, allumer un feu et se préparer un petit déjeuner improvisé qu'elle avala aussi rapidement.

Une fois repue, elle décida qu'il fallait absolument qu'elle se lave, qu'elle nettoie ses vêtements et qu'elle se débarrasse une fois pour toutes de l'odeur de la mangrove qui lui collait encore à la peau.

Elle fit le chemin inverse, remontant le cours de la petite rivière, jusqu'à ce que cette dernière s'élargisse et prenne de la profondeur. Sur ses rives, pour le plus grand bonheur d'Abrielle, poussait de la saponaire. Les petites fleurs mauves paraissaient n'attendre qu'elle. Avec facilité, elle déterra les rhizomes humides et, à l'aide du couteau qu'elle avait gardé, celui-là même avec lequel Braden avait tenté de la tuer, elle en découpa de petits morceaux.

Tandis qu'elle s'activait à cette tâche, ses pensées revinrent à ce jour terrible. Abrielle n'était partie que depuis un peu plus de quarante-huit heures et pourtant la rupture avec son quotidien était telle que sa vie au village flottait dans son esprit comme les images d'un souvenir lointain. Elle se demanda brièvement comment allait sa mère, mais chassa vite cette question. Mieux valait ne pas penser à elle, cela faisait trop mal et ne servait à rien. L'immeuble appartenait à une autre vie, sans retour possible.

En observant les environs, elle découvrit que la rivière formait une petite cuvette près de la berge. C'était l'endroit parfait pour un bain. Lorsqu'elle y fut arrivée, Aby plongea quelques miettes de racine de saponaire dans l'eau et aussitôt une mousse blanche se forma. Rapidement, elle se dépouilla de ses vêtements crasseux, raidis par la vase et le sel de mer, et entra en frissonnant dans l'eau glacée. Il lui fallut se mettre à genoux dans le torrent pour s'y plonger jusqu'à la poitrine. Avec force, elle frotta chaque parcelle de sa peau, lava ses longs cheveux sombres et, une fois qu'elle fut habituée à la température revigorante de la rivière, resta longtemps dans son bain cristallin, avec la sensation non seulement de se débarrasser de la saleté, mais également de se dépouiller d'une partie d'elle-même. Une peau qui la quittait, se détachait d'elle pour être emportée dans le courant joyeux.

Elle ferma les yeux et se laissa envelopper de fraîcheur et d'inconnu…

♪

Braden l'observait silencieusement à travers les hautes herbes. Ondulant dans la brise, elles le frôlaient, presque coupantes, mais il n'y prenait pas garde. Son regard, rivé sur Abrielle, était incapable de se détourner de la silhouette blanche, nue, brillante sous la lumière vive. Oui, il avait caressé son corps, quand ils étaient plus jeunes, et qu'elle n'avait pas encore à porter cette longue robe grise. Il se rappelait les baisers qu'il avait déposés dans son cou, osant descendre jusqu'à ses clavicules. Ses doigts s'étaient égarés sur la peau de sa taille et de son ventre, caresses légères et timides.

Mais jamais il n'avait eu l'occasion de l'admirer dans toute sa splendeur : ses seins fermes, hauts, ses hanches arrondies, le galbe de ses cuisses musclées... Debout dans la rivière, ses cheveux noirs, mouillés, collaient à son dos, ses épaules, des gouttelettes renvoyaient les rayons de soleil, tels des diamants, pour la sublimer...

Braden sentit son ventre se serrer de désir. Ses jointures blanchirent alors que ses doigts se crispaient sur les tiges qu'il avait enroulées autour de sa main, comme pour s'empêcher de tomber, ou de se ruer sur son ancienne amie.

Abrielle essora sa longue chevelure et, ignorante du fait qu'elle avait un public, elle entreprit, toujours nue, de laver tous ses vêtements. Savonnant et frottant le tissu à l'aide de la saponaire, elle exposait ses courbes sans méfiance, pendant que Braden se repaissait de ce spectacle. Au village, il n'aurait jamais eu l'idée d'espionner qui que ce soit dans son intimité. C'était interdit et le règlement intérieur prévoyait les pires punitions pour ceux qui osaient manquer de respect aux femmes. Observer une jeune fille nue faisait partie de cette catégorie. Mais ici, loin du village, loin du règlement intérieur, il s'abreuvait de cette vue. Abrielle avait-elle conscience de sa beauté, de sa grâce ? Non, certainement pas.

Braden avait eu peur de ne pas la retrouver, après sa fuite. Elle était partie plus tôt que lui, et avait pris de l'avance, alors il s'était pressé, tentant de rattraper le temps perdu. Quand il s'était perdu dans la mangrove, accroché à un palétuvier, se demandant par où elle était passée, c'est le cri qu'elle avait poussé, au moment de sa chute, qui l'avait guidé jusqu'à elle. Se fiant à l'écho, il avait progressé d'arbre en arbre, comme Aby l'avait fait, mais plus vite car il était plus puissant. Puis il l'avait entraperçue, silhouette couverte de boue, se fondant presque dans le paysage. Braden avait alors compris que les esprits de la forêt la protégeaient et qu'elle trouverait le chemin pour sortir de cet enfer. Il n'aurait su expliquer l'origine de cette certitude, mais elle était solidement ancrée en lui. C'était cette aura entourant la jeune fille comme un halo qui lui donnait cette conviction. Elle aurait pu mourir mille fois depuis sa fuite nocturne, tomber, se noyer, devenir prisonnière de sables mouvants, et pourtant elle était là, dans la boue, vivante. Il était devenu évident pour lui que s'il reproduisait exactement tout ce qu'Aby faisait, il s'en sortirait, tout comme elle. Il avait donc commencé à la suivre, invisible derrière le rideau de lianes et de troncs serrés. Partout où elle se faufilait, entre les grappes denses de palétuviers, il l'imitait, à chaque pas qu'elle faisait, il en faisait un lui-même, sur chaque racine où elle avait posé sa main, ses doigts s'accrochaient à leur tour.

Et ce matin il était là, dans cette prairie qui ne ressemblait à rien de ce qu'il avait vu dans sa vie, à briser un peu plus toutes les chaînes que le village lui imposait. Ce matin il était là, à boire des yeux le corps souple qui s'offrait à son regard, à contempler cette chevelure sombre qui, habituellement nouée sous un bonnet, révélait ici son épaisseur et son opulence, lui descendant presque jusqu'à mi-cuisse.

Soudain, un son inhabituel attira son attention, et Braden tendit l'oreille.

Une voix.

Un chant. Abrielle chantait.

Elle aussi, libérée de la menace d'être punie en tant que réminiscente, s'affranchissait des regards et des sermons.

L'air qu'elle fredonnait ne ressemblait pas à celui qu'elle avait utilisé comme une arme contre lui, le jour où il avait tenté de la tuer.

Non, cette mélodie se fondait dans le souffle du vent, caressait les hautes herbes dorées, tintait sur la surface de la rivière comme des clochettes. Les mouvements de son corps séché par les rayons du soleil accompagnaient le rythme de la chanson, imprimé par celui de la lessive qu'elle achevait.

Finalement, elle posa tous ses vêtements propres et trempés sur les tiges qui ployèrent sous ce poids, et elle s'allongea à côté de ses maigres possessions, livrant sa peau entière à l'étreinte de la lumière. Elle ferma les yeux, mais le chant continua à s'élever, entité indépendante de celle qui le faisait naître.

Il tourbillonna dans l'air chaud, réveilla les cigales qui se mirent à crisser.

Braden demeura immobile, à regarder, à écouter. Il aurait pu s'avancer, lui faire savoir qu'il était là, aussi perdu qu'elle dans ce monde nouveau, mais il ne le fit pas. Sur la peau pâle d'Abrielle, dans son cou, deux traces rouges lui rappelaient son forfait. Cela remontait à moins de deux jours. Si elle le voyait surgir à cet instant, elle prendrait peur. À présent, le couteau était entre ses mains, et Braden savait qu'Abrielle avait de la force et de la volonté. Elle ne le tuerait peut-être pas, mais elle pourrait le blesser, et personne ne le sauverait ici, ni Baako ni Wilrick. Non, il valait mieux attendre un peu. Au bout d'un moment, elle finirait par se sentir trop isolée, elle aurait besoin d'aide. Alors il apparaîtrait, et elle serait heureuse de le voir, de ne plus affronter l'inconnu toute seule. Oui, il ferait ainsi. En attendant, il se contenterait de la regarder et de l'aimer de loin.

Ici, il ne servait plus à rien, maintenant. Plus de surveillance, plus de complot, plus de regrets. Il n'était que le témoin d'une liberté nouvelle qui virevoltait autour de lui et il s'en nourrissait par tous les sens.

15.

Les vêtements qu'elle avait lavés furent vite secs, avec cette chaleur. Quand elle put les enfiler, ils sentaient divinement bon : un mélange de soleil et de foin frais. Restait à trouver quelques réserves et continuer sa route vers l'est et tout serait parfait.

Abrielle commençait à apprécier cette nouvelle vie de liberté. La journée s'organisait au rythme qu'elle décidait de lui imprimer. Un peu plus tôt, elle avait chanté en faisant sa lessive. Combien de fois en avait-elle eu envie, au village, en frottant dans le lavoir les robes grises des femmes, les chemises blanches des hommes ? Combien de fois avait-elle dû s'en empêcher, retenir les mélodies qui auraient pourtant si bien accompagné le mouvement du battoir sur le linge, la lumière irisée des bulles de savon, le glougloutement de l'eau jaillissant, froide et pure, dans le grand bac de bois ?

Le simple fait d'avoir pu enfin libérer ce désir longuement enfoui lui avait donné une force renouvelée. Elle se sentait bien, là. Prête à affronter la fin de cette journée, où que ses pas la mènent.

C'est pourquoi elle se remit en chemin à bonne allure, traçant sa route en laissant derrière elle une longue ligne d'herbes couchées qui se redressaient de longues minutes après son passage. À sa gauche, le Mur n'était qu'une ombre gris pâle paraissant flotter au-dessus de la prairie, à trois kilomètres environ. Le village était derrière elle, vers l'ouest, séparé de ce lieu par une large épaisseur de forêt, celle qui se trouvait derrière la ferme. Tout autour d'elle, la prairie s'étendait, la dépassant quand le vent tombait et que les tiges se relevaient, la masquant au monde. Dans ce fouillis parfumé de foin chaud, ce n'était qu'une cacophonie de cigales, de cris d'oiseaux et de rongeurs invisibles. Piqueté des taches colorées des fleurs roses, blanches, jaunes, l'horizon s'étirait face à elle, sans obstacle.

Elle progressa ainsi pendant des heures, jusqu'à ce que la nuit étale son voile sombre sur la voûte du ciel, jusqu'à ce que les distances se noient dans l'obscurité.

Abrielle décida de faire une pause alors qu'elle arrivait au seuil d'une nouvelle forêt dont les arbres s'élançaient vers le ciel bleu foncé. Elle pouvait en percevoir le murmure, le bruissement des feuilles, le frottement des palmes, le chant du soir des animaux qu'elle abritait.

Mieux valait s'arrêter là pour aujourd'hui.

Après un dîner constitué de fruits, de tendres racines et d'eau, Aby s'allongea à même le sol pour admirer les étoiles. La veille, elle avait entraperçu la voûte illuminée, mais s'était endormie trop vite pour en profiter pleinement. Jamais elle n'avait assisté à un tel spectacle. Au village, tous les jours, elle se couchait dès que le gris saupoudrait le bleu du ciel. Et les soirs de sermon, elle restait trop peu de temps dehors pour que ses yeux s'habituent à capter assez de lumière afin de toutes les voir. Et pourtant, il y avait des étoiles par milliers, dessinant des motifs complexes contre la toile noire de la nuit. Abrielle pensait qu'elles étaient blanches, mais en réalité il en existait également des jaunes, certains points étaient même rouges, ou orangés. Les traînées laiteuses qu'elles dessinaient traversaient l'immensité des cieux telles des routes mystérieuses, menant à des lieux secrets que jamais elle ne verrait, enfermée comme elle l'était sur l'Anneau. La lune n'était pas encore sortie de sa cachette et les petits points dansant là-haut n'en étaient que plus visibles. Abrielle savait que certains d'entre eux étaient des cailloux abandonnés par la lune brisée lors de sa ronde dans le ciel, mais cela n'en était pas moins beau, au contraire. Écrasée par une telle immensité, une telle multitude et une telle beauté, Abrielle se sentit soudain très seule, mais c'était certainement mieux ainsi, se rassura-t-elle aussitôt. Si elle croisait d'autres habitants de l'Anneau, que ferait-elle ? À quoi ressembleraient-ils ?

Elle préférait ne pas y penser. Peut-être s'installerait-elle quelque part, dans un endroit où elle pourrait trouver de la nourriture et de l'eau pour son quotidien. Elle finirait ses jours là, solitaire, oubliant peu à peu qu'il y avait un village, quelque part à l'ouest, où des femmes et des hommes suivaient un règlement intérieur qui dirigeait leurs vies, où la nuit n'était qu'un trou noir dans lequel on les plongeait à l'aide du cordial de l'inconscience.

Finalement, elle soupira d'aise, chassant le sentiment d'isolement qui s'était abattu sur elle. Oui, c'était mieux. Ici au moins, elle pouvait être elle-même ; c'est pourquoi elle fredonna une chanson lente et douce, pour se bercer jusqu'au sommeil.

Un souffle chaud sur son visage la réveilla brutalement. Abrielle eut un sursaut, mais deux yeux brillant étrangement dans la nuit la figèrent dans son mouvement. Une bête, il y avait une bête à côté d'elle. La lune s'était levée et, à sa lueur, Aby pouvait distinguer les contours de l'animal, qui était énorme. Il ressemblait à un chat, mais en vingt fois plus grand. Elle devinait, sur son pelage, des lignes noires. Son flanc se soulevait, sa gueule ornée de dents aussi longues que des couteaux était orientée vers la jeune fille.

Abrielle retint un hurlement, qui n'aurait servi qu'à alarmer la bête. Personne ne pourrait la sauver si elle décidait d'attaquer. C'est pourquoi, en respirant très fort pour se calmer, elle se redressa très doucement. Le gros chat l'observait, sans crainte, avec plutôt une pointe de curiosité.

Un tigre. Ça y est, elle se souvenait de son nom. Elle n'en avait jamais vu, ni en vrai ni en image, mais il faisait partie du bestiaire que l'on décrivait aux enfants à l'école du village. Il était connu que des tigres vivaient sur l'Anneau, mais personne n'en avait jamais croisé car ils étaient réputés pour éviter les êtres humains, qui les effrayaient. C'est ce détail qui rassura un peu Aby. Les tigres avaient peur des hommes.

Les deux créatures s'observèrent longtemps, dans la nuit, parfaitement immobiles. Abrielle s'était assise en tailleur et le tigre, allongé face à elle sur un matelas d'herbe, semblait heureux de s'être trouvé de la compagnie. Il commença à se lécher la patte avec beaucoup de soin et, régulièrement, relevait les yeux sur sa compagne de fortune qui osait à peine respirer. Après un moment, quand ses yeux se furent complètement habitués à l'obscurité, Aby comprit que ce n'était pas une patte que l'animal nettoyait, mais un petit. Endormie contre lui, la boule de poils était d'une blancheur éclatante sous la lune, striée de fines lignes sombres comme sa mère. La jeune fille ne put s'empêcher de sourire à ce spectacle. Elle ne comprenait pas pourquoi la maman tigre avait ressenti le besoin de s'installer près d'elle, mais maintenant qu'elle n'avait plus peur, elle appréciait cette présence à l'odeur musquée, au regard attentif et calme.

Abrielle dut s'assoupir, car un moment elle ferma les yeux. Quand elle les rouvrit, les animaux n'étaient plus là. Sans leurs formes restées imprimées sur le sol, elle aurait pu croire qu'elle avait rêvé, et pourtant tout cela avait bien eu lieu. Elle se redressa, s'étira et observa les environs, pour chercher du regard la tigresse et son petit, mais ils avaient bel et bien disparu, comme volatilisés. L'aube déposait sa rosée et allumait son ciel pâle, il était temps de se remettre en route et de s'enfoncer dans cette nouvelle forêt. Cette fois, ce n'était pas une mangrove et elle espérait que son exploration serait plus aisée.

Toute la journée, Aby pensa aux bêtes qui lui avaient tenu compagnie, au bébé tigre, si parfaitement blanc, si paisible contre le flanc de sa mère. Les reverrait-elle ? Elle ne pouvait s'empêcher d'espérer que oui, sans trop savoir pourquoi. Comme elle l'avait deviné, sa progression dans la forêt se faisait sans difficulté, car cet environnement ressemblait beaucoup à la partie du territoire du village qui s'étendait entre le Pont dans le Vent et la plage, en plus sauvage toutefois. Là-bas, la présence des hommes, depuis des siècles, avait marqué le paysage de sentiers de poussière, d'empreintes de pas, de cabanes où ranger les outils. Ici, rien de tout cela. Pas une trace de civilisation, juste des arbres, des palmiers, des oiseaux bariolés qui jacassaient, trillaient ou sifflaient, des insectes qui crissaient, le murmure de l'eau qui coulait quelque part dans tout ce foisonnement. La terre était meuble, foncée, couverte d'une épaisse couche d'humus où une multitude de bestioles auxquelles Aby ne voulait pas penser devaient se faufiler. Les semelles de ses chaussures s'enfonçaient, mais cela n'avait rien à voir avec les boues visqueuses de la mangrove. Parfois, elle apercevait du coin de l'œil des mouvements furtifs, des taches brunes qui disparaissaient aussi vite qu'elles étaient apparues. Certainement des animaux vivant ici, aussi effrayés de croiser une créature inconnue qu'elle pouvait l'être à l'idée de tomber nez à nez avec eux.

♪

Il l'avait perdue ! Braden en gémissait presque de désespoir. À son réveil, le soleil avait à peine entamé sa course dans le ciel qu'Abrielle était déjà partie, et il ne savait pas où. Tout ça parce que la fatigue avait fini par le faucher, alors qu'allongé dans les hautes herbes il écoutait la mélodie infiniment douce qu'Abrielle chantait aux étoiles. Il avait fermé les yeux, bercé par cet air envoûtant. Trois jours plus tôt, ces sonorités l'auraient effaré, il aurait tué Abrielle sur place si elle avait seulement osé essayer de fredonner, mais ici, sous l'immensité de la voûte décorée d'arabesques mystérieuses, Braden ne trouvait plus cela anormal. Au contraire même, les notes s'accordaient à la perfection à l'ambiance feutrée de la nuit. Pourquoi avait-on interdit la musique ? s'était-il demandé à un moment. Et la seconde suivante, il dormait.

Il dormait encore quand Abrielle s'était éveillée et avait quitté la prairie. Comment avait-il pu se laisser aller à un tel sommeil ? Il ne se souvenait pas d'avoir dormi aussi bien une seule fois dans sa vie, au village. Maintenant, debout, silhouette perdue dans un océan d'herbe, il tournait sur lui-même, cherchant à deviner la direction qu'Abrielle avait pu prendre. S'était-elle rapprochée du Mur ? Était-elle retournée vers le Cercle ? S'était-elle enfoncée dans la forêt dont l'orée sombre se devinait un peu plus loin ? Son pas léger n'avait laissé aucune trace dans la prairie, dont les tiges s'étaient déjà redressées derrière son passage. Braden n'avait plus qu'à choisir une direction au hasard, en espérant que ce serait la bonne. Mais après quelques mètres, une autre certitude le saisit. Elle allait revenir. Oui, malgré l'optimisme dont elle faisait preuve et la chance qui l'accompagnait jusqu'ici, elle reviendrait. Trop inquiète pour sa mère, trop harassée de solitude, elle finirait par faire demi-tour et retourner au village. Il l'attendrait, patient, et il la retrouverait.

Alors, la rage au ventre, le manque d'elle s'accrochant à son cœur comme une énorme araignée éperdue, il décida de remonter vers le Mur et de le longer jusqu'à retomber sur le bâtiment de béton. Là-bas, il retrouverait sa place de gardien en chef, il ferait mine de s'être élancé à la suite d'Abrielle pour l'empêcher d'accomplir un acte de folie, et ne laisserait jamais transparaître ce qu'il avait découvert pendant ces quelques heures : la liberté, la beauté des chants d'Aby qui avaient fait de lui, et pour toujours, un réminiscent. Sa vie avait changé, quelque chose en lui, qu'il gardait enfermé jusque-là, s'était libéré et il avait l'impression de posséder un trésor précieux. Oui, il l'attendrait, et quand elle serait là, il serait différent.

♪

Abrielle avançait depuis des heures dans l'enchevêtrement de la forêt. La transpiration collait ses vêtements à sa peau, les nuages de moustiques et de moucherons l'agaçaient, mais elle continuait, mue par une curiosité nouvelle. Après la mangrove, il y avait eu la prairie, et ensuite cette forêt. Et après ? Que lui réservait le paysage ? Où la mèneraient ses pas ? Elle voulait savoir, découvrir le monde de l'Anneau. Maintenant que personne ne cherchait plus à la tuer ni à l'empêcher de chanter, l'urgence de la fuite avait cédé la place à une soif de savoir et d'exploration. Pour passer à travers l'entrelacement de lianes ou de buissons, elle se servait du grand couteau qu'elle avait gardé depuis son agression. Finalement, il s'avérait être un instrument indispensable, alors qu'elle n'avait prévu de l'utiliser que pour couper les bottes de cresson !

Elle marqua quelques pauses pour cueillir et grignoter des fruits, des papayes et des mangues, et avaler quelques gorgées d'eau à son outre. Tout à coup, un écho nouveau résonna un peu plus loin, un bruit qui n'appartenait pas à la forêt. Elle se figea net, tous ses sens à l'affût, debout au milieu d'une sorte de petite clairière bordée de broussailles épineuses.

Non, elle ne s'était pas trompée, c'étaient bien des voix. Des voix humaines, sans aucun doute ! Ici ? Au milieu de la forêt ? Comment était-ce possible ? Y avait-il un autre village à seulement trois jours de marche du sien ?

Très lentement, évitant de faire craquer la moindre brindille, s'empêchant presque de respirer, elle avança vers l'origine des sons. Elle finit par apercevoir des silhouettes à demi masquées par la végétation. Dans ce cadre uniquement végétal et animal, leur présence paraissait incongrue. Même en s'approchant, Abrielle ne parvenait pas à comprendre leurs paroles.

Enfin, elle les distingua mieux, leurs vêtements colorés tranchant sur le vert et le brun de la forêt. Deux personnes penchées l'une vers l'autre, leurs fronts se touchant presque. Leurs crânes étaient lisses, et quand l'une d'entre elles tourna légèrement la tête dans la direction d'Abrielle, cette dernière étouffa un cri en plaquant une main devant sa bouche. Le visage de la… chose – elle n'arrivait pas à savoir si c'était un homme ou une femme – n'avait pas de traits. Deux yeux en amande se découpaient, très sombres, sur une peau trop blanche, presque translucide. Pas de nez, juste deux narines ouvertes au milieu de cette chair étrange, ni de lèvres, juste une fente horizontale en guise de bouche au-dessus d'un menton court. Cet être n'avait ni cheveux, ni sourcils, ni cils, mais une peau exagérément étirée, qui semblait attendre d'être modelée pour ressembler à un véritable visage.

Abrielle se jeta en arrière, se camouflant dans un taillis aux feuilles larges et épaisses. Elle haletait, plus effrayée par cette apparition qu'elle ne l'avait été par la proximité du tigre. Qu'est-ce que c'était que ces gens ? Étaient-ils seulement des gens ? Que faisaient-ils là ?

Afin de se faire toute petite, elle se recroquevilla dans le buisson, dont les épines la griffaient et se prenaient dans ses cheveux, mais elle n'y prêta aucune attention. En revanche, elle entendait sa propre respiration trop forte et son cœur battre avec tant de violence qu'elle était sûre que les créatures pouvaient les percevoir.

De toute façon c'était trop tard. Une des choses devait l'avoir aperçue car elle entendit, distinctement cette fois :

— Ohé, il y a quelqu'un ?

Non seulement la créature s'exprimait, mais elle parlait en plus la même langue qu'elle.

Abrielle retint son souffle. Si elle restait parfaitement immobile, l'être étrange penserait qu'il avait vu un animal, un singe, un tatou ou un fourmilier.

Hélas, il se rapprochait, et sa main aussi pâle et lisse que son visage se posa sur une feuille presque sous le nez d'Abrielle.

— Ohé ! Sa, viens par ici, je suis certain d'avoir vu quelqu'un.

— Ça devait être une bête, répondit une autre voix.

Les deux timbres étaient bizzares, à l'image des visages. Doux, mais ni féminins ni masculins...

— Non, je suis sûr qu'il y avait du tissu, un vêtement, affirma le premier.

Abrielle entendit la seconde créature bouger et se rapprocher.

— Je ne vois rien, dit-elle.

Puis soudain, sans qu'Abrielle sache pourquoi, comme si un signe l'avait poussé à le faire, le second être s'accroupit. Son visage ressemblait exactement à celui de l'autre, sauf que ses yeux immenses étaient d'un bleu éclatant dans cette peau diaphane. Leurs regards se croisèrent finalement, à travers le fouillis de feuilles.

Abrielle se retint de pousser un gémissement de terreur, mais l'autre ne semblait pas agressif. Il se contenta de la regarder étrangement, comme s'il semblait aussi surpris de la découvrir qu'elle l'était d'être tombée sur eux. Puis il dit calmement :

— Ah si, tu as raison, Ca. Il y a bien quelqu'un. Une jeune fille.

Un semblant de sourire déforma son visage affreux. Il s'adressa, cette fois, à elle.

— Bonjour, toi, murmura-t-il en fixant Abrielle.

Et il lui tendit la main pour l'inviter à sortir de sa prison de ronces…

LA PARTITION DE SAND ET DE CAHILL

Chut… Regarde-moi, souris-moi…

Ta main sur ma joue, la chaleur de ta paume légère contre ma peau.

Je ferme les yeux et j'imagine que cela pourrait être ainsi à chaque instant, pour l'éternité.

Mais la vie ne peut être aussi douce et parfumée que ton corps.

Pourtant, j'aurais voulu…

Chut… L'amour est interdit. Retourne-toi, ne me regarde plus.

Oublie-moi.

1.

Une longue rue bordée de maisonnettes enfouies dans l'écrin d'une végétation luxuriante. Étrange et différent, un bâtiment carré, marqué de tourelles à chaque angle, appelé le Centre… Et tout au bout de cette parcelle de monde, le Mur haut, infranchissable, bourdonnant du courant électrique qui le parcourt en permanence. Pour l'instant, les rues sont vides ou presque, mais bientôt cette petite ville s'animera et la journée, identique à tellement d'autres, finira par glisser vers une nuit silencieuse…

Sa contempla son visage quelques instants dans le miroir ébréché et moucheté accroché en face de luiel, sur le mur peint en bleu pâle. Iel fit une petite grimace et détourna le regard. Son reflet ne faisait que lui rappeler l'évidence : iel n'était pas achevé. Pas encore. L'image que lui renvoyait la glace ne lea représentait plus, car le changement se rapprochait. Bientôt, iel serait autre. Neuf. Abouti. Vivement que la cérémonie de la libération des gènes arrive, qu'iel puisse enfin s'accepter dans un corps qui lui correspondrait tout à fait !

La chaleur écrasante de l'après-midi pénétrait en nappes moites dans la pièce, bien que toutes les portes et fenêtres soient closes.

Au départ assis bien droit sur le siège, Sa commençait maintenant à s'avachir lentement, assommé par la longue attente et la touffeur qui rendait l'air presque solide. Le jeune Neutre qui était passé avant luiel avait été prévoyant en s'équipant d'un large éventail dont iel s'était servi avec une régularité qui avait quasiment hypnotisé Sa. Mais à présent, l'autre était entré dans la pièce sombre pour son rendez-vous et Sa se retrouvait seul avec ses pensées.

À travers la fenêtre, on voyait que la rue était déserte, en dehors d'une vieille femme courbée par les années et la canicule, et d'un homme qui revenait visiblement de la cascade, si l'on s'en référait à sa chevelure encore dégoulinante d'eau. Tout le monde était occupé à ses tâches dans les différentes parties de la ville, des champs, de la ferme.

Aucun Neutre à l'extérieur à cette période de la journée, mais c'était normal : leur peau, trop pâle et trop fine, ne supportait pas un soleil aussi vif. Dans quelques heures, quand il serait moins haut, la foule envahirait le quartier qui s'emplirait de bruit et de conversations.

Sa, pourtant, n'avait pas eu le choix : il lui avait fallu braver la chaleur de ce milieu d'après-midi. Dans quelques minutes aurait lieu son rendez-vous avec le Grand Initiateur et iel l'avait attendu tellement longtemps qu'iel ne l'aurait manqué pour rien au monde, même si les quelques instants passés sous l'éclat de l'astre du jour avaient frappé durement ses joues et son crâne glabres. Ces petits désagréments avaient vite été oubliés quand Sa avait pénétré dans la salle d'attente. Un seul autre Neutre y patientait déjà. Sa pensait lea reconnaître : So, qui était né le septième jour du mois d'Offrande, mais iel n'en était pas vraiment certain, car iels ne vivaient pas dans le même dortoir.

Le temps semblait figé autour de la porte du bureau de l'Initiateur, désespérément close. Que faisait l'autre Neutre, pour que son entrevue dure aussi longtemps ? Sa ferma les yeux, et pensa à ce qu'iel dirait, aux réponses qu'iel avait préparées depuis des semaines. Le questionnaire était toujours plus ou moins le même et l'Initiateur ne s'écarterait pas de la tradition. C'est pourquoi chaque Neutre s'entraînait à l'avance, réfléchissait aux mots qu'iel prononcerait ce jour-là.

Enfin, Sa entendit du mouvement et, en effet, la porte qu'iel avait contemplée fermée un long moment s'ouvrit. Le Neutre ressortit de la pièce, un large sourire sur ses lèvres à peine dessinées. Visiblement, l'entretien s'était bien déroulé. Sa espéra brièvement qu'il en serait de même pour le sien.

Le vieil homme qui se tenait dans l'encadrement lui fit un signe de tête, l'engageant à venir le rejoindre. Sa inspira longuement et se leva pour le suivre dans une pièce dont tous les volets étaient fermés. Une douzaine de grosses bougies parfumées éclairaient faiblement les lieux, dévoilant à peine deux poufs posés au sol. Rien d'autre n'ornait cette alcôve faite pour l'intimité et le recueillement.

L'Initiateur s'assit sur l'un des deux coussins et encouragea Sa à faire de même en face de lui. Iel fit ce qu'on lui demandait. Ce siège sommaire se révéla extrêmement confortable, et la fragrance douce qui flottait dans l'air était des plus plaisantes. Aussitôt, Sa se détendit.

En face de luiel, le visage ridé de l'ancêtre se noyait dans la pénombre, ses yeux sombres brillaient autant que la flamme des bougies. Il fit un geste de la main, un signe de paix.

— Bonjour, mon ami. Détends-toi, je ne suis pas là pour te juger, mais pour te guider. Tu es Sa, n'est-ce pas ?

Sa acquiesça.

— Très bien. Donc tu es né…

— … le seizième jour du mois d'Affirmation.

Le vieillard sourit, les plis s'accentuèrent sur son visage parcheminé et tanné par le soleil, donnant l'impression qu'il était aussi vieux que l'Anneau lui-même.

— Un beau mois, celui d'Affirmation. Alors, dis-moi, Sa, tu as certainement réfléchi à ton choix. Qui veux-tu être ?

Le silence tomba dans la petite pièce, à peine troublé par le grésillement des bougies qui se consumaient. Sa ferma les yeux. C'était le moment. Celui qui allait lea définir, décider du reste de sa vie, jusqu'à sa mort, sans retour possible.

— J'ai en effet beaucoup réfléchi, Grand Initiateur. J'ai exploré toutes les voies possibles, mais la réponse m'apparaît clairement depuis longtemps.

— Et à quand remonte cette évidence ?

Sa, les paupières toujours serrées, répéta l'exercice qu'iel s'imposait depuis des mois, en vue de cet entretien. Iel se représenta une pierre, lourde, brillante, flottant au milieu de son sternum, entre ses côtes. Iel lâcha le caillou qui tomba au plus profond de ses entrailles, au plus profond de luiel, remontant ainsi le fil du temps. Comment se voyait-iel enfant ? Et adolescent ? Quelle image mentale avait-iel de luiel ? Iel repensait à ses souvenirs, à son identité, ce qui lea définissait sans erreur possible. Oui, depuis toujours, c'était la même vision qu'iel avait, et cette vision n'avait jamais dévié, jamais changé malgré les surprises que la vie lui avait réservées. Tout était clair pour Sa, et iel était prêt à annoncer son choix. L'Initiateur n'avait pas cherché à interrompre cette méditation ou à presser le Neutre. Ce moment, la réponse à cette question étaient trop importants pour laisser quoi que ce soit troubler la réflexion de Sa.

Finalement, iel parut émerger d'un profond sommeil. Un sourire léger flottait sur les ébauches qui lui servaient de lèvres.

— Je sais qu'elle a toujours été là, en moi, depuis le début, aussi loin que je me souvienne. Je me suis toujours vu, toujours projeté ainsi. Je n'ai aucun doute.

Le Grand Initiateur hocha la tête d'un air entendu. Il connaissait ce parcours pour l'avoir accompli un jour, quand il n'était lui-même qu'un Neutre. Et depuis des décennies qu'il accompagnait les jeunes, il en avait déjà rencontré un grand nombre dont la certitude était ancrée en eux depuis leur naissance, sans doute possible. C'est pourquoi la réponse de son interlocuteur ne l'étonnait pas. Elle le rassurait, même. La suite serait simple.

— Très bien, Sa. Cela veut dire que ta voie est toute tracée. Tu as de la chance, certains Neutres n'ont pas cette assurance, et il leur est difficile de faire le grand choix. Parfois même, certains se trompent.

Sa redressa la tête.

— Mais iels ne peuvent plus changer, n'est-ce pas ?

Le vieillard eut un petit rire.

— Non, iels ne le peuvent pas. Une fois que l'Injection est faite, c'est trop tard. Il faut vivre avec ce que l'on est. Mais revenons à toi, Sa .. Revenons à la question principale. Que veux-tu devenir ? Qui sais-tu déjà être ?

— Je veux devenir un homme, Grand Initiateur. Je suis un homme, je le sais au plus profond de moi, comme un cri venant de mes gènes endormis. Je suis un homme. Je suis un « il ».

Un sourire satisfait et un hochement de tête de la part de l'ancêtre suffirent à calmer les angoisses de Sa. Il acceptait sa décision ! Le reste, les autres questions, son métier, tout cela, iel aurait le temps de voir, d'y réfléchir, peut-être même de changer d'avis. Le plus important était que Sa puisse devenir celui qu'iel ressentait être déjà depuis toujours, un homme. Un « il ». Dans quelques semaines, iel ne serait plus un Neutre, un « iel », et cette pensée avait quelque chose de merveilleux et de terrifiant à la fois. Qu'est-ce que ça faisait, d'être un homme ? Pour l'instant, iel n'en avait aucune idée et ce mystère possédait une saveur douce, mêlée d'impatience.

— Puisque ton choix est fait, passons à la suite. Que veux-tu faire ?

Sa laissa encore un temps de silence flotter avec le parfum des bougies, avant de répondre :

— Je veux travailler au laboratoire.

Le vieil homme haussa un sourcil touffu et parfaitement blanc.

— Vraiment ? Tu es prêt à découvrir le secret des gènes, à préparer l'élixir qui fera naître de nouvelles générations d'adultes ?

— Oui. J'ai été placé là-bas en tant qu'apprenti, et j'adore travailler au laboratoire. Dorsey est un bon formateur. Il est patient, calme... Je pense que j'ai beaucoup appris et je me sens capable de continuer dans cette voie-là.

Une émotion passa sur le visage du Grand Initiateur.

— C'est un beau choix. Vous n'êtes pas nombreux à vous sentir aptes à faire ce parcours. Le travail au laboratoire demande beaucoup de concentration et de connaissances. Mais le résultat est gratifiant.

— Je le pense aussi. Quand je me penche sur les cellules, quand je découvre les secrets de la vie, quand je prépare le Virus, j'ai la sensation de travailler pour le bien de la communauté. Je pense à ma joie à l'approche de l'Injection, et je la projette sur tous les Neutres qui recevront le précieux liquide que j'aurai moi-même préparé.

Le visage de Ca passa fugacement dans l'esprit de Sa, mais iel le chassa aussitôt. Iel se plaisait à imaginer qu'iel préparerait également l'Injection de Ca, que son ami serait transformé grâce à luiel.

Comme si c'était Sa qui allait lui offrir une seconde naissance...

En face de luiel, l'expression du vieillard s'adoucit en entendant ses paroles, la réponse de Sa semblait être celle qu'il attendait.

— C'est parfait, mon ami, tu possèdes une grande sagesse, doublée d'une grande générosité. Cela me plaît.

Maintenant que tout était validé, iel avait hâte d'annoncer la nouvelle à Ca. Mais il lui fallait rester encore un peu, le temps que le Grand Initiateur pose la dernière question :

— Dans quelques semaines, tu vas recevoir ton Injection, Sa. As-tu choisi ton nom d'homme ?

Le nom d'homme... Il fallait conserver les premières lettres du nom que recevait le Neutre à sa naissance, composé de l'initiale du chiffre du jour et de celle du mois où iel venait au monde. Ensuite, chaque futur adulte laissait son prénom se construire, s'imposer à luiel, comme une évidence.

— Oui.

— Très bien, tu pourras le révéler le soir de la Cérémonie. Es-tu prêt à jurer de suivre tous les articles du règlement intérieur sans faillir tout au long de ta vie quotidienne ?

Sa hocha la tête, et tenta de masquer la kyrielle de sentiments qui pourraient se lire sur son visage. Iel avait déjà rompu ce serment. Et iel savait que maintenant que ce pas était franchi, iel ne pourrait jamais revenir en arrière. Ce qu'iel vivait était trop important, trop précieux pour qu'iel y renonce. Mais ce secret était bien gardé, alors pourquoi ne pourrait-il pas en être de même à l'avenir ? Iels auraient juste à continuer à être prudents, à se cacher, à faire semblant. Alors, oui, iel ferait le vœu de suivre les articles du règlement intérieur, mais iel ne renoncerait pas à son trésor contre quelques mots obsolètes inscrits dans un vieux livre poussiéreux.

— Je suis prêt, Grand Initiateur. Je jurerai, et j'annoncerai mon nom à tous.

— Parfait. Alors, notre entretien est terminé, futur homme. Nous reparlerons de tout cela quelques heures avant la Cérémonie.

Sa acquiesça, tous deux se levèrent et l'adulte en devenir se retrouva rapidement dans la salle d'attente bleue.

Un autre Neutre attendait sur la chaise où Sa était assis un peu plus tôt. Iels échangèrent un signe de tête et Sa quitta le bâtiment. Dehors, le soleil avait baissé dans le ciel, il effleurait le sommet du Mur, en conséquence de quoi la rue s'était remplie. Les hommes et les femmes quittaient leurs tâches respectives pour rentrer chez eux, les Neutres pouvaient enfin mettre le nez dehors.

Il ne s'était passé qu'un peu moins d'une heure, et pourtant la vie de Sa avait basculé. Ce matin, en se levant, iel était un Neutre comme tous les autres qui vivaient au Centre. Ce soir iel était un futur homme, et bientôt iel en serait un pour de bon. Après l'Injection, la grande aventure commencerait enfin.

2.

La soirée encore jeune était veloutée. L'air doux se posait sur la peau avec légèreté, comme une couverture accueillante. Son bleu profond s'accrochait à la cime des arbres telle une étoffe moelleuse piquetée de pierres précieuses. La lune brisée montait doucement derrière les feuilles frissonnantes des arbres, déposant un éclat argenté sur leur surface.

Sa se forçait à garder un rythme égal dans la rue bondée. À cette heure-ci, les terrasses des trois restaurants de la ville étaient pleines et bruyantes. Des grappes de Neutres se dirigeaient vers la cascade pour une baignade vespérale. Sa n'aspirait qu'à une chose : rejoindre Ca. Iel devait se trouver au Centre. Aujourd'hui, iel avait été de corvée en cuisine et, après des heures passées à préparer les repas de tous les Neutres, iel devait être sur les rotules.

Le grand bâtiment aux murs sombres, le plus haut de toute la ville, se découpait, noir sur gris, contre l'écran de la nuit tombante. Son sommet crénelé, les quatre tours d'angle, les barreaux des fenêtres qui reflétaient l'éclairage urbain en faisaient un immeuble ingrat, trop cubique, trop imposant, sans fioritures ni verdure, mais c'était chez luiel, là où Sa vivait depuis sa naissance avec tous les autres Neutres.

La porte en forme d'arc était large, équipée de deux battants de bois toujours ouverts, sauf les jours de tempête. Sa passa sous le porche qui donnait de part et d'autre sur deux couloirs s'enfonçant à l'intérieur de l'immeuble, desservant les salles communes, les chambres, les classes. Cette partie-là était réservée aux plus jeunes. C'est ici qu'iel vivait quand iel était petit. Maintenant, il lui fallait traverser la cour intérieure envahie d'une végétation touffue mais contrôlée, percée d'un bassin naturel dans lequel carpes et nénuphars prospéraient. Une même ouverture arrondie avait été aménagée dans la partie opposée de la bâtisse. Sa tourna à gauche, emprunta un escalier et longea un couloir pour arriver à son dortoir, équipé d'une dizaine de lits. Iel partageait son quotidien avec les mêmes Neutres, aussi loin que sa mémoire remontait. Luiel et Ca. Vo et Da… Tous ces visages identiques, comme des masques pâles sans traits, qui l'entouraient, et qui, pour la plupart également, trouveraient une identité dans quelques semaines, au cours de la cérémonie de l'Injection.

Le dortoir était vide, alors Sa alla s'allonger sur sa couchette pour repenser à l'entretien qu'iel venait de vivre, tentant de se projeter dans le futur. Un frisson hérissa sa peau diaphane. Iel serait un homme. Les yeux fermés, iel tentait d'imaginer… Son visage perdrait de sa neutralité, ses traits se dessineraient enfin : son nez pousserait, ses lèvres se rempliraient pour tracer sa bouche… Et son corps… Sa avait déjà vu des hommes torse nu dans la cascade. Des pectoraux souvent couverts de poils. Chez certains, un ventre rond et flasque. Et iel aurait un sexe. C'était le plus grand mystère. Les Neutres entre eux n'avaient aucun problème avec la nudité. Leurs corps lisses, sans attributs, fins et sans formes ne possédaient que deux orifices pour satisfaire leurs besoins naturels. Quant aux hommes et aux femmes, on ne les voyait jamais nus. C'était interdit par le règlement intérieur. Jusqu'à leur Injection, les Neutres vivaient tous regroupés dans le Centre qui les abritait depuis leur naissance. Une fois qu'iels seraient adultes, une fois devenus des hommes ou des femmes, on leur attribuerait une maison, ailleurs dans la ville.

En classe, tous les Neutres avaient suivi un cours sur la sexualité, sur ce qui différenciait les hommes des femmes. Mais en avoir une vision théorique, faite de croquis en noir et blanc couchés sur des feuilles usées, était loin de donner un sens à la réalité.

Bientôt, Sa connaîtrait le changement de son corps, l'affirmation de sa masculinité. Iel avait hâte et peur à la fois.

Plongé dans ses réflexions comme iel l'était, iel sursauta en entendant la voix douce de Ca, contre son oreille. Iel ouvrit les yeux pour trouver le visage d'un autre Neutre, qui lui ressemblait comme tous les Neutres se ressemblaient, penché au-dessus de luiel.

— Comment s'est passé ton entretien ? demanda Ca, un sourire léger déformant la fente qui lui servait de bouche.

Sa se redressa sur son matelas.

— Parfaitement bien. Le Grand Initiateur a accepté ma demande. Mon prénom est prêt, et je pourrai le dévoiler le soir de l'Injection.

— C'est merveilleux ! Je suis tellement heureux pour toi !

Ca tourna la tête vers la porte du dortoir. Il n'y avait personne, pas un bruit. Alors, doucement, iel approcha son visage de celui de Sa. Les pointes de leurs langues se rencontrèrent, leurs souffles se mêlèrent. Puis, aussi rapidement que leur baiser avait duré, iels se reculèrent.

Sa sentait son cœur battre la chamade dans sa poitrine. À chaque fois que Ca lea touchait, c'était la même chose, et là, en plein dortoir, avec le risque d'être surpris, la sensation n'en était que plus délicieuse.

— Tu veux que je te confie mon choix ? demanda Sa en haletant, son regard plongé dans celui, sombre comme la nuit, de son complice.

Ca sourit, un sourire infiniment doux, plein d'une affection qu'iel se permettait de montrer parfois, comme dans ces instants volés.

— Je meurs d'envie de le savoir, mais je ne peux pas, tu le sais, c'est interdit…

Sa s'amusa de cette réponse.

— Le baiser que tu viens de me donner est interdit aussi, non ? Quelle différence ?

Le Neutre laissa son regard noir errer contre le mur de pierres du dortoir, puis sur le corps mince allongé, vêtu de blanc, de son ami, et enfin sur ses iris si bleus qu'ils en étaient presque mauves.

— Tu as raison, mais je… Enfin tu sais, c'est tellement intime, c'est quelque chose qui mûrit en toi depuis toujours, c'est ta fleur intérieure qui s'épanouit pour que tu puisses être achevé bientôt. Je crois… je crois que je ne veux pas savoir, pas avant la Cérémonie.

Sa se redressa sur ses coudes. Une pensée venait de l'effleurer, et elle lui faisait peur.

— Et ton choix à toi, Ca… Si c'est le même que le mien ?

Ca haussa les épaules et eut un geste de la main comme pour balayer cette pensée.

— Nous n'en savons rien et de toute façon notre relation est interdite et le sera toujours, quel que soit notre choix, alors nous serons dans l'illégalité quoi qu'il arrive… Que je sois homme ou femme, que tu sois homme ou femme, nous n'aurons pas le droit de nous aimer, de nous toucher, de nous étreindre…

Sa se laissa retomber sur son lit. Ca avait raison. Iel se mit à trembler à cette idée. Une vie sans amour, sans caresses, sans baisers… La vision était vertigineuse, un trou noir de détresse solitaire. Est-ce vraiment ainsi que vivaient tous les adultes de la ville ? Y en avait-il d'autres qui brisaient cette loi, qui s'aimaient en secret dans la touffeur de la nuit ?

Du plus profond de son âme, iel espérait que Ca et luiel ne soient pas les seuls à rompre le règlement intérieur. Cela lui paraissait inconcevable d'exister sans tous ces instants magiques. Et pourtant, fut un temps, iel était comme les autres.

Les mots appris par cœur pendant des années de cours flottèrent devant ses yeux.

Article 1 : Tout contact physique est strictement interdit. Toute marque d'amour, toute idée de désir est punissable de mort. Les habitants de la ville doivent conserver une distance de sécurité de trente centimètres autour d'eux pour éviter tout accident. Les hommes et les femmes ne doivent avoir aucun contact charnel. Les sentiments entre les personnes doivent se limiter à une fraternité amicale, un lien qui permettra à la communauté d'avancer sous le signe de la solidarité.

Oui, Sa avait adhéré à cet article, persuadé presque farouchement que c'était ce qui permettait à leur monde d'avancer correctement, sans conflits, sans problèmes. Puisqu'il n'y avait pas d'amour, il ne pouvait y avoir de haine, selon luiel. Le comportement uniforme de tous entraînait un quotidien invariable toujours approprié et tout allait bien. Chacun accomplissait ses tâches journalières, et faisait respecter les traditions immuables permettant aux Neutres de devenir des adultes qui continueraient une existence sage, où l'amitié et la solidarité étaient les maîtres mots des relations entre les gens. Les trente centimètres de distance étaient respectés par tous. En apparence, du moins. Les bébés étaient fabriqués en laboratoire, où leur gène sexuel, le chromosome X ou Y, était retiré afin de faire naître des Neutres, puis on déposait les embryons dans le ventre chaud des femmes. Après leur naissance, iels étaient séparés de leur mère pour être confiés aux Accompagnateurs du Centre. Ainsi, personne ne se touchait jamais. Parfois on pouvait se frôler dans la rue bondée, mais c'était tout, et c'était toujours désagréable.

Et puis un jour… Un jour, tout avait basculé…

Sa observa Ca. À quoi ressemblerait-iel quand iel aurait reçu l'Injection ? Serait-iel un homme ou une femme ? Serait-iel beau ? Oui, iel serait magnifique, parce que c'est son âme que Sa aimait. Une âme qui, au premier abord, paraissait sombre, mais qui était lumineuse, généreuse, une âme plus vaste que toutes celles qu'iel avait pu croiser au cours de ses années d'existence, au Centre ou en ville. Ca était unique, plus grand que la ville, que le règlement intérieur, que l'Anneau, que la vie elle-même. Iel n'avait peur de rien. Ni des interdits ni de les briser. Sans pouvoir se retenir, Sa caressa du bout des doigts la peau trop fine du Neutre.

— Peu importe ce que tu seras, je t'aimerai toujours. Ton enveloppe extérieure n'est que cela, une enveloppe. Ce qui te définit c'est ce qu'il y a là…

De son autre main, iel tapa le torse de Ca, là où se trouvait son cœur.

Ca eut un sourire doux, une joie immense transfigura ses traits à peine esquissés pour lea rendre presque beau. Très doucement, iel posa sa main sur la joue de Sa.

— C'est pour la même raison que je n'ai pas besoin de connaître ton choix, Sa. Quel qu'il soit, tu seras le même à mes yeux. Celuiel que j'aime depuis toujours…

♪

Hamaë avait pris l'habitude de slalomer entre les tables et les grappes de clients, afin de n'en frôler aucun. Son plateau chargé des menus commandés, elle virevoltait dans son restaurant avec une agilité acquise au fil du temps. Des effluves de viande, de soupe et de feu se mêlaient pour constituer un parfum rassurant et appétissant.

Les conversations allaient bon train, les voix se fondant entre elles dans l'espace clos qui amplifiait tous les bruits. Les murs lambrissés aux teintes miel, les lanternes colorées qui se balançaient au plafond donnaient une ambiance chaleureuse à l'auberge où s'amassait une clientèle bavarde.

C'était le dernier service de la soirée. Après celui-là, tout le monde regagnerait son domicile. Les adultes chacun chez soi, les Neutres au Centre, afin de respecter l'heure du couvre-feu.

Les gens parlaient de leur journée, de leurs petits et grands tracas du quotidien. Un animal à la ferme qui était malade, des injectés de la dernière Cérémonie qui connaissaient leurs premières transformations physiques et évoquaient leur expérience avec ceux qui étaient déjà passés par là auparavant.

Hamaë capta quelques bribes de conversation.

— Ce sont les pigments qui changent en premier. La couleur de la peau, l'apparition d'un duvet sur les bras, sur la tête.

Le nouvel adulte caressa son crâne recouvert d'une fine épaisseur de cheveux.

— C'est une sensation étrange. Quand je me regarde dans le miroir, j'ai l'impression de ne pas me reconnaître.

— C'est normal, ça viendra avec le temps.

Hamaë sourit, se rappelant ses propres angoisses au moment de son passage de l'état de Neutre à celui d'adulte et, bien que le souvenir de cette période soit synonyme d'émotions, pour rien au monde elle n'aurait envie de revivre cela, c'étaient trop de mutations, trop rapidement. Chaque matin, on découvrait un visage différent dans son miroir. Au moins, maintenant, elle savait qui elle était et se contentait de guetter les premières rides qui apparaîtraient fatalement.

Avec dextérité, elle posa une série de plats sur une table et fut accueillie par un tonnerre d'applaudissements. Les gens étaient de bonne humeur, ce soir, et elle leur répondit par une petite révérence. Elle reconnaissait ces clients joyeux. C'était un groupe d'Accompagnateurs. Ils profitaient d'une soirée libre pour se détendre. Leur quotidien était loin d'être facile : ils vivaient au Centre en permanence afin de s'occuper des petits Neutres, les éduquer, leur enseigner les fondements de leur société. Ils ne possédaient pas de foyer propre et avaient peu de temps pour eux-mêmes. Quand ils pouvaient s'échapper l'espace de quelques heures, c'était toujours avec l'envie de se défouler.

Finalement, le restaurant se vida doucement. Il ne resta bientôt qu'un homme attablé dans le fond, vêtu de l'uniforme des gardiens en chef et engloutissant les derniers morceaux d'un pain de viande. Hamaë vint s'asseoir en face de lui et soupira de soulagement.

— Ouf, c'est terminé ! Il y avait du monde, ce soir.

— C'est la chaleur, les gens préfèrent se faire servir un repas plutôt que de se le préparer eux-mêmes, c'est moins fatigant.

Hamaë hocha la tête. Dimi avait raison, mais c'était davantage de surmenage pour elle.

— Tu es de ronde, cette nuit ? demanda-t-elle.

— Bien deviné ! C'est pour cela que je prends des forces. Le temps va être long, encore une fois.

— Je ne comprends pas pourquoi vous continuez à en faire. Tout le monde est rentré deux heures avant minuit et personne ne se promène après...

L'homme, grand, large d'épaules, une chevelure épaisse et brune encadrant un visage carré, haussa les épaules.

— C'est comme ça, c'est dans le règlement intérieur. *Article 4 : Les gardiens doivent effectuer des rondes systématiques la nuit, afin de veiller à la sécurité permanente de chacun.* Je ne dis pas que c'est indispensable, mais c'est comme pour le reste, on fait ce qui est écrit.

Hamaë pointa du doigt une grande affiche encadrée sous verre.

— Je suis au courant, je peux le relire toute la journée, si je veux.

Dimi eut un rire silencieux.

— Tu crois que les gens y font attention, quand ils viennent ici ?

— Je suis certaine que non. Si on demandait à mes clients de décrire le restaurant, je suis certaine qu'aucun ne serait capable de dire que le règlement intérieur est affiché au mur.

Dimi avala sa dernière bouchée et s'essuya les lèvres avec la serviette blanche et empesée posée près de son assiette.

— Bon, c'est pas tout ça, mais j'y vais, petite sœur. Bon courage pour le rangement et à demain !

— À demain. Bon courage à toi pour ta ronde.

Le gardien en chef s'étira en gémissant et eut un sourire en coin qui fit pétiller ses yeux bleu foncé.

— C'est la dernière de la semaine. Après, c'est Hopti et son molosse qui prennent du service pour quelques nuits.

Sur ces mots, il quitta les lieux.

Hamaë le regarda s'éloigner dans la nuit qui était tombée. Les lampadaires, du moins ceux qui fonctionnaient encore, diffusaient une étrange lumière orangée. Plus personne ne traînait dans les rues.

Elle se tourna vers la salle vide. Les tables de bois étaient longues afin de permettre aux tabourets de respecter la distance de trente centimètres obligatoire entre chacun. Des pichets emplis de grandes fleurs sauvages les agrémentaient et atténuaient l'absence d'intimité. Son regard se posa sur l'affiche dont elle venait de parler.

En grand, tout en haut, était inscrit : « Règlement Intérieur de la ville des Désex ». Puis suivaient les lois auxquelles tous devaient se plier.

Article 1 : Tout contact physique est strictement interdit. Toute marque d'amour, toute idée de désir est punissable de mort. Les habitants de la ville doivent conserver une distance de sécurité de trente centimètres autour d'eux pour éviter tout accident. Les hommes et les femmes ne doivent avoir aucun contact charnel. Les sentiments entre les personnes doivent se limiter à une fraternité amicale, un lien qui permettra à la communauté d'avancer sous le signe de la solidarité.

Article 2 : Tout geste de violence envers un membre de la communauté sera sévèrement puni.

Article 3 : Chaque individu doit être rentré chez lui deux heures avant minuit sous peine de sanction.

Article 4 : Les gardiens doivent effectuer des rondes systématiques la nuit, afin de veiller à la sécurité permanente de chacun.

Article 5 : Les gardiens sont les seuls maîtres dans la ville. En cas de problème, de catastrophe, de rébellion, ils ont le pouvoir de prendre toute mesure afin de faire revenir le calme. Le gardien en chef a la possibilité de modifier, temporairement, le règlement intérieur afin de circonscrire tout danger ou difficulté.

En secouant la tête, Hamaë arrêta là sa lecture et retourna en cuisine pour libérer son apprenti, un jeune Neutre, qui devait rentrer au plus vite au Centre à cette heure tardive.

— C'est bon, To, tu peux y aller.

Sans se le faire répéter deux fois, iel lâcha l'assiette qu'iel nettoyait dans le bac empli d'eau et de mousse et retira son tablier avant de filer.

— À demain, Hamaë !

— À demain !

L'aubergiste regarda la silhouette mince et pâle se fondre dans la nuit, puis se retroussa les manches.

3.

Oui, Ca aimait Sa depuis toujours. Pourtant, depuis son plus jeune âge, iel savait qu'il était interdit d'aimer. Dès quatre ans, les Accompagnateurs du Centre faisaient apprendre aux Neutres les articles les plus importants du règlement intérieur. Le premier en particulier. Cette interdiction totale de sentiments d'affection, de contact humain.

Très tôt, Ca avait senti qu'iel étouffait sous le joug de cette loi. La première fois qu'iel avait compris sa différence, c'était un soir de visite parentale. Sa mère avait le droit de venir lea voir une fois par quinzaine. Il en était ainsi pour tous les petits Neutres. Dès leur naissance, on les récupérait, et iels étaient élevés au Centre, entre bébés du même âge. Cette mesure avait pour objectif d'éviter qu'un lien trop fort se crée entre les enfants et leur mère. Les sentiments n'étant pas autorisés, il ne fallait pas que ce genre de situation advienne. Et puis les Neutres étaient si différents des adultes injectés que les isoler leur permettait d'évoluer à leur rythme, de trouver la réponse à leurs questions sans pression, sans peur, sans différence. Avec leur physique anodin, iels étaient à égalité. Pas de différence de sexe, pas de différence d'éducation. Ainsi leur choix, qui devait se construire en euels au fil des années, n'était influencé par rien d'autre que leur propre intuition d'être, au fond d'euels, des hommes ou des femmes.

Ca se souvenait de cette fameuse soirée comme si elle datait de la veille. La nuit ouatée découpait un carré sombre de l'autre côté de la fenêtre garnie de barreaux. Bien bordé dans son lit, iel écoutait l'histoire que sa mère lui racontait, son visage concentré sur l'un des livres pour tout-petits que l'on empruntait à la bibliothèque du Centre. Ses traits infiniment féminins, doux, des yeux noirs qu'elle avait légués à son enfant, ses cheveux tout aussi sombres, épais, cascadant sur ses épaules minces… Iel la trouvait très belle, impressionnante. Et c'était sa maman. La sienne et celle de personne d'autre. Cette réalité l'avait frappé et empli de fierté, d'un sentiment de propriété farouche. En même temps, Ca avait senti une douce chaleur envahir son minuscule corps inachevé. Cette onde bienfaisante émanait de son cœur, qui battait un peu trop vite dans sa poitrine.

Cela avait été la révélation, un instinct venu de la nuit des temps : Ca aimait sa mère, d'un sentiment pur, profond, irremplaçable. Évidemment, iel ne pouvait pas formuler cette émotion, inédite, sur laquelle aucune parole ne pouvait se poser, mais iel appréciait ce qu'elle provoquait en lui, cette certitude de ne pas être seul au monde. Après cette soirée, iel avait attendu la visite de sa mère avec impatience, comptant les jours qui séparaient ses apparitions. À chaque fois qu'elle franchissait le seuil du dortoir, un sourire aux lèvres, iel ressentait la même vibration intérieure, et s'en délectait, goûtait chaque réaction, chaque vague délicieuse que la voix de sa mère faisait naître en luiel. Bien entendu, iel se demandait s'iel était le seul à éprouver ces émotions, mais iel n'osait pas poser la question. Surtout, il ne fallait pas qu'on se doute de ses frissons secrets : Ca risquait de se faire punir par Trice, leur Accompagnateur référent, qui leur faisait répéter sans cesse les articles du règlement intérieur. Ca savait bien que ce qu'iel vivait était interdit.

Et puis, tout avait basculé à nouveau. Encore une autre soirée, douce, les échos habituels du Centre, les voix des Accompagnateurs, les bruits de vaisselle s'entrechoquant au loin, alors que le réfectoire était débarrassé par les Neutres plus âgés, les oiseaux de nuit qui s'appelaient dans les arbres du jardin, les respirations lentes de ses camarades de dortoir, tous couchés dans leurs lits.

Sa mère était là, souriante, penchée au-dessus de luiel. On venait d'annoncer que les lumières allaient s'éteindre et pourtant elle ne bougeait pas, continuant à observer son enfant. Et puis il y avait eu un *clac* et tout avait été plongé dans le noir. Alors, pâle dans la pénombre, Ca l'avait vue s'approcher de son visage et des lèvres douces, tièdes s'étaient posées sur son front. Un toucher léger, une caresse à peine perceptible, et pourtant elle l'avait fait. Elle l'avait touché, embrassé. La chaleur dans la poitrine du petit Neutre avait enflé, débordé, investi chacune de ses cellules. Cela avait été la seule et unique fois que sa mère avait osé créer un contact entre eux. Était-ce parce que leur plongée dans les ténèbres avait représenté un moment propice ? Est-ce qu'elle avait cédé à une tentation et l'avait ensuite regrettée ? Cela n'importait plus. Ca portait en lui, comme une pierre précieuse, le souvenir de ce baiser et iel avait alors su que toucher l'autre, ce n'était ni monstrueux ni dangereux. Non. Au contraire, c'était bon, important, indispensable.

Cette nouvelle soif de contact avait commencé ce jour-là et elle s'était calmée que le jour où iel avait pu toucher Sa…

♪

Ca se remémorait tous ces instants essentiels de sa vie, assis sur la chaise dans la salle d'attente. Le Grand Initiateur allait lea recevoir pour son entretien… Iel savait qu'iel allait lui mentir, lui faire croire qu'iel était prêt à suivre les articles du règlement intérieur pour le restant de ses jours. Pourtant, depuis ses quatre ans, iel vivait dans l'attente d'un contact, d'une caresse, d'une étreinte. Comment pouvait-on subsister sans combler ce besoin essentiel ? Par la fenêtre, iel observait les quelques adultes qui déambulaient dans la rue. Ne rêvaient-ils pas de toucher les autres, d'affection, ou d'amour ?

Oui, iel mentirait aujourd'hui et tous les autres jours de son existence. Iel mentirait parce qu'iel aimait Sa, iel aimait sa peau, son parfum et surtout son âme merveilleuse.

Ca se regarda dans le miroir accroché au mur bleu pâle de la petite pièce. Son reflet, son visage de Neutre, si… inconsistant. Deux trous sombres pour les yeux, deux plus petits pour les narines, une fente horizontale pour la bouche. Pas de lèvres, pas de nez, aucun trait spécifique, pas de cils, ni de sourcils, ni de chevelure. Tout cela apparaîtrait après l'Injection. Iel se demanda à quoi iel ressemblerait. Est-ce que Sa l'aimerait, même transformé ? De toute façon, aujourd'hui, en tant que Neutres, iels ne pouvaient pas s'aimer pour leurs physiques trop semblables, trop… hideux. Car les

Neutres étaient hideux, iel en avait parfaitement conscience. Heureusement que cet état n'était pas permanent.

La porte sur le côté s'ouvrit et un homme courbé, ridé, auréolé d'un buisson de cheveux blancs et légers comme la fleur duveteuse des pissenlits, apparut sur le seuil.

— Entre donc, mon ami. Il est l'heure de ton entretien.

Ca se leva, jeta un dernier regard sur son reflet. Son visage, impassible, devrait le rester au fil des questions qui lui seraient posées.

Le Neutre pénétra dans une pièce sombre, éclairée seulement par de grosses bougies dorées fleurant la vanille. Deux énormes coussins de cuir usé représentaient le seul mobilier de la salle du questionnaire.

Le Grand Initiateur fit signe à Ca de s'asseoir, puis il l'imita en lui adressant un sourire bienveillant.

— Détends-toi, je ne suis pas là pour te juger, mais pour te guider. Tu es Ca, n'est-ce pas ?

— C'est bien ça.

— Et tu es né…

— … le cinquième jour du mois d'Affirmation.

Le vieillard hocha la tête et cligna des yeux dans la pénombre.

— Vous êtes nombreux à être nés durant le mois d'Affirmation. Votre Cérémonie n'en sera que plus belle… Tous ces Neutres qui vont devenir des adultes en même temps… Magnifique… Un beau message d'espoir pour notre communauté.

Ca ne savait pas quoi répondre. Iel savait juste que sa Cérémonie se déroulerait en même temps que celle de Sa et c'était tout ce qui comptait.

L'Initiateur poursuivit son interrogatoire.

— Dis-moi, Ca, as-tu réfléchi à ton choix ? Qui veux-tu être ?

Le silence s'enroula autour d'eux, laissant le crépitement des bougies envahir l'espace, leur parfum trop capiteux semblant peser un peu plus soudainement. C'était le moment crucial, celui qui déciderait de l'avenir de Ca.

Personne ne savait d'où provenait cette tradition, ce qui l'avait initiée, mais depuis la nuit des temps, dans leur petite ville, on faisait naître les bébés neutres. Ni fille ni garçon. Des petits êtres parfaitement lisses, sans genre prédestiné. Les Accompagnateurs les éduquaient au Centre jusqu'à leur majorité, jour où chaque Neutre avait à choisir son identité. De « iels » ils deviendraient des « ils » ou des « elles ». Hommes ou femmes. Pour cela, on leur injectait un complément de gènes, qui allait les transformer et faire d'euels des êtres sexués, en fonction de l'option qu'iels avaient choisie, au cours d'une longue introspection qui leur permettait de définir euels-mêmes qui iels étaient. Se sentaient-iels femmes ou hommes ? Comment définissaientiels leur destin ? Quel choix pour leur corps, leur avenir, leur identité ?

Ca, comme tous les autres Neutres, avait longuement réfléchi. Qui était-iel ? Comment se projetait-iel pour le restant de sa vie ? Pendant plusieurs années, la question était demeurée sans réponse certaine Ca repensait à sa mère, à son baiser furtif sur son front qui lui avait ouvert tant d'horizons, et iel se demandait si devenir mère n'était pas son destin, afin de transmettre, à sa façon, l'amour que sa maman lui avait légué.

Puis iel se prenait à s'imaginer homme. Grand, fort, avec une voix grave. Et cette idée lea séduisait également. Pourquoi un homme ne pourrait-il pas, lui aussi, transmettre les sentiments puissants que Ca portait en luiel ? Ce n'était, après tout, pas l'apanage des femmes ! Si ces émotions étaient en luiel, qu'importait ce qu'iel serait ? Tout était déjà là, dans son âme. Le plus important serait le message qu'iel aurait à léguer, quelle que soit sa forme adulte.

Une fois cette question résolue, iel avait commencé à y voir plus clair en luiel. Quand Ca fermait les yeux, une image se formait, de plus en plus précise, une image qui était luiel, plus tard, adulte. Et maintenant, iel savait.

— Oui, je sais, Grand Initiateur. Ça n'a pas été le cas pendant un long moment, mais j'ai fini par trouver ma voie.

— Très bien, Ca. Es-tu sûr de ton choix ? Tu sais qu'une fois l'Injection faite, il n'y a plus de retour en arrière possible…

— J'en suis parfaitement conscient et je suis sûr de moi. Je serai un homme.

— Parfait. C'est noté. Tu as encore quelques jours pour changer d'avis, mais la veille de l'Injection, il sera trop tard, tu le sais ?

— Je le sais, mais je suis certain que je ne changerai pas d'avis. Je serai un homme. Un « il ».

— Et que veux-tu faire plus tard, en tant qu'homme ?

Cette question était beaucoup plus simple. Iel en avait parlé à Sa, de cette envie qui s'affirmait depuis un moment : devenir Accompagnateur, élever les petits au Centre. Iel aimait la présence des plus jeunes autour de luiel. Leur pureté, leur innocence .. Iel se retrouvait en euels, revoyait celuiel qu'iel avait été. Et s'iel voulait faire changer les mentalités, subtilement, lentement, c'était auprès d'euels qu'il fallait commencer.

— Je veux être Accompagnateur.

— Un choix qui suppose des renoncements. Souvent les Accompagnateurs sacrifient leur existence corps et âme pour éduquer les prochaines générations.

Ca hocha la tête. Iel pensait que la vie lui montrerait toujours la voie de l'amour, quelle qu'elle soit. Cette certitude était ancrée très profondément en luiel. Iel se sentait comme un oiseau en cage qui avait été libéré une nuit, il y avait quatorze années de cela, et dont la mission serait d'ouvrir les portes des prisons dans lesquelles d'autres étaient enfermés depuis trop longtemps. C'est ce qu'iel avait déjà commencé à faire, en délivrant Sa des barreaux de sa solitude, le reste se ferait au gré du destin qui s'offrirait à luiel.

— Je le sais. Et je suis prêt à cela. Prêt à accompagner les petits.

Iel avait failli dire « aimer », mais heureusement le mot n'avait pas franchi la barrière de l'interdit. Iel était trop bien formaté depuis toutes ces années pour trébucher maintenant.

— Parfait, mon ami… As-tu choisi ton nom d'homme ?

— Je l'ai choisi. Je suis prêt à l'annoncer le soir de la cérémonie de l'Injection.

L'Initiateur fit signe à Ca qu'iel pouvait se lever.

Sur le pas de la porte, il hocha la tête d'un air satisfait.

— Je reste à ta disposition en cas de question, ou si tu as besoin de réfléchir encore. Sinon, nous nous retrouverons pour le grand jour.

— Merci, Grand Initiateur.

Ca traversa la salle d'attente vide et se retrouva dans la rue. La soirée en était à son commencement et l'avenue se remplissait de la foule de Neutres demeurée tapie à l'abri de la chaleur une partie de l'après-midi. Les hommes et les femmes revenaient des champs ou de la ferme, les trois restaurants s'emplissaient de monde.

C'était l'univers que Ca connaissait, le seul. Cette rue droite, qui comprenait d'un côté le Centre et le laboratoire et, en face, des petites maisons entourées de leurs jardinets à la végétation luxuriante. S'y trouvaient également le marché et les restaurants.

En bas de la rue, une grande plaine s'étendait jusqu'au bord de la falaise qui tombait abruptement dans la mer. Il se disait qu'autrefois on pouvait descendre jusqu'à la plage par un sentier qui serpentait à travers des dunes, mais tout avait été emporté par la Pluie de la Lune et Ca ne connaissait que cette roche droite et plongeant vers le Cercle d'un bleu intense qu'on ne pouvait admirer que de là-haut. Si l'on remontait la rue dans l'autre sens, vers le Mur, on arrivait au carrefour. À droite, le chemin vers les champs de blé, de coton, de canne à sucre et de maïs. Tout droit, la cascade qui se déversait dans une série de piscines naturelles à l'eau d'un bleu transparent où les habitants de la ville aimaient venir se baigner et se faire éclabousser par la chute qui tombait d'une demi-dizaine de mètres. La rivière s'égaillait un peu plus loin, servant à l'élevage des poissons en bassins et à l'irrigation des cultures, puis se perdait dans une forêt dense et mystérieuse, où peu de monde osait s'aventurer au-delà de quelques mètres.

Et dans ce petit monde, quelques centaines d'hommes, de femmes et de Neutres qui vivaient ensemble sans se toucher, ni même se frôler... Ca trouvait cela inconcevable. Pourquoi une telle interdiction ? Iel posait ses doigts sur la peau de Sa tous les jours, et l'Anneau ne s'était pas écroulé.

Iel haussa les épaules et se mit en route vers la cascade. Sa lui avait donné rendez-vous là-bas pour la soirée. D'un pas léger, iel remonta la rue, saluant ses connaissances, dépassa le carrefour et, enfin, après quelques centaines de mètres, entendit le son de l'eau s'écrasant sur les rochers, glougloutant dans les bassins, accompagné des cris de joie des petits qui se rafraîchissaient.

Comme prévu, Sa était déjà là, trempant ses pieds dans une des piscines claires, à moitié allongé sur la rive. Ca s'installa près de luiel, à une distance acceptable, qui n'autoriserait aucun frôlement, même de leurs mains.

— Comment ça s'est passé ? demanda Sa à mi-voix.

— Très bien. J'ai su répondre à toutes les questions et le Grand Initiateur a accepté mes réponses.

Un large sourire heureux fendit le visage de Sa.

— Notre rêve va se réaliser, tu te rends compte ? Nous allons vivre notre Cérémonie ensemble, nous faire injecter le même soir, annoncer nos noms en même temps…

Ca hocha la tête, le regard perdu sur l'eau mousseuse qui dégringolait de la paroi rocheuse, brune et usée par le courant furieux. Le grondement de la chute couvrait leurs voix, c'est pourquoi iel osa dire :

— Cela nous unira pour toujours, comme un pacte secret entre nous.

Iel s'allongea sur la terre humide, les mains croisées sous sa nuque. Derrière ses paupières closes, défilaient des images de la Cérémonie, telle qu'iel se l'imaginait, calquées sur celles auxquelles iel avait assisté. Le grand feu allumé dans la clairière, à la lisière de la forêt. Presque tous les habitants de la ville rassemblés là, silencieux. Ca avait toujours pensé qu'ils auraient dû chanter, psalmodier un air de circonstance, mais il était interdit de chanter, selon l'article 12 du règlement intérieur, interdit de faire de la musique… Les Neutres debout, en file indienne, qui attendaient chacun leur tour pour passer devant les flammes et s'allonger dos vers le ciel, sur le matelas d'Injection. Juste avant, le Grand Initiateur leur demanderait leur nom.

« Tu as choisi d'être un homme ! déclamerait-il en brandissant la seringue, afin que la lumière du brasier l'éclaire et démontre sa pureté. Quel est le nom que tu vas porter ? »

Ca annoncerait sa nouvelle identité et l'Injecteur enfoncerait l'aiguille dans son dos, au bas de la colonne vertébrale. Le liquide inoculé se répandrait dans ses cellules et irait combler le manque, l'inachevé : le gène sexuel qui lea transformerait en homme, selon son propre choix.

Iel savait que c'était douloureux. La piqûre dans la moelle épinière en avait fait hurler plus d'un, mais tout le monde en passait par là. Après cela, il faudrait plusieurs jours avant que les premiers changements apparaissent, le temps que chaque élément de son organisme mute, accepte le nouveau gène et fasse de luiel un « il ». Un homme. Tout cela, c'était Sa qui le lui avait expliqué. Grâce à son travail au laboratoire, iel avait accès à tous ces détails, le fonctionnement du corps, comment il était métamorphosé par l'Injection. Sa avait même commencé à travailler sur la culture du Virus qui servait à transformer les Neutres. Ensuite, on le stockait dans des seringues conservées dans un coffre-fort.

Oui, dans un petit mois, ce serait à eux…

— On rentre ? proposa Sa en se redressant subitement. J'ai envie de calme…

— On rentre, approuva Ca.

Iels remirent leurs sandales sans tenir compte de leurs pieds humides et descendirent le chemin. La nuit était tombée pour de bon et une brise charriant des parfums de mer flottait dans l'air.

— J'aimerais aller au bord du Cercle..., dit Ca, à voix basse pour ne pas troubler le concert des grillons.

— Il faudrait trouver un passage par la forêt qui contournerait la falaise...

— Je sais, mais tu n'en as jamais eu envie, toi ?

Sa resta silencieux un moment avant de répondre.

— Je crois que j'ai toujours plein d'envies, mais je n'ai jamais l'idée de les réaliser. C'est toi qui brises les murs, Ca, c'est toi qui trouveras le chemin jusqu'à la mer... Et moi, je m'y baignerai en ta compagnie avec délices.

Ca eut un petit sourire.

— Imagine, nous deux dans le Cercle, les vagues, le sel... La lune qui commence à se lever doucement, opalescente...

Machinalement, Sa leva la tête vers le ciel. C'était une nuit sans lune, et quelques étoiles commençaient à piqueter l'intensité des ténèbres. Iel soupira.

— J'aimerais avoir cette capacité à rêver, comme tu le fais.

— Déjà, tu es dans mes rêves, Sa.

— Je suis dans tes rêves...

Iels achevèrent leur trajet sans ajouter un mot, se laissant griser par les parfums de terre mouillée, la quiétude de cet instant. Plus bas, la ville se vidait, chacun rentrait chez soi. Au Centre, les petits devaient déjà être endormis dans leurs lits.

Dans les couloirs de l'immense bâtiment, iels croisèrent quelques Neutres vaquant à leurs occupations du soir. Qui rentrait du restaurant ou de la salle de jeu, qui venait de terminer sa corvée en cuisine ou à la laverie. La vie quotidienne que Sa et Ca connaissaient depuis toujours. Ca, s'iel parvenait à devenir Accompagnateur, passerait de nombreuses autres soirées ici, mais Sa ne mettrait plus les pieds au Centre, une fois qu'iel serait affecté définitivement au laboratoire. Iel irait s'installer dans l'une des petites maisons vides qui longeaient la rue et y vivrait jusqu'à la fin.

Dans leur dortoir, Ho était déjà couché. Ses légers ronflements vibraient dans l'obscurité.

— Je suis épuisé, chuchota Ca en se laissant tomber sur sa couchette. Je ne m'étais pas rendu compte à quel point j'appréhendais la visite chez l'Injecteur.

Sa s'assit à genoux sur le sol, tout près du lit au cadre de bois.

— Pourquoi cela ? Je pensais que tu te sentais prêt, au contraire.

Certain que personne ne les observait, Ca passa une main sur la joue parfaitement lisse de Sa.

— Je le croyais aussi. Pourtant, je ressentais une certaine pression.

Furtivement, Sa posa un baiser dans le creux de la paume de son ami.

— Quelle pression ? souffla-t-iel, son visage tout contre celui de Ca.

— C'est certainement dû au fait que tu es passé avant moi. Je ne pouvais m'empêcher de penser à tes réponses à toi. J'ai fait mine de ne pas m'intéresser à ce que tu avais choisi, mais je dois t'avouer que ça m'obsède.

Sa eut un petit hoquet de surprise.

— Tu veux que je te le dise ? Tu sais bien que ça ne me pose aucun problème. Même si c'est interdit de le révéler avant la Cérémonie, je peux tout te dire, tout partager.

Ca demeura pensif un moment, ses yeux noirs plongés dans ceux, devenus sombres à cause de la nuit, de son compagnon.

— Non, je ne veux pas. Malgré tout, je souhaite que notre Cérémonie se déroule normalement, avec toutes les surprises provoquées par nos annonces. Je désire te découvrir neuf ce soir-là, et je veux que tu me découvres de la même façon. Et puis, je te l'ai dit et je le répète, cela n'a aucune importance. Je t'aime toi, Sa.

Sa s'approcha encore plus de Ca. Iel souffla, à peine audible dans la nuit :

— Alors, embrasse-moi et imagine que je suis une femme...

Ca se redressa et happa la bouche de Sa. Leurs langues se rencontrèrent, se caressèrent, leurs souffles accélérèrent.

— C'était bon, admit Ca.

Sa sourit, ses dents parfaites brillèrent dans le noir.

— Maintenant, embrasse-moi et imagine que je suis un homme.

Ca obtempéra. Leur baiser fut aussi intense que le premier, réveillant dans leurs ventres des désirs qui ne pouvaient être assouvis.

— C'était aussi bon, avoua Ca en riant doucement.

— Je suis bien d'accord. Alors tu vois, tu n'as aucune raison de t'inquiéter. Cela ne changera rien.

— Cela ne changera rien, répéta Ca. Tu as raison, cela ne changera rien.

♪

Minuit était passé depuis longtemps quand Dimi atteignit l'extrémité basse de la rue, là où la falaise descendait à pic. Il inspira profondément l'air iodé qui remontait du Cercle, plusieurs mètres en contrebas. Le ressac, léger, résonnait dans le silence nocturne. Même si l'idée des rondes de nuit l'agaçait, car il ne se passait jamais rien, il appréciait malgré tout ces quelques heures calmes pendant lesquelles il pouvait se retrouver seul face à ses pensées.

Lentement, il fit demi-tour et remonta la large avenue plongée dans les ténèbres. La lune brillait suffisamment cette nuit pour qu'il distingue les contours des habitations, ces petites maisons plongées dans les ombres d'une végétation luxuriante. Un peu plus haut se trouvait la sienne et il songea brièvement et avec envie à son lit. Sur sa gauche, il distinguait le laboratoire, un grand bâtiment blanc, le seul qui était pourvu d'un code d'accès, et, juste après, la haute silhouette du Centre bouchant le ciel étoilé. Il passa devant en se remémorant ses souvenirs de Neutre, ces journées paisibles passées avec les autres enfants de son âge, les cours donnés par les Accompagnateurs, les après-midi dans le jardin…

C'était une époque simple. Iel avait des amis, avec qui iel jouait aux voleurs et aux gardiens. Iel se retrouvait souvent dans la peau du garant de la sécurité et de l'application du règlement intérieur, et c'est peut-être ce qui avait guidé son choix de métier. Iel en connaissait déjà les articles par cœur. Tous, dans leur intégralité, même ceux qui étaient tombés en désuétude, comme l'article 24 sur le cordial du sommeil. On n'en prenait plus à présent. On prétendait que plusieurs personnes ne s'étaient jamais réveillées après son absorption, mais quand iel avait posé la question à Dorsey, le directeur du laboratoire, ce dernier lui avait répondu que c'était l'excès de potion qui pouvait être dangereux, pas une prise normale. Quoi qu'il en soit, on avait remplacé le somnifère par un couvre-feu depuis bien avant la naissance de Dimi. Donc il effectuait ses rondes, guettant le moindre contrevenant à cette règle. Et il surveillait la ville. Si jamais un incendie se déclarait, il était là pour le repérer et réveiller suffisamment d'hommes pour circonscrire la catastrophe.

Au bout d'un temps, il longea le restaurant d'Hamaë, sa petite sœur. Elle avait deux ans de moins que lui. Leurs parents, ou plutôt leurs géniteurs, avaient eu l'autorisation, rarement accordée, de faire un deuxième bébé, car Dimi, appelé Di à l'époque où iel était un Neutre, était un enfant particulièrement robuste, plus grand et moins fin que les autres ; ces particularités avaient intéressé les chercheurs, et donc Ha était né après lui, portant les mêmes caractéristiques. Sauf qu'iel avait choisi de devenir une femme au moment de sa majorité.

Toutefois, ils possédaient les mêmes yeux bleus sombres, les mêmes cheveux noirs, et la même vitalité.

Dimi savait que c'étaient ses qualités physiques, sa taille impressionnante et sa carrure qui lui avaient valu le poste de gardien en chef. Hopti le briguait lui aussi, et depuis que ce rôle lui était passé sous le nez, il remâchait une frustration énorme et un ressentiment larvé envers son supérieur. Mais on ne pouvait pas revenir sur la décision de Trent, le précédent chef des gardiens. C'est lui qui avait nommé Dimi à sa succession, et tant que ce dernier remplirait ses fonctions correctement, il serait indéboulonnable.

Finalement, il dépassa la dernière habitation et la limite de la rue qui se rétrécissait pour devenir un sentier montant jusqu'à la cascade. Avec le silence de la nuit, il en percevait déjà le fracas. Il se retourna pour admirer la perspective de l'avenue, toute droite et en pente légère jusqu'à la falaise, son calme, seulement troublé par les cris des oiseaux nocturnes et le chant des grillons. Comme d'habitude, il n'y avait pas âme qui vive et un léger sentiment de solitude le saisit. Il inspira, gonfla ses poumons de l'air parfumé de la terre mouillée et de la forêt naissante, puis il reprit sa route pour s'enfoncer entre les arbres.

Dès qu'il eut disparu, un visage se colla derrière les carreaux d'une fenêtre. Une peau pâle, des yeux immenses et clairs, une chevelure dorée. La femme attendit un moment, comme pour s'assurer que le gardien ne réapparaîtrait pas, puis, sans un bruit, elle ouvrit la porte de sa petite maison. Sa silhouette mince se glissa dans l'obscurité et remonta, au trot, la rue. Au carrefour, elle se détourna de la route visible pour s'enfoncer dans un bras de forêt, et s'évanouit dans les ténèbres…

4.

Autrefois, enfant, Sa était enfermé. Élevé à l'ombre des articles du règlement intérieur, iel suivait à la lettre tous les interdits qui formataient la vie quotidienne des habitants de la ville. Bien sûr, à ce moment-là, cela lui paraissait normal : tout le monde vivait ainsi, iel ne faisait que suivre le mouvement, se laissait couler dans le moule.

Et puis Ca était apparu dans sa vie. Pas d'un coup, subitement, non. Ca était dans son dortoir depuis le début de son existence. Iels n'avaient que quelques jours de différence, étant nés tous les deux pendant le mois d'Affirmation de la même année. Ca avait toujours été dans son champ de vision, petit Neutre discret, voire effacé. Iel avait des yeux si sombres qu'ils paraissaient aspirer toute la lumière pour la concentrer dans ses pupilles qui posaient leur regard sur le monde comme si elles tentaient de le comprendre et de le juger.

De son côté, Ca n'aimait pas ce qu'iel voyait. Depuis le baiser que lui avait offert sa mère, iel considérait ce trésor précieux comme une clef qui lui avait ouvert les portes d'un autre monde, où les possibilités étaient plus vastes. Il était interdit de se toucher, a fortiori de s'embrasser, pourtant elle l'avait fait. Et l'univers ne s'était pas écroulé. Aucune catastrophe, aucun hurlement dans la nuit. Juste la douceur des lèvres sur son front et la chaleur bienfaisante de l'amour dans ses veines. Cela signifiait-il que les menaces qu'on infligeait aux petits du Centre, la peur qu'on distillait dans leur quotidien ne reposaient sur rien ?

Ensuite, il y avait eu Sa. Et ses yeux d'un bleu plus profond encore que celui du ciel. Immenses dans son visage lisse. Si tous les Neutres se ressemblaient plus ou moins, Sa se distinguait par ces deux flaques presque mauves qui lui mangeaient la figure. De ce fait, on avait l'impression qu'iel s'émerveillait en permanence de tout ce qu'iel voyait. C'est ce qui avait attiré Ca. Et également le fait que Sa était tout le contraire de luiel : un être sociable. Sa avait des amis, iel s'amusait avec les Neutres du dortoir, répondait aux questions posées par les Accompagnateurs en classe.

Un jour, Sa était assis sur un banc dans la cour intérieure. Tous les enfants jouaient à cache-cache entre les arbres du jardin, sauf luiel. Immobile, Sa regardait une famille de perroquets multicolores s'agiter sur une branche. Cela ne lui ressemblait pas du tout. Pourquoi ne jouait-iel pas avec les autres enfants comme à son habitude ?

Mais c'était l'occasion que Ca attendait. Le moment de s'approcher de ce compagnon du quotidien qui lui ressemblait si peu, mais qui l'attirait comme la lumière attire l'ombre. Iel voulait plonger dans ses yeux qui ressemblaient au Cercle, alors iel était allé s'asseoir à côté de luiel en silence. Jusqu'à ce qu'iel trouve le courage de prendre la parole, de déranger la réflexion silencieuse de ce petit camarade avec lequel iel n'avait jamais eu vraiment d'échanges.

— Pourquoi tu t'intéresses aux perroquets ? avait demandé Ca à mi-voix, pour ne pas trop le troubler.

Sa avait haussé les épaules, sans cesser de fixer les oiseaux. Cela avait dérangé Ca, qui espérait voir ses yeux si particuliers. Mais la réponse que lui avait donnée Sa l'avait détourné de sa déception.

— Je n'ai pas le droit de le dire, avait murmuré Sa.

— Pourquoi ?

— Parce que je pourrais être puni.

Ca ne comprenait pas les réponses de Sa. Est-ce qu'iel avait vraiment saisi le sens de ses questions ?

— Je ne comprends pas, avait-iel dit.

Sa avait vérifié alentour que personne ne pouvait les entendre. Les Accompagnateurs parlaient entre eux à côté du petit bassin plein de poissons, les autres enfants ne leur prêtaient aucune attention.

— C'est interdit par le règlement intérieur.

— Ce n'est pas interdit de regarder les perroquets !

Sa avait eu un sourire pâle.

— Tu ne le répéteras à personne ?

Ca avait juré. Est-ce que quelqu'un d'autre que luiel faisait des choses interdites ? D'un seul coup, iel s'était senti plus proche de Sa qu'iel ne l'avait été pendant toutes ces années où iels avaient pourtant partagé le même dortoir.

Sa s'était rapproché, juste assez pour que ses lèvres ne touchent pas l'oreille de son camarade, mais suffisamment pour que ce dernier sente son souffle contre sa peau.

— J'ai envie d'emprisonner leurs couleurs. Elles sont si belles, si joyeuses !

— Emprisonner leurs couleurs ?

Quel concept original et nouveau ! Ca avait eu envie de toucher les gens, de recevoir d'autres baisers de sa mère, mais jamais d'emprisonner les couleurs. Comment pouvait-on accomplir un tel prodige ?

— Comment on peut emprisonner des couleurs ? avait-iel demandé.

Sa avait encore haussé les épaules.

— Il faudrait les trouver dans la nature, puis les fixer sur une feuille. Je pourrais ramasser des plumes rouges, des bleues, des jaunes, et reconstituer la forme du perroquet en les collant ensemble. Ou je pourrais les dessiner…

Pour se confier de la sorte, Sa s'était encore rapproché de son camarade. La confidence avait fait trembler Ca. C'était une idée merveilleuse ! Pourquoi ne l'avait-iel jamais eue ? Iel aurait été une autre personne, iel se serait offusqué, aurait rétorqué : « Il est interdit de dessiner ou de représenter quelqu'un ou quelque chose, c'est dans l'article 21 du règlement intérieur. » Mais iel était Ca, alors iel s'était tourné de manière à faire face à Sa et avait murmuré, se noyant dans son regard :

— Moi, ce sont tes yeux que j'ai envie de dessiner, tellement leur couleur est belle.

Sa avait retenu sa respiration le temps de quelques battements de cœur. Iel avait fixé un long moment son ami, cherchant à lire quelque chose sur ses traits semblables aux siens, puis un sourire immense avait découpé son visage.

— Mes yeux sont le jour, les tiens sont la nuit, avait-iel conclu avant de se lever et d'aller jouer avec les autres.

Ce jour-là, le cœur de Ca avait gonflé un peu plus, s'était rempli d'un amour nouveau. Sa et Ca, le jour et la nuit. Il n'y avait rien de plus beau au monde.

5.

Son regard rivé à l'oculaire du microscope le plus puissant du laboratoire, installé au centre d'une hotte de culture cellulaire, une sorte de table surplombée d'une vitre derrière laquelle s'effectuaient des expériences en tout genre, Sa menait à bien une opération délicate. À l'aide d'une pipette très fine, iel injectait un nouvel élément à une cellule, invisible à l'œil nu. Près de luiel, Dorsey surveillait chacun de ses gestes avec une attention soutenue. En dehors des bips émis par quelques appareils, pas un bruit ne troublait le silence qui régnait sur la salle blanche, propre, au parfum permanent de désinfectant. La dizaine de personnes qui travaillait ici exécutait des manipulations complexes qui demandaient une application silencieuse. Leur concentration devenait presque palpable dans cet espace clos, et Sa participait à cette ambiance studieuse.

Enfin, la pointe de la pipette fut introduite au-delà de la membrane transparente qui entourait l'alvéole fragile. Sa éjecta son contenu dans le noyau de la cellule, retira lentement le tube ultrafin, sans rompre la pellicule. Mission accomplie ! Iel redressa la tête et expira, se rendant alors seulement compte qu'iel avait retenu sa respiration tout ce temps.

Dorsey se contenta de hocher la tête d'un air satisfait.

— Très bien, Sa. Sais-tu exactement ce que tu viens de faire ?

— Je viens d'injecter le gène X dans un hybride de cellule-Virus.

— Bien. Et à quoi cette cellule servira-t-elle ?

Sa connaissait la réponse par cœur. La question était trop facile, mais Dorsey lui faisait passer une sorte d'examen final. Le chef du laboratoire savait que Sa avait demandé à y travailler de façon permanente après son Injection, et sa requête ne serait acceptée que s'iel montrait toutes les compétences nécessaires. Mais cela faisait maintenant presque deux ans que le Neutre était apprenti ici. Iel avait commencé par accomplir les tâches de base : nettoyer les paillasses, les sols, stériliser et ranger les instruments, trier les accessoires... Puis, ayant gagné la confiance de Dorsey, iel avait été chargé d'exercices plus élaborés, touchant aux cellules, aux gènes. Rien de bien important, mais c'était un premier pas vers ce qu'iel voulait faire :

continuer à permettre aux Neutres de devenir, un jour, des hommes et des femmes.

En attendant, il lui fallait répondre aux questions de Dorsey.

— Elle sera injectée dans le liquide céphalo-rachidien de l'individu. Grâce à sa configuration virale, son contenu sera transmis à toutes les cellules du corps, complétant ainsi, grâce à son « bagage » – un chromosome X ou Y –, l'ADN d'un Neutre.

— Est-ce tout ?

— Non. Elle déposera également un marqueur sur chaque cellule, afin d'indiquer au Virus que cette dernière est déjà « infectée ». Ainsi, la modification ne pourra se faire qu'une seule fois. C'est pourquoi le choix de devenir une femme ou un homme est un acte unique et irréversible.

Dorsey eut un nouveau hochement de tête. C'était son tic, il faisait ce mouvement au moins une centaine de fois par jour.

— Parfait, Sa, parfait. Encore un peu de pratique et tu seras fin prêt à venir rejoindre l'équipe !

— Merci, monsieur !

— Mais pas de quoi, mon ami. Tu as travaillé dur ces derniers mois. Je t'ai observé de loin, et j'espérais que tu demanderais à travailler ici. Tu es un bon élément, sérieux, attentif, serviable. Ce que nous faisons au laboratoire est issu d'un savoir ancestral. Ce sont nos prédécesseurs qui ont inventé cette technologie. Hélas, depuis que l'Anneau s'est refermé sur lui-même, il y a des centaines d'années de cela, le matériel de pointe n'est plus renouvelé. C'est pourquoi nous devons prendre grand soin de ce que nous possédons, ainsi que de cette connaissance unique qui nous permet de devenir des adultes et de donner un avenir à notre communauté. Si ce savoir se perdait, si ces manipulations n'étaient plus possibles, les Neutres ne pourraient plus évoluer, devenir des adultes sexués, alors iels n'auraient pas d'enfants et notre peuple se tarirait aussitôt.

Vêtu de sa longue blouse blanche, Dorsey se tourna et effectua un large geste du bras qui engloba l'ensemble du laboratoire.

— Tout ce qui est ici représente notre avenir et notre salut. Nos notions scientifiques, bien que limitées, sont suffisantes pour mener à bien notre mission. Il faut en prendre grand soin, savoir respecter ce que nous avons. Et depuis que tu es arrivé parmi nous, tu as toujours fait preuve de cet égard.

Sa se sentit rougir sous sa peau diaphane. Iel baissa les yeux, peu habitué à recevoir de tels éloges.

Dorsey eut un petit rire. Certainement le premier que le Neutre lui entendait.

— Dans un mois, tu vas te faire injecter un Virus du même type que celui que tu prépares ce soir. Te rends-tu compte ? Tu es l'instigateur de ton propre changement. Je trouve cela magnifique !

Allez, va chercher les nouveaux flacons de sérum et prépare une dizaine de seringues. Ensuite, tu pourras rentrer.

— Bien, j'y vais tout de suite !

Sa quitta la pièce principale du laboratoire pour se rendre dans une salle attenante. Là, solitaire comme toujours, travaillait Corliss, ses longs cheveux blonds attachés en chignon, son visage à moitié couvert par un masque d'hygiène. Elle faisait partie de l'équipe qui travaillait sur les embryons avant leur insémination. Sa n'avait pas encore été formé à cette partie de la tâche des chercheurs, mais cela viendrait quand iel aurait amélioré son niveau de compétences.

Sa avait conscience de la beauté de sa collègue, dont les traits d'une finesse extraordinaire attiraient les regards de tous, hommes comme femmes et même Neutres. C'était peut-être ce qui faisait qu'elle fuyait la compagnie de tout le monde. D'une timidité maladive, elle évitait les conversations et gardait les paupières baissées en permanence, comme si elle avait peur que l'on puisse lire quelque chose dans ses prunelles vertes. En tout cas, c'est l'impression qu'elle donnait à Sa qui ne la forçait jamais à parler. Iel savait que Ca était un peu comme cela, et combien son ami détestait qu'on lea pousse à changer sa nature. Encore une fois, Corliss ne se retourna pas quand elle entendit Sa saisir une poche en plastique transparent, pleine du Virus prêt à être utilisé. Iel récupéra également une dizaine de seringues dans la réserve et enfonça l'aiguille de la première dans l'embout du sac mou et gonflé d'un liquide légèrement bleuté.

Avec concentration, iel aspira le fluide, et renouvela l'opération autant de fois que nécessaire. À aucun moment iel ne tenta d'engager la conversation avec Corliss, mais il était évident qu'elle lea savait à proximité.

Une fois les dix aiguilles remplies, iel les plaça avec soin dans les alvéoles d'une mousse grise creusée de leur forme moulée, pour aller les déposer dans un coffre réfrigéré.

Quand Sa se redressa, iel remarqua que Corliss l'observait, ses yeux très clairs lea dévisageant pardessus le tissu de son masque.

Iel lui fit un petit sourire amical sans attendre rien en retour, et se rendit à l'étage, portant avec mille précautions son précieux chargement. Le liquide renvoyait la lumière des plafonniers qui s'étendaient tout le long du couloir menant à la chambre forte.

Sa composa un code rapidement. Avec un *clac* sonore, la porte s'ouvrit sur l'obscurité d'une pièce. Iel fit un pas, et automatiquement les néons s'allumèrent en flashs éblouissants. À droite se trouvaient les Injections déjà préparées des futures femmes. À gauche celles des futurs hommes.

Derrière une vitre épaisse reposaient d'autres mousses et, dedans, d'autres seringues en attente de changer le destin des Neutres.

Un autre code à taper et l'habitacle s'ouvrit, laissant passer un souffle glacé. Sa déposa la série qu'iel venait de préparer sur une étagère libre et referma la chambre froide. Le bruit du verrou chuinta dans le silence.

Et voilà, sa journée était terminée. Iel mit à désinfecter les instruments, rangea le matériel qui traînait, puis se nettoya les mains. Ensuite iel se changea dans les vestiaires avant de rentrer au Centre.

Dans la rue, les Neutres commençaient à mettre le nez dehors. Des nuages pâles s'amoncelaient au-dessus du Cercle. Peut-être pleuvrait-il, demain ? Il n'avait pas plu depuis longtemps. Cela aiderait au travail d'irrigation dans les champs et allégerait l'atmosphère lourde et moite qui pesait sur les épaules de chacun depuis quelques jours.

Mais Sa n'y pensait pas, alors qu'iel se dirigeait à grands pas vers le Centre. Non, ce soir, ses réflexions étaient tournées vers les seringues enchâssées dans leur abri feutré. L'une d'entre elles lui était déjà destinée. Bientôt, Dorsey s'occuperait de mettre le nom de son futur propriétaire sur chacune. La question qui tournait dans sa tête ne recevait aucune réponse satisfaisante : luiel, Sa, allait-iel chercher celle qui serait attribuée à Ca et ainsi découvrir quel était son choix ? Sa curiosité serait-elle plus forte que le respect de son secret ?

Pour l'instant, les étiquettes n'étaient pas collées, mais quand elles le seraient… Sa soupira en tentant de chasser toutes ces questions, cette tentation qui se présenterait à luiel dans quelque temps. Iel traversa le jardin intérieur et aperçut Ca assis sur le banc où iels s'étaient parlé pour la première fois, où tout avait changé pour euels. Sa coupa court à ses réflexions et sourit. Surtout, iel ne voulait pas que son ami puisse deviner les pensées qui l'agitaient…

6.

Un vent frais balayait la pelouse mal entretenue et le feuillage dense des arbres du jardin. L'eau qui alimentait en permanence le bassin des poissons chantonnait dans la nuit, comme pour accompagner le concert des grillons.

Le Centre était calme. Les petits devaient déjà dormir, les plus âgés s'étaient égaillés dans la rue ou à la cascade. Il ne restait plus grand monde dans l'immense bâtiment carré.

Les deux Neutres demeurèrent un moment silencieux, goûtant la quiétude de cette fin de journée.

Plongées dans la pénombre, les deux silhouettes immobiles se voyaient à peine. Ca déplaça la main qu'iel avait posée sur la pierre fraîche du banc et recouvrit les doigts de Sa.

— J'ai préparé de nouvelles Injections, aujourd'hui, murmura ce dernier. Dorsey m'a félicité. Il accepte que je travaille au labo après la Cérémonie.

Un sourire flotta sur les lèvres de Ca.

— Magnifique. Si ça se trouve, tu as déjà préparé la mienne.

La pensée qui avait traversé Sa un peu plus tôt retrouva le chemin de son esprit.

— Je dois avouer que l'idée m'a effleuré. Aujourd'hui, c'est un virus X que j'ai fabriqué. Je ne sais pas si ça te concerne.

Le sourire de Ca s'accentua.

— Et j'espère que tu ne le sauras pas avant la Cérémonie.

Le Neutre inspira longuement les parfums de fleurs qui s'exhalaient dans la chaleur de la nuit.

— Tu sais, continua-t-iel d'une voix à peine audible, j'ai réfléchi à tout ça, et je n'ai pas changé d'avis. Je veux que nous découvrions nos nouvelles identités pendant la Cérémonie. Je trouve que c'est…

Iel chercha ses mots quelques instants.

— … que c'est une belle symbolique. Puisque nous allons vivre ce moment décisif en même temps, il me semble important que nous le partagions complètement et que nous nous réservions la surprise. Je veux m'émerveiller de ton choix, l'assimiler comme j'assimilerai le liquide que l'on m'injectera. Je veux découvrir ton nouveau nom d'adulte en même temps que tu découvriras le mien. Comme un échange sacré, un moment unique qui nous rapprochera encore plus.

Sa resta silencieux. Iel se répétait les paroles de Ca en silence, savourait ses mots. Ca était celuiel qui lea portait en avant, celuiel dont la vision allait au-delà des limites de leur ville, de la falaise, du Mur. Et Sa se laissait entraîner dans son sillage merveilleux.

Oui… partager cet échange complètement, sans faux-semblants, se laisser porter par la joie de l'autre, accepter son choix. C'était une belle idée. Une merveilleuse idée. Avant la relation qu'iel partageait avec Ca, jamais iel n'aurait pensé vivre la nuit de sa Cérémonie ainsi, dans cette parfaite communion. Celles auxquelles iel avait assisté ne pouvaient pas comporter une telle profondeur, une telle réciprocité, un tel amour, tout simplement.

Finalement, comme si Ca avait lu dans ses pensées, comme s'iel avait deviné la tentation de Sa, iel avait répondu à sa question secrète. Sa ne chercherait pas à trouver la seringue de Ca. Pour lui montrer qu'iel était d'accord, iel serra fort, entre ses doigts, ceux de son ami.

Il n'y avait rien d'autre à ajouter. Unis par ce simple contact, iels se sentaient plus proches que jamais. Leurs peaux représentaient un réconfort qui signifiait : « Tu n'es pas seul, je suis là, pour toi, quoi qu'il advienne. »

Des voix s'approchèrent dans l'obscurité. Des Neutres qui rentraient juste avant l'heure autorisée. Les doigts se séparèrent, les mains se posèrent sagement sur les genoux.

Ca se mit à raconter sa journée d'un ton joyeux, comme si c'était la chose la plus importante au monde, comme s'il n'y avait rien d'autre…

En son for intérieur, iel hurlait son amour à Sa et, comme une onde que luiel seul pouvait percevoir, recevait en retour les sentiments de son ami, s'en nourrissait et y puisait tout le courage du monde.

♪

Tout avait commencé un jour de congé. Les adolescents neutres se baignaient dans les bassins de la cascade. Certains s'amusaient à plonger dans le plus profond d'entre eux, depuis le bord d'une branche épaisse d'un arbre qui s'avançait au-dessus du plan d'eau. D'autres hurlaient sous la chute qui pesait lourd sur les têtes et les épaules. Des rires fusaient, des cris, un bel après-midi d'été.

Sa avait quinze ans, comme Ca. À treize ans, on les avait changés de dortoir pour les mettre dans celui des « moyens ». Iels y resteraient jusqu'à leurs seize ans. Là, iels seraient « grands » et passeraient en apprentissage pour se trouver un futur métier, ces journées de travail alternant avec des séances de méditation afin de trouver le chemin vers son identité.

Sa et Ca étaient devenus, depuis leur précieuse conversation sur le banc, les meilleurs amis du monde. Être amis était parfaitement autorisé par le règlement intérieur qui encourageait, selon les termes écrits dans les articles, l'« amitié fraternelle ». Mais, comme tous les Neutres ici, iels conservaient une distance respectueuse, ne se frôlaient jamais. Juste du regard.

Sa s'amusait à faire la planche, écartant les bras et les jambes comme une étoile de mer. Le ciel était très bleu entre les branches lourdes de feuilles de magnolia. Le fracas des oiseaux lui parvenait de loin, parce qu'iel avait les oreilles sous la surface. C'était une journée magnifique, une de celles où la chaleur ne pesait pas trop, où tout paraissait plus léger, plus facile.

Soudain, iel avait senti… quelque chose, dans son dos. Quelque chose de doux, qui, partant de sa nuque, était descendu jusqu'à la limite de son maillot de bain. Iel avait frissonné et s'était redressé d'un coup en s'éclaboussant, à la recherche du poisson ou de l'algue qui aurait pu faire cela, mais le bassin était clair, et à part du sable blond reposant dans le fond, il n'y avait rien. Suspicieux, Sa avait jeté un regard alentour. Toujours rien. Tous ses camarades s'amusaient sans remarquer son trouble.

À ce moment, des doigts s'étaient refermés sur sa cheville. Des doigts ! Une main contre sa peau ! Iel avait été tiré en arrière et avait plongé dans l'eau, pour y apercevoir, à travers les remous, Ca, un grand sourire fendant son visage. C'était donc luiel ! Ca avait attrapé sa jambe, l'avait touché. Sa aurait dû s'en offusquer, remonter à la surface, signaler au premier gardien croisé que quelqu'un contrevenait aux articles du règlement intérieur, et pourtant iel n'en avait rien fait. Sans réfléchir, iel avait rendu son sourire à Ca.

Sous l'eau, la lumière dorée qui filtrait à travers les arbres éclairait le visage de Ca de lueurs mouvantes qui rendaient sa peau encore plus diaphane. Des bulles rondes s'échappaient de sa bouche et remontaient à la surface. Iels s'étaient contemplés un moment, ainsi déformés par l'ondoiement de la source. Puis Ca avait avancé sa main, doigts écartés, paume en avant, la laissant flotter ainsi jusqu'à ce que Sa ose. Tout s'était fait en quelques secondes, mais la scène avait semblé durer une éternité. Sa comprenait ce que voulait son ami : qu'iel pose sa paume contre la sienne. Mais cela signifiait le toucher. Volontairement. Et il était interdit de se toucher. Le moindre contact intentionnel pouvait être sévèrement puni, on encourait même la peine de mort. Et pourtant l'envie avait été plus forte. Iel avait répondu à l'appel de cette peau transparente et posé sa main en miroir sur celle de Ca.

Sa avait agi sous le coup d'une impulsion, répondant ainsi à une question informulée, ou par goût de la transgression, ou à cause d'un désir qu'iel ne s'était jamais avoué. Mais quand les doigts de Ca s'étaient entremêlés aux siens, cela avait été le choc. Celui du contact intime de deux peaux censées ne jamais se rencontrer. Celui du courant électrique qui avait remonté dans son poignet, son bras, pour s'épanouir dans sa poitrine, accélérer les battements de son cœur.

Leurs regards étaient restés un moment rivés l'un à l'autre, laissant passer une multitude de messages silencieux : « Je ne dirai rien, ce sera notre secret. »

Puis, ayant besoin de respirer, iels s'étaient séparés et étaient remontés à la surface.

Plusieurs jours avaient passé sans qu'iels évoquent cet instant volé. Sans qu'iels se parlent, même. Le soir, dans son lit, Sa repensait au contact de sa main contre celle de Ca. Sa peau était douce malgré l'immersion dans l'eau, ses doigts avaient serré les siens si fort, comme pour les emprisonner dans une cage fantastique.

Mais si les mots n'étaient pas prononcés, les regards parlaient d'eux-mêmes. Un échange constant, les yeux d'ombre et les yeux de lumière rivés les uns aux autres.

Jusqu'à cette nuit, presque une semaine après les événements de la cascade… Profonde, noire. La lune brisée n'était pas levée. Des nuages sombres barraient l'éclat des étoiles. L'éclairage urbain s'éteignait pendant quelques heures afin d'économiser l'électricité. Tout était plongé dans les ténèbres. Même les pièces communes du Centre ne diffusaient aucune lumière, ce qui prouvait que les Accompagnateurs dormaient, eux aussi. Peut-être que quelque part, dans toute cette obscurité, un gardien en chef patrouillait dans la rue, mais ce qui se passait dans le dortoir demeurerait un secret.

Ca ne pouvait dormir. Iel repensait à ce moment, sous l'eau. Cela faisait longtemps qu'iel souhaitait effleurer Sa. Parce qu'iel l'aimait. Leurs conversations, leurs rires, leur complicité qui n'avait fait que prendre de l'ampleur depuis des années, depuis ce premier échange sur le banc du jardin, avaient développé en luiel un sentiment fort. Iel avait compris que Sa était devenu indispensable à son existence, le soleil de sa nuit intérieure. Ensemble, iels pouvaient parler, rêver, se confier. Jamais Ca n'avait connu une telle relation avec qui que ce soit d'autre. Sa était son oxygène. Quand iel ne pouvait pas se noyer dans le bleu de ses iris, iel était malheureux ; les jours où iels n'avaient pas l'occasion de parler un peu, juste tous les deux, iel se sentait vide. Petit, cela lui semblait normal : Sa était son seul ami, le seul qui jouait avec luiel, qui acceptait son originalité et ses différences. Mais en grandissant, les années passant, Ca avait admis que ce qu'iel ressentait pour son camarade était bien plus que de l'amitié. C'était de l'amour, un amour fort, inconditionnel, le même que celui qui réchauffait ses veines quand iel repensait au baiser de sa mère. Et avec cette révélation, l'envie de toucher Sa avait commencé à naître en luiel. Au départ légère, une simple curiosité : « Qu'est-ce que ça ferait de toucher Sa ? Et comment le prendrait-iel ? » Puis elle s'était transformée en désir, en obsession. Iel voulait, non, *devait* déposer un baiser sur le front de son confident, pour lui prouver, comme sa mère l'avait fait, qu'iel l'aimait et que l'amour était une belle chose, un sentiment pur qui portait en avant, donnait des ailes.

Combien de fois s'était-iel retenu de poser la main sur son épaule, après une course effrénée, juste pour trouver du soutien, combien de fois avait-iel éprouvé l'impulsion de lui prendre la main pour l'entraîner avec luiel ? Des gestes simples, sans arrière-pensée, qui lui paraissaient tellement naturels, et qui étaient pourtant tellement interdits !

Ca était-iel le seul à connaître ces envies, à les retenir ? Parfois, quand iel remontait la rue, iel observait les gens, les adultes, cherchant la faille, le signe que d'autres vivaient la même soif de contact, partageaient le même secret, mais il n'y avait rien. Toujours cette distance raisonnable d'une trentaine de centimètres qui séparait les individus, afin d'éviter tout frôlement accidentel. Cette habitude était tellement ancrée que les habitants de cette petite ville n'en avaient même plus conscience. Il leur était naturel de se tenir ainsi, de parler un peu plus fort, de se tendre les objets du bout des doigts, le bras déplié.

Donc, en cette nuit parfaitement noire, silencieuse et immobile, Ca ne parvenait pas à dormir, tout empli des questions qui tourbillonnaient dans son esprit, continuellement. Pourquoi le règlement intérieur était-il ainsi rédigé ? Pourquoi continuait-on à suivre ses articles à la lettre ? Pourquoi n'évoluait-on pas ? Pourquoi personne ne s'élevait contre ces interdictions qui paraissaient obsolètes, rédigées en un temps où elles avaient certainement eu un sens, sens qui s'était perdu au fil des siècles ? Pourquoi Ca était-iel si différent des autres ? Pourquoi voulait-iel toucher, sentir, partager ? Des « pourquoi » en pagaille, une tempête d'interrogations qui ne débouchaient sur aucune réponse mais apportaient leur lot de frustrations de plus en plus dévorantes.

Les yeux ouverts sur les ténèbres, Ca n'en pouvait plus. Il fallait qu'iel se lève, qu'iel bouge, qu'iel s'étire au moins. Un peu d'air frais, quelques pas… Oui, ce serait bien. Se glissant sans bruit dans les couloirs vides, iel s'était retrouvé dans le jardin intérieur, assis sur le banc habituel. Sa n'était évidemment pas près de luiel, et sa présence lui manquait. Sa n'était que lumière. Iel ne s'en rendait pas compte, mais c'est ce qui attirait Ca, pétri d'ombres depuis toujours. Pas des ombres mauvaises, Ca ne portait en luiel aucune once de méchanceté, mais plutôt une incapacité à être complètement heureux, à partager avec les autres, à se sentir à l'aise dans la foule. Le silence, la solitude, voilà ce qui lui convenait. Et Sa était tout le contraire.

Finalement, ce n'était pas une si bonne idée de rester assis seul sur ce banc. Le bruit léger de l'eau qui coulait dans le bassin, le frissonnement des feuilles dans les arbres accentuaient sa solitude, lui donnant l'impression d'être le dernier être vivant sur l'Anneau.

Rapidement, iel était retourné à l'intérieur, avait gravi les étages menant au dortoir. Et, sans savoir comment, iel s'était retrouvé au pied du lit de Sa qui dormait profondément, ses immenses yeux voilés comme le ciel l'était par la nuit.

Ca s'était agenouillé devant son ami et, aussi doucement que possible, iel avait déposé un baiser sur le front de Sa. Aussitôt, les paupières de ce dernier avaient papillonné, s'étaient ouvertes, ses pupilles dilatées dévorant l'azur de ses iris.

— Que... ? avait-iel soufflé, avant d'apercevoir Ca à son chevet. Ca ! Que se passe-t-il ?

— Rien... je voulais... je voulais... Juste...

Et iel avait redéposé un baiser léger au milieu du front de Sa, qui avait souri.

— Un baiser…, avait-iel chuchoté. Pourquoi me donnes-tu un baiser ?

— Pourquoi pas ? Faut-il une raison à chaque geste ?

Sa s'était redressé sur ses coudes, le sommeil encore posé sur ses traits tel un voilage opaque.

— Non, c'est juste… Un autre, donne-m'en un autre !

Ca avait réprimé un rire et s'était penché pour embrasser à nouveau le front lisse de son ami. Quel plaisir de réaliser enfin son rêve et de voir ses baisers acceptés, réclamés ! Ainsi, Ca avait la certitude qu'iel entrouvait la porte de la cage de Sa, prisonnier de la vie. Ce dernier avait retenu son souffle, les yeux fermés, concentré sur cette sensation nouvelle. Sentant qu'iel frémissait à ce contact, Ca avait laissé ses lèvres un peu plus longtemps sur la peau chaude. Iel avait peut-être reçu un baiser de sa mère, mais iel n'en avait jamais donné et iel se demandait si ce don n'était pas plus intense encore que de recevoir le cadeau lui-même.

Après cet échange, iels s'étaient regardés, sans vraiment se voir, dans l'obscurité. Iels entendaient leurs respirations devenues plus rapides sous le coup de l'émotion.

Alors, Sa avait avancé la main et, à tâtons, trouvé le visage de Ca. Du bout des doigts, iel avait suivi le tracé de sa joue, de son menton, le léger renflement de son nez, l'arrondi de son crâne glabre.

Personne n'avait jamais touché Ca de cette façon, jamais iel n'avait reçu une telle caresse. La vibration intérieure qui l'avait traversé à ce moment était telle qu'iel avait manqué basculer d'émotion sur le plancher. Mais Sa l'avait attrapé par le bras d'une main ferme et l'avait retenu, l'attirant au contraire vers luiel.

— Ça va ? avait-iel demandé.

Pour que sa voix soit la plus basse possible, iel avait approché son visage de celui de Ca au maximum.

— Ça va, avait répondu Ca d'une voix rêveuse. C'est juste que…

— … que c'est bon, n'est-ce pas ? avait achevé Sa. Oui, c'est merveilleux. D'un seul coup, j'ai l'impression de ne plus être seul. Comme si… comme si l'interdiction de nous toucher nous isolait complètement des autres. Mais je ne m'en rendais pas compte jusqu'à maintenant.

Ca était bouche bée. Oui, c'était cela, exactement ce qu'iel ressentait également. Mais au lieu de crever la bulle de solitude comme le faisait Sa, iel s'y était enfoncé, dérivant dans un univers où tout lui paraissait infiniment lointain. Et ce soir, Sa était tout proche de luiel. Pas parce que son visage n'était qu'à quelques centimètres du sien, mais parce que ses caresses avaient fait exploser ce cocon étouffant dans lequel iel se débattait.

Sans penser, juste parce qu'iel voulait lea remercier de l'avoir fait, de l'avoir libéré de ce carcan, iel avait posé sa bouche sur celle de Sa. C'était bon, c'était comme de l'eau fraîche après la traversée d'un long désert, comme de la lumière après une nuit interminable. Ce baiser ne semblait pas vouloir trouver une fin, alors Ca avait enroulé son bras autour du cou de Sa, pour lea rapprocher de luiel, pour que leurs lèvres si fines se joignent. Un léger gémissement, de surprise et de plaisir, avait fleuri dans la nuit.

Un tourbillon les avait emportés tous les deux, les entraînant au tréfonds d'euels-mêmes, loin au-delà des limites du règlement intérieur. Dorénavant, iels seraient toujours là l'un pour l'autre. Quoi qu'il advienne, leur amour les éclairerait à travers les ténèbres des lois iniques et des interdits isolant les êtres comme autant d'âmes perdues sur des îles désertes…

7.

Ce matin-là, Hamaë ne se rendit pas au marché, comme elle le faisait tous les jours pour choisir les meilleures denrées avec lesquelles elle cuisinerait les repas destinés à ses clients. Elle avait confié cette tâche à son apprenti. Le Neutre l'avait accompagnée plusieurs fois entre les étals regorgeant de légumes colorés, de poulets plumés, d'œufs aux coquilles blanches ou beiges, de pains préparés tôt le matin par les boulangers, iel saurait quoi choisir. Il était temps de lui faire confiance !

Alors que la ville s'éveillait, que les hommes montaient aux champs, que les fermiers partaient retrouver leurs animaux, que les pisciculteurs équipés de leurs hautes bottes et de leurs grandes épuisettes se rendaient aux bassins qui longeaient la rivière, Hamaë descendait la grande rue vers le laboratoire. Elle avait rendez-vous avec Corliss ce matin, et son cœur battait un peu plus fort que d'habitude.

La jeune femme, vêtue d'une longue blouse blanche, l'attendait dans son bureau. Une table de bois, une armoire pleine de dossiers, une sorte de grand fauteuil équipé d'étriers constituaient le mobilier de cette petite pièce aux murs entièrement blancs. Une odeur particulière flottait dans l'air, du désinfectant, des produits qu'Hamaë ne connaissait pas, mais qu'elle avait entraperçus dans les salles qu'elle avait longées, conservés dans des fioles bien alignées.

Corliss la fit asseoir en face d'elle et lui sourit.

— Je suis contente de te revoir aujourd'hui, la salua-t-elle.

— Moi aussi. Après ton passage au restaurant la semaine dernière, pour m'annoncer que l'on avait trouvé la personne dont les gènes pourraient être mélangés aux miens, je suis restée abasourdie un bon moment. J'ai même fait brûler une omelette au service suivant ! Et puis j'y ai réfléchi, je me suis faite à cette idée et je me suis dit que ça pourrait être une expérience intéressante.

Corliss acquiesça et ouvrit le dossier posé devant elle sur le bureau.

— Tu sais que tu as le droit de refuser. Toutefois, je t'encourage vivement à accepter de faire un bébé. Tes gènes sont très vigoureux, et ceux d'Hopti également.

— Hopti ? Il s'agit d'Hopti ?

— En effet. Comme je te l'ai dit, tu peux refuser. Mais vos caractéristiques physiques se rejoignent, ce qui est intéressant, car après vérification il n'y a aucune consanguinité entre vous. Votre bébé serait certainement aussi fort et résistant que vous l'êtes tous les deux.

— Bien… Je ne connais pas trop Hopti. Il vient rarement au restaurant. Tout ce que je sais de lui, c'est ce que me raconte Dimi à son sujet. Il paraît qu'il est obsédé par le règlement intérieur, qu'il en récite les articles tous les matins pour commencer sa journée et qu'il parle à son chien comme à une personne.

Corliss eut un petit rire, ses paupières voilèrent son regard, comme si une soudaine timidité la saisissait.

— Voilà un bon citoyen, alors. J'ai déjà prélevé ses cellules reproductrices et, si tu es d'accord, on peut prendre rendez-vous pour faire de même avec les tiennes. Ensuite, je les modifierai pour leur ôter les chromosomes X et Y avant de t'implanter l'embryon qui en résultera. Tu peux encore réfléchir, il n'y a aucune urgence.

Les yeux dans le vague, Hamaë se remémorait les bébés dans la pouponnière du Centre. C'était le seul moment de l'existence où le contact était autorisé pour les nourrir, les changer, les laver. Les petits apprenaient à être autonomes très vite pour que cette situation désagréable ne perdure trop longtemps.

Quand elle était encore un Neutre, Hamaë les trouvait mignons, et avait demandé à aller les voir de plus près. Et là, elle pourrait tomber enceinte, en porter un en son sein. Lea voir grandir de loin, quand elle irait lea visiter au Centre. Cette idée lui plaisait. Elle laisserait derrière elle autre chose que ses recettes de cuisine, aussi fameuses soient-elles. Lea faire avec Hopti, un des gardiens… Hamaë le connaissait peu, mais il travaillait avec son frère, Dimi. Hopti était une sorte de fanatique du règlement intérieur, si consciencieux qu'il se promenait avec un ruban métreur, histoire de mesurer la distance entre les gens quand il lui semblait que les trente centimètres n'étaient pas respectés. Au moins, si le sens moral se transmettait au bébé, ce dernier serait un citoyen hors pair !

Pensant à son frère, elle se posa une question qu'elle partagea avec la scientifique qui attendait patiemment qu'Hamaë aille au bout de sa réflexion.

— Et Dimi, on ne lui a pas trouvé quelqu'un avec qui mélanger ses gènes ? Lui aussi, c'est un homme en bonne santé, vigoureux.

Après tout, son frère était plus âgé qu'elle, il pouvait lui aussi engendrer un petit Neutre !

Sur le visage de Corliss, il lui sembla lire une émotion fugace qu'elle ne sut pas déchiffrer, mais la scientifique se détourna pour lui montrer un autre dossier posé sur le côté de son bureau.

— J'y travaille, j'y travaille. Je pense que je vais finir par lui trouver les gènes parfaits pour cela.

— Bonne nouvelle ! Écoute, je vais encore prendre quelques jours pour réfléchir à tout ça. Je dois considérer l'idée de mélanger mes gènes avec ceux d'Hopti. Il faut que je voie avec mon apprenti s'iel se sent prêt à prendre ma place quand je ne pourrai plus bouger, et après l'accouchement. Mais je suis tentée.

— J'en suis ravie, répondit Corliss en se levant.

Hamaë l'imita et prit congé.

Dans le couloir du laboratoire, elle croisa Sa, un Neutre qui venait parfois dîner au restaurant.

— Bonjour, Hamaë, la salua-t-iel. Tu avais rendez-vous avec Corliss ?

— On ne peut rien te cacher !

Son visage inachevé s'éclaira.

— Tu vas nous faire un petit ?

Hamaë éclata de rire.

— On dirait que ça te réjouit, comme perspective.

— Bien entendu ! C'est une bonne nouvelle, non ?

— Oui, j'imagine que oui, répondit Hamaë, légèrement dubitative.

Elle avait toujours considéré que faire un bébé était surtout un service à rendre à la communauté, une façon de donner un avenir à leur ville, à ses habitants. Et même si l'idée d'en porter un dans ses entrailles lui plaisait, elle n'avait jamais imaginé que quelqu'un d'autre puisse se réjouir à ce point de cette décision. Mais finalement, pourquoi pas ? Sa travaillait au laboratoire depuis deux ans, iel devait avoir une vision différente de celle des autres. La reproduction résonnait certainement d'une manière singulière pour tous ceux qui s'occupaient de ces étapes importantes.

En remontant la rue, Hamaë se fit la réflexion que Sa était un Neutre bien original. Mais c'était peut-être pour cela qu'iel se préparait à faire ce métier. Seuls ceux qui se réjouissaient de bidouiller les gènes et les cellules pouvaient s'épanouir dans ce bâtiment trop blanc à l'odeur chimique.

Sur le chemin de son restaurant, elle salua plusieurs personnes d'un signe de la main, échangea quelques paroles. En raison de son travail, elle connaissait beaucoup de monde en ville. De loin, elle aperçut Hopti qui promenait son chien. Cette semaine, ce n'était pas lui qui était de ronde, c'était Dimi. Elle hésita à aller le trouver, lui parler un peu, mais elle se contenta de l'observer de loin. Corliss avait raison. L'homme était grand de taille, massif. Des cheveux noirs et drus, un visage buriné.

Il n'était pas désagréable à regarder, jusqu'à ce que l'on plonge dans son regard. Le gardien avait une façon de vous dévisager qui mettait mal à l'aise et forçait à baisser les yeux, comme s'il avait le pouvoir de déchiffrer votre âme et d'en lire tous les secrets.

Bien sûr, c'était ridicule, personne n'avait une telle capacité… Hamaë secoua la tête en se traitant d'idiote, et s'engouffra dans son restaurant. Dans la cuisine, To s'affairait déjà. Ce Neutre était un bon apprenti, et sa cérémonie d'Injection aurait lieu dans une demi-année. D'ici là, iel pourrait tenir le restaurant pendant les quelques semaines avant et après la naissance du bébé. Oui… Pourquoi pas… Elle mettrait au monde un géant… Cette idée la fit rire sous le regard surpris de To. Un géant…

La journée avait été intense au laboratoire. Puisqu'iel allait bientôt quitter son statut d'apprenti, après sa Cérémonie, Sa avait commencé à être initié à la manipulation des embryons. De façon théorique, pour l'instant, mais iel avait passé l'après-midi immergé dans des documents, des textes, des schémas expliquant le processus qui permettait d'ôter les caractères sexuels pour créer de futurs Neutres.

Ce soir, ayant besoin de prendre l'air, iel avait marché jusqu'en haut du chemin, et contourné la cascade où les petits criaient. Iel avait besoin de calme, de silence même, c'est pourquoi iel avait continué sa route jusqu'au Mur. Personne ne venait jamais à proximité de cette immense palissade infranchissable, car personne n'aimait se rappeler que son horizon était définitivement bouché. Le Mur était couvert d'une végétation qui avait poussé comme elle le pouvait dans les quelques interstices parcourant sa surface. Des lierres aux larges feuilles foncées avaient quant à eux planté leurs petites griffes et s'étalaient sur ce vaste espace à leur disposition.

Une belle pierre de lune pâle trônait au pied de l'enceinte, ses arêtes arrondies par le temps, le vent, les pluies. Une légère dépression sur un côté creusait un siège parfait. Le Neutre s'y installa et ferma les yeux afin de mieux goûter au calme ambiant. Ici, iel pouvait imaginer que la ville avait disparu et, s'iel n'avait pas perçu le bourdonnement de l'électricité qui parcourait le Mur afin de le rendre encore plus infranchissable, iel aurait pu également imaginer que l'humanité avait disparu. Seuls les cris des oiseaux et le chuchotis des feuilles secouées par le vent se faisaient entendre.

Son esprit se mit à vagabonder, rebondissant contre les troncs d'arbres qui s'épanouissaient autour de luiel, contre le Mur. Le Mur…

Sa se souvenait de la leçon donnée à ce sujet par Trice. Évidemment, tous les petits Neutres avaient posé au moins une fois la question : « Pourquoi on ne le détruit pas ?

— Parce qu'il est indestructible. Sous les feuilles qui ont poussé à sa surface se trouve une paroi faite dans un alliage métallique que personne n'a réussi à ébrécher.

— Alors pourquoi ne passe-t-on pas par-dessus ?

— Parce qu'il est traversé par un courant électrique permanent qui a tué sur le coup tous ceux qui ont déjà essayé. Il parcourt le sommet du Mur. On peut escalader les vingt premiers mètres, mais ensuite on se fait griller comme des saucisses. »

Toute sa classe avait été consternée. Pourquoi avoir créé une enceinte aussi haute, aussi infranchissable ? Qu'y avait-il donc, de l'autre côté, de si terrible que les habitants de l'Anneau ne devaient pas découvrir ? Nul n'avait les réponses. L'origine du Mur, celle du règlement intérieur et de ses articles qui pouvaient manquer de sens, tout avait disparu, aucun document ne les racontait, ou n'expliquait leur existence. On se contentait de rappeler que si tous ces éléments avaient été mis en place autrefois, c'était pour protéger les habitants de l'Anneau de quelque chose de suffisamment grave pour que, des siècles après, ces traditions soient restées immuables sans que quiconque ose les remettre en question.

Pourtant, il y avait plusieurs siècles de cela, des hommes venaient de l'extérieur, rapportaient des fournitures en tout genre, des victuailles… Et puis, un jour, les arrivées avaient cessé et personne ne savait non plus pourquoi. On soupçonnait la Pluie de la Lune, qui avait détruit de nombreuses parcelles de l'Anneau, et pouvait avoir fait de même pour ce qui se trouvait à l'extérieur, mais ce n'était que suppositions. On ne savait même plus si les échanges avaient cessé avant ou après l'explosion de la lune. Tout était un peu embrouillé.

Sa, comme les autres, ne pouvait éviter la vie qui lui était imposée, alors iel la prenait comme elle était. Iel s'accommodait de son quotidien, de la répétition des journées, de l'espace limité qui lui était accordé comme d'une fatalité à laquelle on ne pouvait échapper. Pour compenser, iel prenait le soin d'aimer chaque instant de ses journées. Son travail au laboratoire lea passionnait. Son secret partagé avec Ca lea plongeait dans un monde bien plus vaste que celui délimité par les frontières invisibles de la ville, et tout cela lui suffisait.

La nuit tombante gommait les contours des arbres qui penchaient leurs branches vers le Mur, comme pour tenter de lever le mystère de sa présence. Luiel-même se fondait dans cette pénombre, s'effaçait. Tel le Neutre qu'iel ne serait bientôt plus. La soirée de la Cérémonie se rapprochait, et avec elle une angoisse mêlée d'excitation. Le changement du corps, l'acceptation d'une nouvelle identité, l'affirmation d'un sexe. Tous les adultes autour de luiel étaient passés par là, et iel savait qu'iel traverserait l'épreuve comme tout le monde, cependant l'inconnu était effrayant.

Et puis il y avait sa relation avec Ca. Ce dernier continuerait à vivre au Centre, comme Accompagnateur. Iel aurait peu de temps libre. Alors que Sa se verrait attribuer un logement et un poste définitif au laboratoire… Arriveraient-iels à se croiser dans ce nouveau quotidien ?

Sa soupira. Toutes ces questions… Elles trouveraient des réponses bientôt et iel ne pouvait qu'espérer qu'elles seraient celles qu'iel désirait. Pendant sa parenthèse de solitude, le ciel s'était couvert de gros nuages menaçants, et à présent le vent soufflait fort, piquant sa peau. Il était temps de rentrer. L'heure du couvre-feu allait sonner et la tempête approchait.

En frissonnant, iel se leva et reprit la direction de la ville. Un parfum de pluie flottait dans l'air, alors iel accéléra le pas sur le chemin désert. C'est alors qu'iel entendit un rire. Léger, cristallin. Sa s'immobilisa. Qui pouvait encore traîner dans ce coin isolé ?

Iel tendit l'oreille, et cette fois ce furent des murmures, portés par la brise, qui lui parvinrent. Le plus simple aurait été d'ignorer ces bruits, mais Sa était curieux, et iel se demandait si c'était Ca qui lui faisait une surprise. Alors iel se dirigea vers l'origine des chuchotements. Pour cela, il lui fallut s'enfoncer dans un bras de forêt longeant le sentier. Ici, sous la canopée resserrée, il faisait très sombre. La pluie commença à tomber, crépitant sur les feuilles. Un petit cri, des pas précipités...

Face au Neutre, un homme et une femme se tenaient la main et riaient ensemble en courant sous l'averse. Deux personnes *se touchaient,* leurs doigts s'entremêlaient, leurs bras se frôlaient. Sa reconnut immédiatement la femme, Corliss, bien qu'elle soit méconnaissable, les cheveux décoiffés, le visage rougi par l'émotion, les lèvres gonflées par les baisers qu'elle venait de donner, les yeux brillants de joie... joie qui se transforma en terreur quand elle aperçut Sa, planté devant eux.

L'homme lui paraissait vaguement familier sans toutefois qu'iel puisse lui donner un nom ni une place dans la ville. Lui aussi blêmit et il lâcha la main de Corliss immédiatement, pour s'écarter d'un pas de sa compagne.

Sa reconnaissait tous les symptômes qui sublimaient les traits de ces deux adultes. L'amour. Le désir. Le plaisir. L'amour, l'amour, l'amour. Comme s'il flottait dans l'air, tel un parfum délicieux et capiteux, ce sentiment ultime glissa dans les poumons de Sa, fit gonfler son cœur de bonheur. Iel n'était pas seul ! Iels n'étaient pas seuls, Ca et luiel ! La question s'était posée si souvent, de savoir s'il existait d'autres personnes qui s'aimaient, se touchaient, brisaient les conventions et les limites, et voilà qu'iel recevait la réponse. Réponse positive et éblouissante !

Sa aurait voulu les rassurer, leur dire qu'iel ne les trahirait pas, qu'iel ne signalerait pas leur comportement criminel au gardien en chef, mais la seule chose qu'iel put dire fut :

— Vous êtes magnifiques.

Un sourire surpris s'inscrivit sur les lèvres de l'homme, les yeux de Corliss s'écarquillèrent et la terreur laissa place au soulagement et à une forme de joie étonnée sur ses traits. Visiblement, ils ne s'attendaient pas à une telle réaction de la part du Neutre. Alors, avec un signe de tête entendu qui signifiait : « Merci, j'ai compris que tu ne dirais rien », l'homme reprit Corliss par la main et l'attira vers lui. Ils passèrent devant Sa sans un mot et disparurent dans l'obscurité, absorbés par le rideau de pluie.

La dernière image que Sa perçut fut celle de Corliss, tête tournée en arrière vers luiel, une émotion nouvelle posée sur son visage habituellement si fermé.

Après un moment, Sa reprit sa route, sortit de la forêt, retrouva le chemin qui serpentait jusqu'à la cascade. Iel atteignit le carrefour sous une pluie torrentielle, mais cela ne lui importait pas. Iel repassait en boucle les images du couple qu'iel venait de croiser. Leurs visages radieux, leurs bouches gourmandes, leurs corps se touchant. Même s'iel le vivait avec Ca, être le témoin du bonheur des autres était une sensation merveilleuse. Presque aussi forte que celle de l'expérimenter soi-même.

Comme l'heure tournait et que la tempête gagnait en intensité, Sa se mit à courir et, noyé dans le fracas des éléments déchaînés, iel rit aux éclats.

Ca l'attendait sous le porche d'entrée du Centre, inquiet.

— Tu en as mis du temps ! À deux minutes près tu te faisais signaler à Trice !

— Désolé, c'est juste que...

Sa ne put finir sa phrase. À bout de souffle, iel se pencha en avant, les mains sur les genoux.

— Que quoi ?

— Il faut que je te raconte, mais pas ici. Pas... pas ici, répondit-iel en haletant.

Sa finit par se redresser et tous les deux passèrent par l'intérieur pour rejoindre la partie de l'immeuble qui leur était réservée, afin d'éviter la pluie qui s'écrasait avec fracas sur le jardin et le bassin.

Sans se concerter, iels se rendirent directement dans la salle de bains où Sa ouvrit les robinets pour se préparer une douche chaude. On entendait des voix, à l'étage au-dessus, provenant de la salle commune. Leurs camarades devaient jouer aux cartes, ou se raconter des histoires drôles. Rapidement, Sa se débarrassa de ses vêtements trempés et les jeta dans la corbeille dédiée au linge sale, puis iel entra dans la cabine de douche, suivi par Ca, qui s'assit sur le tabouret en bois installe dans la partie sèche du réduit. Sa se glissa sous le jet brûlant et commença à se détendre un peu en se réchauffant.

— Que s'est-il passé, alors ? demanda Ca en chuchotant, certain que le bruit de l'eau masquait sa voix.

— J'ai croisé des gens qui s'aiment !

— Quoi ?

Sa se tourna vers son ami, tout sourire.

— J'ai croisé des amoureux ! Un homme et une femme, qui s'étaient cachés dans les bois. Ils couraient en se tenant par la main pour échapper à la tempête quand je les ai vus.

Puis Sa raconta les circonstances qui l'avaient mené à s'enfoncer dans la forêt, comment iel avait reconnu Corliss, l'émotion qui se lisait sur son visage et celui de son compagnon, et celle qui l'avait traversé quand iel avait compris ce dont iel était le témoin.

Ca ne réagit pas tout de suite, absorbant le récit de Sa ; enfin une lueur heureuse s'alluma dans ses pupilles noires.

— Nous ne sommes pas les seuls !

Iel se leva d'un bond, sous le coup de la surprise, de la révélation. Iels n'étaient pas seuls ! D'autres au village s'aimaient, brisaient les chaînes, les lois. D'autres partageaient un bonheur précieux ! Iel aurait voulu faire les cent pas, pour mieux expulser l'agitation qui lea saisissait à cet instant, mais dans cet espace confiné c'était impossible.

Alors, sans se soucier de ses vêtements, iel s'avança sous la douche et se rapprocha de Sa. Il fallait qu'iel ressente luiel aussi ces émotions, la force de l'amour, la joie d'apprendre que d'autres osaient, comme euels, exprimer les battements de leurs cœurs, et briser les interdits ineptes qui les enfermaient bien plus encore que ne le faisait le Mur. Sa explosa de rire en voyant son ami plonger sous le jet chaud, puis son rire cessa quand Ca lea prit dans ses bras, et lea serra contre luiel. Fort, très fort, en tremblant. Iels se tinrent un long moment ainsi, laissant l'eau couler sur euels, chacun se contentant de savourer la présence de l'autre. Puis Ca déposa un baiser sur l'épaule de son complice.

— C'est merveilleux, souffla-t-iel contre l'oreille de Sa.

Leurs corps se mirent à trembler quand leurs lèvres se rejoignirent sous la cascade brûlante.

8.

La fébrilité montait à chaque heure qui s'écoulait. Plus que trois jours. Trois jours et la cérémonie de l'Injection changerait la vie d'une douzaine de Neutres, tous nés au mois d'Affirmation, et qui auraient dix-huit ans à la même période.

Sa était très occupé au laboratoire, pour préparer au mieux les seringues qui serviraient à modifier l'organisme de chacun d'entre euels. Après l'avoir surprise dans les bois, iel avait compris la distance que Corliss mettait entre elle et les autres, et à aucun moment iel ne chercha à lui parler de ce dont iel avait été témoin. Une seule fois elle se permit de croiser le regard de Sa, qui lui adressa son éternel sourire amical. Et ce fut tout.

Le temps passé au laboratoire était dédié au travail, pas aux conversations et encore moins aux secrets.

Sa avait été convoqué chez le Grand Initiateur une dernière fois, afin de lui confirmer son choix.

Ca était également mis à contribution au Centre. En tant que futur Accompagnateur, iel préparait les déménagements des enfants. En effet, une génération de Neutres allait quitter le Centre, des petits pourraient changer de dortoir pour aller chez les plus grands. Tout cela demandait du travail et de l'organisation afin que les affaires de chacun trouvent leur place sans pertes ni drames.

Des volontaires rassemblaient du bois sec pour le grand feu qui serait allumé à l'occasion de la Cérémonie. Après les pluies diluviennes qui avaient duré trois jours, le beau temps était revenu et tout le monde espérait qu'il se maintiendrait ainsi le fameux soir.

Sa sentait une excitation de plus en plus grande l'envahir. La nostalgie et les questions qui l'avaient habité quelques jours plus tôt avaient laissé la place à la joie intense de passer un cap essentiel dans sa vie.

Ce soir-là, après la journée de labeur de chacun, un banquet était organisé par les Accompagnateurs au Centre. Une grande table montée sur tréteaux dans le jardin intérieur ployait sous le poids de plats tous plus délicieux les uns que les autres, préparés par Hamaë à qui l'on avait commandé ses fameuses tartes. Les Neutres qui seraient injectés dans trois jours en étaient les invités d'honneur. Trice, le directeur du Centre, avait préparé un discours saluant ces futurs adultes, qu'il connaissait depuis qu'iels étaient enfants. Il avait commencé à s'occuper d'euels quand il était jeune Accompagnateur, et aujourd'hui, dix-huit ans plus tard, c'est en tant que responsable qu'il leur souhaitait bonne chance et une belle Cérémonie.

Sa se mêlait aux conversations. Ca se tenait à l'écart, comme toujours. De loin, Sa l'observait. Iel voulait s'emplir au maximum de son ami tel qu'iel était aujourd'hui. Un Neutre, qui ressemblait à première vue à tous les autres Neutres. Néanmoins, une flamme dans le regard lea distinguait. Oui, iel voulait se souvenir de luiel mince, presque frêle, le visage lisse, à peine déformé par un renflement à l'emplacement du nez. Son crâne glabre à la peau transparente sous laquelle se dessinaient de fines veines mauves, son regard sombre, ses yeux de nuit, plus expressifs que son corps tout entier. Ca dut sentir le regard de son complice, car iel tourna vivement la tête vers luiel et lui sourit, de loin. Un sourire éclatant, qui portait tous les messages du monde.

Les petits hurlaient et couraient en tous sens, excités à l'idée d'avoir le droit de se coucher plus tard en cette soirée exceptionnelle, et Pimka, une Accompagnatrice, avait sorti une bouteille de vin. Les vignes qui poussaient entre les champs et le bord de la falaise ne produisaient que quelques litres par an, c'est pourquoi chaque cru était un véritable trésor, que l'on ne sortait que pour les occasions exceptionnelles telles que celle-ci. Une douzaine de Neutres passant leur cérémonie d'Injection en même temps, c'était quasiment du jamais-vu ! D'habitude, iels étaient deux, trois, voire quatre au maximum. Visiblement, le mois d'Affirmation, dix-huit ans plus tôt, avait été faste, et une grande joie régnait au Centre, quoique teintée de la tristesse de voir la majorité d'entre euels quitter dans moins d'une semaine le bâtiment qui les abritait depuis toujours. Seuls les nouveaux Accompagnateurs resteraient, et iels n'étaient que deux sur l'ensemble des Neutres prêts à devenir adultes.

La fête fut joyeuse. Les lampions multicolores accrochés au-dessus de la table finirent par être les seules lumières artificielles encore allumées dans la ville. Dehors, le couvre-feu avait sonné et tout était éteint. Finalement, après avoir trinqué et s'être souhaité la meilleure vie possible, il fut l'heure de débarrasser les reliefs du banquet. On mit les petits au lit. Les Neutres les plus âgés et les Accompagnateurs s'activèrent dans le jardin pour tout ranger. Sa et Ca se portèrent volontaires pour la vaisselle et remontèrent à la cuisine, les bras chargés de bassines pleines d'assiettes et de couverts à laver.

L'eau pour les tâches ménagères n'était pas chauffée. On réservait l'énergie pour les douches, c'est donc sous un jet d'eau froide que les deux Neutres commencèrent leur corvée.

Le silence de la nuit pesait autour d'euels. Le jardin avait retrouvé son calme, et seul la fontaine coulant dans le bassin résonnait de l'autre côté des fenêtres uniquement pourvues de barreaux. Au début, les deux amis ne prononcèrent pas un mot. Iels repensaient aux échanges qu'iels avaient eus avec leurs camarades. Deux d'entre euels iraient travailler aux champs, un autre au restaurant, un quatrième avait été formé à la fabrication du vin et irait seconder les deux vignerons en dehors du village, il y aurait également deux boulangers et un fermier. Dans trois jours, après la Cérémonie, chacun commencerait une nouvelle vie. Les petites maisons de l'autre côté de la rue les attendaient. À chaque fois que l'une d'elles se trouvait vacante en raison du décès d'un habitant, on la vidait, puis on couvrait ses murs d'une nouvelle épaisseur de chaux, en attendant son prochain occupant. Les toutes premières, les plus anciennes, avaient été bâties en béton. Mais cette technique de construction s'était perdue quand les personnes extérieures à l'Anneau avaient cessé de passer le Mur et d'apporter leur savoir-faire sur l'atoll. Les maisons suivantes avaient donc été construites en pierre, ou en bois. Toutes étaient entourées de jardinets dans lesquels poussaient des légumes ou des arbres fruitiers. Chacun était responsable de sa petite production et venait l'échanger au marché contre d'autres denrées une fois par semaine.

Sa hériterait d'une de ces maisonnettes et Ca continuerait à habiter au Centre. Combien de temps supporteraient-iels de ne plus se voir aussi souvent et facilement que maintenant, alors qu'iels occupaient le même dortoir ? Sa tenta de chasser toutes ces pensées de son esprit. Iel n'en était pas encore là, iels trouveraient un moyen.

La nuit semblait les isoler du monde entier. Même les oiseaux de nuit s'étaient tus. Il ne restait qu'euels, la lumière dorée de la cuisine, la pile de vaisselle qui diminuait au fur et à mesure de leur nettoyage, et le chant cristallin de l'eau qui coulait.

Enfin, iels eurent terminé. Tout était lavé, rangé. Il était l'heure de se coucher.

Pourtant aucun des deux ne se décidait à bouger.

Sa fixait l'obscurité mouvante du jardin intérieur par la fenêtre.

— C'est peut-être la dernière fois que je le vois comme ça, chuchota-t-iel.

Ca se rapprocha de luiel et passa un bras réconfortant autour de ses épaules.

— Tu vas découvrir tellement d'autres choses merveilleuses que cette petite cour en bazar ! Et puis tu pourras venir me rendre visite au Centre !

Sa sourit et posa la tête dans le creux de son cou.

— Ce banc… Tu te souviens ?

Ca hocha la tête.

— De chaque instant, de chaque parole. Tu regardais les perroquets.

— Ils sont partis depuis, je me demande où...

Ca déposa un baiser tendre sur la tempe de Sa.

— Il y en a toute une famille qui niche dans la forêt. Le jardin devait être trop petit pour eux.

Le silence se posa comme du coton sur les lieux. Tout était si calme !

Sa inspira longuement, s'imprégnant de cette paix, s'en emplissant les poumons au maximum.

— Je me demande si ça ne devient pas trop petit pour nous aussi, murmura Ca, dont les pensés avaient suivi un cours mystérieux pendant ces quelques instants.

— Que veux-tu dire par là ?

— Tu ne te sens pas étouffer, parfois ? La ville, sa rue, le Centre... Tout est toujours tellement... identique.

— Mais a-t-on le choix ? On pourrait quitter la ville, mais pour aller où ? On ne sait même pas ce qu'il y a en dehors de notre territoire. Et puis, l'Anneau est circulaire, on finirait par en faire le tour et revenir ici...

— Oui, mais avant de rentrer, ça ferait une belle balade...

Sa jeta un coup d'œil vers la porte de la cuisine pour vérifier que personne ne traînait dans les parages, avant de pivoter pour se retrouver face à Ca. Iel l'entoura de ses bras et plongea son regard de ciel dans les prunelles sombres du Neutre, déposa un rapide baiser sur ses lèvres avant de lui répondre.

— Va savoir, peut-être qu'un jour on ira faire le grand circuit !

— Ce serait merveilleux, nous irions nous baigner dans le Cercle, et nous dormirions sous les étoiles…

Ca eut un de ses rares sourires malicieux et iel attrapa la main de Sa, pour lea tirer hors de la cuisine.

— Viens ! Qui nous empêche de regarder le ciel maintenant ?

— Et les rondes du gardien ?

— Pffff, en se fondant dans les ombres, on lui échappera ! Il n'y en a qu'un pour toute la ville, ce sera facile. Viens, soyons fous une dernière fois avant la Cérémonie ! lea pressa Ca en éclatant de rire.

Sa, entraîné par l'hilarité de son ami, lea suivit dans les couloirs vides. En silence, iels passèrent devant les chambres emplies de rêves et de respirations douces.

Dehors, les lumières étaient toutes éteintes, plongeant la ville dans une obscurité seulement troublée par la lune qui commençait déjà à descendre derrière le Mur. Ses deux moitiés allaient bientôt disparaître et le monde perdrait alors sa dernière lueur.

L'air était léger, frais, charriant des parfums de fleurs capiteuses et de végétation. Ca passa la tête en dehors de l'abri du porche du Centre. La rue était vide. Iel fit signe à son complice et tous deux se coulèrent dans l'obscurité. Ainsi désert et noyé dans la nuit, leur environnement familier semblait très différent. Beaucoup plus grand, comme si les distances s'étaient dilatées avec les ténèbres. Les arbres plantés dans les jardins tressaillaient dans la brise, les grillons murmuraient, et il n'y avait pas trace du gardien.

Les deux Neutres en profitèrent pour trottiner vers la cascade, en évitant de faire claquer leurs sandales. Bientôt, son crépitement, rendu plus assourdissant par contraste avec le silence des lieux, leur parvint.

Les bassins en terrasses, chacun délimité par une formation naturelle de roche, paraissaient phosphorescents sous la lumière discrète des étoiles. L'écume de la chute ressortait, d'un blanc parfait dans les premières vasques naturelles. Les dernières, presque lisses, reflétaient les formes sombres des arbres, de leurs lianes qui, parfois, descendaient si bas qu'elles frôlaient la surface de l'eau.

— C'est beau, murmura Sa, émerveillé par cette vue quasiment figée, sans personne pour troubler la surface des bassins.

— C'est magnifique, renchérit Ca.

Iel s'empressa d'ôter ses sandales et de tremper ses pieds dans l'eau fraîche.

Sa l'imita aussitôt et leva les yeux. À travers la frondaison des arbres, des étoiles brillaient par milliers.

— Il y en a tellement, souffla-t-iel. Tu crois qu'il y en a une pour chacun d'entre nous, une qui nous regarde et attend de nous montrer notre voie ?

Ca admira également la riche tapisserie offerte par la nuit profonde.

— Peut-être… Et comme nous ne pouvons pas les admirer autant que nous le voudrions, nous nous sommes tous perdus en chemin. Nous avons oublié ce que c'est que de les contempler, de les compter, d'imaginer les motifs qu'elles dessinent…

— Et nous avons perdu le chemin de l'amour, du partage…

— De tout, Sa, de tout. Ce monde qui nous façonne… il est tellement étroit, tellement… entouré de barrières qui nous brident à chaque instant de notre vie.

Iels se turent un moment, se contentant d'absorber les sensations de cet instant magique. Finalement, Ca posa sa tête sur l'épaule de Sa.

— Je devrais être parfaitement heureux, là, mais je me sens au contraire très triste.

— Pourquoi ?

— Parce que j'aimerais pouvoir vivre des nuits aussi libres que celle-ci. Où je peux me promener dehors jusqu'au matin, si j'en ai envie. Où je peux poser ma joue contre toi sans peur, où je peux respirer ton parfum, écouter ton souffle se mettre au diapason du chant de la cascade…

— Ne sois pas triste, mon amour. Nous avons la chance de pouvoir en vivre une. Non, moi, je suis triste pour ceux qui ne connaîtront jamais ces minutes précieuses…

— C'est ce que j'aime chez toi, Sa. Tu apportes de la lumière dans tous les endroits obscurs où m'entraîne mon âme.

Sa se sentit rougir et sourit dans le noir.

— Oh, regarde !

Iel tendit un bras vers le fin trait blanc qui venait de trancher la nuit.

— Une étoile filante !

— Ou un bout de la lune.

— Ou un bout de la lune…

Ca se redressa et attrapa le menton de son ami. Doucement, iel l'embrassa sur ses lèvres ténues. Leur baiser fut empli d'une douceur inouïe, à l'instar de cette nuit. Il dura longtemps, pour ralentir les minutes, pour inscrire ce moment dans une forme d'éternité. C'est pour cela qu'iels n'entendirent pas la respiration haletante de l'animal, derrière euels, ni le bruit de bottes écrasant des brindilles.

Sa poussa soudain un cri étouffé, avant de s'écrouler sur le sol, inconscient, assommé par un coup de matraque. Ca se redressa d'un bond, les pieds dans le bassin de la cascade, et se retourna. Un gardien lui faisait face, avec son chien.

L'animal montrait les crocs et grognait. Avec un sourire féroce, son maître le lâcha et il se jeta sur le Neutre, qui tomba en arrière dans l'eau froide. Le molosse était énorme, lourd, et ses pattes avant maintinrent Ca sous la surface jusqu'à ce qu'iel perde connaissance.

9.

Quand Ca ouvrit les yeux, ses vêtements étaient encore mouillés et iel se trouvait attaché au mât planté sur la petite place qui s'arrondissait devant l'entrée du Centre. On racontait qu'autrefois il portait un drapeau à son sommet, mais il y avait tellement longtemps qu'on avait même oublié ce qu'était vraiment un drapeau. Les bras du Neutre, retenus en arrière, étaient douloureux. Sous ses doigts, iel sentait autre chose. Il lui fallut un moment pour comprendre que c'étaient les manches de Sa, attaché également au poteau, de l'autre côté. Iel tira sur le tissu, espérant attirer son attention, mais iel ne reçut aucune réponse.

Le mât de la honte. Seuls les criminels méritaient ce châtiment, cet opprobre public. On expliquait son rôle en classe, mais jamais Ca n'aurait imaginé le voir utilisé de son vivant. Alors comment croire qu'iel en serait un jour la victime ? Empli d'un désespoir profond, iel s'acharnait sur ses liens pour tenter de les défaire, en vain. Les nœuds de la corde rêche étaient trop serrés et s'enfonçaient dans ses poignets, brûlant sa peau fine. On bougeait derrière luiel, et iel se sentit brièvement soulagé. Pendant un moment atroce, l'immobilité de Sa lui avait fait craindre que le coup sur son crâne nu ne l'ait tué. Iel appela doucement :

— Sa... Sa...

Un gémissement lui parvint en guise de réponse.

— Sa !

— Ma tête..., murmura le Neutre. Ma tête...

— Il a tapé fort, le monstre.

— Qu'est-ce qui s'est passé ?

La rue autour d'eux était encore vide et sombre, mais le liseré de lumière à l'horizon annonçait le début d'une nouvelle journée, et bientôt on les trouverait là, attachés dos à dos, et tout le monde saurait. Cette aube serait celle qui prouverait aux yeux de tous que Ca et Sa étaient des hors-la-loi, qu'iels avaient enfreint le règlement, et comme iels étaient deux, deviner la nature de leur faute ne serait pas difficile.

Rapidement, Ca raconta ce dont iel se souvenait, l'attaque du gardien de nuit et de son chien.

Sa ne dit rien. Le ciel pâlissait à vue d'œil. Dans peu de temps, la rue se remplirait de femmes et d'hommes se rendant à leurs tâches quotidiennes. On les verrait, on les insulterait.

— Vous me faites honte.

La voix, méchante et méprisante, venait de la direction du Centre.

— Trice, murmura Sa, comme si ce nom pouvait changer les choses.

Alors que la veille, pendant son discours, Trice avait montré un visage avenant, souriant, ce matin, au contraire, il affichait une expression de colère et de dégoût. Par habitude, face à leur ancien professeur, les deux Neutres, qui le connaissaient depuis leur plus tendre enfance, baissèrent la tête.

— Vous me faites honte, répéta-t-il d'un ton dur, tranchant comme l'acier. Je pensais que vous aviez appris vos leçons. C'est pourtant moi qui me chargeais de vous enseigner les articles du règlement intérieur, n'est-ce pas ?

Les Neutres ne répondirent pas. Oui, c'était Trice qui avait été leur maître. Tous les jours, dans la salle de classe équipée de petites tables adaptées à la taille des plus jeunes, il leur avait rabâché ces lois incontournables. Il leur avait fait écrire chaque paragraphe des dizaines de fois. Iels les avaient récités par cœur, encore et encore, jusqu'à ce que les énoncer devienne un réflexe.

— Comment avez-vous pu ? Je vous savais proches, tous les deux, mais je ne pensais pas… je n'imaginais pas…

Ses mots peinaient à formuler l'inconcevable. Ca et Sa ! Deux éléments du groupe, dont un qui allait devenir Accompagnateur ! Deux futurs adultes, qui se touchaient, s'enlaçaient, s'embrassaient sur la bouche. C'était à vomir. Répugnant. Infâme. D'un geste rapide, sans quitter des yeux les deux criminels, il déroula le martinet qu'il tenait dans une main. Tout le monde connaissait cet instrument terrifiant.

Parfois, quand il était à bout de nerfs, Trice menaçait les petits de les punir de cette façon. Sa peau couperosée devenait rouge, ses yeux semblaient vouloir sortir de leurs orbites et tout le monde se moquait de lui derrière son dos. Mais jamais il n'avait mis à exécution son avertissement et l'objet de torture était toujours resté accroché au mur de son bureau, tel un rappel à l'ordre...

Il le fit claquer sur le sol craquelé, dans les interstices duquel poussaient des herbes et de minuscules fleurs blanches. Le bruit résonna dans la rue déserte.

Le coup suivant frappa directement Sa au visage. Iel sentit une brûlure sur sa joue, la chaleur du sang qui coulait jusque dans son cou. Iel avait réussi à retenir un cri, mais iel ne parvint pas contenir les larmes de douleur qui se mirent à ruisseler, se mêlant au liquide rouge.

— Espèce d'engeance répugnante ! Vous êtes écœurants, vous êtes immondes. Vous ne respectez pas le couvre-feu, vous vous touchez au milieu de la nuit. Si ça se trouve, vous avez fait pareil au Centre. Combien de fois avez-vous souillé le nid des Neutres ? Non, je ne veux pas le savoir. Vous me donnez la nausée.

Il frappa Ca à son tour, lea faisant glapir.

— C'est tout ce que vous méritez, tous les deux. De futurs adultes... À quelques jours près, on allait vous célébrer, vous offrir un avenir... Heureusement que vous vous êtes fait prendre avant !

Trice cracha par terre, non loin des pieds de Sa.

Il refit claquer son fouet encore et encore et, cette fois, visa les cuisses, les mollets et les pieds nus des deux Neutres qui ne pouvaient que subir cette pluie de souffrances en tentant de garder le peu de dignité qu'il leur restait.

À ce moment-là, le soleil s'était déjà installé dans le ciel qui bleuissait rapidement. Les volets des maisons s'ouvraient, les portes également. Des silhouettes apparaissaient dans la rue, floues en raison des larmes qui brouillaient la vue des deux victimes. Mais c'était peut-être mieux que de croiser les regards haineux qui ne manqueraient pas de les accabler. Des paroles tout aussi haineuses fusèrent. Sa pensait naïvement que quand il n'y avait pas d'amour, il n'y avait pas de haine. Iel se trompait. Elle existait et, venant de personnes qui devaient contenir leurs émotions en permanence, elle se manifestait comme un exutoire, décuplée et excessive. La violence qu'iels durent essuyer ce jour-là fut immense et les surprit autant que les humiliations qui leur furent infligées.

On les laissa ainsi, attachés, baignant dans leur sang, livrés à la vindicte populaire. Le temps s'étira, se dilata sous un soleil brûlant et écrasant, trop vif pour leur peau de Neutres. Et pourtant, sa morsure n'était rien comparée aux avanies qu'iels subirent. Des heures durant, Ca et Sa reçurent des crachats, des jets de pierres, des insultes de la part des habitants de la ville qui défilèrent devant le mât tout au long de la journée.

Aucun des deux ne pipa mot. Iels tentèrent d'étouffer leurs cris, retinrent leurs larmes de douleur par fierté. Iels se tinrent aussi droits que possible, gardant leurs yeux meurtris fermés, en protection illusoire contre les divers projectiles, et pour éviter de lire l'exécration qui augmentait autour d'euels, comme une houle virulente. Dans leur dos, iels serraient aussi fort qu'ils pouvaient leurs doigts entrelacés, puisant du réconfort et du courage dans ce contact interdit et pourtant indispensable.

Les heures s'égrenèrent, infiniment lentes. Ca gardait ses paupières closes en raison d'une pierre trop bien lancée et de la lumière trop vive du soleil. Iel reçut à un moment un soutien inattendu qui lui donna la force de tenir un peu plus longtemps. Ce devait être au milieu de la journée, à l'heure la plus chaude. La rue s'était vidée momentanément, leur procurant quelques instants de répit.

Un pas léger s'approcha, et une voix tendre se glissa, comme de l'eau fraîche, dans l'âme de Ca.

— Ne crois pas les autres. Reste fort. Je suis fière de toi.

Ca ne répondit pas, mais l'encouragement de sa mère, son amour inconditionnel l'aidèrent à se redresser, à garder la tête haute. Quand iel parvint à ouvrir les yeux, la silhouette fine de la femme s'éloignait déjà, mais elle avait déversé en luiel sa bénédiction bienfaisante et cela suffisait.

Après une soirée plus éprouvante encore que la matinée ne l'avait été, Hopti, le gardien qui les avait trouvés s'embrassant dans la nuit, finit par revenir. Sans croiser leurs regards, sans dire un mot, il les détacha et les poussa sans ménagement en direction du Centre.

Sa et Ca franchirent tête baissée le porche qui leur était tellement familier. L'instant de bonheur parfait qu'iels avaient connu quelques heures plus tôt s'était transformé en enfer et, malgré la dure tangibilité de leurs souffrances, iels ne réalisaient pas complètement ce qui leur arrivait. C'était comme un mauvais rêve. Tout était allé trop vite pour qu'iels saisissent la globalité de la situation. Iels s'aimaient. On les avait attrapés en train de commettre un crime, iels étaient condamnés. Mais tout ça, ce n'étaient que des mots, une suite trop rapide de concepts encore obscurs.

Ca sentait ses jambes trembler comme des feuilles dans le vent. Les croûtes qui s'étaient formées suite aux lacérations du martinet lui faisaient un mal de chien et le sang s'était remis à couler quand iel s'était levé. Sa peau brûlée par le soleil s'était cloquée sur son crâne, ses joues, ses paupières. Il en était de même pour Sa, dont la tête douloureuse pulsait trop vite, trop fort. Iel crut qu'iel allait s'écrouler là, sous le porche, sous les regards de ses anciens camarades ; mais conservant les yeux baissés sur ses pieds nus, iel tenta de se tenir le plus droit possible. Dans son esprit, au même rythme que le tambour qui battait dans ses tempes, iel se répétait : « Ça va aller, ça va aller » comme un mantra aux pouvoirs magiques.

Pétris de souffrance et de désespoir, leurs douleurs les isolant du reste du monde, comme dans une bulle de tourment, iels se rendirent à peine compte du chemin qu'iels empruntèrent, trébuchant dans les couloirs du Centre. Finalement, les deux Neutres se retrouvèrent dans le bureau de Trice.

Après un dernier coup de martinet dans le dos, qui lacéra un peu plus leurs vêtements, ainsi qu'une ultime litanie d'insultes qui lacéra leurs âmes, le directeur les enferma dans la petite pièce, verrouillant la lourde porte de bois doublée de barres métalliques. Son seul mobilier consistait en un large bureau, une chaise et une armoire à moitié vide. L'unique fenêtre était, comme toutes les autres fenêtres du Centre, équipée de barreaux, il n'y avait aucune issue possible.

Ca se laissa glisser au sol. Iel ne pouvait même pas s'appuyer contre le mur, sa peau tailladée n'en aurait pas supporté le contact. En grimaçant, iel se coucha en chien de fusil sur le béton dur. Son regard noir semblait parti ailleurs, très loin, comme s'iel s'était déconnecté de la réalité.

Sa se laissa tomber près de Ca. Leurs épaules se touchaient, leurs bras également, mais ça n'avait plus d'importance, désormais. Le gardien en chef allait venir leur lire la sentence dictée par le règlement intérieur. C'était la fin. Pas de ceremonie d'Injection, pas de découverte d'une nouvelle vie, plus d'amour, plus de projets. Plus hautes que le Mur lui-même, les lois de leur ville se dressaient devant euels, interrompant le chemin de leur existence.

— Au moins nous sommes ensemble, souffla Ca.

Iel gardait les yeux fermés, la tête en arrière sur le sol froid. Sa peau plus translucide que jamais laissait filtrer les palpitations trop rapides de ses veines.

Sa soupira.

— Oui, nous sommes ensemble.

Et pourtant, cela ne lui apportait aucun réconfort. Iel ne voulait pas être avec Ca dans la mort. Iel voulait avancer avec luiel dans la vie, main dans la main. Plonger tous les jours dans le mystère de ses iris, écouter sa voix chuchoter les confidences qu'iels partageaient. Travailler au laboratoire et retrouver son amour à la cascade le soir, pour échanger des regards chargés de secrets, continuer à imaginer que tout était possible, comme partir faire le tour de l'Anneau, continuer à s'aimer pour le restant de leurs jours.

Bientôt, des voix graves résonnèrent derrière la porte, qui fut déverrouillée. Trice entra, suivi d'Hopti qui les regarda de haut, une grimace de dégoût déformant les traits de son visage encore jeune.

— Bande d'asticots répugnants… Ça faisait longtemps que ça n'était pas arrivé. Les derniers à avoir osé briser la loi sont morts bien avant votre naissance. Une mort horrible, qui a servi d'exemple à tous ceux qui auraient eu envie de les imiter. À votre tour maintenant ! Vous serez l'exemple à ne pas suivre pour cette nouvelle génération. Venez, suivez-moi, et ne tentez pas de filer. J'ai une arme et je sais m'en servir. Et arrêtez de vous toucher, vous me donnez envie de vomir.

Avec des gestes lents, les deux Neutres se levèrent, vacillant sur leurs jambes flageolantes. Iels firent ce qu'on leur demandait, incapables de réagir, de tenter quoi que ce soit. Iels étaient assommés, désespérés.

Iels suivirent Trice et le gardien dans un escalier caché derrière une porte qu'iels n'avaient jamais franchie. Là, on les fit descendre un long moment sous un éclairage rare et intermittent car de nombreuses ampoules grillées n'avaient jamais été remplacées. Une odeur de moisi les accompagna le long d'un couloir aux murs de pierres inégales, puant l'humidité et le champignon.

Le petit groupe finit par déboucher dans un lieu inconnu des deux Neutres. Plusieurs cellules bardées de barreaux s'alignaient de part et d'autre d'un large corridor sombre.

Trice en possédait les clefs. Il ouvrit une première geôle et le gardien poussa brutalement Ca à l'intérieur, sans une once de pitié pour le corps meurtri qui s'écroula sur le sol de terre suintant. Puis une seconde fut ouverte, juste à côté de la première, et Sa y atterrit, abasourdi.

— On se retrouve demain pour votre condamnation, immondices que vous êtes. Préparez-vous à souffrir. Bonne nuit !

Le gardien éclata de rire, puis Trice et lui s'éloignèrent, remontant le chemin qu'ils avaient pris à l'aller. Bientôt, le bruit de leurs pas disparut et les lumières s'éteignirent, plongeant les deux Neutres dans une obscurité et un silence complets.

Ca resta un long moment immobile, allongé dans la poussière poisseuse de la prison livrée aux ténèbres. Iel avait envie de pleurer, mais aucune larme ne voulait sortir, aucun sanglot ne venait lea secouer. Ses veines palpitaient derrière ses plaies et il lui semblait n'être que douleur, brûlure et sang.

Ce fut Sa qui lea tira de l'espèce de transe dans laquelle iel était plongé.

— Ca ! Tu m'entends ?

Sa voix paraissait toute proche, et de fait, le Neutre s'était collé aux barreaux et avait orienté son visage vers la cellule de son ami.

Ca remua et parvint à ramper jusqu'à l'extrémité de la sienne. Les bras tendus dans l'obscurité, iel en passa un entre deux barres et sa main, errant dans le vide, finit par trouver celle de Sa, partie à sa recherche.

Leurs doigts s'entrecroisèrent avec force, traduisant leur désespoir, mais également de la joie de ne pas être seuls. Oui, iels étaient ensemble, tous les deux, et même au seuil de leur propre mort, iels étaient moins isolés que tous les habitants de cette ville, enfermés dans leurs bulles de trente centimètres de rayon. Épuisés, iels se laissèrent retomber par terre, sans se lâcher.

— Je suis là, Ca. Je suis là. Il ne nous arrivera rien.

— On va mourir, on va mourir et tu appelles ça rien !

Les sanglots longtemps contenus lea secouaient maintenant et les larmes libérées lui brûlaient les yeux et roulaient sur ses joues. Iel avait mal partout, et faim, et soif, mais surtout, surtout, iel sentait une colère énorme gonfler son cœur, une rage qu'iel aurait préféré laisser jaillir de luiel, plutôt que de la retenir. Mais iel n'avait plus de forces et cela aurait été vain. On ne pouvait pas les empêcher de s'aimer ! Ne voyaient-ils pas, tous les autres, qu'ils étaient dans l'erreur ? Qu'ils vivaient dans le noir, les mains tendues en avant pour tenter d'avancer dans la bonne direction, sans la moindre étincelle d'espoir ?

Oui, depuis toujours, Sa était sa lumière, son phare.

— On ne mourra pas, affirma Sa d'une voix ferme.

Encore une fois, la lueur d'espoir qu'iel représentait éclaira son avenir. Sa était son soleil. Et si Ca devait mourir, iel partirait heureux d'avoir connu ces émotions, ces joies et ces bonheurs. Sa avait raison, iels ne disparaîtraient pas. Pas complètement. Dans le ciel continuerait à briller l'étoile de leur existence, de leur histoire.

Iels se turent un moment, les doigts toujours enlacés.

De son côté, Sa se sentait flotter dans le noir. Son corps n'était qu'une plaie sanguinolente, son visage tuméfié avait gonflé et iel ne voyait que d'un œil, à demi fermé. Sa respiration malaisée n'était qu'un râle dans le silence. Sa tête menaçait d'exploser sous la douleur du coup de matraque qui refusait de décroître. Chaque blessure pulsait comme un cœur géant en train de se vider. Et pourtant, malgré la souffrance, malgré l'horreur de la situation, iel ne pouvait pas croire que la mort était proche. Son éternel optimisme, cette foi totale en la vie lui faisaient oublier ses contusions, l'obscurité de la cellule ainsi que les ténèbres enveloppant son avenir.

— Qui aurait cru, chuchota-t-iel, qu'il y avait des cachots dans les sous-sols du Centre ? Quand on y pense, c'est effrayant ! Qui a eu l'idée de construire un lieu pareil dans un bâtiment destiné aux enfants ?

Sa avait prononcé ces mots pour éviter de s'enfoncer dans l'inconscience. Entendre sa propre voix, même rauque, lea ramenait à la vie. Les doigts de Ca se resserrèrent autour des siens.

— Peut-être qu'autrefois c'était autre chose que le Centre ? Peut-être que c'était le lieu où vivaient les gardiens et donc ils avaient des prisons à surveiller, répondit-iel lentement, sentant chaque mot prononcé tirer sur son visage lacéré.

— On pourrait loger un sacré nombre de gardiens, ici. C'est impossible, à moins que la ville n'ait été habitée que par eux !

— Va savoir, peut-être qu'il y a longtemps la ville était plus grande, beaucoup plus grande. N'oublie pas qu'une partie des terres a glissé dans le Cercle au moment de la Pluie de la Lune. On avait peut-être besoin de plus de surveillance…

Sa soupira et grimaça sous le coup de la douleur engendrée par ce simple mouvement.

Le temps se dilatait, s'étirait. Depuis quand étaient-iels enfermés ? Impossible de le dire. Pas un bruit ne venait de l'extérieur, pas un éclat de lumière non plus. C'était comme si le monde n'existait plus.

Puis, enfin, une clef tournant dans la serrure les tira de la somnolence dans laquelle les deux Neutres s'étaient laissés dériver. La lumière s'alluma, trop vive pour leurs yeux habitués au noir. Sa et Ca portèrent leurs mains couvertes de sang séché sur leurs visages.

La voix de Trice leur parvint.

— C'est fait. Les gardiens se sont réunis pour votre procès. Le bûcher est pour demain.

— Comment ? On n'a même pas eu le droit de se défendre, de plaider notre cause ! s'écria Ca.

— Se défendre de quoi ? Tu es idiot ou quoi ? Depuis que tu es petit, je t'apprends que violer l'article 1 est passible de la peine de mort. Ne pas se toucher, ne pas s'aimer, tous ces mots, ça te rappelle quelque chose ?

Ca ne répondit rien. Pour quoi faire ? Iel aurait pu se lancer dans de grands discours exaltés sur la beauté des sentiments, le bonheur de la présence de l'autre, mais cela n'aurait servi à rien. Rien du tout.

Maintenant que ses pupilles s'étaient accoutumées à la lumière, iel vit que le gardien en chef, reconnaissable à la couleur plus sombre de son uniforme, se tenait en retrait, la tête légèrement baissée.

Sa le vit également. Dans sa courte vie de Neutre, iel n'avait jamais eu affaire à lui, sa conduite ayant été jusqu'à présent irréprochable et pourtant, en le découvrant, iel eut la sensation fugace que son visage lui était familier.

L'homme en uniforme ne regarda pas une fois les Neutres dans les yeux, se contentant de fixer ses mains comme s'il se rendait compte à l'instant qu'il en possédait, mais il renchérit à l'annonce de Trice.

— Il n'y a aucune défense recevable. Vous n'avez respecté ni l'article 1 ni le 8 sur le couvre-feu. Dans la ville, vous êtes déjà considérés comme des criminels, vous êtes morts. Le bûcher est dressé. Il vous attend. Demain soir, vous serez exécutés en public. Votre supplice servira d'exemple à tous, rappellera à ceux qui songeraient à vous imiter que la loi, c'est la loi. On ne plaisante pas avec le règlement intérieur. On va vous apporter un ultime dîner. Vous avez intérêt à en profiter.

Trice eut un sourire torve avant d'éteindre la lumière. Dans le noir, son rictus flotta longtemps. Sa et Ca en étaient certains, il n'était que le symbole de ce que tous les autres pensaient en ville. Oui, avant même que le bûcher soit allumé et que ses flammes embrasent leur peau, iels étaient morts…

♪

Ce soir, au restaurant, les conversations enflaient plus que d'habitude, mais ce n'était pas de la bonne humeur qui flottait entre les murs de l'établissement d'Hamaë. C'était une fébrilité inédite, une excitation qui circulait et électrisait les voix. Pour la première fois depuis de nombreuses années, on avait attrapé deux personnes en train de se toucher. Des Neutres, qui plus est. On racontait même que c'était Hopti qui les avait surpris en train de s'embrasser. Le choc était colossal. Ces deux hors-la-loi n'avaient-iels donc rien compris aux articles du règlement intérieur ? Pourtant, vivant encore au Centre, iels avaient appris les fondements de la société il n'y avait pas si longtemps !

D'un seul coup, tout le monde remarquait que l'affiche, sur le mur de l'auberge, citait l'ensemble des articles. On se tournait vers les mots écrits noir sur blanc, qui rappelaient qu'il était interdit de se toucher et de s'aimer, ainsi que de sortir dans la rue après l'heure du couvre-feu. On commentait, on s'interrogeait.

Soudain, toutes les discussions s'interrompirent. Hopti venait de franchir le seuil du restaurant. Il avait laissé son chien dehors, et on apercevait la silhouette du molosse noir, assis près de la barrière à laquelle il était retenu par une laisse.

Le gardien à la carrure herculéenne sourit légèrement, se sachant le point de mire. Sous les regards de tous, il traversa la salle et s'assit à une table vide. On n'entendait pas même un souffle dans le restaurant surchauffé.

Et puis, comme si un signal avait retenti quelque part, des dizaines de questions fusèrent d'un coup.

Chacun demandait une version des faits, une confirmation de ce qui s'était produit. On voulait savoir si c'était vrai, si le bois rassemblé pour le feu de la Cérémonie allait vraiment servir au bûcher, si les Neutres qui avaient été exposés au mât de la honte toute la journée allaient vraiment mourir.

Hamaë vint poser une pinte de bière devant le gardien et prit place deux chaises plus loin. Dans sa poitrine, la fierté faisait exploser son cœur. C'est avec cet homme qu'on lui proposait de mêler ses gènes. Un homme droit, un gardien irréprochable. Il avait sauvé la ville de deux hors-la-loi, il faisait respecter le règlement intérieur avec rigueur, et sans faiblir. Elle se rendait bien compte, en son for intérieur, que les événements des dernières heures avaient décidé de son choix. Oui, elle donnerait ses cellules reproductrices pour qu'elles rencontrent celles d'Hopti. Un petit Neutre naîtrait de cette fusion de cellules, un Neutre qui serait grand et fort, qui serait droit et fier de connaître les exploits de son géniteur.

Elle tourna son regard vers Dimi, qui était là aussi. Son frère avait le nez enfoui dans sa chope, les yeux baissés. Il n'avait pas l'air de se réjouir autant que les autres, mais elle savait pourquoi : il aurait aimé attraper les deux scélérats lui-même. Il était le gardien en chef, le supérieur d'Hopti, et ce soir tous les éloges se dirigeaient vers son subalterne. Il s'imaginait peut-être qu'Hopti demanderait à passer gardien en chef après un tel exploit, et lui prendrait sa place. Elle aurait voulu le rejoindre et le rassurer, lui affirmer que lui aussi faisait très bien son travail et que c'était le hasard qui avait décidé des événements. Hopti était de garde cette nuit-là ; si ça avait été Dimi, c'est lui qui serait à présent le héros de la soirée.

À ce moment-là, Hopti posa sa pinte en la faisant claquer sur le bois de la table et s'essuya la bouche du revers de la manche, avant de prendre enfin la parole.

— Tout est vrai ! Ce n'est pas la peine de vous agiter ainsi. J'ai bien surpris deux Neutres en train de s'embrasser et de se caresser au bord de la cascade, la nuit dernière. Je les ai assommés et je les ai attachés au mât de la honte, comme il se doit.

Une ovation accueillit ces mots, des cris, des sifflements, des applaudissements.

Hopti secoua la tête en levant les mains devant lui, comme s'il trouvait que ces encouragements n'étaient pas nécessaires.

— Notre ville, notre cité des Désex, est régie par des lois qu'il est de mon devoir de faire respecter. Je n'ai fait que mon travail.

Hamaë acquiesça. Elle aussi faisait son travail, et Dimi aussi. Et tous les clients présents ce soir accomplissaient le leur, jour après jour, pour que la vie ici soit possible dans les meilleures conditions. Elle appréciait la modestie du gardien.

Dimi avait relevé la tête et fixait son officier d'un air impassible. Il devait penser la même chose.

— Les deux Neutres, Ca et Sa, s'apprêtaient à devenir des adultes, des citoyens à part entière. Il est heureux que nous les ayons arrêtés avant leur Cérémonie, continua Hopti.

La foule dans la salle approuva avec moult exclamations et remarques.

Hamaë eut juste un petit pincement au cœur. Elle avait apprécié Sa et son éternelle bonne humeur. Elle avait du mal à concilier l'image du Neutre qu'elle connaissait avec les abjections commises qu'on lui avait décrites. Mais le règlement intérieur était le règlement intérieur. On devait le respecter ou l'on était puni.

Hopti se tourna vers l'aubergiste, la tirant de sa réflexion.

— Hamaë, tout ça m'a donné une faim de loup. Tu me servirais une assiette de ragoût, s'il te plaît ?

Hamaë se dépêcha de glisser de son siège.

— Tout ce que tu voudras, Hopti.

Elle se précipita en cuisine.

En silence, Dimi quitta le restaurant. Une fois dehors, il inspira une grande goulée d'air frais et humide. La nuit tombait, le couvre-feu sonnerait bientôt. Demain, la ville perdrait deux de ses éléments. En secouant la tête, il remonta la rue jusqu'à l'endroit où le bûcher avait été dressé et le contempla un long moment avant de rentrer chez lui.

10.

La nuit devait être bien avancée, à présent. Sa avait toujours un mal de tête lancinant. Ses blessures le brûlaient, la pellicule de crasse posée sur sa peau lui était insupportable. Ca avait dû s'endormir, iel l'entendait respirer régulièrement.

Iel avait dû s'assoupir également, car un bruit lea tira de cette espèce de coma désagréable qui ne ressemblait en rien au sommeil et qui pourtant l'engloutissait sans qu'iel puisse lutter.

L'écho se répéta. Léger, lointain. Sa tendit l'oreille, se redressa en grimaçant de douleur. Que se passait-il ? Le temps avait-il accéléré ? Venait-on les chercher pour l'exécution ?

— Ca… appela-t-iel à voix basse. Ca, tu dors ?

— Mmhhhh…

— Ca… j'entends des pas.

Le silence à nouveau.

— Je n'entends rien, murmura Ca au bout d'un moment.

— Plus maintenant, mais j'aurais juré…

À ce moment précis, le cliquetis de la serrure résonna et la porte s'ouvrit. Pourtant, personne n'alluma la lumière. Seule la lueur d'une bougie perça les ténèbres. Derrière le halo doré, un visage, de grands yeux très clairs.

— Corliss !

Sa venait de reconnaître sa collègue du laboratoire. Que venait-elle faire là ? Derrière elle, une haute silhouette disparaissait dans les ombres.

— Corliss, que fais-tu ici ?

— Je suis venue vous libérer.

L'homme qui l'accompagnait s'avança dans l'auréole de lumière et Sa le reconnut aussitôt. Le gardien en chef. Toutefois, il ne portait pas d'uniforme, juste une tenue de ville classique. Sans son vêtement officiel, il paraissait encore plus familier à Sa.

— Mais… mais… Je ne comprends pas, balbutia ce dernier, sentant en même temps son cœur s'emballer, porté par un espoir qui semblait impensable quelques secondes plus tôt.

Iel sentait que quelque chose d'essentiel lui échappait, un détail qui lui aurait permis de mieux comprendre ce qui se jouait.

— Que se passe-t-il ? demanda Ca qui ne pouvait pas savoir qui étaient leurs sauveurs.

Le gardien en chef sourit et révéla enfin l'élément qui manquait à Sa.

— Sa, c'est moi qui étais en compagnie de Corliss, l'autre nuit, quand tu nous as surpris. Je... je sais ce que vous vivez tous les deux. Corliss et moi, nous nous aimions également quand nous étions encore des Neutres. Et comme vous, nous nous sommes cachés depuis toutes ces années.

Sa ouvrait des yeux encore plus grands que d'habitude. Ses douleurs s'estompaient comme par magie, une joie commençait à couler dans ses veines, chassant le froid de la mort annoncée.

— Oui, je te reconnais ! Mais tu es... gardien en chef, et toi aussi tu enfreins la loi !

— Je sais, c'est étrange, non ? Mais je ne m'accroche pas à mon poste de gardien par hasard. Tu sais, depuis des années, je surprends d'autres couples comme vous et je les protège. Je prétends ne rien voir, je leur conseille d'être plus prudents. Vous n'êtes pas seuls. Nous ne sommes pas seuls. Si ça avait été moi qui avais patrouillé l'autre nuit, vous ne seriez pas dans cette situation. Mais Hopti est coriace et voue son existence au règlement intérieur.

Corliss eut un sourire embarrassé.

— On n'a pas le temps, les amis. Il reste quelques heures d'obscurité, mais Hopti est de ronde, cette nuit encore. Ça complique les choses, d'autant qu'il se sent gonflé d'importance depuis votre arrestation.

Les mains tremblantes, elle choisit une clef d'un trousseau et ouvrit les deux cellules, puis les verrouilla à nouveau derrière les Neutres.

— Personne ne comprendra comment vous vous êtes échappés. Personne ne sait que Dimi possède un double de toutes les clefs des cachots.

Dimi eut un sourire éclatant.

— Privilège de gardien en chef.

Sa et Ca ne disaient rien, encore hébétés par le retournement de situation.

— Bien sûr, vous ne pouvez pas rester en ville, continua Dimi en leur tendant un grand havresac en cuir usé et deux paires de sandales. Vous devez partir, vous êtes devenus des hors-la-loi, et si on vous retrouve, vous passerez au bûcher.

— J'ai réuni quelques réserves et des vieux vêtements de mon père. Je pense qu'ils seront à votre taille, ajouta Corliss.

— On ne peut pas partir comme ça ! s'écria Ca à mi-voix.

— Comment ça ? s'étonna Dimi. Vous n'avez pas le choix, tu comprends ? Le jour va se lever bientôt, Trice va découvrir votre évasion et on va partir à votre recherche. J'orienterai l'équipe sur une fausse piste, mais vous ne pourrez avoir que quelques heures d'avance et je ne parviendrai pas à vous couvrir éternellement.

— Je sais, mais… on ne peut pas rester des Neutres toute notre vie, c'est impossible, je préfère être mort que de me retrouver coincé dans ce corps inachevé !

— Ca a raison, intervint Sa. Corliss, Dimi, nous vous remercions du fond du cœur pour ce que vous faites pour nous. Vous m'apportez la preuve que l'amour rend le monde meilleur. Bien meilleur que le règlement intérieur ne le fera jamais. Mais, tout comme Ca, je ne peux pas rester ainsi. Vous savez bien que l'Injection est indispensable. Nous devons continuer à vivre en tant qu'adultes.

Dimi hocha la tête.

— Je comprends, mais je ne peux pas vous aider davantage.

— Nous allons partir, nous couler dans les ténèbres de la nuit. Je travaille au laboratoire, je connais tous les codes. Nous ne quitterons la ville que quand j'aurai récupéré nos seringues.

— Très bien. Mais si vous vous faites prendre, je ne pourrai rien faire, rien du tout. On ne peut pas forcer la chance deux fois de suite.

— On va se débrouiller tout seuls, affirma Ca. Vous avez déjà fait énormément, vous nous avez sauvé la vie, et il faut que vous puissiez continuer à en sauver d'autres.

Corliss sourit. Jamais Sa ne l'avait vue aussi… vivante. Elle qui se cachait toujours derrière son masque blanc, au laboratoire, qui baissait les yeux en permanence, elle était à cet instant resplendissante, dans sa vérité – celle qui conduisait à défendre les innocents, à porter le flambeau d'une cause qui brûlait en secret.

Sa récupéra le havresac et le posa sur son dos. Dimi tendit sa main au Neutre qui la saisit, puis il fit de même avec Ca. Enfin, Corliss s'avança vers euels, et chacun à leur tour, elle les serra contre son cœur. C'était la première fois que Sa et Ca touchaient quelqu'un d'autre qu'euels et ce contact simple, fraternel, leur donna une force qui leur permit d'oublier, pour un temps, leurs plaies.

Sans un mot de plus, iels enfilèrent les sandales et disparurent dans le couloir. Loin derrière, la voix de Dimi leur parvint.

— Bonne chance à tous les deux. J'espère vous revoir un jour. Soyez heureux.

Il ne leur fallut que quelques minutes pour trouver la sortie du Centre. Dehors, la nuit était fraîche et sentait l'humidité. La pluie allait venir. Après avoir passé les dernières heures complètement confinés, iels aspirèrent goulûment de longues gorgées d'air piquant. Pas une étoile dans le ciel bouché par des nuages. Tant mieux, les ténèbres n'en seraient que plus profondes et les protégeraient.

Iels se glissèrent dans la rue, longeant les hauts murs du Centre pour se faire aussi discrets que possible. Sa guidait son ami vers le laboratoire, Ca se concentrait sur les sons et les ombres. Pas question de se faire surprendre par Hopti une fois de plus. À aucun moment iels ne se retournèrent. Iels faisaient confiance à Dimi et à Corliss pour se mettre en sécurité après leur action téméraire.

En quelques minutes iels atteignirent l'entrée du labo. Un code la protégeait des visiteurs inopportuns. Sa le composa à toute vitesse en craignant que le *clac* d'ouverture de la porte n'alerte Hopti et son chien. Le son résonna en effet trop fort dans le silence de la nuit. Mais personne ne surgit de l'obscurité pour les arrêter. Iels se glissèrent dans le hall.

Sa posa le sac aux pieds de Ca.

— Attends-moi ici et fais le guet. J'irai plus vite tout seul, je connais le chemin par cœur, même dans le noir.

Ca acquiesça. Iel était encore plus blanc que d'habitude. Ses yeux sombres s'enfonçaient dans sa peau diaphane, de larges cernes soulignaient son épuisement et son angoisse.

Sa se dit qu'iel devait avoir la même allure. Pour rassurer son ami, iel déposa un baiser rapide sur ses lèvres et s'enfonça dans la nuit.

Iel savait que l'escalier se trouvait juste devant, et son pied trouva la première marche sans difficulté. Iel grimpa en silence et atteignit le premier étage. Les appareils qui ne devaient jamais s'éteindre pour conserver les produits et les mélanges à la température idéale bourdonnaient et diffusaient une légère lueur verte produite par des diodes, signe que tout était normal.

Rapidement, iel trouva la salle où étaient conservées les seringues. Un autre code, un autre *clac* qui lea fit sursauter, tellement il résonna fort contre les murs du couloir. Cette fois, la lumière s'alluma automatiquement en décelant ses mouvements. Pas de panique : le coffre réfrigéré était situé dans une pièce aveugle et ne possédait aucune fenêtre ; personne, à l'extérieur, ne remarquerait cet éclat inhabituel.

Il fallait maintenant trouver les bonnes seringues, afin de ne pas pénaliser ceuels qui vivraient leur Cérémonie dans deux jours. Sa connaissait l'emplacement de sa seringue. Iel l'avait déjà repérée deux jours plus tôt… Deux jours plus tôt, où sa vie était parfaitement normale, linéaire. Cela semblait pourtant appartenir à un autre monde, flou, comme un rêve laissant des souvenirs destinés à s'estomper avec le temps.

Iel secoua la tête pour chasser ces pensées. Plus tard, iel ferait le deuil, iel apprendrait à chérir ces instants vécus dans la ville. Iel se saisit de sa seringue en s'assurant bien que l'étiquette collée dessus portait son nom, et partit à la recherche de celle de Ca.

Ses yeux parcoururent à toute allure les vignettes collées sur les autres petits fûts contenant le liquide bleu pâle. Il fallait les tourner parfois, afin de lire le nom inscrit. S'iel ne le trouvait pas ici, c'est qu'il était dans l'autre chambre froide, celle des femmes.

Sa réalisa alors qu'iel allait savoir. Que le secret de Ca serait éventé. Peu importait. L'essentiel était qu'iels restent en vie, qu'iels soient sauvés. Ca n'aurait pas à apprendre qu'iel connaissait la vérité. Le Neutre n'avait aucune idée de l'organisation du laboratoire ; toutes les seringues auraient pu être rangées au même endroit.

Il ne restait que deux réceptacles de mousse, dans le coffre dédié aux futurs hommes. Vite, vite, il fallait se dépêcher !

Alors, iel le vit. Écrit à la main, en noir, « CA ». Un homme. Iel avait demandé à être un homme également. Une émotion étrange envahit Sa. Une sorte de vertige, de faiblesse de tous ses membres. Iels seraient donc deux hommes…

Encore une fois, iel dut chasser les pensées qui tourbillonnaient dans son esprit, suite à cette découverte.

Cela n'avait aucune importance. Ca était Ca. Qu'iel soit homme ou femme.

Sa se saisit de la seringue réservée à son ami et referma la porte du coffre. Iel prit soin de tout éteindre, tout bien verrouiller.

En passant par les salles de recherches, iel attrapa une mousse protectrice vide dans laquelle iel enroula les deux aiguilles, et fourra le tout dans un sac de conservation imperméable, puis iel se remit en route, se glissant dans le noir tel un fantôme. La conscience qu'iel ne remettrait jamais les pieds dans ce lieu ne l'atteignait pas encore. Sa évoluait dans l'instant, ces quelques secondes précieuses qui lui permettaient de sauver sa vie et celle de Ca.

Son cœur battait la chamade, bien trop fort dans sa poitrine, dans ses tempes, jusque dans le bout de ses doigts. Son souffle devenait plus court. Iel eut peur de faire un malaise ici, au milieu des escaliers plongés dans le noir, mais iel se ressaisit. Pas encore. Iel pourrait se sentir mal, s'écrouler dès que tous les deux seraient loin et saufs.

Ca n'avait pas bougé. Dans la pénombre, iel aperçut la silhouette de Sa se dessiner faiblement.

— Tu les as trouvées ?

Sa lui montra le sac plein de la mousse grise, puis le fourra rapidement dans le havresac qu'iel avait récupéré.

— Tout est là, on peut y aller.

Rien n'avait bougé dans la nuit. Tout était aussi vide et silencieux. Les nuages obstruaient toujours le ciel.

Sa se retourna brièvement, engloba du regard la rue noyée dans les ténèbres. La haute forme carrée du Centre, de ses tours. Les petites maisons endormies, perdues dans la luxuriance de leurs jardins. Et soudain, un vertige lea saisit. Jamais iel ne reverrait cette image, jamais iel ne vivrait dans une de ces petites bicoques. Il lui fallait chasser la projection du futur qu'iel avait imaginé depuis toujours.

Iel aspira une brève goulée d'air et se redressa.

— Adieu…, murmura-t-iel.

Ca lui fit un petit sourire triste. À ce moment, un chien se mit à aboyer dans le lointain. Hopti ! Il était dans les parages !

Aussitôt, Ca et Sa se mirent à courir, descendant la rue en direction du bord de la falaise. Les aboiements devenaient plus frénétiques, se rapprochaient. Des pas précipités les accompagnaient, ceux du gardien.

Les deux Neutres accélérèrent leur course. Leurs blessures tiraient, iels étaient tous les deux épuisés, mais les jappements les poussaient en avant. Fuir, ne pas se laisser attraper à nouveau, ne pas gâcher la formidable opportunité de vie que leur avaient offerte Corliss et Dimi.

Le chemin commença à s'incliner en une pente légère qui les entraîna. La falaise était juste là, à une centaine de mètres. La route s'arrêta brusquement pour laisser place à une sorte de longue prairie couverte d'herbes couchées par le vent.

La tempête se levait, l'odeur de pluie devenait plus forte. Le bruit des vagues en contrebas aussi.

Ca, qui avait pris la tête, s'arrêta d'un coup.

— Stop ! s'exclama-t-iel. On est au bout !

Écartant le bras sur le côté, iel bloqua Sa emporté dans son élan.

— On fait quoi ? demanda ce dernier, le souffle court.

À droite se trouvaient les vignes, puis l'inconnu. À gauche ? Certainement la forêt qui entourait leur territoire comme un écrin le masquant aux regards étrangers. Que choisir ? Quel destin ?

Les aboiements qui s'étaient un temps éloignés reprenaient de plus belle. Il fallait se décider, vite !

C'est la peur qui décida pour les Neutres. Hopti se rapprochait, et avec lui la promesse du bûcher.

Sa saisit Ca par la main et lea tira vers la droite. Iels coururent dans l'herbe encore un moment, longeant l'à-pic qui tombait sur le Cercle grondant beaucoup plus bas, invisible dans les ténèbres, à l'exception de son écume mousseuse, légèrement phosphorescente, qui s'écrasait contre les rochers.

Rapidement, les silhouettes basses des vignes apparurent. Plantées parallèlement, elles dessinaient des allées rectilignes. Iels s'engouffrèrent dans l'une d'elles.

Le gardien était toujours à leurs trousses. Il criait, mais sa voix était emportée par le vent qui soufflait de plus en plus fort. Le chien continuait à vociférer.

Les Neutres jaillirent hors de l'alignement dessiné par les ceps tordus, aux larges feuilles frissonnantes derrière les vignes, il y avait encore de l'herbe et des cailloux sur lesquels leurs sandales claquaient et glissaient. La pente se fit plus forte, leur permettant d'accélérer.

Sa avait l'impression que ses poumons allaient exploser, ainsi que sa tête. Iel sentait du sang couler sur ses jambes, preuve que certaines blessures avaient dû se rouvrir. Mais iel chassait la pensée de la douleur, de la brûlure de l'air iodé dans sa gorge, de sa respiration trop rapide. Il fallait aller plus loin, quitter cet enfer.

Le chien les rattrapait. Malgré leurs efforts, leur état de faiblesse les ralentissait. Hopti serait bientôt sur eux.

Ca poussa un cri, mais Sa ne comprit pas un mot de ce que son ami hurlait.

Iel continuait, au bord de la rupture. Soudain, la main de Ca saisit son poignet et lea tira sur le côté, vers le bord de la falaise. Sans comprendre comment, iel se retrouva au-dessus du vide. Le temps parut s'arrêter, avant l'interminable chute. Le choc quand iel percuta les vagues froides et agitées fut étourdissant.

L'eau s'engouffra dans sa bouche, dans ses yeux et, pendant quelques instants, iel ne sut plus où se trouvait la surface, dans le noir complet. Sa agitait les mains et les pieds, mais tout était mélangé. Comme iel n'avait pas eu le temps de prendre une grande inspiration, ses poumons étaient déjà vides.

Enfin, des mains passèrent sous ses aisselles et lea hissèrent. Ca l'agrippa solidement et nagea le plus rapidement possible dans le creux de la houle ou se laissa porter par le courant, flottant sur la cime des plus hautes vagues sans lutter.

La falaise de laquelle iels avaient sauté ressemblait à un mur de ténèbres, face à eux. Tout là-haut, iels perçurent les aboiements du chien, à travers le rugissement des flots. Puis ils finirent par s'estomper. Ca se dirigea résolument vers un rocher qui émergeait à quelques mètres de là. S'iels avaient sauté une poignée de secondes plus tard, iels se seraient écrasés dessus.

Le sel brûlait ses plaies et sa bouche, lui piquait les yeux, le froid paralysait ses membres, mais il fallait tenir encore un peu. Allez, plus que quinze mètres… Dix… Jamais une si courte distance ne lui sembla si longue et pénible à couvrir. Sa avait recouvré ses esprits et nageait près de luiel, mollement, épuisé également.

Mais leurs efforts furent payants et, après avoir été ballottés et engloutis par la mer à plusieurs reprises, iels parvinrent enfin à agripper la pierre sombre et humide. Dans un dernier sursaut, iels escaladèrent l'écueil. Parvenus à son sommet, iels trouvèrent une surface relativement plate et éloignée des vagues grondantes, phosphorescentes dans le noir. Iels s'écroulèrent là, incapables de bouger, les yeux rivés sur le ciel qui commençait à pâlir légèrement, faisant passer les nuages du noir total à un gris foncé.

Iels avaient l'impression de tanguer au milieu de toute cette agitation, de ce fracas. Sans même s'en rendre compte, iels s'endormirent, grelottants, à même la roche dure et froide.

11.

Iels reprirent conscience quand la pluie se mit à tomber, accompagnée par un tonnerre tonitruant. Le Cercle, furieux, battait les flancs de leur maigre refuge de roche. Sa vérifia le contenu du sac. Tout était trempé, mais intact. Les seringues n'avaient pas souffert de la chute dans la mer, protégées par la mousse et le sac imperméable. La gourde que leur avait donnée Dimi était pleine d'une eau fraîche qui leur parut la meilleure du monde quand iels étanchèrent leur soif, entourés des éléments déchaînés.

Ca leva le regard vers le sommet de la falaise qui les surplombait.

— Tu crois que c'est bon ? Tu penses qu'ils vont venir nous chercher jusqu'ici ?

Ses dents s'entrechoquaient de froid. Trempé, tremblant, les yeux élargis par l'angoisse, iel chercha sur le visage de Sa la lumière dont iel avait besoin, qui lea rassurerait. Hélas, son ami n'avait pas meilleure mine que luiel. Sa peau était devenue grise, striée de rouge là où ses plaies suintaient encore.

Sa hocha la tête, et le maigre sourire qu'iel offrit à Ca ne suffit pas à masquer son épuisement et sa propre anxiété.

— Je ne sais pas. C'était risqué, mais nous précipiter dans le vide était la seule solution pour éviter d'être rattrapés. Personne ne va nous suivre au bas de la falaise, surtout par ce temps. Maintenant, il va falloir trouver comment se tirer de là.

Ca ne répondit pas.

La pluie s'écrasait sur leurs crânes glabres, collait leurs vêtements à leurs corps, ravivant leurs plaies.

Cherchant à reprendre quelques forces, iels parvinrent à rincer les fruits sous l'averse et les dévorèrent. Misérablement, iels restèrent ainsi, sous les trombes d'eau qui se déversaient du ciel mécontent. Les vagues hautes, violentes, leur envoyaient des paquets salés par intermittences. Puis les nuages finirent par s'écarter. Des parcelles de bleu apparurent, ainsi que de minces rayons de soleil filtrant à travers les nuées effilochées. Lentement, la mer calma sa fureur, pour redevenir cette parfaite surface bleue, scintillante sous le soleil.

Il était temps de trouver un moyen de repartir et de profiter de ce que l'ombre de la falaise les protégeait.

Les deux Neutres se remirent à l'eau et décidèrent de longer la muraille rocheuse, en suivant la direction qu'iels avaient commencé à prendre au moment de leur fuite, c'est-à-dire au-delà des vignes. Chacun de leurs muscles n'était que douleur, leurs entailles à peine refermées, tirant fortement la peau, brûlaient en raison du sel. Iels nagèrent lentement, s'accrochant parfois à des rochers pour se reposer. Continuer à avancer relevait de la volonté pure. Il n'y avait plus une once d'énergie dans leurs corps malmenés, mais écouter leur fatigue aurait signifié leur mort. Donc iels progressaient, mètre après mètre, brasse après brasse.

Jusqu'à ce qu'une fine bande de cailloux apparaisse au pied de la falaise encore haute. Iels s'y échouèrent et continuèrent à pied, en trébuchant, non sans de fréquentes pauses.

Enfin la falaise perdit de son altitude, et s'abaissa avant de disparaître, pour être remplacée par des dunes, puis une immense plage de sable blond, doux et chaud, bordée d'une forêt de cocotiers dont les troncs s'inclinaient dans le sens de la brise devenue légère et caressante.

Une petite source d'eau claire y serpentait, pour venir se déverser dans le Cercle.

Iels s'écroulèrent là, ne pouvant pas faire un pas de plus. Après avoir étanché leur soif, iels se confectionnèrent des turbans avec les chemises encore mouillées données par Corliss, afin de protéger leurs têtes pâles, s'allongèrent à l'ombre des palmes et s'endormirent, enveloppés de la chaleur de cette fin de journée.

La ville était loin d'eux. Le bûcher ne brûlerait pas ce soir.

Les journées perdaient de leur consistance. Il fallait laisser les blessures se refermer. Aussi bien celles visibles sur la peau que celles, invisibles, de leurs âmes malmenées.

Pour ne pas risquer d'être retrouvés par Hopti et son molosse, iels se remirent en route rapidement, après avoir rempli leurs outres, progressant aux heures les moins chaudes, s'abritant sous les arbres le reste du temps ou portant leurs turbans improvisés afin de protéger leurs têtes de l'ardeur du soleil. Iels dormirent beaucoup, oubliant ce qui les entourait. Après avoir découpé en bandes les restes de leurs vêtements lacérés, les avoir lavées, iels s'en servirent pour soigner leurs entailles, certaines d'entre elles très profondes dans leurs chairs. Iels avançaient lentement, ne marchant que sur le sable mouillé pour que leurs traces soient effacés par les vagues.

Leur alimentation plus que frugale était constituée des réserves fournies par Dimi et Corliss, complétées de fruits qu'iels trouvaient en chemin. Malgré leur épuisement, iels avançaient, pas après pas, suivant d'un côté l'arrondi du littoral et de l'autre l'ombre du Mur qui n'apparaissait que comme un pâle trait contre le bleu du ciel. Au fil des jours, les ecchymoses sur leurs visages s'effacèrent lentement, et iels finirent par retrouver leurs habituels traits trop lisses.

Une nuit de plus, tiède, bercée par le rythme des vagues du Cercle qui bruissait doucement un peu plus bas, Ca et Sa s'étaient allongés sur le sable qui conservait encore la chaleur de la journée, au pied d'un acacia. Les mains croisées derrière la tête, iels regardaient le ciel, infiniment étoilé. Parfois, les points lumineux étaient si denses qu'ils créaient un nuage jaunâtre, comme une fleur gigantesque éclairant les ténèbres depuis des distances inimaginables.

— Notre cérémonie d'Injection est passée. Sans nous…, chuchota Ca.

— Je sais. J'y pense tous les jours.

— Qu'allons-nous faire avec nos seringues ?

Pour les conserver au frais, à chacune de leurs haltes, Sa les enterrait dans le sable humide, toujours enveloppées de leur pochette protectrice.

— Nous allons nous les injecter, murmura-t-iel.

— Nous-mêmes ?

La voix de Ca trahissait son incertitude.

— Que veux-tu faire d'autre ?

— Tu sais que c'est douloureux. Nous allons avoir mal… On aura certainement de la fièvre. Cela signifie que nous ne pourrons pas devenir des adultes en même temps comme nous le rêvions. Il faudra que l'un de nous deux veille sur l'autre.

Sa se contenta de hocher la tête affirmativement, les yeux rivés sur les volutes d'étoiles.

Le silence pesa un moment sur les deux Neutres. Les espoirs qu'iels avaient formulés quant à ce moment qui ferait basculer leur existence s'effaçaient. Rien ne serait comme iels l'avaient imaginé.

Sa se redressa soudainement.

— Tu sais quoi ? Ça n'a pas d'importance. Tant pis si notre Cérémonie ne se déroule pas le même soir. L'essentiel, c'est que nous soyons ensemble le reste de notre existence ! Nous avons peut-être perdu ce symbole, mais nous avons l'occasion d'en bâtir tant d'autres !

Ca sourit dans l'obscurité. Comme toujours, son ami représentait l'espoir, la lumière à suivre dans les ténèbres.

— Tu as raison. Je vais devoir m'habituer à l'idée que les choses sont différentes, maintenant. Pas seulement parce que nous fuyons et devons apprendre à nous débrouiller, mais surtout parce que nous sommes libres. Libres de nous aimer, de nous embrasser ! Je… je ne réalise pas encore complètement ce qui est à notre portée.

Saisi par une forme de fébrilité, Sa s'était mis debout et faisait les cent pas devant la silhouette allongée de Ca.

— C'est exactement ça, exactement ! Nous avons une nouvelle vie à imaginer et à construire. Et nous n'appliquerons que nos règles à nous. Mais pour cela, il va falloir nous trouver un endroit où nous arrêter pour de bon, nous construire un abri, où emmagasiner quelques réserves, afin d'être tranquilles. Un foyer à nous, là où nous pourrons établir les bases de cette nouvelle société !

Cette fois, Ca éclata de rire. Iel adorait voir son compagnon ainsi, empli d'espoir, d'idées bouillonnantes qui lea poussaient en avant, *les* poussaient en avant. D'un seul coup, le fardeau de sa fatigue, de la soudaineté du changement opéré dans sa vie s'allégeait. Tout était à présent possible. Tout.

— Alors, demain, notre objectif ne sera plus de fuir, mais de trouver notre nouveau chez-nous, dit-iel en soupirant d'aise.

— Notre nouveau chez-nous…, répéta Sa d'un ton rêveur.

Comme les jours précédents, Sa et Ca marchèrent, traversant des paysages inconnus, des prairies d'herbes, des zones rocailleuses, des bordures de forêts.

Iels progressaient lentement, toujours diminués par les épreuves qu'iels avaient traversées, mais également pour prévenir tout danger invisible. Ainsi, iels échappèrent à une chute dans une sorte de faille, puis aux sables mouvants dissimulés dans le fond d'une mare, dans un coin de forêt que Sa, parti en éclaireur, traversa et qui manqua l'engloutir. Ca lea sauva de justesse en lui lançant une liane en guise de corde.

Puis iels parvinrent à un lieu qui les laissa bouche bée. Une plage de sable fin, bordant une eau peu profonde et cristalline, reflétant la lumière en ondoiements turquoise et cobalt, et, s'avançant dans le Cercle, un vieux ponton de bois branlant, couvert d'algues et de bigorneaux gris. Le cœur battant, iels s'arrêtèrent devant cette construction ancienne. C'était la première trace de présence humaine qu'iels découvraient depuis leur fuite. Pourtant, aucune voix ne leur parvenait. Il n'y avait que la mer et la forêt un peu plus haut. Pas d'odeur de feu ou de nourriture. Juste ce ponton abandonné.

En explorant un peu plus attentivement les terres, iels dénichèrent les ruines d'anciens bâtiments. Des restes de murs en béton, encore hérissés, pour certains, de tiges métalliques rouillées. Il y avait eu un village ici, des gens avaient vécu au bord de cette plage.

— C'est ce que l'on nous apprenait en classe, murmura Sa en soulevant quelques débris de murs écroulés, comme si quelque chose allait miraculeusement apparaître. Il y a d'autres habitants sur l'Anneau.

— Il y avait, corrigea Ca. Apparemment ça fait longtemps que plus personne ne vit ici. Si ça se trouve, ils sont tous morts, et c'est pour cette raison que nul étranger n'est jamais venu en ville.

— Tu crois que nous sommes les derniers occupants de l'atoll ? Nous et tous ceux qu'on a laissés derrière ?

Ca haussa les épaules et caressa d'un air mélancolique les restes d'un berceau de bois mité, couché sur le côté.

— Je ne sais pas...

Ca et Sa décidèrent de se fixer là. En fouillant bien la zone, iels récupérèrent quelques planches protégées par leur enfouissement dans le sable et même un vieux poêle plutôt bien conservé. Iels rassemblèrent de larges feuilles de palme et, non sans peine, montèrent une cabane sommaire. Ca explora la forêt tropicale, dense, aux arbres hauts et serrés, dégoulinants de végétation et de lianes, emplis d'oiseaux, d'insectes et d'autres animaux audibles mais invisibles, pour y trouver une source d'eau potable et des fruits.

Le soir, iels allumèrent un feu au seuil de leur nouvelle maison et firent griller des poissons que Sa avait réussi à pêcher, depuis le ponton. C'était la première fois de sa vie qu'iel attrapait de ses mains quelque chose de vivant destiné à être mangé, et iel en ressentait une certaine fierté.

Ainsi repus, iels contemplèrent les escarbilles projetées vers les étoiles par le bois craquant dans les flammes. Les deux Neutres se sentirent bien, pour la première fois depuis leur fuite. Presque chez euels.

Ca soupira d'aise et se tourna vers son ami pour lui saisir la main. Sa soupira à son tour, en écho au bien-être de Ca.

— Je comprends pourquoi des gens vivaient ici autrefois, murmura-t-iel. Il y a quelque chose dans l'air… une douceur…

— Oui. Je la ressens aussi. C'est comme si cet endroit nous souhaitait la bienvenue.

Sa plongea ses doigts libres dans le sable, cherchant, par ce contact, à s'ancrer dans cette terre, à la remercier de leur offrir un abri et de la nourriture.

— Je crois que l'on a enfin trouvé notre chez-nous…, conclut-iel.

Ca acquiesça en déposant un baiser sur la bouche de Sa. Iels étaient chez euels. Personne ne viendrait leur reprocher de s'embrasser, de se toucher. Un sentiment de bonheur et de liberté prenait doucement la place des souvenirs de terreur et d'humiliation. Oui, ici, iels seraient bien…

12.

Dès le lendemain, iels décidèrent de s'enfoncer un peu dans la forêt afin de découvrir ce qu'elle avait à leur offrir comme matières premières. Des fruits, mais également du bois, pour le feu. Les racines de certaines plantes devaient être comestibles mais iels ne savaient pas vraiment lesquelles, alors iels n'osèrent pas les déterrer, sauf des oignons sauvages qu'iels reconnurent sans difficulté.

En apercevant quelques petits animaux s'enfuir entre les troncs et les feuilles des buissons à leur approche, certainement des tatous et des lémuriens, iels imaginèrent quels pièges iels pourraient inventer, afin de se préparer un ragoût de viande. Sa mit la main sur des choux frisés et des racines de gingembre. Tout en réfléchissant à la meilleure manière de cuisiner tout cela, iels fourraient leurs trouvailles dans leur havresac, leurs estomacs gargouillant par anticipation.

Après une longue marche de plusieurs heures, les Neutres firent une pause au milieu d'une petite clairière. Le temps était chaud, les insectes vrombissaient autour d'eux. Iels firent le point sur leurs découvertes : des pousses de bambou solides pour fabriquer des outils et consolider leur cabane, des calebasses qu'iels évideraient pour en faire des assiettes et des pots, des choux, des oignons, du gingembre, des mangues, des fruits de la passion, des bananes et des dattes. Un trésor étalé à leurs pieds.

— Je suis certain qu'on peut faire encore mieux, que cette forêt regorge de ressources qui nous feront vivre pendant des années !

Sa était le plus heureux des deux, comme toujours. Cette nouvelle vie qui se présentait à euels était un don du ciel. Iels allaient pouvoir vivre comme iels l'entendaient.

Comme toujours, Ca admirait son ami pour sa joie de vivre, simple et naturelle, qui finissait par abattre les limites de sa tristesse et ses inquiétudes. Sa avait raison ! Iels étaient tous les deux ensemble, affranchis des articles du règlement intérieur ! Le Neutre sourit, ses yeux noirs s'éclairèrent de petites lueurs de gaieté.

Leurs visages se rapprochèrent et leurs lèvres desséchées par la chaleur et le vent se frôlèrent.

Du coin de l'œil, Ca crut apercevoir quelque chose, un mouvement, le pli d'un tissu entre les branches serrées d'un haut buisson épineux. Iel tourna la tête rapidement, mais la vision avait déjà disparu. En faisant signe de se taire à Sa, prêt à lui demander ce qui se passait, iel se redressa et appela :

— Ohé, il y a quelqu'un ?

Pas un bruit, pas un mouvement, mais Ca était convaincu de ne pas avoir rêvé. Iel avait entraperçu un tricot, une chemise claire. Est-ce qu'on les avait retrouvés ? Non, c'était impossible. Pas aussi loin de la ville ! Le cœur battant, iel se tourna vers Sa.

— Ohé ! Sa, viens par ici, je suis certain d'avoir vu quelqu'un.

— Ça devait être un animal.

— Non, je suis sûr qu'il y avait du tissu, un vêtement.

Sa se leva à son tour et fouilla du regard le désordre de la nature.

— Je ne vois rien.

Iel fit quelques pas dans la direction que Ca lui avait indiquée, tendit l'oreille et posa un doigt sur ses lèvres, intimant le silence à son ami. Ce dernier avait raison. Maintenant, iel percevait une respiration un peu trop rauque, rapide, effrayée.

Iel avança encore, cherchant l'origine exacte de ce souffle, et s'accroupit brusquement. Il y avait bien quelqu'un. Une jeune fille aux épais cheveux noirs, aux yeux aussi sombres que ceux de Ca, écarquillés de peur. Des épines avaient égratigné ses joues et son front.

Sa constata qu'iel n'avait pas peur. Iel se sentait traversé par une étrange émotion. Pour la première fois de son existence, iel rencontrait quelqu'un qui ne venait pas de la ville. Quelqu'un qui devait avoir à peu près son âge, peut-être plus jeune, et qui pourtant était… une fille. Pas un Neutre, pas un être inachevé, mais une fille, aux traits merveilleusement réguliers, féminins, dont la poitrine ronde, visible sous la chemise claire collée à sa peau par la transpiration, se soulevait trop vite. Une fille. Une « elle » qui n'avait pas encore l'âge de l'Injection. C'était une vision de toute beauté. Sa venait de rencontrer un être extraordinaire. Quelqu'un qui ne venait pas de chez luiel et qui était à la fois identique et complètement différent. Iel dit calmement :

— Ah si, tu as raison, Ca. Il y a bien quelqu'un. Une jeune fille.

Sans réfléchir, Sa lui tendit la main. Iel voulait tout savoir sur elle : comment elle s'appelait, comment était sa vie, si elle avait été injectée quand elle était plus jeune, d'où elle venait, ce qu'elle faisait là.

Iel lui fit un sourire qu'iel espérait rassurant, l'invitant à lui faire confiance.

— Bonjour, toi, murmura-t-iel.

Complètement terrorisée, elle tenta de s'enfoncer un peu plus dans le buisson, sans y parvenir. La densité des feuilles constituait une muraille de branches et d'épines.

— N'aie pas peur, je ne te veux aucun mal. Je m'appelle Sa. Et toi ?

La fille se figea. Comprenait-elle ce qu'iel disait ou parlait-elle un autre langage ?

Puis, réalisant sans doute qu'elle n'avait pas le choix, elle s'avança en glissant sur les fesses et, timidement, accepta la main qu'iel lui tendait. Sa l'aida à se mettre debout.

Elle était de taille moyenne, un peu plus petite que luiel. Ses cheveux nattés lui arrivaient presque à mi-cuisse. Malgré sa finesse, il émanait d'elle une force extraordinaire et une volonté farouche.

— Je m'appelle Abrielle, finit-elle par dire.

Elle parlait la même langue que luiel ! Un miracle de plus !

— Abrielle…

Iel goûta ce nom étranger, sa sonorité chantante. Personne ne portait un nom qui commençait par un « A » en ville, puisque la première lettre était toujours celle du jour de la naissance et la deuxième celle du mois.

— Abrielle, répéta-t-iel. Je suis Sa, et voici Ca.

Ca se planta à côté de luiel et la dévisagea avec la même curiosité.

En essuyant ses égratignures du revers de la manche, elle les observait elle aussi, détaillant leurs visages sans traits, sans pilosité, sans nez et sans véritables lèvres.

— Vous êtes quoi, exactement ? demanda-t-elle après un long moment.

Sa eut un rire léger.

— Nous sommes, comme toi, des êtres humains, vivants…

Abrielle fronça les sourcils.

— Je n'ai jamais croisé personne qui vous ressemble. Vous… On dirait que vous êtes faits de cire.

— Tu es une fille, n'est-ce pas ? Tu as quel âge ?

— Bien entendu que je suis une fille. Quoi d'autre, sinon ? J'ai seize ans.

Ca hocha la tête d'un air entendu.

— Nous avons dix-huit ans et de là où nous venons, nous restons des Neutres jusqu'à notre majorité.

— Je ne comprends rien à ce que vous dites, souffla-t-elle.

Sa attrapa à nouveau sa main et Abrielle n'eut aucun mouvement de recul, elle parut juste un peu surprise, mais en aucun cas choquée ou horrifiée. Se pouvait-il qu'en plus de ne pas savoir ce qu'était un Neutre, elle n'ait aucun problème avec le contact d'une autre peau ? Sa vie devait ressembler à un conte de fées !

— Accompagne-nous chez nous, nous t'expliquerons qui nous sommes et tu nous raconteras ton histoire. Tu veux bien ?

— Vous vivez dans un village ? demanda-t-elle, soudain méfiante.

— Plus maintenant. Avant, nous étions les habitants d'une ville. Mais nous ne pouvons plus y retourner.

— Vous êtes des réminiscents ?

— Des quoi ? Nous non plus nous ne comprenons rien à ce que tu dis, déclara Ca.

Cette simple affirmation sembla la décider. Elle esquissa un sourire et haussa les épaules.

— D'accord, je viens avec vous.

Aby ramassa sa sacoche, qu'elle avait fait tomber, et suivit les deux êtres étranges. Ils n'avaient pas l'air méchants, malgré leur apparence. Elle avait beau fouiller dans sa mémoire, elle ne se souvenait pas qu'on lui ait jamais parlé de gens pareils, au physique tellement… déconcertant, mais ils parlaient la même langue qu'elle, et s'ils avaient voulu lui faire du mal, ils auraient déjà eu le loisir de le faire. S'ils se révélaient dangereux, elle se défendrait. Elle avait son couteau, elle courait vite et semblait en meilleure forme qu'eux. S'il le fallait, elle fuirait, retournerait dans la mangrove où elle était certaine de les semer.

Mais Ca et Sa ne cherchèrent à aucun moment à la heurter. Ils avaient construit une petite cabane sur une plage qui visiblement avait été habitée autrefois, car un long ponton de bois se jetait dans le Cercle. La vaste étendue d'eau reflétait l'orangé du ciel comme un miroir presque lisse. Les mouettes tournoyaient, jetant leurs ombres noires sur cette débauche de couleurs flamboyantes.

Les deux compères allumèrent un petit feu et préparèrent une soupe avec les ingrédients rapportés de leur expédition en forêt. Abrielle alla attraper des crabes pour compléter le dîner.

Ainsi réchauffés par les flammes, sous la voûte étincelante de la nuit tombée, ils se racontèrent leurs histoires et pourquoi tous les trois se retrouvaient là, loin de leurs maisons respectives. Abrielle leur parla de ses réminiscences, des mélodies qui dansaient dans sa tête depuis qu'elle était toute petite, et de l'interdiction qui frappait les habitants de sa communauté de faire de la musique. Elle leur décrivit sa vie au village, Abela et Paol, ses parents, Baako, Wilrick et Braden, ceux qui l'avaient poussée à tout laisser derrière elle, la considérant comme une hors-la-loi car elle avait chanté un jour...

Ca et Sa lui détaillèrent leur particularité.

Abrielle écoutait les explications de Sa avec attention, étudiant le jeu des flammes sur son visage si étrange. Cette peau glabre, presque translucide, qui laissait apparaître quelques veines mauves et palpitantes, cette absence de nez, de lèvres, de traits… Maintenant, elle les trouvait un peu moins effrayants, et finissait même par reconnaître une douceur particulière à cette caractéristique.

— Et vous, alors ? Quand est-ce que vous deviendrez adultes ?

Les deux Neutres échangèrent un regard triste.

— Nous aurions dû recevoir l'Injection au moment où nous avons été forcés de fuir la ville. Sa a réussi à récupérer nos seringues, mais nous n'avons pas encore… procédé au changement…

— Et pourquoi ? Vous ne voulez pas devenir un homme ou une femme ?

— Si, bien sûr ! Mais l'Injection est douloureuse et elle peut nous rendre malades. Nous ne voulions pas la faire avant de trouver un endroit où nous abriter et puis… Notre rêve, c'était de vivre notre Cérémonie en même temps, de recevoir le sérum qui nous transformerait ensemble. Or, là, il faudra que nous le fassions l'un après l'autre, de manière que l'un de nous deux puisse veiller sur l'autre quand iel aura de la fièvre.

— Iel ?

— Oui, iel, ou il-elle. Nous ne sommes ni l'un ni l'autre, et nous sommes la promesse des deux à la fois.

Le regard d'Abrielle se perdit dans la nuit. Comme tout cela était étrange ! Elle trouvait déjà pénible de porter sa différence et l'interdiction de chanter au village. Le poids du regard des autres, la nécessité de se contrôler en permanence pour ne pas se laisser aller à fredonner sans y penser. Et pourtant, Sa et Ca venaient d'un endroit où ce qui était prohibé était encore plus difficile à supporter. Ne pas se toucher, ne pas même se frôler ! Elle repensait aux câlins de sa mère, à son père qui lui ébouriffait les cheveux et la portait sur ses épaules, aux étreintes de Braden, à ses caresses délicieuses… Comment pouvait-on affronter le quotidien sans un peu de tendresse, de soutien ?

— C'est incroyable, se murmura-t-elle à elle-même.

— Quoi donc ? demanda Ca.

— Vivre ainsi… Chez moi, le règlement intérieur est différent. On peut se toucher. Braden aimait passer la paume de sa main sur mon ventre, suivre la ligne de mes hanches du bout des doigts. Ses lèvres… ses lèvres étaient douces contre les miennes. C'était bon.

— Tu comprends pourquoi nous n'avons pas été capables de respecter cette loi ? Pourquoi nous l'avons enfreinte ?

— Je comprends, oui, et je pense que vous avez eu raison ! Qui peut vivre sans amour ? Chaque jour, je puise de la force en repensant à ces gestes d'affection que mes parents m'ont donnés. Sans cela, je n'aurais jamais survécu à toutes ces journées seule…

Le silence retomba, seulement troublé par le craquement du bois se consumant et les cris des oiseaux nocturnes. Cette nuit, tous trois se retrouvaient réunis par un destin qu'ils n'auraient jamais imaginé. La liberté avait un prix. Se défaire de ses chaînes n'allait pas sans mal.

Abrielle se réveilla la première, avec le lever du soleil. Ca et Sa dormaient encore, blottis l'un contre l'autre. Elle sourit en découvrant ce tableau. Pleine d'une énergie nouvelle, elle décida de leur préparer le petit déjeuner. Une salade de fruits, du lait de coco… Elle avait repéré un arbre à pain en lisière de forêt. Au cœur de ses fruits se trouvaient des graines comestibles qu'elle fit bouillir, puis qu'elle écrasa pour en faire une sorte de pâte qu'elle mit à griller sous les braises.

Quand Sa et Ca se réveillèrent, iels découvrirent le festin qui les attendait et s'empressèrent de le dévorer.

— Comment sais-tu faire tout ça ? Je ne savais même pas que cet arbre pouvait donner un tel plat ! fit Sa en croquant dans une galette tiède.

— Comment ne pas le savoir ? Il faut bien que l'on mange, au village ! Depuis nos plus jeunes années on nous apprend à préparer les repas, à récupérer dans la nature tout ce qu'il nous faut. Pas vous ?

— Non, nous avons des potagers, une ferme, des champs… Tout s'échange au marché et chacun apprend à accomplir une tâche. Moi, par exemple, je travaillais au laboratoire, je n'ai jamais cueilli un fruit, ou labouré la terre.

Abrielle secoua la tête en signe de dépit.

— Une chance que vous ayez survécu jusqu'ici ! Il faut savoir reconnaître ce qui est comestible de ce qui ne l'est pas. Il doit y avoir des lentilles et du riz sauvage dans les parages. J'irai en chercher tout à l'heure.

— Bon, c'est décidé, on ne se sépare plus de toi ! s'écria Ca. Nous te gardons prisonnière et tu vas nous enseigner tout ton savoir…

Abrielle éclata de rire, à l'unisson avec Sa.

— Pas besoin de me retenir, je reste volontiers. Nous allons recréer un petit village à nous trois !

— D'accord, approuva Sa, mais à une condition.

— Laquelle ?

— Que tous les soirs tu nous chantes une chanson. On veut découvrir les mélodies qui vivent en toi.

— Elles ne vivent pas qu'en moi, murmura Abrielle. Elles chantent dans le souffle de la nature et remontent des abysses. Il faut juste écouter…

Alors, ils écoutèrent le vent et les vagues.

Aby avait réussi à trouver un passage un peu plus solide sur les planches de bois vermoulu, et se tenait assise à l'extrémité du ponton. Le Cercle, devant elle, était presque lisse, la brise légère ne parvenant pas à troubler sa surface bleutée. Elle pensait au village, à Abela, à Braden aussi. Qu'étaient-ils tous devenus ? Depuis un moment déjà, elle ne comptait plus les jours qui la séparaient de sa fuite, et le souvenir de sa vie antérieure ressemblait de plus en plus à un rêve. En partant, elle n'avait pas osé s'avouer qu'elle espérait retrouver Paol, en marchant dans ses traces. Mais il était parti avec son bateau de pêche et il pouvait se trouver tout aussi bien à l'autre bout de l'Anneau, là où elle n'avait pas encore mis les pieds.

Elle soupira. Le doux fredonnement des vagues contre les poteaux de bois était le seul son qui lui parvenait. En fermant les yeux, elle pouvait presque s'imaginer être sur l'embarcation de son père, quand l'eau clapotait contre la coque et que le reste du monde s'évanouissait au loin. Puis un grincement lui rappela qu'elle n'était pas au milieu du Cercle. Sa prit place à côté d'elle, mais respecta le calme profond du moment. Ses pieds nus, étrangement pâles au-dessus des reflets saphir de l'eau, pendaient dans le vide. Sa longue tunique beige flottait autour de sa silhouette mince, gonflée par le zéphyr tiède.

Abrielle referma les yeux, appréciant cette compagnie silencieuse. Elle aimait beaucoup Ca et Sa, toutefois c'était avec Sa qu'elle partageait le plus de conversations. Ca était trop renfermé pour bavarder autant que son ami.

Sans le voir, elle sut que le ciel changeait de couleur, derrière ses paupières baissées. Le changement subtil de l'atmosphère, un goût différent, plus salé, sur le bout de la langue, lui indiquèrent que le crépuscule tombait sur le Cercle. Et soudain, elle l'entendit, parfaitement clair comme le jour où son père le lui avait fait découvrir la première fois. Le chant. Profond, grave souvent, aigu parfois, qui venait de la mer.

Il semblait se lamenter, pleurer quelque chose qui ne serait plus jamais. Aby se raidit, ouvrit les yeux sur le large teinté à présent de mauve et d'orangé.

— Écoute ! chuchota-t-elle à l'intention de Sa.

Le Neutre tourna la tête.

— Quoi ? demanda-t-iel sur le même ton.

Abrielle resta figée quelques instants, mais les voix qui modulaient ces différentes mélodies ne disparaissaient pas.

— Le chant, tu l'entends ? Il vient de l'eau !

Sa tendit l'oreille. Il se passa un long moment sans qu'aucun d'eux dise un mot. Abrielle espérait que son ami l'entende, afin de se convaincre que la mélodie existait bien, qu'elle n'était pas le fruit de son imagination, un souvenir modifié par le temps afin de correspondre mieux à ses propres attentes.

Elle entendit la respiration de Sa se suspendre et vit ses immenses yeux s'écarquiller.

— Oui, je l'entends, souffla-t-iel. C'est triste…

— Oui, c'est ça !

Elle ne rêvait pas, n'avait rien inventé ! Les larmes lui piquèrent les yeux. Elle avait enfermé cette mélodie au plus profond d'elle-même depuis des années.

Sa écouta encore. Le chant s'éloignait, mais son écho à travers les flots montait toujours jusqu'à eux et il résonna longtemps sous la voûte assombrie des cieux.

— Qu'est-ce que c'était ? Pourquoi… Je veux dire, c'est magnifique, mais qui chante ?

— Je n'en sais rien, souffla Abrielle, le regard fixé sur les flots violets. C'est mon père qui me l'a fait découvrir quand j'étais petite. Il appelait ça la symphonie des abysses. Je ne sais pas exactement ce qu'est une symphonie, mais il m'a expliqué que c'était de la musique.

— Comment le savait-il ? Tout ce qui a trait à la musique est banni, chez vous !

Aby haussa les épaules.

— Je ne me suis jamais posé la question.

— Quoi qu'il en soit, c'était beau. Triste, mais beau. De là d'où je viens, nous ne pouvions pas atteindre le Cercle, la falaise était trop haute. Sans notre fuite, sans toi, je n'aurais jamais su que la mer pouvait faire de la musique. Tu devrais chanter la symphonie des abysses, Abrielle.

Aby, les yeux fixés sur l'horizon dont les contours commençaient à se fondre dans le ciel, eut un petit sourire.

— Je pourrais, mais il y a plusieurs voix entremêlées. Il faudrait d'autres personnes pour m'accompagner.

— Tu nous apprendrais, à Ca et à moi ? Je n'ai jamais chanté, mais Ca le faisait parfois, quand iel était certain que personne ne pouvait l'entendre…

Aby se tourna vivement vers le Neutre.

— Luiel aussi ? Iel est un réminiscent ?

— Je ne sais pas si on utilise ce mot là d'où je viens mais je crois que Ca est un réminiscent, comme tu dis, pour plein de choses. C'est comme s'iel vivait dans une autre époque, où les interdits n'existaient pas encore…

— Ou dans le futur, quand ils n'existeront plus, ajouta Abrielle.

— Tu crois que c'est possible ?

Elle hocha la tête avec fermeté.

— J'en suis sûre. À nous de le construire, ce futur. Regarde, nous avons déjà commencé, tous les trois. Nous avons fui tout ce que nous connaissions pour créer quelque chose de nouveau. Un endroit où je peux chanter tant que je le veux sans risquer la mort, où Ca et toi pouvez vous aimer sans que quiconque vous rejette pour cela.

Sa attrapa une des mains d'Aby, qu'elle gardait sagement posées sur ses genoux, et contempla la jeune fille. Iel vit des traits d'une grande beauté, tellement différents des siens ! Encadré de lourds cheveux bruns soulevés par le vent, son visage légèrement hâlé lui paraissait fait de miel, percé de deux yeux noirs, aussi sombres que ceux de Ca et pourtant singuliers, illuminés d'un éclat plus vif.

— Tu es une personne magnifique, Abrielle. Tu as osé faire face à un village entier, tu as osé fuir toute seule et tu as survécu. Tu entends la musique du monde et tu vas m'apprendre à chanter la symphonie des abysses. Tu es l'avenir. C'est toi qui vas nous montrer le chemin vers ce futur dont tu parlais. C'est pourquoi j'ai une faveur à te demander.

Aby sentit son cœur s'accélérer dans sa poitrine. Les paroles de Sa la touchaient, lui faisaient comprendre que sa fuite n'était pas une lâcheté face à une menace qu'elle n'avait pas pris le risque d'affronter, mais du courage, celui de chercher une voie différente de celle qui lui était imposée par un règlement intérieur figé depuis trop longtemps.

Et puis, sans trop savoir pourquoi, elle sentit que cet instant était important, essentiel.

— Laquelle ? souffla-t-elle, plus émue qu'elle n'aurait voulu le laisser paraître.

— Veux-tu nous faire l'honneur, à Ca et à moi, de nous injecter ? De faire de nous des adultes ? Nous te montrerons comment faire, et tu seras l'initiatrice de notre destinée. De plus, je sais que toi, tu ne nous jugeras pas.

Abrielle fronça les sourcils et serra les doigts de Sa, frais, fins, entre les siens.

— Pourquoi vous jugerais-je ?

Sa eut un petit sourire mélancolique.

— Tu comprendras pourquoi le soir de la Cérémonie…

13.

Le soir qu'ils attendaient tous les trois était enfin tombé sur l'Anneau, le couvrant d'une ombre douce comme une caresse.

Le feu montait haut, clair, ses flammes se détachant sur le noir total de la nuit.

Des braises orange dansaient au cœur des ténèbres, telles de petites lucioles agitées emportées par le courant chaud.

Ca, Sa et Abrielle avaient passé les derniers jours à préparer la cérémonie de l'Injection. Ensemble, ils avaient rassemblé une grande quantité de branches, et Aby avait découvert un petit renfoncement près de la forêt regorgeant de bois flotté. Les flammes, léchant le sel qui s'était déposé à la surface, lançaient des éclats verts et bleutés.

Ils avaient également ramassé de grandes feuilles de palmier et les avaient empilées afin de constituer le matelas sur lequel les deux Neutres recevraient leur précieux sérum. Sa avait déterré les seringues et nettoyé consciencieusement les aiguilles. Iel espérait que leur voyage n'avait pas altéré leurs propriétés, et que le Virus ferait son travail. Mais pour l'instant, iel ne voulait pas y penser. Iel gardait les yeux posés sur le brasier qui craquait, se tordait dans le vent léger, et semblait vivre et respirer, comme s'il attendait lui aussi cet instant qui verrait leurs existences se modifier à jamais.

Sa et Ca allaient vivre leurs derniers instants en tant que Neutres. Dans quelques heures, le processus qui devait les transformer en adultes allait commencer.

Ca sentait une angoisse étreindre son cœur. Comment Sa accueillerait-iel sa décision de devenir un homme ? Serait-iel heureux, déçu, surpris par son choix ? Et luiel-même, une fois qu'iel aurait appris quel serait le destin de son ami, comment le vivrait-iel ?

Sa, de son côté, se posait les mêmes questions obsédantes : que penserait son ami en lea découvrant homme, tout comme luiel ? Sa, depuis qu'iel avait récupéré la seringue de Ca et découvert qu'iel deviendrait un « il », avait eu le temps de s'habituer à cette idée, de l'intégrer et d'accepter d'aimer Ca en tant qu'homme. Mais luiel ? Iel allait l'apprendre ce soir…

Vêtue d'une longue chemise blanche de toile grossière, Abrielle se tenait debout, dans la lumière. Ses jambes fines et musclées apparaissaient dorées par le halo du brasier, et ses cheveux longs se soulevaient au souffle du feu, s'entortillant comme des flammes, lui conférant une apparence fantastique.

Ca et Sa se tenaient sur le côté, mains nouées, serrées à se faire mal. Leurs épaules collées, iels étaient tous les deux nus à l'exception d'un pagne qui ceignait leurs hanches étroites.

Soudain, Abrielle se mit à chanter.

En se balançant doucement de gauche à droite, elle entonna un chant guttural, profond, rauque, qui grondait avec le feu, craquait avec le bois sec. La mélopée, répétitive, en devenait obsédante, inquiétante, comme une menace planant sur leur petit groupe. Puis, lentement, subtilement, la mélodie se transforma, se fit plus légère, plus sereine. Elle montait jusqu'aux étoiles, et la voix, à présent cristalline, éclatait dans la nuit, pleine d'un espoir plus grand que l'Anneau, plus profond que le Cercle. Un espoir mêlé, toutefois, du chant des abysses, que Sa reconnaissait.

Abrielle racontait leurs histoires, leurs différences et leurs peurs. Elle illustrait leurs fuites, leurs survies miraculeuses et, enfin, elle leur montrait le chemin de l'avenir, de la beauté de la vie qu'il leur restait à construire.

Ca et Sa vibraient tous deux à l'unisson de ce chant. Iels se mirent à se balancer en rythme également, les yeux clos, leurs cœurs battant de concert. Tout était parfait, plus beau, plus intense que la Cérémonie dont iels avaient rêvé. Elle leur ressemblait parfaitement, et jamais les deux Neutres n'auraient pu imaginer un moment plus… absolu que celui-là.

Enfin, les dernières notes s'envolèrent dans la nuit et le monde, envoûté, recueilli, sembla attendre la suite. Mais Abrielle laissa passer un long moment de silence, avant de se tourner vers les futurs injectés.

— En cette nuit sans lune, qui annonce la fin d'un cycle et le début d'un nouveau, qui vous verra devenir des adultes finis, achevés selon vos souhaits, j'appelle Ca.

Sa voix claire portait loin, glissant à la surface du Cercle, s'enfonçant dans la forêt baignée d'ombres attentives.

Ca lâcha la main de Sa et s'avança, se tenant très droit. Iel sourit à Abrielle, pour la remercier du chant qu'elle avait créé pour euels, puis iel se tourna, dos au feu, et clama haut et fort :

— Moi, Ca, je suis prêt à renoncer à ma première vie, celle de Neutre. De « iel », je choisis de devenir un « il », un homme, et mon nom d'adulte sera Cahill.

— Bienvenue à toi. Je vais maintenant procéder à l'Injection.

Ca s'allongea sur le lit de palmes, et enfouit son visage entre ses bras. Tout son corps tremblait à la fois d'émotion et d'angoisse, car c'était le début de tout. De la vraie vie qui lea verrait devenir celuiel qu'iel voulait être. L'homme qui était au fond de luiel et qui attendait depuis le cinquième jour du mois d'Affirmation, dix-huit ans plus tôt, de naître pour de bon.

Après s'être positionné en chien de fusil, Ca enroula ses bras autour de ses genoux, présentant son dos à Abrielle. Cette dernière tenait à la main la seringue où était noté le nom de Ca.

Le produit, clair, renvoyait les éclats du feu. L'aiguille longue et fine – préalablement désinfectée dans les flammes – était impressionnante, mais Abrielle ne trembla pas quand elle l'enfonça entre les troisième et quatrième lombaires de Ca. Pour lui faciliter la tâche, les deux Neutres avaient représenté par un point, dessiné à même la peau, l'endroit exact où elle devait piquer.

L'aiguille pénétra lentement entre les vertèbres et Ca retint un cri en sentant le liquide froid emplir son corps. Son réflexe fut de se raidir, mais au contraire, il lui fallait rester en boule jusqu'à la fin de l'opération. Alors iel serra les dents, ferma les yeux le plus fort possible et retint les gémissements qui voulaient jaillir d'entre ses lèvres closes.

On l'avait prévenu que ce serait douloureux, mais iel n'avait pas imaginé à quel point. Et pour ne pas effrayer Sa qui passerait après luiel, iel demeura immobile, laissant une sueur poisseuse recouvrir sa peau nue, son cœur battre à une allure folle contre ses côtes, retenant la nausée qui brûlait le fond de sa gorge.

Puis ce fut terminé. Abrielle se pencha à son oreille pour le rassurer.

— C'est fait, Cahill. Tout le sérum est passé. Tu es prêt à devenir un homme.

En titubant, Cahill se releva, sa tête tournait fortement, tout tanguait autour de lui et il lui fallut se retenir à la jeune fille pour ne pas tomber.

Abrielle l'aida à s'asseoir sur le sable, et s'assura que tout irait bien pour lui avant de reprendre sa place près du feu.

Elle se tourna vers Sa qui attendait patiemment, ses yeux clairs écarquillés.

— En cette nuit sans lune, où le lien entre l'avant et l'après est sur le point de se réaliser, où une vie suspendue va retrouver le chemin de sa continuité, j'appelle Sa.

Le Neutre s'avança, comme l'avait fait Ca un peu plus tôt.

— Moi, Sa, je suis prêt à renoncer à ma première vie, celle de Neutre. De « iel », je choisis de devenir un « il », un homme, et mon nom d'adulte sera Sand.

Brièvement, son regard croisa celui de Cahill. Aucun trouble ne venait déformer son visage calme.

Au contraire, il adressa un petit sourire et un signe positif du menton à son ami, son amour, qui voulait tout dire. Il acceptait son choix.

Abrielle répéta les gestes qu'elle avait eus pour Ca. Doucement, elle enfonça l'aiguille entre les vertèbres de son ami. Sa se crispa sous le coup de la douleur et retint un gémissement. Ca n'avait pas émis une plainte, iel ne montrerait aucun signe de faiblesse luiel non plus. Et pourtant, quelle souffrance ! Bientôt, l'Injection de Sand fut terminée. Abrielle déposa un baiser sur le front du nouvel adulte.

— Bravo, murmura-t-elle, très émue.

Jamais elle n'avait eu un rôle aussi important à jouer dans la vie de quiconque. La confiance des deux hommes la touchait plus qu'elle ne le montrait, alors qu'elle se devait de conserver une apparence solennelle. Elle soutint également Sand et l'aida à s'asseoir près de Cahill. Tous deux se trouvaient à présent au seuil d'une nouvelle vie. Leurs cellules, atteintes par l'espèce de virus contenu dans le sérum, allaient être modifiées pour toujours, trouvant le complément qui leur manquait pour parachever leurs deux êtres.

Leurs doigts se nouèrent à nouveau naturellement, sans arrière-pensée. Sand posa sa tête sur l'épaule de Cahill, dans une position qui leur était tellement naturelle depuis toujours…

Les compagnons regardèrent le feu brûler haut pendant un moment, puis les premiers symptômes les saisirent. La nausée s'accentua, leurs membres se mirent à trembler. Une fine pellicule de sueur couvrit leurs fronts et Abrielle leur trouva de la fièvre à tous les deux. Elle les accompagna jusque dans leur cabane et les aida à s'allonger. Cahill claquait des dents et sa peau était brûlante.

Aby leur donna à chacun de l'eau à boire dans une coque de calebassier. Ils se laissèrent faire, vidés de leurs forces.

— Je veillerai sur vous, murmura-t-elle en les protégeant d'une couverture faite de larges feuilles fraîches.

Ils s'endormirent aussitôt, leurs corps serrés l'un contre l'autre, secoués de frissons.

La fièvre dura longtemps et fut très forte. Ni Sand ni Cahill ne parvinrent à avaler autre chose que de l'eau pendant deux jours et deux nuits, eau qu'ils éliminaient aussitôt en transpirant abondamment. Ils se plaignaient d'avoir froid alors qu'ils étaient bouillants et gémissaient souvent pendant leur sommeil. Les rares fois où ils se levaient pour satisfaire leurs besoins naturels, ils chancelaient, tenaient à peine sur leurs pieds. Abrielle veilla sur eux sans relâche, comme elle l'avait promis. Elle leur prépara un bouillon de poisson, dont elle les nourrit à l'aide d'une cuillère qu'elle avait taillée dans une branche de bois tendre, épongea leurs visages trempés de sueur, les couvrit de toutes les épaisseurs de vêtements disponibles quand ils grelottaient ou au contraire dégagea leurs corps quand ils se plaignaient de la chaleur.

Livrée à elle-même, sans personne à qui parler pendant la maladie de ses compagnons, Aby réfléchit également. Maintenant, elle comprenait à quoi Sa… enfin, Sand faisait allusion avant la Cérémonie. Il savait quel serait le choix de son compagnon. Comment ? Cela importait peu, mais il était au courant que tous les deux seraient des hommes.

Aby avait vu Ca et Sa s'aimer, s'embrasser, et leur relation lui avait paru parfaite. Idéale. Le serait-elle moins à présent ? Tout dépendrait d'eux, mais elle savait déjà qu'en effet, elle ne les jugerait pas. Pourquoi devrait-elle désapprouver leurs sentiments maintenant ? Ils s'aimaient tous les deux pour ce qu'ils étaient réellement, leurs âmes mises à nu sous leur peau trop pâle de Neutres. Une fois que cette peau aurait trouvé son opacité définitive, deviendrait une peau d'homme, Cahill et Sand seraient toujours Ca et Sa.

♪

Ce soir-là, tout semblait immobile. Sand et Cahill dormaient d'un sommeil apaisé. La fièvre était tombée il y a quelques heures déjà et c'était la première fois qu'ils étaient aussi calmes depuis l'Injection. Assise en tailleur près du feu, Abrielle se tenait face au Cercle, admirant le changement de couleur du ciel sur l'eau. La vie au village lui paraissait lointaine alors qu'elle fredonnait un air qui ressemblait aux échos du crépuscule naissant. Ici, elle pouvait chanter quand bon lui semblait ; ici, le temps passait lentement, elle pouvait se reposer quand elle était fatiguée, penser à elle avant de penser aux corvées sans fin, et il n'y avait pas les sermons du mardi soir. Sans le cordial, les nuits lui appartenaient vraiment, comme un cadeau précieux qu'elle aurait reçu et qu'elle ne se lassait pas de savourer, découvrant la magie des rêves. Ici, elle avait trouvé sa place, elle n'était plus menacée et c'était l'essentiel.

Encore une nuit solitaire. Sand et Cahill s'étaient levés quelques minutes, avaient avalé deux ou trois bouchées avant de sombrer à nouveau dans le sommeil. Leurs respirations lui parvenaient, sereines, égales. Abrielle s'était vraiment inquiétée pendant un moment, au plus fort de leur fièvre. En conséquence de quoi elle avait peu dormi et veillait sur eux, assise près du feu dont elle remuait les braises du bout d'une branche noircie. La tête vide, elle se laissait hypnotiser par les éclats légers qui montaient vers le ciel, lorsqu'un bruit l'extirpa de son engourdissement. D'un bond, elle se redressa, le cœur battant la chamade. Une respiration étouffée… Il y avait quelqu'un ! Sa main droite plongea dans le sable pour en déterrer le couteau. Elle le gardait toujours à proximité, son instinct lui soufflait régulièrement que tout danger n'était pas écarté, on pouvait les retrouver, elle ou Sand et Cahill. Après tout, ils étaient considérés comme des hors-la-loi par leurs communautés respectives. Les doigts serrés sur le manche de bois, elle ne bougea pas, mais tous ses sens, endormis quelques instants plus tôt, étaient à présent en alerte.

Le souffle se rapprochait dans son dos, et bientôt elle le sentit, chaud, effleurer sa nuque. Pourtant c'est un frisson glacial qui la parcourut. Lentement, elle se retourna, prête à affronter ce qui se dressait derrière elle, quand elle aperçut une boule de poils toute blanche s'avancer sur de grosses pattes maladroites. Le bébé tigre ! Aussitôt, Aby se détendit et sourit à l'idée de retrouver l'énorme félin qui lui avait déjà tenu compagnie.

La femelle était bien là, tout aussi imposante que la dernière fois. Mais cette nuit, éclairée par la lueur du feu dont elle n'osait pas s'approcher davantage, elle était encore plus impressionnante. Son pelage orangé, strié de noir et de blanc, était épais, brillant, il roulait sur ses muscles comme une mer au coucher du soleil. Sa tête, énorme, altière, arrivait presque aux épaules d'Abrielle. Quelle bête magnifique ! Aby demeura immobile un moment, ne sachant comment se comporter. Certes, la femelle ne semblait pas lui vouloir de mal, puisqu'elle était venue la rejoindre, mais que lui voulait-elle ?

Son bébé, dont le poil était entièrement blanc, rayé de gris, s'était approché d'Aby et reniflait sa main avec intérêt. La jeune fille ne put s'empêcher d'éclater de rire au chatouillement de ses moustaches.

La tigresse ne parut pas s'en formaliser. Elle gardait son regard ambré fixé sur la silhouette humaine. Puis, sans prévenir, elle fit demi-tour pour se diriger vers la forêt, son petit sur les talons.

Abrielle sentit une pointe de déception piquer son cœur. Elle avait espéré que l'animal passerait quelques heures près d'elle comme la dernière fois, dans la grande prairie ondulante.

Une idée la saisit. S'emparant d'une torche dans la réserve près de la cabane – elle en profita pour écouter la respiration, toujours égale et calme, de ses amis –, elle l'alluma à la flamme du feu pour suivre l'animal dont la silhouette se fondait déjà dans l'obscurité. À un moment, l'énorme félin tourna la tête comme pour vérifier que l'humaine trottait derrière, puis continua sa route. Cela rassura Abrielle qui prit ce regard comme le signe qu'elle avait le droit de marcher en sa compagnie, qu'elle y était même invitée…

L'étrange trio resta à l'orée de la forêt. Abrielle ne s'y aventurait jamais en pleine nuit, encore secouée par son expérience dans la mangrove, mais cette fois, elle se sentait en sécurité. Le sol était ferme sous ses semelles et Aby avait l'impression d'être protégée par la tigresse. Ils passèrent à proximité des ruines de l'ancien village qui se trouvait là, autrefois. Des murs de béton écroulés et grignotés par les siècles, l'humidité, le vent. La nature avait repris ses droits et du lierre sauvage recouvrait en partie les décombres. Finalement, la tigresse s'enfonça dans un buisson, Abrielle s'y faufila à sa suite et se figea sous le coup de la stupeur. Ni elle ni ses amis ne connaissaient cette partie du territoire qu'ils s'étaient attribué. Elle était trop bien cachée par une végétation épaisse qu'ils n'avaient jamais eu l'occasion de fouiller.

Ce devait être là le centre du vieux village. Quelques bâtiments installés en cercle autour d'une sorte de place pavée tenaient encore debout, bien que mangés par le temps et une mousse épaisse. Abrielle fit courir la lumière de sa torche sur les ombres de ces vestiges, le cœur battant.

La tigresse se glissa dans une des brèches qui déchiraient la paroi de la maison la plus proche, suivie par son petit, et Aby en déduisit que c'est là qu'ils dormaient tous les deux, mais déjà elle ne leur prêtait plus aucune attention.

Le bâtiment le plus grand avait été complètement réduit en miettes par une énorme pierre de lune reconnaissable à sa couleur, qui trônait sur les débris comme pour prouver sa supériorité. Les autres bâtisses avaient été endommagées également, mais dans une moindre mesure. Pourtant, les femmes et les hommes qui avaient vécu là les avaient laissées à l'abandon.

Il ne restait plus grand-chose à découvrir à l'intérieur. Tout ce qui avait été laissé là était brisé, en morceaux, rongé, mité. Des colonies d'insectes, visiblement dérangés par la lueur de la flamme, grouillaient au sol.

Abrielle fit la grimace. Est-ce à cela qu'aurait ressemblé son village si tous ses habitants l'avaient quitté après la destruction du deuxième immeuble ? Oui, certainement. Un signe d'occupation humaine, mais vidé de son âme, de ses parfums, de ses voix. Juste des décombres et des souvenirs réduits à néant par la Pluie de la Lune et le temps.

La jeune fille tourna encore un moment dans les vestiges, visita les bâtisses, sans trop savoir ce qu'elle cherchait. Peut-être un objet intact qui lui parlerait plus que ces restes, un témoignage que les gens avaient vécu là heureux jusqu'au jour où ils avaient dû partir…

Elle allait abandonner son exploration après avoir fait le tour de la dernière maison, quand elle trébucha et manqua tomber sur un tas de vieilles feuilles qui s'étaient glissées par une ouverture dans le toit éventré et qui pourrissaient là.

En éclairant le sol, elle découvrit un anneau métallique qui servait à soulever une trappe enchâssée dans le parquet moisi.

Aussitôt, elle posa sa torche en équilibre sur la pierre de lune qui devait avoir crevé le plafond et tira sur la poignée rouillée. Il lui fallut y mettre toutes ses forces, mais la planche finit par céder dans un énorme craquement. Ayant repris son flambeau, Aby se pencha sur le puits de ténèbres qui exhalait un air froid et une odeur de pourriture si forte qu'elle fut prise d'un haut-le-cœur. Une échelle de bois vermoulue descendait dans les profondeurs de l'ancienne habitation.

Abrielle hésita. C'était peut-être dangereux, et l'échelle pouvait céder sous son poids. Si elle se retrouvait coincée là-dessous, Sand et Cahill ne sauraient jamais où la retrouver. Pourtant, la curiosité fut la plus forte, comme toujours. Alors, retenant sa respiration, elle descendit les barreaux lentement, tenant sa torche d'une main. Malgré quelques craquements, l'échelle tint bon, et Aby pénétra bientôt dans une cave rectangulaire, d'environ sept mètres sur cinq. Contrairement à tout ce qu'elle avait découvert avant, qui s'était décomposé avec le temps, cette pièce était encombrée de caisses restées fermées. Elles étaient tellement mangées d'humidité qu'Aby n'eut aucun mal à les ouvrir.

Leur contenu se répandit au sol. Des restes de boîtes en fer blanc qui semblaient avoir renfermé de la nourriture comme des haricots, des étoffes quasiment désagrégées. Quelques pots vides.

Enfin, Abrielle dénicha un coffre métallique. C'était la première fois de sa vie qu'elle en voyait un, et elle comprit d'instinct qu'il devait abriter quelque chose d'important. En frémissant, elle tenta d'en soulever le couvercle, sans succès. Les rebords rouillés avaient fini par adhérer l'un à l'autre.

— Oh non ! murmura-t-elle.

Un sentiment d'urgence l'envahit. Il fallait absolument qu'elle sache ce qui se cachait dans cette caisse. En explorant les environs, elle trouva une barre en métal recourbée à son extrémité. Elle aussi était rouillée, mais encore solide.

Abrielle commença à s'acharner sur le coffre scellé. Elle suait à grosses gouttes, et le manque d'air ainsi que l'odeur désagréable épuisaient rapidement ses forces.

Finalement, après avoir frappé le métal, gratté la rouille, elle parvint à soulever un coin du rabat et, glissant le bout de la barre afin de l'utiliser comme levier, elle réussit à l'ouvrir complètement. Un nuage de poussière s'en échappa, la faisant tousser.

Le contenu mystérieux, si précieusement enfermé, lui apparut alors. Des livres. D'énormes livres à la couverture de cuir moisie, empilés les uns sur les autres. Abrielle sentit son cœur cogner dans sa poitrine. Dans son village, il n'y avait qu'un seul livre, celui où s'inscrivait le règlement intérieur, et seul Wilrick avait le droit d'y toucher.

D'une main tremblante, Abrielle tira sur le premier ouvrage… qui tomba en poussière entre ses doigts. La déception fut aussi grande que l'excitation l'avait été. Les trois suivants finirent de la même manière. Malgré leur protection métallique, le temps et l'humidité, peut-être les insectes également, avaient fait leur œuvre et le papier s'était désagrégé.

Il ne subsistait qu'un seul livre, posé tout au fond du coffre. Précautionneusement, Abrielle le ramassa, pour découvrir finalement qu'il s'agissait d'une série de feuilles de papier enfermées dans un sac transparent. Les documents semblaient avoir été protégés plus efficacement grâce à cette pellicule.

Épuisée, tremblante, elle glissa la pochette sous son bras et décida de remonter. Si les papiers avaient tenu toutes ces années, elle les compulserait à la lumière du jour. Elle avait besoin de respirer, de sortir de ce réduit qui sentait la mort.

Lentement, elle progressa le long de l'échelle. Sous le ciel qui commençait à pâlir, elle avala à longs traits l'air frais imprégné des parfums de la forêt et d'eau de mer…

Arrivée devant la tanière de la tigresse, elle se pencha par l'ouverture pour apercevoir sa silhouette endormie. Elle lui adressa un salut silencieux afin de la remercier de l'avoir guidée jusqu'à cet endroit. Peut-être l'animal était-il un ange gardien qui veillait sur elle, depuis cette première nuit qu'elles avaient passée côte à côte dans la prairie… Puis elle reprit le chemin de la cabane.

Avant de déballer le contenu de sa découverte, Aby prit le temps de nager lentement dans l'eau du Cercle. Sa fraîcheur l'aida à se débarrasser de la pellicule de transpiration et de poussière collée à sa peau, de réfléchir à ce qu'elle avait trouvé. Avant la Pluie de la Lune, des gens vivaient là, à seulement quelques jours de marche de son village. Est-ce qu'il y avait eu des échanges entre les deux communautés ? Leurs habitants se connaissaient-ils ? Peut-être les survivants des ruines explorées cette nuit avaient-ils fini par rejoindre, après leur fuite, le bâtiment de béton dans lequel elle avait grandi. Peut-être, d'une certaine manière, avait-elle des ancêtres qui avaient vécu dans les décombres cachés dans la forêt…

Elle plongea, fit quelques brasses vers le large, remonta à la surface. Le soleil dardait ses rayons matinaux sur la plage, la cabane, le foyer à présent éteint. Il était temps d'ouvrir la pochette transparente et d'en découvrir les secrets.

14.

Cahill eut l'impression d'émerger d'un long rêve bizarre. Des images sans queue ni tête flottaient encore dans son esprit quand il s'éveilla ce matin-là. Le soleil éclatant lui fit ouvrir les yeux. Il se sentait étrangement faible, et surtout affamé. Sand dormait encore près de lui, et de le voir abandonné ainsi dans le sommeil le fit sourire.

Un vertige le saisit quand il tenta de se mettre debout, c'est pourquoi il sortit de la cabane lentement, une main en visière pour le protéger des rayons de lumière qui dégoulinaient du ciel comme de l'or liquide.

Abrielle était toujours là, assise devant leur petit logis de fortune. Elle avait préparé quelques galettes de purée à base de graines d'arbre à pain et une mangue coupée en cubes. L'estomac de Cahill gargouilla à la vue de ce petit déjeuner.

Aby était penchée en avant, concentrée sur quelque chose qu'il ne pouvait pas voir. Pour signaler sa présence, il toussota.

La jeune fille se tourna vers lui. Son visage, marqué par la fatigue, s'éclaira quand elle le vit.

— Cahill ! Comment te sens-tu ?

— Je ne sais pas trop. Décalé. J'ai mal partout, comme si j'avais fait des heures de nage dans le Cercle.

En prononçant ses premiers mots depuis l'Injection, un frisson le traversa. Sa voix. Elle avait changé. Plus basse, plus rauque… Il écarquilla les yeux.

— Tu as entendu ? demanda-t-il à Abrielle.

— J'ai entendu. Et je te vois aussi. Tu as déjà commencé à te transformer.

— Vraiment ?

La joie faisait danser sa question dans l'air cristallin du matin.

— Regarde ton bras. Ta peau.

Il baissa les yeux. Sa peau. Elle avait perdu de sa transparence. En fait, elle avait même foncé, prenant une teinte plus brune. Le vertige s'empara à nouveau de lui. Comme c'était déroutant. C'était bien sa main, il reconnaissait la forme de ses doigts, l'arrondi de ses ongles, mais Abrielle avait raison, elle était plus brune, recouverte d'un duvet sombre qui irait en s'épaississant. La membrane translucide et glabre qu'il avait connue toute sa vie n'était plus. Il n'arrivait pas à savoir s'il la regrettait ou s'il était content du changement. Certainement les deux en même temps. Il finirait par s'habituer à sa nouvelle apparence. Curieux, il passa le bout de ses doigts sur son visage. Là aussi, il remarqua quelques différences. Son nez s'était un peu affirmé, et sur son crâne le même duvet encore doux chatouilla sa paume.

— Waouh, murmura-t-il. C'est... J'ai l'impression de m'être couché hier soir et de me réveiller ce matin dans la peau d'un autre...

— Ta nuit a duré un peu plus de quatre jours... mais tu te ressembles encore. Tes yeux... ce sont les mêmes, le même regard.

— Sand aussi aura changé...

— Sans aucun doute.

— On n'a même pas eu le temps de parler de nos choix respectifs. Nos réactions au Virus ont été très violentes. Je me souviens à peine de ces dernières heures... Je te revois en train de me nourrir de soupe... Je me rappelle le tissu humide et frais que tu passais sur mon front, mais je n'arrive pas à coller les morceaux entre eux.

Abrielle lui fit un sourire affectueux et eut un petit signe du menton, pour désigner quelque chose derrière lui. Il se retourna. C'était Sand. Il était debout. Et lui aussi avait commencé à changer. Sa peau s'était matifiée également, bien que plus pâle que celle de Cahill. Un duvet clair couvrait son crâne, et son nez était passé d'un simple renflement à une bosse plus visible. Ses lèvres s'étaient densifiées. À mi-chemin entre le Neutre et l'adulte, il semblait un peu difforme, ses traits non affirmés encore. Cahill devina qu'il devait en être de même pour lui, et que de longues semaines leur seraient nécessaires pour atteindre leur apparence définitive. Toutefois, un élément n'avait pas changé. Les yeux de Sand toujours aussi immenses et bleus brillaient dans l'éclat du matin.

Lui aussi avait du mal à tenir debout, mais sa fièvre était tombée, et il détaillait Cahill, absorbant ses mutations. C'était comme le retrouver après des années, le temps ayant fait son œuvre sur le physique de son ami. Sauf qu'il ne s'était écoulé que quatre jours. Cette sensation déstabilisante mettrait du temps à s'estomper. En ville, ils auraient pu se tourner vers les adultes passés par ces étapes pour partager leurs impressions sur le sujet. Ou alors prendre rendez-vous avec l'Initiateur pour se confier et écouter ses conseils. Mais ici, ils auraient à faire ce parcours seuls. Abrielle ne pouvait pas leur apporter un témoignage issu de sa propre expérience.

Sentant la vague d'hésitation et d'émotions qui venait de submerger son ami, Cahill attrapa la main de Sand et la serra entre ses doigts, avec ce geste mille fois répété entre eux, tellement familier et rassurant. Aussitôt, Sand se détendit. Il reconnaissait ce contact, il retrouvait cette présence qui l'accompagnait depuis son enfance.

Il sourit à Cahill, d'un sourire éclatant, un sourire sans doutes, sans nuages dans le ciel de ses yeux. Ils se dévisagèrent un moment sans dire un mot, apprenant à s'apprivoiser sous ce nouvel aspect, étrange et familier. Il leur fallait s'approprier la nouveauté et cela ne pouvait se faire en quelques minutes.

Pudiquement, Abrielle avait détourné le regard, laissant ses deux compagnons se retrouver, refaire connaissance. D'une certaine manière, elle les enviait.

Elle n'avait jamais connu une telle entente. Certes, Braden avait éprouvé des sentiments pour elle, mais il n'avait jamais accepté le changement, la différence. Il n'avait jamais pu la considérer, *elle*, dans son intégralité.

Pour éviter de ressasser, elle reporta son attention sur la pochette transparente qu'elle avait rapportée du village en ruine. Se contentant de l'observer, elle n'y avait pas encore touché, préférant attendre d'être complètement sèche après sa baignade pour ne pas abîmer les papiers qu'elle contenait. C'était à présent le cas et, lentement, elle entreprit d'ouvrir sa trouvaille à l'aide de son couteau.

Le papier dans l'enveloppe protectrice scellée avait résisté aux atteintes du temps et elle put le sortir, pour constater que ce n'étaient pas différentes feuilles, mais une seule grande pliée plusieurs fois. Délicatement, elle entreprit de la déployer, prenant garde à ne pas déchirer le fragile parchemin.

Le cœur battant, elle se demandait ce qu'elle avait découvert. Elle finit par ouvrir complètement le document, et le posa à plat sur le sable.

— C'est une carte, murmura Sand qui s'était penché au-dessus de son épaule, curieux de savoir ce que son amie faisait.

Sa voix aussi avait commencé à muer, mais d'une façon moins remarquable que celle de son ami.

— Une carte ? répéta-t-elle.

— Oui, regarde, c'est l'Anneau qui est représenté là.

Elle se pencha un peu plus sur la large feuille.

Son rythme cardiaque s'accéléra encore. Oui, Sand avait raison ! Elle n'avait jamais vu de carte de sa vie, mais elle en connaissait le concept et maintenant qu'elle en avait une sous les yeux, elle parvenait à saisir le sens de sa découverte. Un grand cercle extérieur, extrêmement régulier, comme tracé à l'aide d'un outil pour être aussi parfait, bordé d'un trait plus épais, légèrement tracé en perspective, et ces mots, presque effacés, répétés plusieurs fois tout le long : « Le Mur ».

Un second cercle intérieur, plus irrégulier, délimitait la façade maritime de l'Anneau. Il s'élargissait ou se rétrécissait en fonction des éléments représentés : des plages, des forêts, des falaises. Et des villages. Plusieurs, disséminés sur toute la surface. Lequel était le sien ?

Sand et Cahill s'étaient assis de part et d'autre d'Abrielle et eux aussi se concentraient sur la première représentation qu'ils voyaient de leur monde. Les deux anciens Neutres avaient déjà étudié en classe les plans représentant leur ville, mais jamais personne n'avait vu une carte de l'Anneau dans sa totalité.

— Où as-tu trouvé ça ? demanda Cahill de sa nouvelle voix rauque.

— J'ai... Pendant que vous dormiez, j'ai trouvé d'autres ruines dans la forêt. Je les ai explorées cette nuit et j'ai rapporté ça. C'était la seule chose intacte dans le tas de pierres.

— Incroyable ! souffla Sand.

Il se pencha un peu plus en avant, le nez presque collé au vieux papier jauni, légèrement moisi dans les coins et qui exhalait une odeur tenace de poussière.

— Oh ! s'exclama-t-il en tendant un doigt tremblant. Là, c'est la ville ! Regarde, Cahill, c'est écrit : « Cité des Désex ». Oui, on reconnaît la rue, et là, c'est le Centre.

Cahill se rapprocha du motif que son ami pointait.

— Tu as raison ! Il y a même la cascade et la ferme !

Tous les trois restèrent muets un moment, le temps d'assimiler cette incroyable découverte.

— De quand date-t-elle ? demanda ensuite Sand. Ses yeux explorèrent les caractères minuscules et délavés qui parsemaient le dessin, mais il ne trouva pas l'information qu'il cherchait.

— Je pense qu'elle a été faite avant la Pluie de la Lune, parce que les maisons que j'ai trouvées ont clairement été démolies par les énormes roches tombées du ciel, avança Abrielle, fouillant du regard les détails de la carte à la recherche de son village à elle.

— Alors notre ville n'a pas beaucoup changé depuis !

— Si, quand même, le contredit Sand en montrant un espace où une forêt était représentée. Regarde, on a construit d'autres maisons ici, depuis.

Cahill acquiesça.

— Tu as raison.

Du bout du doigt, il traça une ligne invisible.

— Voilà la plage qui a été détruite par la Pluie de la Lune. Aujourd'hui, c'est une falaise qui tombe à pic sur le Cercle. On l'a longée par là quand on s'est enfuis.

Grâce à cet indice, Abrielle put remonter le parcours des deux hommes, et en déduire la direction d'où elle venait, elle. Et elle le trouva.

— Mon village ! Oh, les deux bâtiments sont représentés ! Celui-là s'est effondré et il sert de ferme, maintenant. Je vivais là.

Elle pointa un rectangle qui courait près du Mur, légèrement en biais.

— C'est là que je suis née et que j'ai grandi. Ici, c'est la place où l'on se retrouve tous pour manger. Voilà les champs et le chemin qui les coupe pour aller vers la falaise. Oh, le Pont dans le Vent existait déjà ! Enfin, ce n'était peut-être pas le même... On le traverse et ensuite on passe par là pour arriver à la plage... Oui, c'est chez moi. Enfin, *c'était* chez moi.

Une vague de nostalgie la submergea. Les images de ces lieux qui avaient représenté son seul horizon, sa maison, le visage de sa mère défilaient devant ses yeux. Les hommes penchés sur les plantations, le promontoire d'où l'on pouvait voir le Cercle au loin, d'un bleu pâle près de la plage qui virait au turquoise pour devenir intense plus au large. Les palmiers qui se courbaient vers l'eau, les rochers sur lesquels elle s'asseyait pour admirer le paysage, pour écouter les vagues et le chant de la nature... Abela...

Des larmes piquèrent ses yeux, elle les essuya du revers de la main.

Sand passa un bras autour de ses épaules et la serra doucement contre lui.

Ils continuèrent à détailler la carte en silence. C'était un moment rare pour eux : jamais ils n'avaient eu de vision d'ensemble de l'Anneau.

Aucun document de ce genre n'existait dans leurs ville et village d'origine, et jamais personne ne partait visiter le reste de l'atoll. Ou alors le fou qui tentait cette aventure ne revenait jamais pour raconter ce qu'il avait pu voir au-delà des limites du territoire où il vivait. Tout comme Paol et Bloren. Ce manque de curiosité en général était comme inscrit dans les habitudes des habitants de cette étrange île. Comme pour la présence du Mur, et l'origine du règlement intérieur, il existait des barrières, invisibles celles-ci, qui empêchaient quiconque de s'aventurer bien loin. Celui qui brusquement éprouvait cette lubie passait pour un paria. Abrielle se demanda pourquoi il était si difficile à chacun de quitter son foyer. Que s'était-il passé pour que tous soient si entièrement dociles ? Qu'est-ce qui pouvait bien être imprimé dans leur mémoire inconsciente pour qu'il en soit ainsi ?

Elle ne trouvait aucune réponse satisfaisante, mais sentait que cette observation la menait sur une piste. Elle tenait là quelque chose, mais n'arrivait pas à saisir complètement la portée de sa réflexion.

Sand suivait un autre courant de pensées. Il savait que l'Anneau était grand, circulaire, mais la représentation de la façade extérieure, si nette et régulière, l'interpellait. La nature pouvait-elle être aussi parfaite ? Certes, il la trouvait incomparable dans son fouillis, ses couleurs, ses parfums, les surprises de ses paysages. Mais là… ce n'était pas… naturel, justement !

À l'opposé du village d'Abrielle se trouvait une ville, la plus grande de toutes. Elle partait du Mur pour s'étendre jusqu'au bord du Cercle et s'étalait en largeur de façon considérable, si on la comparait aux simples autres hameaux représentés sur ce plan. Son nom attira immédiatement l'attention de Sand. Il posa le doigt près des caractères écrits en plus gros que le reste des légendes.

— « Portes ». C'est un nom ça, Portes ?

— C'est peut-être parce qu'il y a des portes ? suggéra Abrielle.

Cahill fronça les sourcils.

— C'est le cas, regardez !

En effet, en observant attentivement, on pouvait voir que la ligne sombre représentant le Mur comportait plusieurs petits traits perpendiculaires.

— On dirait un grand portail à deux battants, continua Cahill. Un ici et l'autre là. Ils sont assez larges, et quand ils s'ouvrent, ils donnent sur l'extérieur.

Abrielle se redressa, les yeux écarquillés et braqués vers le large, de l'autre côté du Cercle. On ne pouvait pas apercevoir la côte opposée, trop éloignée, mais à peu de chose près, la ville de Portes se trouvait là-bas.

— L'extérieur, souffla-t-elle. C'est de là que devaient arriver les gens qui apportaient de la nourriture et du bétail sur l'Anneau, il y a longtemps.

Cahill secoua la tête, comme si les choses ne pouvaient pas être aussi simples.

— Plus personne ne vient, la ville a dû être détruite par la Pluie de la Lune, et il n'y a plus personne pour ouvrir ce grand portail.

— Tu crois vraiment que c'est la raison pour laquelle nous n'avons plus de visites ? s'exclama Sand. Ça me paraît bizarre… Il doit bien rester des gens. Le village d'Abrielle et notre ville, malgré les destructions, existent toujours, sont habités.

— Certes, mais prends exemple sur ce village là-bas, celui qui abritait cette carte, il a été entièrement rasé, il ne reste plus âme qui vive depuis bien longtemps.

— À mon avis, les survivants sont partis, intervint Abrielle, mais ses amis n'écoutaient pas.

Ils se regardaient, semblant lire dans les pensées l'un de l'autre.

— Et si c'était pour ça, Sand ? S'il suffisait de retrouver cette ville pour ouvrir ces portes, les seules, visiblement, à percer le Mur, à offrir un passage sur autre chose ?

— C'est ridicule…

— Vous n'allez pas vous fâcher, quand même ! les arrêta Abrielle en les réprimandant avec un sourire.

Je propose qu'on mange notre petit déjeuner et que l'on réfléchisse à tout cela.

— Réfléchir à quoi ?

— Au moyen d'aller à Portes, Cahill. Si ta théorie est juste, si la ville est déserte, alors on pourra peut-être ouvrir le passage vers l'extérieur nous-mêmes, et découvrir ce qu'il y a de l'autre côté du Mur. On pourra enfin obtenir les réponses à nos questions et, qui sait, trouver un autre monde qui nous correspondrait davantage ?

Sand sauta sur ses pieds, à la fois excité et bouleversé par l'idée d'Abrielle.

— Aller à Portes ? Mais c'est à des centaines de kilomètres d'ici, il nous faudrait des semaines, voire des mois, pour y parvenir ! Et qui sait les dangers que nous pourrions croiser en chemin !

— D'habitude c'est moi qui vois tout en noir, fit remarquer Cahill avec humour, mais là, je suis d'accord avec Abrielle. Il faut que nous en ayons le cœur net. On sait où se trouve l'ouverture, on ne peut pas l'ignorer.

— Et puis, ce ne sera pas si long et difficile si on passe par la mer, ajouta Abrielle avec malice.

— Par la mer ?

Sand et Cahill avaient répété ces trois mots dans un chœur parfait. Abrielle dessina du bout du doigt une ligne imaginaire qui traversait la mer intérieure de l'atoll.

— Oui, par le Cercle. En bateau.

— Nous n'avons pas de bateau.

— Peut-être, mais je sais où en trouver. Chez moi, dans mon village. Il y a une dizaine d'embarcations qui mouillent près de la plage. On pourrait… en emprunter une… une que plus personne n'utilise depuis la mort de son propriétaire. Je sais laquelle prendre…

Les deux hommes se tournèrent l'un vers l'autre. Ils n'étaient jamais montés dans un bateau. Les poissons qu'ils mangeaient au Centre venaient de bassins creusés près de la ferme, alimentés par la rivière. Des élevages de poissons d'eau douce. Sans accès à la mer, il n'existait aucun pêcheur dans leur ville.

Leur curiosité, doublée de leur goût pour l'aventure, se réveilla en eux, chassant la fatigue résiduelle due à l'Injection.

— Il faudrait que l'on retourne dans ton village, alors, murmura Sand.

— Oui. On pourrait y aller de nuit. Il n'y a que Braden qui patrouille, et je sais comment l'éviter. Quant à naviguer… je vous rappelle que mon père était pêcheur, et je suis souvent partie avec lui…

Ils se regardèrent encore, tous les trois. Pas la peine de prononcer un mot, ils comprenaient déjà que plus rien ne les retenait ici.

15.

Après quelques jours pendant lesquels Sand et Cahill se reposèrent encore un peu, ils emballèrent leur petit paquetage et quittèrent la cabane non sans un pincement au cœur. Quand bien même elle était simple et tenait de guingois, ils y avaient été heureux, tous les trois. Cette plage avec son ponton avait été le théâtre de leur changement. De victimes, ils étaient devenus les maîtres de leur vie, permettant à leurs désirs et à leurs choix d'exister, loin de l'opprobre.

Les deux anciens Neutres continuaient leur transformation pour devenir des hommes. À chaque instant, des mutations subtiles modifiaient leurs corps, mais leurs cœurs et leurs âmes demeuraient les mêmes.

Cahill ne cessait de s'émerveiller de ces modifications. Sand grandissait à vue d'œil, son corps s'allongeait, et ses doigts immenses se dotaient d'une grâce inouïe, comme tous ses membres. Ses joues se creusaient, mais ses yeux restaient larges, et d'un bleu profond. C'était comme s'il poussait vers la lumière, vers ce même éclat qui l'environnait depuis toujours.

Sand, quant à lui, observait Cahill changer. Il l'avait toujours connu mince, presque frêle, le dos voûté, comme s'il cherchait à se fondre dans les murs, à devenir invisible. Maintenant, il ne pouvait plus passer inaperçu. S'il était plus petit que lui, il était devenu également plus large, ses épaules, carrées, soutenaient un cou puissant. Sa peau, plus mate que la sienne, lui donnait une densité, accentuait le noir de ses iris profonds. C'était presque magique, car non seulement son physique se modifiait, mais son caractère aussi. Cahill se tenait droit, les jambes bien plantées dans la terre, il n'avait plus peur. Il était là, il existait. Sand aimait cette nouvelle affirmation. Il avait toujours trouvé que son ami méritait d'être connu, écouté. S'il avait pu paraître peureux, en réalité il ne l'était pas, osant toujours dépasser les limites, les brisant… Il avait scié les barreaux de leur cage, il avait touché, embrassé le premier. Et maintenant ce courage, cette présence se matérialisaient dans ce corps solide et sa belle carrure. Sand le trouvait rassurant. Cahill pourrait le protéger, il pourrait détruire d'autres obstacles et l'entraîner dans son sillage merveilleux.

Toutefois, Abrielle, en tant que témoin de tous ces bouleversements, ne pouvait s'empêcher de remarquer une certaine distance s'instaurer entre les deux hommes. Une forme de timidité. Leur nouvelle apparence, qui continuait à se modifier chaque jour, empêchait certains gestes qui leur avaient paru naturels autrefois. Leurs mains ne se nouaient plus, ils n'échangeaient plus une seule étreinte. Bien sûr, ils continuaient à rire, à plaisanter, à se taquiner, la vivacité de leurs conversations subsistait, mais… une réserve les tenait éloignés physiquement l'un de l'autre. Aby ne s'en étonnait pas. Même si leurs cœurs et leurs âmes restaient les mêmes, ils devaient s'habituer à leur aspect en perpétuelle mutation. Elle-même le devait.

Sand s'était confié à elle sur le sujet, chagriné.

— Je crois que notre passage à la vie adulte a brisé quelque chose entre nous. C'est certainement le fait d'être des hommes tous les deux.

— Tu penses ?

Abrielle avait du mal à croire que c'était la fin. Ce que les deux anciens Neutres avaient traversé était trop intense pour que tout disparaisse aussi vite.

— Je ne sais pas… La distance de Cahill me fait de la peine et en même temps je me comporte de la même façon avec lui, alors je ne peux pas lui en vouloir…

— As-tu cessé de l'aimer ?

Sand avait semblé étonné par cette question.

— Non… Je reconnais Ca derrière les traits de Cahill. Mais c'est ce nouveau corps, cette peau différente, sa mâchoire qui s'élargit… Je me sens intimidé. Je n'ose plus l'embrasser, cela me paraît étrange…

— Alors rassure-toi, je suppose qu'il en va de même pour lui. Je ne pense pas que Cahill ait cessé de t'aimer. Dis-toi que lui aussi doit apprendre à connaître le nouveau Sand que tu es en train de devenir. Ça ne peut pas se faire en quelques jours…

Sand avait approuvé, ses yeux rivés sur la silhouette de son camarade qui marchait au bord de l'eau, pour chercher des crabes.

— Je sais… Mais je ne peux pas m'empêcher de penser : et si nous ne parvenions jamais à surmonter nos corps d'hommes ? Si nous continuions à aimer nos âmes, mais étions incapables d'aimer nos apparences masculines ? D'autant que…

Il s'était tu, gêné.

Abrielle avait posé une main sur la sienne pour le rassurer et l'encourager.

— D'autant que quoi ?

— D'autant qu'un jour nous serons complètement terminés. Cela demandera encore du temps, plusieurs semaines, mais nous aurons… nous aurons des sexes, et je ne sais pas…

À son tour, Abrielle s'était tue. Elle n'y avait jamais vraiment réfléchi. Elle-même n'avait jamais eu à affronter sa propre sexualité, n'ayant jamais dépassé le stade des baisers et des caresses échangés avec Braden. Elle savait qu'elle avait aimé cela, mais son expérience n'allait pas plus loin.

Elle s'était tournée vers son ami et avait plongé ses yeux dans son regard voilé d'une douleur sincère.

— Sand… si jamais vous ne pouvez pas échanger davantage… alors, vous serez amis. Les amis s'aiment par l'esprit, et pas par le corps.

— J'en suis arrivé à la même conclusion, Aby, mais je ne sais pas si j'arriverai à me contenter d'être l'ami de Cahill. Et je ne sais pas si j'arriverai à être plus que cela.

— Laisse-toi le temps. Laissez-vous le temps. Peut-être viendra-t-il un moment où la barrière du corps tombera. Et c'est encore le temps qui saura transformer votre relation en amitié si cela ne se produisait pas.

Sand avait soupiré. Tout avait été si simple, jusqu'à l'Injection. Leur amour était tellement limpide et évident… Et voilà que l'affirmation de leur identité venait troubler cette clarté.

Abrielle avait raison, il fallait se laisser du temps. Si Cahill avait été une femme, il se serait peut-être posé les mêmes questions. Apprivoiser un nouveau physique, des rondeurs, des seins… Il n'y était pas plus préparé qu'à affronter la sensualité d'un homme.

De son côté, Abrielle avait profité de cette parenthèse de calme et de douceur pour affirmer, elle aussi, son être profond. Longuement, assise au bout du ponton, elle avait pris le temps d'écouter la symphonie des abysses et de la répéter, tentant d'assimiler ses différentes voix, ses harmonies étranges, ses rythmes ondulants. Elle les répétait pendant des heures, parfois certaine d'avoir capté ses subtilités et d'avoir su les imiter, souvent frustrée de ne pas parvenir à en exalter toutes les nuances, et le rythme. Sans peur, libre, elle avait pu chanter chaque jour, se dégager des fers qui l'empêchaient d'avancer. Pour elle aussi, c'était une métamorphose. À défaut d'être physique, elle influait sur son âme, l'affranchissait de toutes les chaînes qui l'alourdissaient. Aby s'émancipait, retrouvait une joie de vivre, une volonté qui finissaient par se lire sur son visage. Jamais Abrielle n'avait été aussi belle, aussi resplendissante. Elle ne s'en rendait évidemment pas compte, mais Sand et Cahill le voyaient, et admiraient la perfection de son visage, le tracé de ses lèvres pleines qui souriaient sans discontinuer, creusant des fossettes dans ses joues. Son front avait perdu ce pli d'inquiétude et de frustration qui le barrait constamment. Et dans ses yeux noirs brillait un éclat de joie qui accompagnait ses rires, plus fréquents.

Oui, même s'il leur en avait coûté de se défaire de leurs habitudes de vie qu'ils prenaient pour du confort et de la sécurité, ils découvraient aujourd'hui qu'elles n'avaient été qu'entraves et douleur. Maintenant, ils étaient libres, et l'idée de traverser l'Anneau, de s'aventurer bien au-delà des frontières de ce qui leur était connu, de s'avancer vers une ville étrangère, peut-être désertée, et d'accéder à un monde encore plus vaste était le symbole de cette liberté absolue. Ensemble, ils bousculeraient l'ordre établi et passeraient au-delà du Mur.

Cette fois, grâce à la carte, ils avaient pu planifier leur route vers le village d'Abrielle.

— Il ne faut pas passer par la côte, sinon on va retomber sur la mangrove et, croyez-moi, vous n'aurez pas envie de la traverser ; j'ai testé pour vous, et si je n'avais pas été obligée de fuir dans l'urgence, je n'aurais pas pris ce chemin.

— Très bien, alors que préconises-tu ? demanda Cahill.

— De longer le Mur. En le suivant, on finira forcément par tomber sur mon immeuble. Je ne sais pas si le chemin sera plus facile, mais on risque moins de se perdre.

Il fut fait comme Aby le suggérait.

Ils tournèrent le dos au Cercle et longèrent la forêt qui abritait le vieux village en ruine. Tout au bout, le trio retrouva la grande palissade et la suivit de manière qu'elle se trouve en permanence à leur droite. Et la jeune fille avait raison : leur voyage fut beaucoup plus simple. Ils traversèrent en sens inverse la forêt dans laquelle ils s'étaient rencontrés, avant de retrouver la prairie d'herbes hautes. Abrielle pensa à la tigresse qu'elle n'avait pas revue. Sans elle, elle se demandait à quoi aurait ressemblé son futur. Pas de carte, pas de retour au village, pas d'expédition vers Portes. Elle serait restée, avec ses compagnons, à la cabane. Même si les journées étaient douces là-bas, la même forme d'ennui que celle qui l'étouffait avant sa fuite aurait fini par ressurgir et l'accabler.

Les voix des garçons, de plus en plus graves, résonnaient contre le Mur, se mêlant aux chants d'Abrielle ; leurs rires, leurs conversations s'envolaient par-dessus la haute paroi, là où peut-être eux aussi parviendraient à passer.

Il leur fallut presque cinq jours de marche pour arriver à la lisière du village. Abrielle reconnut immédiatement les environs. Les bruits de la ferme au loin, un parfum de feu charrié par le vent leur parvenaient.

Ils s'arrêtèrent là, partagèrent un dîner en attendant la tombée de la nuit.

— Tout le monde sera assommé par le cordial du sommeil. Sauf Braden, bien entendu. Mais à trois contre lui, je pense que c'est faisable, expliqua Aby.

— Le cordial du sommeil, répéta Sand d'un ton étonné. Je crois que chez nous aussi on devait en prendre autrefois, mais l'habitude s'est perdue. Tu te souviens, Cahill ? On a dû nous en parler en classe. On a gardé le couvre-feu deux heures avant minuit et on a organisé des rondes menées par plusieurs gardiens pour le faire respecter.

L'obscurité finit par se faire. Le ciel lesté de nuages était bas ce soir, et l'atmosphère lourde, chargée d'électricité. Abrielle leur répéta la topographie des lieux.

— Il faut passer devant le bâtiment, remonter à travers champs, prendre le Pont dans le Vent. Ensuite, on traverse un bout de forêt, on emprunte le sentier qui mène à la plage. Les petits bateaux mouillent là-bas le soir, à quelques mètres du rivage.

— Pas de problème, on te suit à la trace, la rassura Sand.

Aby préféra attendre que les ténèbres soient bien épaisses pour entraîner ses amis en avant. La pâleur floue des nuages leur permettait tout juste de distinguer les obstacles sur leur chemin. Mais, très vite, ils parvinrent au village. Le cœur battant, la jeune fille finit par distinguer l'ombre rectangulaire du bâtiment où elle avait vécu. Elle n'aurait jamais cru y retourner un jour et l'envie de monter au deuxième étage pour aller voir comment se portait sa mère la dévorait.

Si elle avait été seule, elle aurait certainement cédé à la tentation, mais elle entendait les pas légers de Sand et de Cahill derrière elle, et décida que c'était une mauvaise idée. Ils étaient là pour prendre un bateau et traverser le Cercle, afin d'atteindre Portes, elle ne devait rien laisser la détourner de ce but. Elle ravala son désir, l'image de sa mère endormie dans sa cellule, de son lit qui l'attendait certainement encore, de cette vie qu'elle ne regrettait pas, mais qui symbolisait un passé qui l'avait construite et dont elle ne se déferait jamais. Elle avait déjà souffert de quitter son village une première fois, et voilà qu'elle devait le faire de nouveau. La douleur ne s'était pas estompée, malgré tout ce qu'elle avait vécu depuis sa fuite.

Le chuchotement de Sand la ramena à la réalité et brisa le fil qui voulait l'attirer en arrière et la pousser là-haut, dans son appartement.

— C'est vraiment tout petit, chez toi, s'étonna son ami. Ce n'est pas un village, juste un immeuble ! Chez nous, il y a une rue, longue de plusieurs centaines de mètres, et plusieurs bâtiments.

Abrielle se vexa un peu et se défendit à voix basse.

— Je sais que c'est petit, mais notre territoire est assez étendu…

Le plus silencieusement possible, ils dépassèrent le long édifice, le contournèrent pour déboucher sur la place qui s'évasait devant, là où se trouvaient les tables à feu, le grand calebassier, l'entrée des cuisines et de l'oratoire.

Abrielle n'avait même pas besoin de fermer les yeux pour imaginer ce lieu grouillant de vie, résonnant du cri des enfants, embaumant des parfums de cuisine qui s'échappaient des marmites. Encore une fois, son cœur se gonfla de nostalgie, et de l'envie de grimper dans son appartement, déposer un baiser sur le front de sa mère assommée par le cordial…

Elle baissa le regard et tourna le dos à l'immeuble endormi, comme ses occupants.

Un vent plus frais la fit frissonner et souleva quelques feuilles mortes dans une spirale bruissante.

Résolument, ignorant les larmes qui lui piquaient les yeux, elle s'engagea sur le chemin qui traversait les champs.

Ses deux acolytes sur les talons, elle fila sur cette longue ligne grise, bordée de part et d'autre de hautes tiges murmurant un chant mélancolique dans la brise. Ce serait bientôt le temps des récoltes, pensa Abrielle en constatant la hauteur atteinte par les cultures, depuis son départ. Elle ne serait pas là pour y participer.

Sur la terre sèche, ils progressaient sans faire aucun bruit. Dans l'obscurité de la nuit, leurs silhouettes se distinguaient à peine.

Pourtant, quelqu'un les avait vus et les suivait discrètement, les yeux braqués sur la tache noire que dessinait la chevelure d'Abrielle.

16.

Braden l'avait attendue sans faillir. Tous les jours il guettait, et chaque nuit il veillait. Sa conviction qu'Abrielle reviendrait finalement ne s'atténuait aucunement malgré le temps qui passait. Surveillant son retour, le gardien en chef ne dormait quasiment plus. Il maigrissait et devenait plus acariâtre encore, faisant fuir tout le monde autour de lui. Au village, on chuchotait, on l'évitait, on attendait le moment où il perdrait la tête pour de bon.

Braden savait qu'il était trop tard pour lui. Il avait sombré dans une sourde folie qui transformait ses pensées en brouillard, tuait ses espoirs et rendait son quotidien plus insupportable que jamais.

Cette nuit encore, il n'était pas allé se coucher. Assis dans le réfectoire vide et plongé dans les ténèbres, il avait sorti une bouteille de rhum de la réserve. Lui seul en possédait la clef, et depuis quelques semaines il ne se gênait pas pour y piocher et vider les bouteilles dans le but de noyer ses pensées sombres et obsédantes. Il avait cru rêver quand quelques chuchotements légers lui étaient parvenus, et son cœur avait bondi. En trois pas, il avait collé son visage contre la vitre, pour apercevoir des ombres, dont celle d'Abrielle reconnaissable entre toutes. Il le savait ! Il le savait, qu'elle allait revenir au village ! Il ne pouvait imaginer la jeune fille tenir plus longtemps seule, éloignée de tous, affrontant la faim et les dangers. Elle était donc de retour et, avec elle, l'espoir de retrouver la lumière. Mais les deux silhouettes qui suivaient la sienne le contrariaient. Une très grande, pâle dans la nuit, l'autre plus râblée. Deux hommes. Qui étaient-ils ? Comment Aby les avait-elle rencontrés ?

L'idée qu'elle ait pu se faire des amis en dehors du village, des hommes qui plus est, lui fit voir rouge quelques instants et il faillit se jeter sur eux en hurlant. Car la colère qui l'habitait avant la fuite de son amour, quelques semaines plus tôt, n'avait aucunement décru. Au contraire, elle avait continué à enfler, alimentée par la frustration d'un retour au quotidien vidé de la présence d'Abrielle, une vie qui ressemblait à une cage, scandée par les regards accusateurs qu'Abela portait sur lui tous les jours, par les images de ce qu'il avait vu durant les quelques heures où il s'était échappé.

Des paysages différents, des parfums, des sons nouveaux… et le corps d'Aby debout dans la rivière, ses longs cheveux déployés sur ses hanches, l'eau scintillant sur sa peau parfaite.

Son sang bouillait en permanence et, en observant les trois ombres se faufiler dans la nuit, Braden eut l'impression qu'il allait exploser. Pourtant, il parvint à contenir sa rage quand il constata avec stupeur qu'Abrielle ne pénétrait pas dans le bâtiment, comme il l'avait anticipé, mais continuait sa route vers la falaise. Que faisait-elle ? N'était-elle pas revenue ici pour reprendre le cours de sa vie au village ? Où menait-elle les deux hommes ? Il voulait des réponses, il voulait Abrielle.

Silencieux, il se glissa à travers champs afin de les suivre parallèlement au chemin sans se faire remarquer, dissimulé derrière les tiges plus hautes que lui. Il fallait qu'il sache ce que ce trio insolite tramait, et surtout, il fallait qu'il récupère Abrielle…

♪

Le Pont dans le Vent n'avait jamais aussi bien porté son nom. Malmené par les bourrasques qui s'engouffraient entre les deux pans de falaise, il se balançait dangereusement au-dessus du vide. Abrielle s'arrêta devant la première planche de bois qui se soulevait devant elle et hésita.

— On va traverser là ? demanda Cahill, un tremblement d'angoisse dans la voix.

— Oui, mais ne vous inquiétez pas, il est solide. C'est juste impressionnant vu d'ici…

Et, pour prouver la véracité de ses propos, elle s'avança en tenant fermement les deux cordes qui faisaient office de garde-fou de part et d'autre de la structure. Lesté de son poids, le pont se raffermit un tout petit peu. Deux pas, trois pas… Elle se retourna vers Sand et Cahill, toujours figés au bord du vide.

— Alors, vous venez ou pas ?

Les deux garçons échangèrent un regard et Sand fut le premier à suivre son amie. La traversée de la passerelle dura longtemps. En proie au vertige, Cahill avançait bien trop lentement, en chancelant. Abrielle, déjà arrivée de l'autre côté, l'encourageait à mi-voix. Elle était trop éloignée du village pour que quiconque l'entende, mais elle ne pouvait s'empêcher de penser à Braden, à ses rondes nocturnes, à la haine qu'il lui vouait. Il n'était nulle part en vue ; toutefois, familier des lieux, il n'aurait aucun mal à les poursuivre et les rattraper s'il les repérait.

Ils finirent par se rejoindre tous de l'autre côté de l'abîme noyé de ténèbres. Abrielle leur fit signe de se remettre en route.

Là, le sentier qui traversait la forêt était visible, bien découpé au milieu de la végétation luxuriante.

Ils le descendirent au trot, comme pour rattraper le temps perdu sur le pont.

Le vent soufflait encore plus fort quand ils parvinrent à la plage. La nostalgie envahit à nouveau Abrielle alors qu'elle foulait le sable frais et fin comme de la farine, dans le murmure des vagues clapotant contre les grosses pierres de lune échouées au bord de l'eau. Elle avait passé tant d'heures à barboter ici quand elle était petite… Elle pouvait raconter comment elle s'était écorché le genou en sautant de tel rocher, derrière tel autre elle avait échangé son premier baiser avec Braden.

À quelques mètres de là, oscillant au gré des vagues poussées par les bourrasques, une dizaine d'embarcations étaient au mouillage, leurs gréements tintaient en rythme avec la houle.

Paol était parti à bord du sien quand il avait disparu, mais ils étaient tous conçus sur le même modèle, et Abrielle savait comment les piloter. Ce n'étaient pas de grands bateaux, une petite coque, un mât, une antenne qui croisait ce dernier obliquement, et une voile triangulaire.

Celui de Motti, l'un des pêcheurs du village, n'était plus utilisé depuis la mort de l'homme, qui avait succombé à la maladie. L'esquif était resté là, se balançant sur les flots suite à la disparition de son propriétaire. Abrielle savait qu'il ne manquerait à personne.

— On va prendre celui-ci, dit-elle en indiquant une embarcation qui mouillait à côté de la falaise. Il ne sert plus depuis un moment, mais je pense qu'il est en bon état.

Pour y accéder, il fallait nager jusque-là. Tous les trois déposèrent leurs affaires sur le sable frais, si fin et léger qu'il s'envolait en tourbillons dans le vent qui gagnait en intensité à chaque instant.

— Il faut se dépêcher, fit remarquer Cahill en levant son visage vers le ciel. La tempête approche.

La voûte s'assombrissait, les nuages s'amassaient silencieusement. Au loin, des éclairs zébraient les ténèbres par-dessus le Cercle, mais le tonnerre ne leur parvenait pas encore. La proximité de la tourmente donnait un aspect dramatique au paysage habituellement idyllique.

Sans s'embarrasser de pudeur inutile, ils se déshabillèrent pour ne garder chacun qu'un pagne pour les deux hommes et une légère tunique blanche pour Abrielle. Ils fourrèrent leurs vêtements dans leurs sacs respectifs, gonflés de leurs menues possessions et de toutes les réserves d'eau et de nourriture qu'ils avaient pu emporter. Ils s'apprêtaient à les porter sur leur tête tout en nageant, afin de tâcher de les garder si possible au sec.

Ils chuchotaient, leurs paroles s'envolaient dans les rafales, le froid mordait leur peau dénudée, mais ils le sentaient à peine, saisis par l'excitation du moment. Jamais Sand et Cahill n'avaient navigué, et cette perspective les enchantait. Et puis, tout au bout de ce voyage, les attendaient les portes, l'ouverture dans le Mur ! Quant à Abrielle, elle avait la sensation, en se dévêtant, de se dépouiller de son passé plus qu'elle ne l'avait fait depuis sa fuite, quelques semaines auparavant. Elle était repassée par son village, et l'avait retrouvé si familier et lointain à la fois… Elle s'était montrée incapable de remonter les deux étages qui la séparaient de son minuscule logis, se faufilant dans les ombres comme une criminelle, et tout cela l'avait bouleversée. Non, elle n'avait plus sa place ici. Elle ne savait pas encore où se trouvait celle où elle serait acceptée, où elle se sentirait chez elle à nouveau, mais le village lui paraissait tout à fait étranger à présent.

— Abrielle !

La jeune fille sentit des frissons de peur parcourir sa peau quand elle entendit Braden crier.

Il courait vers eux, sa silhouette noire se découpant à peine sur le ciel encombré de nuages aux lueurs laiteuses.

Cahill se mit aussitôt en position de défense. C'était lui le plus fort des trois. Ses épaules étaient devenues larges depuis l'Injection, ses muscles s'étaient développés au cours des efforts faits ces derniers jours. Il se planta devan· Abrielle, qui avait déjà sorti son couteau.

Sand, quant à lui, ramassa une épaisse branche de bois flotté poussée sur la plage par la houle et, de toute sa hauteur, s'apprêta également à défendre ses amis et leur projet fou.

Braden, seul contre trois, s'arrêta à quelques mètres du petit groupe. Haletant, immense dans le noir, il avait le regard braqué sur Abrielle.

— Aby…, souffla-t-il. Je savais que tu reviendrais. Je t'attends depuis le jour de ton départ.

La jeune fille sentait ses oreilles bourdonner et son cœur tambouriner contre ses côtes. Elle haïssait Braden. Viscéralement. Elle ne le comprenait que maintenant. Jusqu'alors, elle avait été partagée entre les souvenirs des bons moments qu'ils avaient vécus et les dernières semaines de sa vie au village, rythmées par ses menaces et sa violence. La peur, le sang, les rêves qui se brisaient contre une lame de couteau, c'était de sa faute. La fuite, la privant irrémédiablement de sa mère, c'était de sa faute.

Tout était de sa faute. Il avait été assez faible pour écouter Baako, pour suivre la Guide sans s'interroger sur ses pratiques. Et il avait été assez lâche pour s'en prendre à une femme. Non, il ne méritait aucun regret, aucune miette de sentiment.

— Qu'y a-t-il, Braden ? demanda-t-elle d'une voix ferme et claire, qui claqua dans la nuit. Tu veux encore me tuer ?

Il fit quelques pas de plus, mais garda une distance de sécurité.

— Non, Abrielle, non, je suis désolé ! Je ne... Enfin, si... Je ne sais plus ! Je ne sais plus ! Je deviens fou. Je ne supporte plus cette existence, je ne supporte plus ni le Mur ni ma vie.

Aby devina que Sand se rapprochait d'elle, imperceptiblement. Ses paroles, quasiment inaudibles, la firent frissonner plus que le vent froid.

— Il est déjà fou, fais attention.

Elle acquiesça d'un léger mouvement du menton et serra son couteau plus fortement dans sa main.

Braden, inconscient de leur échange, continuait.

— Quand je t'ai suivie dans la mangrove et dans la prairie, j'ai cru que je pouvais repartir à zéro avec toi, que nous pourrions construire quelque chose tous les deux, libres, sans le regard des autres. Je n'ai pas osé t'approcher, j'avais peur, et puis je t'ai perdue, tu as disparu, et je suis retourné au village pour t'attendre.

Quoi ? Braden l'avait suivie ? Elle avait bien ressenti l'impression d'un regard posé sur sa nuque régulièrement, mais elle n'aurait jamais imaginé...

Elle secoua la tête. Cela n'avait plus d'importance, maintenant.

— Que veux-tu ?

— Je ne sais pas ! Que tu reviennes ! Je te ferai innocenter, c'est moi qui ai le pouvoir, je peux tout faire !

— C'est trop tard, Braden, dit-elle d'un ton radouci. Ne le vois-tu pas ? C'est terminé, nous, ma vie au village… Et c'est ce que vous vouliez, Baako, Wilrick et toi, n'est-ce pas ? Vous avez obtenu ce que vous désiriez ? Alors laisse-moi partir. Laisse-nous nous évanouir dans la nuit, oublie que tu m'as vue. Imagine que je suis morte dans la mangrove, ou ailleurs.

À l'horizon, une ligne plus pâle naissait déjà. Le vent soufflait en hurlant, les vagues agitées grondaient derrière le trio tendu vers le gardien en chef. Décidément, à chaque fois qu'elle avait affaire à Braden, il y avait une tempête, comme si la nature refusait leur contact, leur simple dialogue.

— Alors c'est ça, tu vas repartir, tu vas t'offrir une liberté qui nous est interdite, à nous autres ! cracha-t-il. Tu t'es trouvé deux amants et tu vas continuer à te débaucher, loin des articles du règlement intérieur ? Tu es une catin égoïste, mais ça, je le savais déjà. J'ai cru… J'ai pensé à un moment que je m'étais trompé, mais non, tout ce que je vois ne fait que confirmer ce que Baako m'a dit ! Je te hais, Aby, je te hais !

Les derniers mots, hurlés dans le vent, ricochèrent à la surface du Cercle. Braden tremblait de tous ses membres, saisi d'une rage qui rendait ses yeux fous.

Abrielle aurait voulu ne pas être atteinte par ses paroles, mais ses insultes étaient comme des coups de poignard. Sand, toujours tout près d'elle, tenta de la rassurer.

— Ne l'écoute pas, Aby.

Cette fois, Braden s'était remis à avancer, pas à pas, et Cahill, placé devant les autres, aperçut la machette qu'il avait jusqu'alors gardée cachée derrière son dos. Cet instrument qui servait habituellement à couper les tiges de canne à sucre était fait d'un manche court et d'une lame d'une cinquantaine de centimètres, qui s'élargissait vers son extrémité. C'était une arme létale, qui pouvait couper une tête d'un seul coup.

Braden fulminait, ses pensées tourbillonnaient dans le vent et rebondissaient dans son crâne douloureusement. Il ne la laisserait pas partir. Pas une fois de plus. Il préférait la savoir morte qu'ailleurs, libre, caressant les corps de ces deux hommes aux crânes rasés, aux visages étranges, comme modelés à la hâte. Il les haïssait. Ils étaient trop… différents, effrayants. Comment pouvait-elle se laisser approcher par des êtres pareils ? Décidément, Abrielle rassemblait toutes les abjections possibles. Dans le cœur de Braden, l'amour, la rage, l'envie de mourir, de tuer, tout cela s'entrechoquait. Il ne savait plus ce qu'il désirait, ce qu'il ressentait. Ni même qui il était. Tout tournait autour de lui, il se sentait gigantesque, et l'instant d'après tout petit, prêt à être englouti par la tempête, le sable mou, les vagues déchaînées.

Un rictus démentiel accroché au visage, les traits déformés par la folie qui avait fini par le dévorer, il marcha sur ses ennemis, sa machette brandie en avant.

— Je mourrai peut-être, Aby, mais je ne partirai pas seul. Ton chant se changera en hurlements de peur et de terreur. Je me baignerai dans ton sang.

Son regard gris avait viré au noir total. Abrielle étouffa un gémissement qui reflétait la tristesse qu'elle éprouvait, davantage que la peur.

La colère avait également gagné Cahill. Il ne connaissait pas Braden, mais la vue de ce gardien en chef lui rappelait Hopti. Sa haine, sa folle intransigeance. Et toutes les humiliations que Sand et lui avaient subies durant la journée où ils étaient restés attachés au mât de la honte remontèrent en lui, décuplant son envie de protéger ceux qu'il aimait. Cette petite communauté de tolérance, d'amitié et d'amour. Qui ne jugeait pas. Qui, au lieu de respecter des articles vides de sens, respectait les êtres vivants.

En hurlant, il se jeta sur Braden. Abrielle poussa un cri perçant.

— Non ! Ne fais pas ça !

Mais c'était trop tard. Le gardien, faisant de grands moulinets avec sa machette, l'atteignit au flanc, fendit sa hanche. Un sang rouge, épais, jaillit.

— Cahill ! hurla Sand qui s'élança à son tour en faisant tournoyer son arme improvisée.

— Arrêtez ! Arrêtez ! s'époumona Abrielle, des larmes ruisselant sur ses joues.

Sans réfléchir, elle s'avança également pour protéger ses amis, pour s'assurer que Cahill respirait toujours, pour stopper Braden et sa folie meurtrière.

Son couteau serré entre les doigts, un goût de bile dans la bouche, elle dépassa Sand en courant, et se jeta sur Braden, la lame en avant.

Surpris par son assaut, le gardien para le coup avec sa machette, mais cela n'impressionna pas Abrielle qui tenta à nouveau de le toucher, la lame droite, une lueur sauvage dans les yeux. Elle ne voulait pas le tuer, mais au moins le blesser.

Elle était tellement déchaînée qu'elle parvint à faire reculer Braden, qui rencontra derrière lui une pierre de lune. Il trébucha, et lâcha la machette. En un geste souple il fut sur Abrielle et, de ses mains libérées, il saisit les poignets de la jeune fille pour la jeter sur le sol. Aussitôt, il la plaqua sur le sable, la maintenant de tout le poids de son corps immense.

— Recule, ou je la tue ! cracha-t-il à l'encontre de Sand qui arrivait sur lui en brandissant sa massue.

Sand s'arrêta net dans son élan.

Braden sentait, sous lui, la chaleur de la peau d'Abrielle, son souffle court et rauque contre son cou, sa poitrine écrasée contre la sienne qui montait et descendait à un rythme effréné. Elle ne portait quasiment pas de vêtements, juste cette tunique trop légère et trop courte. Le souvenir de ses courbes aperçues dans la rivière lui revint avec force. Et le désir d'elle avec. Il n'était pas obligé de la tuer tout de suite, après tout. Il pourrait assouvir ce besoin d'elle, cette envie dévorante qui lui brûlait les entrailles.

Il s'appuya encore plus fortement contre elle, ses hanches en contact étroit avec son bassin. Oh oui, il la voulait. Maintenant les poignets de la jeune fille au-dessus de sa tête d'une seule main, il fouilla de l'autre sous le tissu, cherchant à redessiner du bout des doigts la rondeur de ses seins, le creux de ses hanches. Les gémissements de peur d'Abrielle l'excitaient encore plus. Oui, il la posséderait. Ne devait-il pas l'épouser autrefois ? N'aurait-il pas dû l'avoir toute à lui ? Il ne faisait que récupérer ce qui lui appartenait.

Sand sentait le désespoir l'envahir. Cahill, inconscient à deux mètres de lui, saignait abondamment et le flot de liquide rouge était absorbé par le sable. À ses pieds, Abrielle gémissait de douleur et de peur. Il ne savait plus quoi faire. Qui aider, qui sauver ? Comment arrêter la masse brute qui s'agitait sur le corps de son amie ? Comment sauver son amour ? L'idée de le perdre pour de bon le terrifiait. L'idée qu'Abrielle puisse être violentée devant lui l'épouvantait.

Elle était beaucoup plus petite que Braden et disparaissait complètement sous le corps de ce dernier, et les mains de l'homme étaient tellement énormes qu'il avait le pouvoir de lui briser la nuque d'un coup. Mais Sand ne pouvait pas laisser son amie se faire violer sous ses yeux. Rassemblant son courage, il asséna un coup violent sur le dos du gardien. Sans succès.

Sand savait qu'il manquait de force. Il n'était injecté que depuis peu. La fièvre consécutive à la Cérémonie l'avait affaibli, et il ne possédait pas un physique d'athlète, se révélant au contraire très grand, fin, délicat.

La panique était sur le point de le saisir, rien ne se déroulait comme prévu. Tous leurs rêves se trouvaient brisés sur cette plage.

Il se demandait encore comment tenter de sauver les filaments d'espoir quand un rugissement énorme retentit par-delà les bourrasques et le fracas des vagues. Tous les gestes se suspendirent. Chacun se figea, même Braden.

Écrasée sous le poids de son ancien ami, Abrielle, terrorisée, le visage noyé de larmes, parvint à tourner la tête et aperçut, entre ses cheveux emmêlés devant ses yeux, la tigresse qui venait de surgir de la forêt et s'avançait vers eux. Prodigieuse, la gueule grand ouverte sur des crocs aussi longs que la lame de son couteau, elle se tenait là, sublime et terrible.

Le corps de Braden se souleva légèrement sous l'effet de la surprise. Ses yeux s'arrondirent de peur.

Pétrifié par l'apparition, Sand lâcha malgré lui sa massue.

L'animal plongea son regard ambré dans les prunelles d'Abrielle et sembla y lire toute sa détresse. Elle émit un feulement ressemblant à un grondement de dégoût et rugit à nouveau. Cette fois, Braden oublia ses pulsions et la douceur de la peau d'Aby. D'un bond, il se mit sur ses pieds. Toujours au sol, Abrielle recula, s'aidant de ses talons.

La tigresse avança lentement, presque sensuellement, vers le gardien en chef. Ses muscles roulaient sous son pelage brillant, ébouriffé par les rafales. Nonchalamment, elle franchit la distance qui la séparait de l'homme. Braden ne bougeait plus. Il ne savait pas s'il devait fuir ou rester immobile pour ne pas exciter la bête.

Il se passa ainsi un moment de flottement étrange où tout demeura figé, sauf la mer et le sable. Puis, comme si un signal avait retenti quelque part, tout s'accéléra. Braden tenta de fuir en passant sur le côté pour prendre le chemin qui remontait par la forêt de palmiers. Il n'avait pas fait trois pas que la tigresse bondit sur lui et le renversa à terre.

Abrielle poussa un cri et voulut s'élancer vers le gardien, mais Sand la retint en l'attrapant par le bras in extremis. Le ciel se déchira dans un éclair aveuglant suivi aussitôt du tonnerre, et la pluie se mit à tomber enfin, si dense qu'on ne voyait pas à plus d'un mètre.

— N'y va pas, on ne peut rien faire, le tigre est beaucoup plus fort, hurla Sand pour être entendu dans le fracas de l'averse.

— Mais on ne peut pas le laisser comme ça !

Dissimulé par le rideau liquide qui se déversait du ciel, le combat entre le gardien et l'animal était invisible. Seuls des sons leur parvenaient, des cris, des rugissements, des grondements, des gémissements.

— Abrielle, c'est notre seule chance de partir ! Et il faut s'occuper de Cahill !

Déchirée entre l'envie d'embarquer sur le bateau et le besoin de sauver Braden, malgré ce qu'il venait de lui faire subir, Abrielle hésita encore avant de se décider. Elle hocha la tête et attrapa les sacs trempés par la pluie.

— Je les prends. Ils sont mouillés, on n'a plus besoin de faire attention. Occupe-toi de Cahill.

Sand acquiesça et se précipita vers son compagnon.

Cahill respirait, et ses yeux s'étaient ouverts. L'eau qui s'abattait sur lui, nettoyant sa plaie, lui avait fait reprendre conscience.

— Oh ! Cahill. J'ai eu si peur. Ça va aller, on va s'en sortir, murmura Sand d'une voix tremblante.

Il embrassa brièvement les lèvres blêmes de son compagnon qui lui fit une petite grimace en guise de sourire.

Aidé de Sand, il se mit debout et s'appuya sur son ami. En clopinant, ils suivirent Abrielle qui était déjà dans l'eau.

Le Cercle n'était pas profond à cet endroit et il ne le serait pas avant de nombreux mètres. C'était l'avantage de cette plage et la raison pour laquelle les enfants l'avaient choisie pour leurs jeux. Mais là, les vagues étaient hautes et bousculaient les silhouettes qui s'enfonçaient dans la houle. Abrielle parvint la première au bateau. Elle avait l'habitude de nager ici, même dans des conditions difficiles. Elle jeta les affaires par-dessus bord et se hissa dans l'esquif tanguant sur la mer furieuse. Sand, qui supportait le poids de Cahill, progressait plus lentement. Il manquait d'être renversé dans l'eau à chaque nouvelle lame glaciale qui s'écrasait contre lui.

Abrielle dénicha une corde dans le coffre du bateau et la lança à son ami.

— Accroche-toi, je vais t'aider ! hurla la jeune fille, sans être certaine qu'il puisse l'entendre entre le fracas de la mer et le grondement du tonnerre.

Pourtant, Sand se l'enroula autour du bras et s'y accrocha pendant qu'Abrielle le tirait à elle. Après un temps qui parut très long, ils se retrouvèrent tous à bord. Cahill avait à nouveau perdu connaissance. Le sel sur sa plaie avait entraîné une souffrance trop grande, dont il s'était protégé en sombrant dans l'inconscience.

Avec des gestes sûrs, Abrielle remonta l'ancre, et déroula la voile qu'elle fixa fermement au point d'amure. Le vent était contre eux, mais l'avantage de ce petit bateau, c'était la taille de l'antenne qui facilitait le virement de bord. Ce fut plus compliqué que d'habitude, en raison du déchaînement du vent, de l'averse qui pesait lourd sur la toile blanche, mais finalement la frêle embarcation s'éloigna de la côte, qui disparut derrière le rideau de pluie.

Braden n'était pas réapparu, ni le félin, et il y avait trop de vacarme pour les entendre encore. Personne ne cherchait à deviner ce qui s'était passé. Sand pensait que le gardien en chef, s'il avait perdu la vie, n'avait eu que ce qu'il méritait. Abrielle ne voulait même pas envisager le moindre scénario. Elle préférait oublier, aller de l'avant.

Ils se retrouvèrent au large. La coque montait et descendait violemment. Aby finit par replier la voile en partie, pour éviter d'avoir trop de prise au vent. Sand sortit une de ses chemises et la tint plaquée contre la blessure de Cahill qui saignait encore. Il avait jeté un rapide coup d'œil à la plaie, et elle n'était pas belle à voir. Profonde, elle s'enfonçait dans les chairs et le muscle.

— Il va falloir recoudre, hurla Abrielle dans les bourrasques. Il ne cicatrisera pas tout seul.

— Recoudre ? répéta Sand sur le même ton.

Il avait l'air hagard, les doigts couverts du sang de son ami, le visage pâle, il semblait ne pas comprendre ce que lui disait Abrielle.

— Oui. Il y a toujours des aiguilles et du fil dans un bateau de pêcheur pour ravauder les filets. Le fil est un peu gros, mais je ne vois que cette solution.

Sand finit par acquiescer. Toutefois, il était hors de question de commencer maintenant. Le bateau tanguait dans tous les sens, la pluie leur brouillait la vue. Il fallait que Cahill tienne jusqu'à la fin de la tempête. Pour s'occuper l'esprit, il continua à appliquer le linge contre la blessure d'une main, et de l'autre il essuya l'eau qui s'abattait sur le visage de son compagnon, vidé de ses couleurs. Ses lèvres bleuissaient, sa respiration devenait plus rauque. Sand lui murmurait des mots inaudibles dans la tempête. Des mots d'amour, d'espoir, il lui demandait de ne pas l'abandonner.

Abrielle, le nez au vent, cria :

— Ce n'est qu'un grain. Il vient du large, et on ne fait que le croiser. Regarde !

Elle montra du doigt un liseré de ciel bleu qui déchirait la couverture nuageuse, tel un miracle au milieu du chaos.

Aby avait raison. La tempête finit par se calmer, presque aussi vite qu'elle était arrivée. D'un seul coup, les vagues s'apaisèrent, le vent tomba pour devenir une brise fraîche. Un rayon de soleil passa à travers les nuages qui s'effilochaient, comme une colonne dorée et chaude. Et le silence. Évidemment, il y avait le tintement des gréements, le clapotis de l'eau contre la coque, mais après la cacophonie qu'ils avaient traversée, cela s'approchait fort du silence.

Maintenant que tout était apaisé, Sand se retourna et aperçut la côte qu'ils avaient quittée. Elle ne ressemblait déjà plus qu'à un fin trait sombre contre le bleu foncé du Cercle. La falaise renvoyait quelques éclats pâles avec le retour de la lumière, mais elle lui fit songer à une miniature qui pouvait tenir dans la main.

Une fois le bateau stabilisé, Abrielle s'occupa de Cahill. Elle sortit le matériel du coffre. Une bouteille de rhum, tout d'abord. La consommation d'alcool n'était réservée qu'à quelques rares occasions afin d'éviter les dérives, mais Motti, feu le propriétaire du bateau, devait avoir un accès à la réserve, car il avait entreposé deux flacons, dont l'un était à moitié vide. Béni soit Motti ! Puis elle dénicha une grosse aiguille courbe, un rouleau de fil épais… Ce n'était pas très rassurant, mais ils n'avaient pas le choix. Cahill continuait à perdre du sang, le fond de la coque en était imbibé.

Abrielle désinfecta ses instruments et versa une rasade généreuse de rhum sur la blessure de Cahill qui s'étendait de sa hanche droite jusqu'au nombril. Le jeune homme eut un spasme, mais ne reprit pas conscience. Aby plongea son regard dans celui de Sand pour lui donner du courage. Ce dernier ouvrait toujours des yeux immenses, terrifiés, et tremblait de peur et de froid.

— Tu le maintiens fermement. Il va avoir mal et risque de se débattre.

— Entendu.

Sand sentait son cœur remonter dans sa gorge et, malgré ses vêtements trempés, il avait trop chaud, un filet de sueur désagréable coulait dans son dos, sur son front.

Il ne garda qu'un souvenir flou de l'opération. L'instrument pointu s'enfonçant dans les chairs, le fil se teintant de rouge à chaque passage, les deux côtés de la plaie se resserrant lentement, retenus solidement par le lien, Abrielle, concentrée sur sa tâche, qui ne tremblait pas. Sand maintenait Cahill le plus fermement possible, en murmurant des paroles de réconfort, même s'il savait que son ami ne pouvait pas les entendre. Cahill gémissait, se convulsait, mais il ne reprenait pas conscience.

Enfin, ce fut terminé. La plaie était propre, le fil tenait bon, le saignement avait cessé.

Sand, bouleversé par les événements des dernières heures qu'ils venaient de traverser, incommodé par le tangage du bateau, finit par vider le contenu de son estomac dans la mer.

Livide, il se laissa tomber dans le fond de l'esquif.

— Excuse-moi, Abrielle. Je flanche, alors que c'est toi qui devrais craquer après ce qui t'est arrivé.

— Ne t'inquiète pas, j'ai l'habitude de naviguer.

— Non, je veux dire…

— Je sais ce que tu veux dire. Ça va. Braden ne m'a pas… enfin, je vais garder des bleus et des ecchymoses, mais c'est tout. La tigresse ne lui a pas laissé le temps de… d'aller au bout.

Sand fit signe qu'il avait compris et souffla profondément. Au bout d'un moment, toutefois, les paroles d'Abrielle le firent réagir.

— La tigresse ? Comment sais-tu… ?

La jeune fille eut un sourire pâle. La fatigue tirait ses traits. Ses cheveux mouillés, plaqués sur son crâne, ne faisaient qu'accentuer la lividité de son visage.

— Je l'ai déjà croisée, avec son petit. Disons que c'est une amie, un ange gardien original…

Sand secoua la tête, incrédule, mais il était trop épuisé pour trouver la moindre répartie.

Abrielle aurait bien aimé se reposer également, mais elle était la seule à savoir piloter le bateau, et elle se devait de surveiller leur progression.

Et puis c'était aussi bien, cela l'occupait et lui évitait de repenser à ce qui s'était passé. L'agression de Braden, ses gestes infâmes, ses paroles immondes. Si elle fermait les yeux, elle allait revoir son visage tordu par la rage et le désir, la violence. Elle allait sentir ses doigts sur sa peau, son corps sur le sien, tendu, lourd. Non, c'était mieux ainsi. S'orienter grâce au soleil, surveiller leur direction et, finalement, retrouver le plaisir de naviguer sur le Cercle l'aiderait à surmonter cet épisode douloureux et choquant. Elle savait qu'elle avait souffert de ne plus pouvoir naviguer, mais elle n'avait jamais réalisé à quel point ses escapades avec son père lui étaient vitales avant le drame.

La respiration rauque de Cahill finit par s'apaiser. Sand somnolait à côté de lui, une main posée sur la poitrine du blessé, afin de s'assurer que son cœur ne s'arrêtait pas… Ils étaient comme seuls au monde, ici, au large de toute terre, loin de toute chose. La côte avait fini par disparaître et elle n'était plus visible nulle part. C'était la paix absolue. Les mouettes étaient de retour après la tempête et tournaient en cercle au-dessus de la voile blanche qui brillait au soleil. Il faisait chaud à nouveau et les vêtements d'Abrielle, rendus rêches par le sel, avaient séché. Elle leva la tête vers le ciel, les yeux fermés, afin d'offrir son visage à la caresse de la lumière.

C'est alors qu'elle résonna à nouveau, remontant de l'eau elle-même, surgissant des abysses comme un prodige. Cette mélodie, lente, profonde, parfois grave, parfois aiguë, qui ne suivait aucun rythme précis.

Même Sand, dans son demi-sommeil, l'entendit et s'éveilla tout à fait. S'autorisant à quitter le chevet de Cahill quelques instants, il vint s'asseoir à côté de son amie et tous les deux tendirent l'oreille. Jamais le chant n'avait été aussi puissant. C'était comme s'il venait de tout près, remontant des vagues, sans qu'ils puissent définir son point d'origine exact. Sous les flots bleus, aucune forme ne se voyait, aucune onde n'indiquait une présence. Juste la musique jaillie de nulle part et de partout en même temps. Elle serrait le cœur, faisait monter les larmes aux yeux. À son écoute, une grande tristesse saisit leurs âmes, parce qu'elle parlait de solitude et de manque. Le chant appelait, attendait une réponse.

Abrielle aurait voulu la lui donner, mais sa voix restait bloquée en elle. Là, maintenant, encore bouleversée, elle ne pouvait pas chanter. Elle avait trop crié, un peu plus tôt, elle avait eu trop peur, trop mal. Si elle commençait à fredonner, elle allait éclater en sanglots et elle s'y refusait. Alors elle se contenta d'écouter, d'enregistrer les harmonies parfois mélodieuses, parfois dissonantes, de garder en elle le tempo, la lente cascade de sons.

Bientôt, elle lui répondrait. Elle le savait. Elle se rapprochait de la symphonie des abysses, à chaque minute qui passait.

17.

Il leur fallut naviguer presque cinq journées entières pour approcher de la côte opposée. La nuit, Abrielle jetait l'ancre et dormait en boule à l'avant du bateau pendant que Sand veillait sur son compagnon, somnolant par intermittences. Les réserves qu'ils avaient emportées s'amenuisaient, mais Abrielle avait pêché quelques poissons qu'elle avait mis à sécher, accrochés au mât. Tous les jours, ils faisaient une toilette sommaire à l'eau salée. Les conditions étaient rudimentaires, mais ils progressaient, et espéraient voir bientôt les rives de Portes à l'horizon.

Cahill était resté inconscient une bonne dizaine d'heures, avant d'ouvrir les yeux sur un ciel bleu, barré d'une voile blanche. Il ne pouvait pas se redresser sans aide, mais d'une voix rauque il réclama de l'eau.

Sand se tourna aussitôt vers lui et le serra doucement contre lui, caressa ses joues amaigries, déposa un baiser léger sur ses lèvres craquelées avant de porter une outre pleine d'eau douce à sa bouche. La peur de perdre son ami avait libéré ses gestes. À cet instant précis, il retrouvait toute la spontanéité dont il avait toujours fait preuve envers Cahill. S'occuper de lui, lui parler, le rassurer, tout cela prenait une dimension nouvelle et délicieuse.

— Enfin te revoilà... J'ai eu si peur...

Cahill tenta un sourire destiné à rassurer son ami.

— Je suis là, tu vois... Tu croyais vraiment que j'allais te laisser ?

— Je ne sais pas... Je ne savais plus si tu m'aimais.

— Toujours, Sand. Je t'aimerai toujours...

Sa peau devenue pâle, sa voix enrouée et essoufflée témoignaient de son état de faiblesse. Avec des gestes précautionneux, Sand l'aida à s'asseoir. Cahill gémit et fit une grimace. Le fil tirait sur ses chairs boursouflées, la douleur était intense.

Avec douceur, son ami inspecta la blessure. Elle ne saignait plus du tout, et la cicatrisation avait déjà commencé. Toutefois, Cahill en conserverait une vilaine balafre, due autant à la coupure qu'au fil lui-même.

Cahill dormit beaucoup et reprit quelques forces, bercé par le tangage léger du bateau. Il arrivait à se nourrir peu à peu et les couleurs revenaient sur son visage. En grimaçant, il parvint à se redresser au bout de trois jours.

Enfin, une bande foncée annonçant la terre apparut à l'horizon, s'épaississant à mesure qu'ils s'en rapprochaient. La brise charriait un air différent, qui portait un étrange goût de métal. Était-ce parce que les environs étaient abandonnés et rouillés depuis longtemps ?

Cette théorie fut bien vite mise à mal quand les premières voiles apparurent au loin. Bleues, rouges, orange, elles se balançaient sur les vagues, en grand nombre. Jamais Abrielle n'avait vu autant de bateaux, et s'il y avait autant de pêcheurs, cela signifiait qu'il y avait une foule de bouches à nourrir. Derrière, sur la côte lointaine, une ville titanesque se déployait. Portes existait toujours, elle était habitée, et par une population bien plus importante que ce à quoi ils s'étaient attendus.

Le cœur battant, elle se retourna vers ses amis pour les avertir, mais eux aussi avaient les yeux rivés sur ces apparitions dansantes dans la brise.

— Nous nous sommes trompés, visiblement, dit Cahill en portant sa main en visière. Et de très loin !

Plus leur petite embarcation s'approchait, portée par un vent favorable, plus les détails apparaissaient. La ville côtière faite de bâtiments bruns, qui semblaient empilés les uns sur les autres, longeait le

Mur, qui paraissait encore plus haut que sur le reste de l'Anneau.

Elle était vraiment démesurée, bien plus grande que tout ce qu'ils auraient pu imaginer. Si, sur la carte qui les avait menés jusqu'ici, il était évident que Portes était une agglomération plus importante que ce que Sand, Cahill et Abrielle connaissaient, elle révélait clairement qu'elle s'était largement développée depuis l'époque où le plan avait été dessiné.

Le parfum de métal s'accentuait, le vent charriait des odeurs de poisson pris dans les filets des bateaux, des relents de feu qui venaient de la côte, des effluves humains, oubliés le temps de la traversée en mer.

Au milieu des nombreux esquifs qui tanguaient alentour, le leur passait inaperçu, chacun étant affairé à pêcher, à trier les prises. Il y avait des cris, des claquements de gréements... Du monde, beaucoup de monde à l'autre bout de l'atoll. Comment était-ce possible ? Si ces gens vivaient près des portes qui s'ouvraient dans le Mur, pourquoi ces dernières étaient-elles fermées ?

— Qu'est-ce qu'on fait ? s'affola la jeune fille.

Ils n'avaient jamais pensé débarquer dans un lieu pareil, aussi grouillant de vie, aussi chargé d'odeurs différentes, tellement persuadés que tout était abandonné. Comme leur désir de liberté avait été naïf ! Ils s'étaient vus comme des sauveurs de l'atoll entier : découvrant où se trouvait le seul passage perçant le Mur, et libérant du même coup tous les habitants de l'Anneau. Quelle folie ! Portes s'étalait là, abritant une population considérable, elle aussi prisonnière du Mur, de sa hauteur et du courant électrique qui le parcourait.

Sand ne sut pas quoi répondre, Cahill encore moins. Dans son état de faiblesse, il lui paraissait inconcevable d'affronter l'étranger. Ce fut lui qui prit la décision.

— On reste ici pour cette nuit, on observe, on réfléchit.

Aby approuva d'un signe de tête. Son regard demeurait fixé sur la vue qui s'offrait à eux, et s'affinait à mesure que leur bateau avançait. À quelques dizaines de mètres du port fourmillant d'activité, Abrielle jeta l'ancre. La journée s'écoula lentement, rythmée par le retour des bateaux de pêche. Les lumières commencèrent à s'allumer dans les immeubles de trois ou quatre étages, le long des rues serpentant dans cet amas de pierre, de bois et de béton sans ordre apparent.

Enfin, la nuit tomba, mais elle ne fut pas totale : les lumières restaient allumées dehors, comme si Portes avait la capacité d'offrir de l'électricité en quantité si grande à ses habitants qu'ils pouvaient se permettre de la gâcher alors même que plus personne n'arpentait ses multiples artères.

Le trio dîna en observant ce nouveau territoire. Cette ville paraissait à la fois si labyrinthique et si magique, avec tous ces halos dorés flottant dans le noir.

Longuement, ils admirèrent la vue que Portes leur offrait depuis le Cercle, se l'appropriant, se préparant à l'affronter le lendemain, puis ils finirent par se pelotonner pour leur dernière nuit à bord avant de s'endormir, bercés par la houle légère…

Au petit matin, c'est la chaleur qui les réveilla. Le soleil frappait déjà fort, annonçant une journée caniculaire. La brise était retombée et la voile pendait mollement.

La ville s'agitait également. Des silhouettes se dessinaient dans les rues, parfois on entendait un appel ou un cri qui portaient plus loin.

— Il est temps d'y aller, murmura Abrielle en contemplant le spectacle.

— Oui, il est temps, renchérit Sand. Allons à la rencontre de notre destin. Même si ce n'est pas comme on se l'imaginait, les portes sont là. On doit les trouver.

— On doit les trouver, répéta Cahill avec conviction.

Abrielle leur fit un sourire radieux. Trouver une issue. Peut-être que, pour une raison ou une autre, les habitants d'ici en avaient oublié l'existence. Eux la connaissaient et ils dénicheraient un moyen de passer de l'autre côté.

Cahill avait vraiment meilleure mine et tenait bien fermement sur ses jambes, à présent. Il était prêt à affronter la découverte de ce nouveau lieu.

La jeune fille leva l'ancre et fit tourner la voile pour capter le moindre souffle de vent. Rapidement, ils atteignirent le port. De larges pontons de bois soutenus par des pilotis couraient le long de la berge. Tous les bateaux de pêche de la ville mouillaient là, et le trio amarra son embarcation à côté des autres.

Sand remballait les affaires dans leurs sacs avec entrain et s'enthousiasmait.

— Au moins, avec tout ce monde, on va passer inaperçus ! Soyons discrets et tout ira bien !

Quelques minutes plus tard, ils étaient à quai et, se serrant les uns contre les autres, ils s'avancèrent vers la première rue qui serpentait entre des maisons mal alignées.

Une foule compacte la remontait, certainement pour atteindre la place qu'ils apercevaient un peu plus haut, où claquaient des auvents de toile.

C'est alors qu'ils se rendirent compte qu'ils ne passaient pas du tout inaperçus. Ici, tout le monde arborait une peau foncée, allant du marron clair au noir le plus profond. On les dévisageait déjà et des murmures étonnés s'élevaient, on les montrait du doigt. Une femme vêtue d'une robe sublime et au cou orné de bijoux somptueux eut une expression de dégoût.

— Que font des pâles ici ? Se sont-ils échappés ?

— Qui a laissé venir ces peaux claires dans cette partie de la ville ? demanda une voix d'homme.

D'autres réflexions du même genre fusèrent autour d'eux.

Sans réfléchir, porté par un instinct développé depuis qu'il s'était laissé attraper par Hopti, depuis qu'il avait failli perdre Cahill, Sand fendit la foule contrariée et bruyante en bousculant tout le monde et tira ses compagnons dans son sillage, alors qu'il s'engouffrait dans l'ouverture étroite d'une toute petite ruelle s'insinuant entre deux hauts bâtiments de bois. Leurs façades étaient tellement proches que deux personnes ne pouvaient y avancer de front. Derrière eux, les cris et les exclamations de la foule ne faisaient qu'augmenter. Il fallait courir et s'éloigner encore.

Abrielle, submergée par une peur qui avait remplacé l'excitation de la découverte, galopait à présent en tête. Sand était passé derrière elle et tentait d'aider Cahill à tenir le rythme. D'autres hurlements résonnèrent, des claquements de sandales. On les suivait !

Aby tourna à droite dans une autre venelle identique à la précédente, puis à gauche, puis à droite encore, perdant le compte des virages et des directions qu'elle suivait, se contentant de s'enfoncer toujours plus, progressant le plus rapidement possible dans l'enchevêtrement de passages serrés, aux pavés glissants, ou au sol recouvert d'une boue malodorante, tant qu'elle entendait leurs poursuivants. Ici le soleil ne pénétrait pas tellement les ruelles étaient étroites et les murs élevés. Un sentiment de claustrophobie l'envahit. Jamais, mis à part dans la mangrove, elle n'avait été privée de ciel et d'horizon comme maintenant ! Les effluves de cuisine, d'excréments, d'eau croupie l'atteignaient de plein fouet, canalisés et amplifiés dans ces allées resserrées. Elle avait l'impression que sa poitrine allait exploser. Puis, enfin, elle n'entendit plus un bruit. Pour l'instant, ils avaient réussi à semer quiconque était à leurs trousses.

Ils étaient là, tous les trois, à bout de souffle, perdus dans une ville gigantesque et étrangère, habitée d'hommes et de femmes à la peau sombre. Ils n'avaient aucun moyen de se fondre dans la masse, et aucun moyen de retrouver leur chemin vers le port.

Cahill était livide et sa blessure saignait légèrement, teintant de rouge sa tunique beige. Il la souleva en grimaçant et dévoila la plaie qui s'était en partie rouverte sous l'effort qu'il avait fourni.

— Il faut qu'on se débrouille pour revenir au bateau, murmura Sand.

Abrielle approuva d'un signe de tête et regarda le ciel si lointain, coincé là-haut entre deux toits trop proches, afin de déterminer l'heure, mais elle en fut incapable. Le soleil n'apparaissait nulle part au-dessus des murs hauts et étouffants.

— Il faut rester cachés jusqu'à la nuit, si on veut leur échapper. Ici, ils continuent à éclairer leurs rues, même quand elles sont vides. On pourra retrouver notre chemin.

— Et s'il y a des gardiens ?

Elle se mordit la lèvre inférieure et jeta un coup d'œil par-dessus son épaule, comme si l'un d'eux allait surgir à l'instant.

— On improvisera. On trouvera. On va s'en sortir, asséna-t-elle avec assurance, certainement pour se convaincre elle-même.

Cahill se laissa glisser au sol, le dos contre une façade humide et fraîche dans la pénombre.

Il grimaça et porta la main à sa blessure. Elle se couvrit de sang foncé.

Sand et Abrielle échangèrent un regard qui valait toutes les paroles.

Là, tout de suite, ils n'avaient aucune solution, aucun moyen d'aider leur ami et de s'en sortir. Un voile de panique et de tristesse passa sur les yeux de Sand.

Abrielle fit quelques pas au bout de la ruelle. Elle regarda à droite, puis à gauche. Rien. Rien d'autre que des venelles aussi biscornues que les autres, rien d'autre que l'ombre et l'inconnu.

Elle se retournait pour rejoindre ses compagnons quand elle découvrit un homme. Surgi de nulle part, il était grand, large d'épaules, sa peau était aussi sombre que celle de tous les autres habitants de la ville, et il se tenait devant eux.

Sand était pétrifié près de lui, et s'était déporté sur le côté de manière à faire de son corps un bouclier pour protéger Cahill.

L'inconnu leva les mains, paumes en avant, et sourit. Ses dents étaient très blanches au milieu de son visage brun. De larges boucles noires dessinaient un halo ébouriffé qui descendait jusqu'à ses épaules.

— N'ayez pas peur, je ne vous veux aucun mal. Dès que j'ai appris que des pâles avaient été aperçus dans cette partie de la ville, je me suis mis à leur recherche. Je connais la basse ville comme ma poche. J'espérais bien vous trouver ici. Vous êtes des étrangers, n'est-ce pas ?

Comme personne ne lui répondait, il continua.

— Je m'appelle Eyal. Je veux vous aider. Je peux vous cacher quelque part et soigner votre ami. Mon père n'est pas là en ce moment et je peux vous faire entrer chez moi.

Sand fronça les sourcils. C'était un traquenard, sans aucun doute. Pourquoi un homme de la ville accepterait-il d'aider des inconnus inopportuns ?

— Qu'est-ce qui nous dit que tu ne nous tends pas un piège ?

La voix d'Abrielle était un peu trop haut perchée et agressive pour faire croire qu'elle n'avait pas peur, mais elle avait suivi le même raisonnement que son ami.

Eyal eut un éclair d'amusement dans le regard.

— Je n'ai aucune garantie à vous offrir. Vous pouvez rester planqués dans cette ruelle sale si vous voulez, je ne vous dénoncerai pas, mais je ne pense pas que cette situation soit idéale pour le blessé.

À cet instant, de nouveaux cris résonnèrent au loin. On les cherchait toujours et les troupes se rapprochaient.

— Je ne comprends pas, murmura Sand. On n'a rien fait de mal, juste quelques pas dans la rue…

— Vous avez la peau claire et cette partie de la ville n'est pas autorisée aux peaux claires, seuls les foncés peuvent se promener ici. Ils viennent y acheter des étoffes, des bijoux. Il est rare que des pâles s'aventurent dans les parages pour le plaisir, ils savent ce qu'ils risquent, j'en ai donc déduit que vous n'étiez pas d'ici.

Ses dents éclatantes apparurent de nouveau.

— Je ne comprends rien, marmonna Aby.

Dans son village, il y avait des habitants à la peau claire et d'autres plus hâlés, mais personne n'y prêtait attention, c'était comme pour la couleur des cheveux… En cet instant, elle aurait aimé retrouver la tigresse. Elle aurait fait fuir leurs poursuivants et les aurait protégés. Mais elle était restée loin derrière, à des semaines de voyage de là, en passant par les terres.

— Ils se rapprochent, les pressa Eyal en se tournant vers l'origine des appels. S'ils vous attrapent, vous allez finir en prison.

— Pas la prison !

Sand se mit à trembler. Le souvenir de cette nuit de captivité, des humiliations, de la peur, de la menace de mort le hantait encore souvent. Cahill, lui, était trop mal en point. Aussi souffla-t-il d'une voix faible :

— Je pense… je pense qu'on n'a pas le choix. Je saigne de plus en plus.

Alors Sand n'hésita plus. Il échangea un nouveau regard avec Abrielle, qui lui fit un signe du menton. Elle n'avait pas confiance en Eyal, mais pour l'instant il était ce qui se rapprochait le plus d'une solution. Elle se tourna vers lui.

— D'accord. On y va. Mais nous sommes armés. Si jamais tu fais un geste de travers, on n'hésitera pas à te trancher la gorge.

Eyal eut un autre sourire, comme si toute cette situation l'amusait énormément.

— Très bien, suivez-moi.

Sand glissa son bras sous les épaules de Cahill, et le souleva. Soutenu d'un côté par son compagnon et de l'autre par Abrielle, il parvint à avancer, cahin-caha.

Eyal tourna à gauche dans une venelle qui débouchait sur une série de marches, puis il s'enfonça un peu plus dans la ville. Tous trois le suivirent, se demandant où leurs pas allaient les mener cette fois…

FIN DU PREMIER VOLET

Remerciements

Un immense merci à Glenn, pour son soutien et sa confiance, livre après livre. Et à toute l'équipe de Robert Laffont et la collection R.

À Constance, aussi, pour toutes nos aventures.

Un éternel merci à ma famille, sans qui je ne serais pas là.

À Emma, Alice, Sylvie et Fred. Ils m'ont lue, m'ont écoutée, m'ont rassurée quand j'en avais besoin. Et j'en ai souvent besoin !

Merci à vous tous, les lecteurs grâce à qui mes histoires et mes personnages vivent. Vous êtes aussi une parcelle de mon histoire…

Découvrez d'autres romans de Carina Rozenfeld

dans la même collection

LES CENDRES DE L'OUBLI

-Phænix-

Livre 1

Elle a 18 ans, il en a 20. À eux deux ils forment le Phœnix, l'oiseau mythique qui renaît de ses cendres. Mais les deux amants ont été séparés et l'oubli de leurs vies antérieures les empêche d'être réunis...

Anaïa a déménagé en Provence avec ses parents et y commence sa première année d'université. Passionnée de musique et de théâtre, elle mène une existence normale. Jusqu'à cette étrange série de rêves troublants dans lesquels un jeune homme lui parle et cette mystérieuse apparition de grains de beauté au creux de sa main gauche. Plus étrange encore : deux beaux garçons se comportent comme s'ils la connaissaient depuis toujours...

Bouleversée par ces événements, Anaïa devra comprendre qui elle est vraiment et souffler sur les braises mourantes de sa mémoire pour retrouver son âme sœur.

La nouvelle série envoûtante de Carina Rozenfeld, auteur jeunesse récompensé par de nombreux prix, dont le prestigieux prix des Incorruptibles en 2010 et 2011.

Second volet : *Le Brasier des souvenirs*

DÉJÀ PARUS

LA 5e VAGUE

de Rick Yancey

Tome 1

1re VAGUE : Extinction des feux. 2e VAGUE : Déferlante.
3e VAGUE : Pandémie. 4e VAGUE : Silence.

À L'AUBE DE LA 5e VAGUE, sur une autoroute désertée, Cassie tente de *Leur* échapper... *Eux*, ces êtres qui ressemblent trait pour trait aux humains et qui écument la campagne, exécutant quiconque a le malheur de croiser *Leur* chemin. *Eux*, qui ont balayé les dernières poches de résistance et dispersé les quelques rescapés.

Pour Cassie, rester en vie signifie rester seule. Elle se raccroche à cette règle jusqu'à ce qu'elle rencontre Evan Walker. Mystérieux et envoûtant, ce garçon pourrait bien être son ultime espoir de sauver son petit frère. Du moins si Evan est bien celui qu'il prétend...

Ils connaissent notre manière de penser. *Ils* savent comment nous exterminer. *Ils* nous ont enlevé toute raison de vivre. *Ils* viennent maintenant nous arracher ce pour quoi nous sommes prêts à mourir.

Le premier tome de la trilogie phénomène,
bientôt adapté au cinéma par Tobey Maguire
et les producteurs de *World War Z*, *Argo*, *Hugo Cabret*,
***The Aviator*, *Gangs of New york*, *Ali*.**

Tome 2 à paraître en septembre 2014

Kaleb

de Myra Eljundir

SAISON 1

C'est si bon d'être mauvais...

À 19 ans, Kaleb Helgusson se découvre empathe : il se connecte à vos émotions pour vous manipuler. Il vous connaît mieux que vous-même. Et cela le rend irrésistible. Terriblement dangereux. Parce qu'on ne peut s'empêcher de l'aimer. À la folie. À la mort.

Sachez que ce qu'il vous fera, il n'en sera pas désolé. Ce don qu'il tient d'une lignée islandaise millénaire le grise. Même traqué comme une bête, il en veut toujours plus. Jusqu'au jour où sa propre puissance le dépasse et où tout bascule... Mais que peut-on contre le volcan qui vient de se réveiller ?

La première saison d'une trilogie qui, à l'instar de la série *Dexter*, offre aux jeunes adultes l'un de leurs fantasmes : être dans la peau du méchant.

Déconseillé aux âmes sensibles et aux moins de 15 ans.

Saison 2 : *Abigail*

Saison 3 : *Fusion*

STARTERS

de Lissa Price

Vous rêvez d'une nouvelle jeunesse ?
Devenez quelqu'un d'autre !

Dans un futur proche : après les ravages d'un virus mortel, seules ont survécu les populations très jeunes ou très âgées : les Starters et les Enders. Réduite à la misère, la jeune Callie, du haut de ses 16 ans, tente de survivre dans la rue avec son petit frère. Elle prend alors une décision inimaginable : louer son corps à un mystérieux institut scientifique, la Banque des Corps. L'esprit d'une vieille femme en prend possession pour retrouver sa jeunesse perdue. Malheureusement, rien ne se déroule comme prévu... Et Callie prend bientôt conscience que son corps n'a été loué que dans un seul but : exécuter un sinistre plan qu'elle devra contrecarrer à tout prix !

Le premier volet du thriller dystopique phénomène aux États-Unis.

« Les lecteurs de *Hunger Games* vont adorer ! », Kami Garcia, auteur de la série best-seller *16 Lunes*.

Second volet : *Enders*

Night School

de C. J. Daugherty

Tome 1

Qui croire quand tout le monde vous ment ?

Allie Sheridan déteste son lycée. Son grand frère a disparu. Et elle vient d'être arrêtée. Une énième fois. C'en est trop pour ses parents, qui l'envoient dans un internat au règlement quasi militaire. Contre toute attente, Allie s'y plaît. Elle se fait des amis et rencontre Carter, un garçon solitaire, aussi fascinant que difficile à apprivoiser… Mais l'école privée Cimmeria n'a vraiment rien d'ordinaire. L'établissement est fréquenté par un curieux mélange de surdoués, de rebelles et d'enfants de millionnaires. Plus étrange, certains élèves sont recrutés par la très discrète « Night School », dont les dangereuses activités et les rituels nocturnes demeurent un mystère pour qui n'y participe pas. Allie en est convaincue : ses camarades, ses professeurs, et peut-être ses parents, lui cachent d'inavouables secrets. Elle devra vite choisir à qui se fier, et surtout qui aimer…

Le premier tome de la série découverte par le prestigieux éditeur de *Twilight*, *La Maison de la nuit*, *Nightshade* et de Scott Westerfeld en Angleterre.

Une série best-seller de cinq tomes, publiée dans plus de vingt pays !

Tome 2 : *Héritage*

Tome 3 : *Rupture*

Tome 4 à paraître mi-2014

Cet ouvrage a été imprimé
en janvier 2014 par

FIRMIN-DIDOT

27650 Mesnil-sur-l'Estrée
N° d'édition : 53587/01
N° d'impression : 120281
Dépôt légal : février 2014

Imprimé en France

Composé par Nord Compo Multimédia
7, rue de Fives, 59650 Villeneuve-d'Ascq